KB020614

건널 수
없는
강

건널 수 없는 강

2018년 1월 30일 1판 1쇄 찍음
2018년 1월 30일 1판 1쇄 펴냄

지은이   정소성
펴낸이   윤한룡
편집   성유빈
디자인   한시내
관리 · 영업   이승순

펴낸곳   (주)실천문학
등록   10-1221호(1995.10.26)
주소   서울특별시 성북구 보문로 82-3, 801호 (보문동4가, 통광빌딩)
전화   322-2161~5
팩스   322-2166
홈페이지   www.silcheon.com

ⓒ 정소성, 2018

ISBN 978-89-392-3019-4 (03810)

제1장

꿈과 현실

혜리는 지금까지 자신은 이를 악물고 뭔가를 성취하기 위해 노력한 것 같지가 않다. 그냥 어느 한 쪽으로 관심을 가지고 다가갔을 뿐이다.

지금 자기의 남자라고 할 수 있는 박경호는 도무지 근본이 불확실한 사람이다. 고향이 어딘지 부모가 무엇 하는 사람인지 직업이 무엇인지 어디 대학을 나왔는지 확실한 것이라고는 아무 것도 없다. 그는 열 명도 더 되는 대학원생들 중 한 사람이다. 한 학기를 마치고 종강파티를 할 때도 그는 결코 쉽게 모습을 파티 장에 들어내지 않았다. 거의 파장이 되어서야 바람처럼 나타나 소리 없이 일행 속에 끼어 앉는다.

그는 누구든 정면으로 응시하지 않는다. 그러나 왠지그는 누가 누구인지 꿰뚫고 있는 것 같은 인상이다. 참으로 신출귀몰한 사람이었다.

　그런 그가 몇 차례나 혜리의 귀가 길에 나타나 그녀의 옆에 서서 걸어갔었다.

　"전혀 모르는 사람이 아니니 놀라지 마십시오. 저 박경호라고 합니다. 그 책가방 무거워 보이니 제가 들어드리겠습니다. 집까지만."

　"아니 괜찮아요. 그리 무겁지 않아요."

　"신사가 도와드리고자하면 그 청을 받아주십시오. 모르는 사람도 아닌데. 무안하지 않습니까."

　"클래스메이트끼리 뭐 책가방을 들어주고 그래요. 학우 사인데…."

　"…."

　혜리는 이 사나이가 참으로 낯설게 느껴졌으나 어느 면 호감이 가는 것도 사실이었다. 혜리가 박경호에 대해 약간의 호감을 느끼는 이유는 그의 솔직함과 박력이었다.

　혜리는 근년에 몇 차례 소위 말하는 맞선이라는 것을 보았다. 선을 보러 나온 사람과 중매쟁이들은 한결같이 하는 말이, 아버지가 누구며 무엇 하는 사람인가, 어느 대학을 나왔느냐, 괜찮은 직업이 있으면 좋겠다, 키가 얼마쯤 되나, 신랑감이 집을 사거나 전세를 얻을 경우 얼마를 보탤 수 있나 등 갖가지 사항을 체크했다. 이런 것을 통과해야만 시집을 갈 수 있다니 정말 싫었다. 자신이 연애하지 않았던 죄 값이었다.

　"내가 무시당하거나 발길로 차여도 쉽게 물러서지 않을 겁니다.

발길로 차이는 것도 행복하지요. 이런 세상, 받아들여진다는 것도 그리 유쾌하지 않습니다."

그러나 그것도 한두 번, 강의를 파하고 난 후나, 구내식당 같은 데서 그를 만나면 그는 조금의 주저도 없이 이런 유의 말을 쏟아내곤 했다. 역겨움이 점차적으로 얕아지고, 그것은 어느 틈엔가 호감 비슷한 감정으로 바뀌었다. 하물며 경호가 좀 더 세게 밀고 들어와 주었으면 하는 생각마저 들 때도 있었다.

맞선을 볼 때 혜리를 곤혹스럽게 하는 것은 아버지의 일그러진 얼굴도 한몫을 했다. 아버지는 한 쪽 눈알이 반쯤 돌아가 버려 흰자위가 훨씬 많이 드러나 보인다. 고혈압이 원인이라고만 하지, 세상에 이름 높은 안과의사 누구도 아버지의 눈알을 바로 돌려놓지 못했다. 안 그래도 성난 불도그의 인상을 한 아버지가 돌아간 눈알 때문에 더 험상궂게 보였다. 어디까지나 인자하면서도 엄격한 아버지였다.

사실 아버지의 성격이 조금 남다르게 엄격하시고 폭발적인 데가 있는 것은 사실이었다. 아마도 아버지가 일생 경찰관으로서 나라에 봉사하셨기 때문에 성격 자체가 직업 따라 그렇게 엄격하게 형성되었는지도 모르겠다. 맞선이 잘 되어가다가도, 신랑 측에서 신부 부모님에게 인사를 드릴 기회가 되면 혜리는 언제나 가슴을 졸이었다. 사실 아버지의 돌아간 눈알 때문에 다 되었던 혼담이 깨진 경우도 있었다.

따지고 비판하고 계산하는 이런 일반적인 결혼 풍조가 정말 진저리도록 싫은 혜리였다. 혜리는 자신의 조금은 남다른 성격이 경호의 파격을 받아주고 있는지도 모른다는 생각마저 들었다. 경호는 가끔 아주 부정기적으로 늦은 밤 귀가하는 그녀의 집골목에서 기다리곤 했다. 혜리의 집은 정릉으로 넘어가는 언덕길 위에 위치하고 있었고, 꽤 높은 시멘트와 바위로 축석된 옹벽 위에 자리 잡고 있었다. 그리고 그 옹벽을 따라서는 긴 골목길이 오른 편으로 뚫려 있었다. 그 골목에는 가로등이 설치되어 있지 않았다. 버스나 택시에서 내려서 집으로 오르는 혜리를 경호는 골목의 입구에서 기다리다가 무조건 골목으로 끌고 들어갔다.

그의 손길은 부드러웠고, 그에게서는 뜨거운 열정 같은 것이 느껴져 왔다.

어둠이 가득 채워진 골목 안의 벽면에 혜리를 세운 그는 무조건 포옹을 하기 시작했다. 그는 리드미컬하게 그리고 불규칙적으로 그녀를 안았다 놓았다를 되풀이했다. 그 사이 서로는 상대방의 거칠어진 호흡을 느끼게 되고 이윽고 솟구치는 열기 같은 것을 느끼기 시작했다. 끈적한 땀이 자신들의 목에 내비치는 것을 감지하게 된다. 그래도 그의 두 손은 그녀를 끌어안는 것만으로 자제하고 있었다. 그리고는 그녀를 가만히 집의 대문으로 오르는 계단 앞까지 데려다 주고는 소리 없이 사라졌다. 근 한 학기 동안 경호는 이런 짓을 일주일에 한번 정도 되풀이했다.

혜리는 이 과정을 통해 많은 것은 느꼈다. 그가 결정적으로 치한 같은 짓을 하지 않으니 굳이 그를 위험인물로 치부하여 소리를 지를 필요는 없었다. 같은 대학원의 동기생이라는 연대의식 때문에 무슨 경계 의식 같은 것을 가질 필요도 없었다. 그러나 그녀의 몸에는 약간의 변화 같은 것이 오고 있음이 감지되었다. 무엇보다도 그의 기습을 받아줄 때는 가슴이 놀라울 정도로 팽창되었다. 그가 자기를 놓아주고 집 앞을 떠날 때는 전신이 땀에 흠뻑 젖고 여러 가지 여성적인 특징이 드러났다. 자기의 몸은 자신도 모르게 그를 받아들이고 있다는 생각이 들었다. 그러나 그의 골목 포옹 행위는 날이 갈수록 강력해졌다. 그의 포옹 행위가 끝나면 혜리는 물에 빠진 듯 땀에 젖었다. 그를 강하게 뿌리치고 거부해야 했지만, 막상 당하고 보면 그것이 되지 않았다.

"벌써 몇 달째야?"

"한 반 년 가까이 되었어."

"이제 그만 하거나 더 전진하거나 둘 중에 하나를 해!"

어느 날 밤, 어둠 속에서 두 사람이 속삭였다.

"저기 담벼락과 연결된 테라스 앞의 방, 보이지?"

"그럼!"

"그게 내 방이야. 이층이야."

"알고 있어. 내가 그 방을 쳐다보고 몇날 며칠을 보냈다구."

"옹벽에 튀어나온 부분이 있어. 그걸 딛고 올라가면 그 위에 세워진 담벼락은 높지 않아. 담벼락으로 올라가서 테라스로 넘어와. 그리고 내 방으로 들어와….”

"그럼 오늘부터?"

"마침, 아버지가 없어. 어머니만 계시는데 일찍 주무시는 편이야."

"아버지는 자주 집을 비우니?"

"그럼, 그럴 사정이 있어. 그런 걸 알 필요는 없구. 사람들이 살아가는 방법은 다 달라. 그러자니 가정사정도 다 다르구. 남의 가정이 어떻게 다른지 뭐 알 필요가 있어!"

"당연하지. 개 없어?"

"없어."

"동생들은?"

"아래층이야. 아래층에는 방이 네 개야. 남동생 하나 여동생 하나야. 각자 하나씩 쓰구. 부모님이 두 개 쓰구. 이층은 두 갠데, 내가 다 써. 하나는 침실, 하나는 공부방이야."

"그래두 행복한 집안이구나. 나는 그냥 떠돌이야. 우리대학 학생인 거 말고는 아무것도….”

"내가 들어가서 내 방의 전깃불을 켤 테니까, 올라와! 아무래도 초인종을 누르고 같이 들어가면 어머니가 눈치채실 것 같아."

"눈치채시면?"

"그러면 또 따지신다구? 나이는? 직업은? 키는? 아버지 어머니는? 형제는? 재산은? 아파트는 가지고 있나, 등등…. 굶어죽지 않는다고 아무리 소리쳐도 소용없어. 서울역 앞 지하도의 노숙자들이 하고 싶어서 하는 줄 아느냐고 호통이야!"

"부모님 마음대로 우리 삶을 살 수는 없어. 내 꼴리는 대로 사는 거야."

"나는 너의 철학을 지지한다. 그래 그럼 올라와. 마침 담벼락 위에 철조망이 없어서 다행이야!"

그들이 헤어지고 한참 있다가 과연 혜리가 말한 대로 이층에 전깃불이 들어왔다. 경호는 잽싸게 몸을 날려 옹벽을 오르고, 이윽고 담벼락을 타고 넘었다. 그리곤 테라스로 건너뛰었다. 동네 사람들의 눈에 띄면 월벽(越壁)하는 도둑으로 오인될 수 있어서 몸을 낮추고 신속하게 행동해야만 했다. 이제 두 사람 사이에는 말이 필요 없었다. 그들은 격렬하게 타오르는 열정에 몸을 맡겼다. 한참의 시간이 흐른 후에 그들은 자세를 바로 했다.

"이게 사랑이라는 건가봐….'

혜리가 먼저 입을 열었다.

"나도 그런 생각이 들었어. 서로가 미치도록 요구하는 거…. 그 것이 사랑일 거야."

"이런 과정 없이 맞선에서 합격하여 결혼을 하면 이런 감정은 맛 보지 못할 거야. 경호야, 너는 나에게서 잠들어 있던 끼 같은 것을 일깨워주었어."

"끼라니 무슨 소리야?"

"남자에게 지지 않으려는 여자만의 성깔이라고 할까…. 남자를 정복하고자 하는 여자만의 성적 욕구…. 뭐 그런 것이 있는 것 같 아…. 특히 내 본능 속에는…."

"그것을 내가 일깨워주었다는 말이지…. 하기야 남자도 여자를 정복하고 싶은 타고난 본능이 있을 거야…."

"나는 정말 남자들에게 끌려 다니고 싶지 않아! 선을 열두 번이 나 보았는데, 정말 남자 같은 녀석은 단 한 놈도 없더라고! 어쩌면 그렇게도 인간들이 지지부레하나! 좀 더 멋진 남자는 없나 하는 생 각에 언제나 몰두하고 있었어. 정말 남자다운 남자가 없어서 나 혼 자 살까 부다 하는 생각을 허게 되더라구."

"그러다가 내가 나타났구만!"

"그런데 아주 약했어. 내가 잡아끌지 않았다면 네 혼자 힘으로 일이 성사되지 않았을 거야."

"그럴까…."

"사랑의 힘으로 여자를 정복하려고 하지 않고, 그냥 치사한 조건에 맞는 여자를 찾으려는 것이 요즘 남자들이야! 왜 여자를 꼼짝 못하게 사랑하지 않아!"

방안에 전깃불을 꺼버렸기 때문에, 이층집 아래 왼편 큰길로 다니는 자동차들의 헤드라이트 불빛이 수도 없이 방의 어둠 속에서 춤을 추었다.

"저 자동차 헤드라이트 참으로 리드미컬하다야! 내가 전깃불 꺼버린 거 여러 가지 이유가 있었구나!"

혜리와 경호는 그날 밤을 뜬 눈으로 새우면서 그들의 사랑을 신비롭고 가슴 저린 청춘의 오솔길로 몰아넣었다. 새벽 네 시가 넘은 후, 깜박 눈을 붙인 경호는 어둠이 물러가지 않은 테라스를 가로질러 담벼락을 타고 혜리네 집을 벗어났다. 그리고 한 2주 동안 경호는 어디에도 그 모습을 드러내지 않았다. 원래가 바람처럼 나타났다가 사라지는 사람이라 그의 행방을 궁금해 할 필요가 없었다. 문제는 시간은 자꾸만 흐른다는 것이다. 그리고 흘러간 시간은 절대로 회귀하지 않는다는 사실이었다.

근 한 달가량 흘러서 어느 날 밤에 경호로부터 문자가 왔다. 집밖 옹벽 밑에 와 있다는 것이었다. 문자를 읽는 순간 혜리의 방문 전깃불이 꺼졌다. 알았으니 올라오라는 뜻이었다. 그러나 경호가 혜리의 창문을 막 타넘고 방안으로 들어가려는 순간, 마침 공교롭게도 동생 동철이 테라스에 바람을 쐬러 올라왔다. 동철이 경호의 모습을 보았는지는 불분명하다. 그가 아무런 인기척을 내지 않은 것으로 보아 못 보았을 가능성이 농후했다. 그가 경호를 보았다면 누나의 창문을 타넘고 들어가는 야간 침입자를 가만히 두었겠나. 게다가 동철은 태권도 유단자이다. 며칠이 지난 후 혜리는 동철을 자기의 방으로 불렀다.

"얘 동철아, 너 며칠 전 밤에 테라스에서 웬 남자와 마주친 적이 있니?"

"그런 걸 왜 물어봐? 내가 무슨 도둑놈 잡는 경비야?"

"아니 그냥 물어본 거다. 그런 적 있어? 없어?"

"그런 거 대답하기 싫어…. 무슨 그런 걸 다 묻고 그래!"

"태권도 실력 한번 발휘하지 그랬어?"

"도둑이면 당연히 발휘했겠지!"

"그럼 너 봤다는 얘기로구나!"

"누나 애인인데 내가 왜 나서! 사람은 누구에게나 애인이 있는 법이야. 애인 없는 사람만 불쌍하지!"

"너 어린 녀석이 꽤나 괜찮은 구석이 있구나!"

"이거 왜 이래! 나는 오히려 누나에게 그런 애인이 있는 것이 다행이라고 생각해! 모텔 출입하는 것보다야 낫지! 얼마나 스릴이 있어. 역시 우리 누나야! 피는 못 속인다구!"

"피라니, 누굴 얘기하는 거야 너?"

"우리 피라면 당연히 우리 아버지 어머니지 누군 누구야!"

"…."

갑자기 이야기의 방향이 달라졌다. 그래서 혜리는 입을 다문 것
같았다.

"동희는 알고 있니?"

"걔야 알 턱이 없지. 테라스에 올라온 적도 없구. 하지만 동희도
어린아이가 아니야. 요사이는 초등학교 학생들도 다들 짝이 있다
고들 하잖어!"

"무슨 소리하려구 그래. 내가 널 불렀는데…. 말할 사람은 나야."

"동희, 얘기 났으니 말이지만 초등 3학년인데 벌써 월경을 해.
엄마가 아무 데나 그걸 내던져 놓는다구 야단을 치지만 그게 야단
친다구 되는 일이야? 누나는 이층에 있어서 잘 몰라. 그리고 나도
대학생이잖아. 그래도 같이 몸 푸는 아이들이 몇이나 있어. 공부
하고는 담 쌓은 아이들이지. 집안도 다 괜찮은 아이들이야. 서로가
필요하니까!"

"듣기 싫어! 하라는 공부는 안하고 별 지랄을 다 하고 돌아다니
는구나!"

"그래두 난 누나처럼 자기 방으로 끌어들이지는 않아. 그럴 방도
없구. 우리가 그냥 자식이야? 그게 탈이라구! 어디 두고 봐! 다들
제명에 못살 거야!"

"이제 악담까지 하는구나! 꺼져! 어서 내려가!"

"그래두 나는 누나가 최고야. 누나처럼 살폿하고 매력 만점의 여
자는 없어! 정말 대단한 여자야! 누나 화내지 말어. 딱 한 마디만
하구 내려간게!"

"건방진 녀석! 그래 말해봐! 무슨 소리야?"

"누나 가슴 하고 누나 히프 그리고 멋들어지게 흘러내린 얼굴은 천하 명품이야. 엄마를 둘러 뺐어! 처음 보는 사내놈들은 누구든 한방 맞은 것처럼 머리가 띵해져 버려!"

혜리는 천방지축으로 입을 놀리는 동생을 향해 베개를 집어 던 졌다. 가만히 듣고 있기에는 정말 난처했다.

"주둥아리 닥치지 못하겠니! 할 말이 있고, 하지 못할 말이 있는 거야!"

"내가 무슨 못할 말을 했다고 그래! 아주 점잖게 말했을 뿐이야! 요사이 아이들 사회에서 그 정도는 아무것도 아니야! 아버지는 지 금 어디 가 계시는 줄 알고 있지? 내 나이가 얼만데 그런 걸 입 밖 에도 못 꺼내? 난 이래도 이 집의 장남이야. 장남! 누나는 시집 가 버리면 그만이지만, 나는 늙어죽을 때까지 아버지 어머니, 그리고 큰어머니, 그리고 작은어머니까지 처리해야 하는 팔자야!"

동철은 투덜대면서 혜리의 방을 나갔다. 혜리는 자신의 으름장 과는 달리 동생에게 무슨 위해를 가하는 것은 아니었다. 혜리와 경 호의 밀회는 이런 식으로 근 반년이나 계속되었다.

동철이가 누나의 밀회를 눈치 챘다고 하지만, 더 이상 가타부타 무슨 말이 없었다. 자기의 말대로 나설 일이 아니라고 치부하고 자 제하고 있는 것 같았다.

혜리는 태기가 있었다. 자유연애의 당연한 결과였다. 사랑의 실 질적인 결과는 회임이다. 이것을 위해 남녀는 사랑이라는 것을 한 다. 그리고 결혼을 한다. 이 사실을 잊어버리고 인간들은 사랑 그 자체를 찬미한다. 음식이 인간의 존재를 가능케 하는 영양을 준다는 사실을 잊어버리고 맛만을 느끼면서 먹는 것과 똑같다. 이런 회임은 사회에 고착되어 있는 미혼남녀의 결혼 후보 찾기인 맞선을 도외시한 자유연애의 당연한 결과였다. 맞선에 나설만한 자격을 갖추지 않은 청춘남녀의 자유연애는 이런 문제를 안고 있다. 과연 혜리는 자신의 임신 사실을 경호 이외에는 누구에게도 발설할 수 없었다.

"어떡했으면 좋아?"

"…."

경호는 대답이 없다. 실업자인 그에게 무슨 대답이 있을 수 있겠는가.

"당장 어떻게 하자는 것이 아니야. 네 생각을 알고 싶어."

"일이 이렇게 되었으니 죽든지 살든지 결혼하는 수밖에 더 있겠어."

"뭘 먹고 살고?"

"설마 살아있는 입에 거미줄 치겠어! 내가 도적질이라도 하지 뭐!"

"정말 그런 각오가 있는 거야?"

"그럼, 그런 각오도 없이 일을 저질렀겠어! 하지만 한 가지가 마음에 걸려."

"뭐가? 너 그런 아인 줄 알고 너를 선택한 거야. 너는 확실히 계산에 찌들어 붙은 쫌생이가 아니야. 거창한 결혼식은 필요 없어. 교회에 가서 목사님에게 부탁하면 되는 거야."

"그런데, 너 말이야. 이번 학기가 대학원 학점 마지막 학기잖아?

다음 한 학기만 하면 석사학위 논문을 제출할 수 있어. 그게 아깝다는 거지. 우리 전공, 석사학위 가진 사람이 딸린다는 말이 있어. 지방으로 가면 전임도 가능한가봐."

"나도 그런 소리를 듣고 있어. 그래서 주저되는 것은 나도 마찬가지야."

"내가 보기로 너는 머리가 핑핑 나는 아이야."

"하지만 난 잘 모르겠어. 내가 머리가 좋은지 나쁜지…. 하지만 사람들이 참 답답할 때가 있어. 아무것도 아닌 것을 가지고 쩔쩔매고 그러더라."

그들은 결국 임신중절에 합의하였다. 혜리는 수술실로 들어가면서도 결코 자신의 선택을 후회하지 않았다. 첫 임신을 중절 수술해야 하는 자신의 입장을 냉철히 판단하지 못한 것이다. 사회에 만연한 맞선의 병폐만을 두뇌에 가득히 담고 있었다. 맞선에 성공해야 안정된 가정을 꾸릴 수 있다는 긍정적인 생각은 없었다. 잠시의 시간이 흐른 후에 간호사가 경호에게 들어와도 좋다는 말을 했다. 수술실 안쪽으로 방 두 칸이 딸려 있었고, 몇 사람의 여자들이 누워 휴식을 취하고 있었다. 먼저 중절수술을 받은 여인들이었다. 미처 마취에서 덜 깨어난 혜리가 베개에 머리털을 풀어헤친 채 누워 있었다. 경호는 말없이 혜리에게 다가갔다. 조금 후에 혜리는 정신을 차렸다. 아랫도리에 피가 흥건히 묻어 있었다. 결코 작은 수술이 아니었음을 말해주었다. 1주일 정도, 수술 후 케어를 해야 한다는 간호사의 말을 듣고 병원을 벗어났다. 집도 의사는 코빼기도 보이지 않았다.

여기서 생각이 깊은 사람들이었다면, 그들은 자신들의 만남을 계속할 것인가 아닌가에 대해 좀 더 신중한 대화를 나누었어야 한다. 그들은 자신들의 사랑이 탈출구가 없음을 실감한 것이다. 그러나 인간의 모든 행위와 습관은 언제나 관성이 있는 법이다. 그들은 그런 심각한 문제는 꺼내지조차도 않고, 옛날처럼 대화를 나누고 식사를 하고 카페에 가서 차를 마셨다.

"앞으로 우리 집으로 오지 말어."

혜리는 경호의 눈을 똑바로 바라보며 말했다. 그녀의 내면에 무슨 변화가 생긴 것 같았다.

하기야 중절수술이라는 큰 사건을 겪고 나서 내면에 아무런 변화가 없으리라고는 생각할 수 없었다.

"알았어. 무슨 일이 생긴 거야?"

"너무 오래 끌어서 동네 사람들의 눈에 띄었을 가능성이 있고, 동생도 눈치 챈 것 같아. 이제부터는 밥 먹고 커피 마시고, 네 말대로 죽어라 논문만 쓰는 거야!"

"알았어. 좋은 생각이다. 하지만 그게 마음먹은대로 잘 될까…."

경호는 두말하지 않고 선선히 혜리가 하자는 대로 하겠다고 했다. 그리고 나서 그들은 정말 열심히 논문을 준비했다. 그들의 이상은 컸다. 경로당에 가는 심정으로 대학원에 가는 사람들이 있는가 하면 그야말로 학자의 꿈을 실현시키기 위해 대학원에 가는 사람도 있다.

혜리는 후자의 경우였다. 혜리에게 투철한 직업의식이 있는 것은 아니지만, 그녀는 분명 인간의 어떤 직업적인 소명의식이 있는 것은 확실했다. 그녀는 삶의 수단이 아닌 인간의 어떤 소명의식서의 직업관을 가지고 있었다. 그래서 그녀는 막연하지만 나름대로 학자의 꿈을 가지고 있었다.

학자, 그것은 이윤추구나 권력 추구의 조직사회에서 벗어나, 무한히 독서하고 집필하는 직업으로 그녀는 알고 있었다. 거기에는 무엇보다도 무한한 정신의 자유와 지적 자유가 존재하고 있는 것 같아 그녀는 그것을 동경하는지도 모른다. 그러한 꿈이 그녀의 인생 속에서 구체적으로 실현될 수 있을 까는 두고 보아야 한다. 이런 연구 분야는 너무나 전문화되어 있어서 엔간한 경력을 쌓지 않고서는 실현되기 어렵기 때문이다. 학점 학기가 끝나고 논문학기로 접어든 혜리는 주로 연구실과 도서관을 이용하여 논문을 작성해 나갔다.

그러나 병원 수술이 있고 나서 혜리는 이제 자신에게 어디 선을 볼 자리가 나도 거기에 응하고자 하는 의욕이 완전히 상실되어 버린 것을 느낄 수 있었다. 이제 자신에게는 결혼을 하기 위해 맞선을 보러 나가는 일은 있을 수 없다는 생각이 들었다. 그렇다고 자신에게 다른 무슨 결혼 계획 같은 것이 있을 턱도 없었다.

그러던 어느 날 논문 작업을 하다가 밤늦게 귀가하던 혜리는 집 옹벽 밑으로 빠지는 골목길 입구에서 기다리던 경호와 부딪쳤다. 여기는 두 사람만의 은밀한 역사가 이루어지던 곳이다. 혜리는 그가 반가웠다. 그는 분명히 과거나 지금이나 자신의 연인인 것이다. 그는 숨 막힐 듯한 포옹으로 그녀의 저항을 제압하고, 사정없이 전신을 장악해갔다. 그녀는 강하게 저항했지만 자신도 모르게 무너졌다. 저항을 잃은 몸이 되어가는 자신을 느꼈다. 그녀는 경호를 옹벽 위 담벼락으로 올려 보냈다. 거기에는 지금 어둠이 짙게 깔려 있었다. 그날 밤 그들은 벅찬 사랑의 감정을 회복했다. 사랑은 충분히 준비된 행위여야 하고, 그것에는 값비싼 대가가 따른다는 사실을 그들은 잊어버린 듯했다. 어느 날 밤, 담벼락을 타넘고 올라온 경호에게 혜리가 말했다.

"야, 경호야, 나 또 임신한 것 같아."

"그런 것은 네가 알아서 사전에 잘 처리해주어야지."

"…."

혜리는 아무런 대답도 없었다. 그러나 그 순간 그녀의 눈에서는 무서운 광채가 솟구쳤다. 그것은 깨달음의 광채였고, 저주의 색깔이 농후했다.

"다른 사람들은 여러 가지 방법을 써서 피임을 한다고 하던데, 하는 수 없군. 또 수술 받는 도리밖에는!"

"…."

여전히 혜리는 말이 없다. 그녀는 무서운 시선으로 경호를 바라볼 뿐이다.

"그런 눈으로 날 쏘아보지 말어. 다른 방법이 없잖아…."

한참의 침묵이 흘렀다. 거대한 도심에서 떨어져 있는 여기 언덕 동네에는 괴괴한 고요가 가득히 채워져 있었다. 사람들의 모습은 잘 보이지 않았고, 다만 차량들의 행렬만이 끊임없이 이어지고 있었다.

"너 이 병신 새끼야!"

침착하면서도 분노에 찬 혜리의 목소리가 허공을 찔렀다.

"어! 어어…."

갑작스런 혜리의 욕지거리에 경호는 너무나 놀라는 눈치였다. 그런 쌍스런 소리를 혜리에게서 한 번도 들어본 적이 없었다.

"우리가 이팔청춘 철모르는 나이냐? 내일 모레가 서른이야! 이 병신 새끼야, 아무리 핏덩어리지만 너는 불쌍하지도 않니? 한번이라면 또 몰라도. 두 번째루!"

"그럼, 낳아서 기르면 될 거 아니야! 낳으라구!"

"야 빙신아, 어디서 낳아? 여기 이층에서 이 방에서 낳아? 시집도 안 간 년이!"

"그러니까 지우자는 거 아냐! 혼전에 연애하다가 두세 번 아이 지우는 거 아무것도 아니야! 다들 그렇게들 한다구!"

"핏덩어리두 핏덩어리지만 나두 할 짓이 아니야. 씨암탉 배 째는 것도 아니고, 드높은 다리걸이 의자의 두 날개에 쩍 벌린 양 다리 묶인 채 핏덩이 끄집어내는 장면, 상상이나 한번 해본 적 있어! 이 병신아!"

"아이를 낳는다고 하지만 아무런 준비가 되어 있지 않잖아! 정말 여기 이층 방에서 낳을 수도 없구. 생각 좀 해봐! 네가 아이를 낳아봐! 너가 뭐가 되겠어! 동기생 학생들과 교수들이 너를 인간으로 취급하겠어! 대학에서 강좌를 맡고 싶다면서 그런 일이 벌어지면 누가 널 도와주겠니? 다들 남들도 그렇게 하니 한 번 더 수술 받자구. 별 문제 없을 거야. 간단하구. 인생이란 다 그런 거 아니야!"

"…."

"너만의 실수도 아니고 나만의 실수도 아니야. 우리 두 사람 공동의 실수야. 지금 누굴 탓하겠니. 우리 스스로를 탓하는 것 이외에는 아무런 방법이 없어!"

며칠 후 혜리는 지난번 산부인과의 수술대 위에 두 다리를 쳐들어 걸치고 누웠다. 경호에게는 알리지도 않았다. 첫 번 때와는 달리 부끄러움도 별로 없었다. 다만 하염없이 눈물이 솟구쳤다. 가벼운 마취를 하여 통증은 없었지만, 의식은 있어서 의사가 지금 무엇을 하고 있는지 알 수 있었다. 혜리는 수술을 받으면서 자기를 낳은 어머니를 생각했다. 어머니도 이런 과정을 거쳐서 자기를 낳았을까 하는 생각을 했다. 혜리는 피투성이가 된 몸을 이끌고 아물거리는 의식을 가다듬으면서 한 걸음 한 걸음 집을 향해 옮겼다. 어쩐지 자신이 성장했고 지금 살고 있는 집이 지금 이 순간 돌아가야 할 집이 아닌듯이 느껴졌다.

어머니도 몇 차례 중절수술을 받은 적이 있다는 말을 들은 적이 있었다. 어머니가 회임하여 분만하던 시절에는 뱃속 아이의 성별을 판별할 수 있는 기술이 개발되기 전이었다. 어쩐지 뱃속 아이가 딸 같다고 하여 수술을 받았던 것이다. 어머니는 꼭 그런 것은 아니었지만 아들을 보기 위해 들어온 일종의 씨받이 여인이었다. 그러니까 아버지의 작은 마누라였다. 어머니와 아버지 사이에서 동철이 태어났으니 어머니는 제 역할을 제대로 한 셈이다. 이것을 한국인만의 나쁜 풍습으로 보기는 어렵다. 인간은 누구나 사후에 자신의 피를 받은 후손이 번성하기를 바라는 간절한 소망을 간직하고 있다. 어찌 씨받이 여인을 취하는 것을 나쁜 풍습으로만 치부할 수 있겠는가. 혜리 삼 형제가 큰어머니로 부르는 분은 백모가 아니라, 아버지의 본부인을 말한다. 그분에게는 혜순이라는 딸만 하나 있는데 큰언니라고 부른다.

그러나 아버지 덕수씨에게는 씨받이 마누라가 하나 있는 것이 아니었다. 혜리 삼 형제가 작은어머니라고 부르는 셋째 마누라가 있다. 이 여자에게는 동준이라는 이름의 아들이 하나 있다. 다른 사람들이 손가락질을 하면서 흉을 보지만 남들의 흉 같은 것에는 눈썹 하나 까딱하지 않는 것이 덕수씨의 성격이다. 덕수씨는 자기 집 안방 옷장 제일 밑 칸에 권총을 숨겨두고 있었고, 가끔가다가는 오른편 다리 정강이 바깥쪽으로 날카로운 비수가 꽂힌 각반을 차고 다녀서 다들 그를 두려워했다. 그의 날카롭고 험상궂은 인상과 떠도는 소문 탓으로 누구든 그에게는 시비를 걸 수 없었다. 그가 무슨 짓을 하든, 무슨 말을 하든 가만히 두어두고 바라보는 도리밖에는 없었다.

여기서 권총이니 칼이니 하는 무기류들은 그의 전직이 경찰이라는 사실과 무관하지 않다. 그의 폭행의 가능성은 그의 전직이 사람의 목숨을 무기로서 일순간에 빼앗을 수 있는 경찰직이라는 사실에서 유추되고 있었다. 사회의 보통사람들은 이런 직업을 가졌던 사람들을 조금은 남달리 보는 경향이 있다. 덕수씨가 자기 집이라고 할 때는 보통 혜리네 집을 가리킨다. 자신의 본부인집인 혜순의 집이나 셋째 마누라 집은 거의 들르지 않거나 아주 가끔 들르는 편이다.

그러나 동준의 집은 그래도 한 달에 한두 번은 들르는 편이지만,

혜순의 집은 한 해가 흘러도 한번 들여다보는 법이 없었다. 이 두 집에다가 무슨 생활비를 고정적으로 주는 것도 아니었다. 거의 방임상태이다. 그러나 그 사실을 가지고 누구 하나 시비를 거는 사람은 없다. 자신들이 알아서 자신의 일상을 꾸려가도록 하고 있는 그의 능력은 오히려 남들의 부러움을 받을 지경이다. 혜순네는 분식집을 하고 있었고, 동준네는 카페를 하고 있었다. 덕수는 이런 남의 목숨을 일거에 빼앗을 수 있는 폭력의 가능성을 주변에 뿌리고 다니는 것 이외에, 주변 사람들을 복잡하고 억울한 사건에서 댓가 없이 해결해 주는 경우가 있어서 그의 알려지지 않는 경찰과의 커넥션이 비록 퇴임은 했다고 하지만 만만찮음을 과시했다.

어쩔한 의식을 간신히 추스려 병원 문을 나선 혜리는 인파를 헤치고 집을 향해 걸었다. 그 누구에게도 이 사실을 말하지 않았다. 그녀는 자신이 절대적으로 쓰러져서는 안된다는 생각을 하면서 걸음을 옮겼다. 그녀는 얼핏 대학 연구실의 주인공이 되어 책 더미 속에서 연구에 열중하는 자신의 모습이 뇌리를 스쳐 감을 느끼곤 했다. 왠지 거기에는 자유가 있고, 창조가 있는 것 같았다. 그러나 그녀는 피식 웃었다. 너무나 아득한 꿈이었다. 가능성은 거의 없는 것 같이 느껴졌다. 하지만 자신은 뭔지 모르지만 자유로워지고 싶었다. 그리고 가치있는 일을 하고 싶었다는 생각을 했다. 그러면서 그녀는 비틀거리는 자신의 몸을 가누면서 또 한 번 피식 웃었다. 그것은 아마도 두 번이나 생명을 지운 자신에 대한 모멸감의 표현인지도 모른다. 세상사가 어찌 원한다고 다 이루어질 수 있겠나.

간신히 집에 도착한 그녀는 아랫도리에 지혈이 잘 되지 않아 거들이 피투성이가 되어 있음을 알아차렸다. 택시를 탔어야 하는데, 정신을 조금 환기시키기 위해서 걸었던 것이 잘못이었다. 그리고 회복 시간을 가지지 않고 곧바로 퇴원을 해버렸던 것이 큰 착오였다. 공교롭게도 그날 경호가 담벼락을 타고 방으로 들어왔다. 그녀는 그를 다짜고짜로 테라스로 같이 나가자고 했다. 영문을 모르는 그는 그녀를 따라 나왔다. 테라스 난간까지 걸어간 그녀는 방향을 돌려 그를 난간 변으로 나가 서게 하고 자신은 자기 방을 등지고 섰다. 그가 그녀를 끌어안으려는 순간 그녀는 그를 향해 날쌔고 강력한 돌진을 했다. 떠밀려 테라스의 난간에 걸려 버둥거리던 경호는 이층에서 땅바닥으로 쿵 소리를 내면서 떨어졌다. 그리곤 한참의 시간이 흐른 후에 그는 부스럭거리면서 대문을 향해 뒤뚱거리면서 걸어가는 소리를 냈다. 머리가 깨지지 않았으면, 등뼈가 부러졌을 것이다. 연약한 여자의 힘이지만 워낙 졸지 간에 일어난 일이라 미처 방어하지 못한 것이다.

혜리의 애비 덕수가 여기저기 씨를 뿌렸지만, 그가 어디에서 씨를 뿌렸건 그의 씨였다. 씨 뿌린 자와 그 씨 사이에는 DNA라는 것이 있어서 체질이나 성격이 닮을 수밖에 없다. 혜리는 자신이 뭔가 조금은 남다르다는 생각을 할 때가 있다. 그럴 때마다 그녀는 너무나 남다른 아버지를 생각해 보는 것이다. 요즘 세상이 어떤 세상인데, 세 여자의 명줄을 주리 틀린 죄인처럼 휘어잡고 한 세상을 살아가는 아버지가 잘잘못을 넘어 남다르다는 생각을 해볼 때가 있다. 보통이 넘는 사람인 것은 확실했다.

제2장

건널 수 없는 강

혜리의 논문 작업은 본 궤도에 들어갔다. 자료를 열심히 독파해 감으로써, 색인카드도 기하급수적으로 불어났다. 이런 작업은 학생의 혼자의 힘으로는 역시 힘들다. 지도교수의 조언과 지도가 절대적으로 필요하다. 그러나 혜리의 논문을 지도하는 송인상 교수는 논문지도에 별로 열성적이지 않은 것 같은 느낌을 준다. 왠지 만사에 그렇게 열성적이지 않다. 그럼에도 불구하고 송인상 교수의 지도를 받겠다는 학생들이 줄을 서고 있다. 논문 지도교수의 선택은 학생의 자유다.

그러므로 인기 있는 교수는 지도교수 선택에 있어서 학생들이 줄을 서고, 인기 없는 교수는 지도를 요청하는 학생이 한 명도 없는 경우가 허다하다. 송인상 교수는 인기가 별로 있는 것 같지 않지만, 지도교수로 신청하는 학생들이 줄을 선다. 그것은 그의 약간은 핸섬한 외모에서 기인하는 측면도 있을 것이다. 그는 배우처럼 잘난 외모는 아니다. 그러나 그는 평소에 별 말이 없고, 언제나 우수에 찬 모습을 하고 있으며, 어딘가를 응시하고 깊은 명상에 잠겨 있는 듯한 표정을 짓고 있다. 그의 조금은 남다른 외모 못지않게 그는 언어에 신중하고 남을 응시하는 버릇이 있다. 학생들을 대할 때도 그는 별말이 없이 조용히 응시의 시선을 보내는 것이다. 그는 저명한 시인으로 알려져 있으나 근간에 발표하는 시를 본 사람이 없었다. 그는 일테면 시를 쓰지 못하는 시인이다.

학생들 사이에 떠도는 소문에 의하면 그는 거의 독신자의 생활을 한다고 한다. 부인이 있으나 식물인간으로 시골에 격리되어 있다고 한다. 그러나 이 소문은 믿을 바가 못 되었다. 학생들은 종종 자기들을 가르치고 평가하는 교수들의 신상에 대하여 자기들 나름대로 추측하는 수가 있기 때문이다. 학생들 사이에서는 송 교수가 자신의 연구실 천장에 CCTV를 설치해 놓고 자기 연구실을 드나드는 학생들의 일거수일투족을 영상으로 남겨둔다는 소문도 퍼져 있었다. 학생들 간의 소문은 그야말로 뜬소문일 경우가 허다하였다.

하여튼 송인상 교수의 신상에 대한 소문은 그가 뭔가 좀 남다른 가정생활을 하고 있다는 것이었다. 어느 학생은 그가 새벽 네 시에 학교에 출근하는 것을 보았다는 것이다. 그런가 하면 송 교수는 가끔가다 자신의 연구실에서 밤을 새고 새벽에 사우나를 하러 간다고도 했다. 그 학생 자신이 직접 보았다고 주장하니 그것을 부정하기도 어려웠다. 하물며 표정 없는 등신 같은 얼굴을 한 부인을 업고 학교 뒤편 숲으로 연결된 언덕길을 걸어 올라가는 것을 보았다는 학생도 있었다. 어느 날 송 교수가 조교를 통하여 혜리를 자신의 연구실로 불렀다. 연구실 문이 반쯤 열려 있었다.

"문을 닫지 말고 거기 서 있어요."

보던 책에서 얼굴을 떼지 않은 채 송 교수는 나지막한 소리로 말했다. 극도로 학생을 경계하는 자세이고 목소리였다. 길게 상대하지 않고 용무를 끝내겠다는 뜻이 역실히 드러났다.

"자네의 지도교수 신청을 읽었는데, 내가 적임자가 아니야. 박인출 교수가 적임자야…. 우리 대학 학부를 졸업했지?"

"그럼요. 학부 다닐 때 교수님 강의를 세 개나 들었어요. 박인출 교수님은 전혀 내가 쓰려는 논문과는 다른 전공으로 알고 있어요."

"…."

학생의 대답을 대단히 당돌하다고 생각하는 눈치다.

"시를 전공하는 저가 시인이신 교수님을 지도교수로 신청하는 것은 당연하다고 생각합니다."

"나는 시를 쓰지 않아…. 어디서 그런 소리를 들었는가."

"시를 쓰지 못하는 시인이신 교수님이 안타깝습니다. 교수님을 시를 쓰시는 시인으로 만들어 드리고 싶습니다."

"…."

너무나 당돌한 학생의 발언에 송인상 교수는 그 우수 어린 얼굴을 들어 가만히 그리고 천천히 말을 이었다.

"자네가 학부에서 내 강의를 세 개나 들었다는 사실 나는 잘 알고 있네. 그러나 대학원에서는 자네 논문의 지도교수가 될 수는 없어. 그리고 나를 시를 쓰게 만들겠다구…. 자네 너무 당돌하다고 생각하지 않나?"

"그런 권위의식에 젖어서 사고하는 분은 아니라고 생각합니다. 인격 대 인격의 만남이고 대화라고 생각합니다. 그리고 자신의 의사를 소신대로 표현할 수 있는 것이 우리들의 세대라고 믿습니다."

혜리는 조금도 주눅 들지 않고 당당하게 말을 이어갔다. 그러는 한편 두 눈알을 굴려 소문대로 과연 CCTV를 연구실 천장에 달아 놓고 학생들의 행동을 체크하는지 살펴보았다. 그런 것이 매달려 있는 것 같기도 하고, 그렇지 않은 것 같기도 했다.

"할 얘기를 다 했으니 이제 그만 내 연구실에서 나가주게."

"나가라면 나가겠습니다. 하지만 너무 하다고 생각하시지 않으세요? 자기 강의를 세 강좌나 들은 학생을 이런 식으로 거절하시고 내쫓아버려도 되나요?"

"그러면 자네는 내가 자네를 어떻게 대해주기를 원하나?"

"아무려면 교수님도 학교의 구성원 중의 한 분입니다. 학생인 우리도 학교 구성원 중의 한 사람입니다. 이런 식으로 대하시지 마시고, 좀 들어와 소파에라도 앉아라. 커피라도 한잔 하고 싶으면 저기 포트가 있으니 물 끓여서 타 마시거라, 논문지도는 당연히 내가 하겠다. 이 정도는 하셔야 한다고 생각합니다. 저희들은 곧 학위를 받을 대학원생입니다."

"하 참! 네 말이 맞다. 그래 커피 마시고 싶으면 물 끓여 한잔 타 마시거라. 그리고 나에게도 한잔 갖다 줄 수 있겠니?"

"네, 그렇게 하죠."

혜리는 이 우수에 찬 젊지 않은 시인을 두려워할 하등의 이유가 없다고 생각했다. 사람들의 가슴 속에서는 시대는 바뀌었고, 어느 특정인의 권위의식은 사라진 것이다. 지금 그의 지도교수 거절에 하등의 이유가 없는 것이다. 수용과 거절은 그의 자유이지만, 거기에는 그럴만한 이유가 있어야 한다. 그렇지 못할 경우 그것은 분명 직무유기가 아니고 무엇인가. 학생은 자신의 전공에 가장 가까운 교수에게 논문지도를 받을 권리가 있는 것이다.

혜리는 천천히 포트에 전원을 넣어 물을 끓이기 시작했다. 스스로를 생각해도 도가 지나칠 정도로 당돌하다. 그러나 그녀는 조금도 주눅이 들지 않았다. 그 순간에도 그녀는 자신을 낳아준 덕수씨를 생각하는지도 몰랐다. 죄를 짓지 않은 범위 안에서 그녀는 조금도 위축되지 않았다. 그녀는 애초에 그렇게 생겨먹은 것은 아니었다. 맞선이 싫어 연애라는 것을 해보고 나서 그렇게 변질되었을까…. 그런 것 같기도 하고 그렇지 않은 것 같기도 하다. 혜리는 그녀 자신 더 이상 물러설 자리가 없다고 스스로 믿고 있었다. 송인상은 학생이 끓여다주는 커피에는 시선을 주지 않고 책만 보고 있었다. 그는 얼핏 보아 대단히 거만했다. 도무지 안하무인의 태도로 학생을 대하는 것이었다. 그의 이런 태도 탓이었을까, 친구 희숙이가 한때 송인상 교수실의 무급 조교로 일한 적이 있었는데 무슨 이유인지 그만 둔 적이 있었다.

"거듭 말하지만 자네의 논문지도를 맡을 수는 없네."

"왜 그렇게 학생들과 거리를 두려고 하세요? 교수님 연구실에는 학생들의 접근을 꺼리는 CCTV가 설치되어 있고, 하물며 무슨 녹음기가 설치되어 있다는 말까지 떠돌고 있어요. 그러나 저가 느끼기로는 교수님의 마음은 그 무관심하신 것 같은 태도와는 달리 대단히 성실하시고 학생들을 가까이 하시려는 것으로 느껴져요. 정말 CCTV와 비밀 녹음기는 설치되어 있는 거예요? 제 눈에는 보이지 않는데….”

아무런 대꾸도 없이 조용히 커피를 마시던 송인상은 작심한 말을 하였다.

“그것은 설치되어 있을 수도 있고, 설치되어 있지 않을 수도 있어요. 하지만 그것이 설치되어 있다면 학생들을 감시하기 위한 것은 결코 아니야!”

“그럼 그것을 어디다가 써먹으려고 설치하신 거예요? 어차피 그것은 누군가를 감시하려고 설치하셨거나 설치하시려고 하는 것 아니에요?”

“그것은….”

송인상은 커피 잔을 내려놓으면서 등의자에 몸을 기댔다. 그리고는 그윽한 시선으로 혜리를 건너다보았다.

“말씀해 주세요. 그걸 왜 설치하시려고 하셨는지…. 논문지도 해주시지 않아도 좋아요. 다른 교수님에게 지도를 받겠다는 것이 아니라, 논문 쓰기를 그만 두면 되죠 뭐! 학위를 받지 않으면 되는 거죠.”

소파의 안쪽에 깊게 내려앉은 혜리의 무릎이 짧은 스커트의 단 밖으로 솟구쳐 더욱 탄력 있고 아름다워 보였다.

“그 것 은 나 를 감 시 하 기 위 해 서 야….”

말을 처음 배우는 사람처럼 그는 천천히 한 마디 한 마디씩을 내뱉었다.

“네에!”

세상에 무슨 이런 사람이 다 있는가. 혜리는 놀라서 뛰는 가슴을 가까스로 진정시켰다. 세상에 수십억 명의 인간이 살아가고 그들이 다들 다르다고 하지만 이런 사람이 존재하는지는 꿈에도 생각해본 적이 없었다. 자기를 감시하기 위해서 CCTV와 녹음기를 설치한다…. 이것은 말이 되지 않는 소리다.

"딱히 설치하신 것도 아니잖아요?"

"그럼…. 커피를 다 마셨으면 나가 주세요."

"알았습니다. 논문지도를 받으려고 찾아온 학생을 이렇게 쫓아내는 교수님은 처음 보았어요."

"어떻게 말해도 할 수 없어요. 논문지도 건은 이것으로 끝났으니어서 나가 주세요. 커피까지 청해서 마셨잖아!"

혜리는 더 이상 자신이 말을 해서는 안된다는 생각을 했다. 그것은 상대를 괴롭히는 일이다. 자신을 그 정도라도 대해준 것에 감사해야 할 것만 같았다.

"저가 너무 교수님을 괴롭힌 것 같습니다. 이만 물러가겠습니다. 하지만 교수님의 지도를 받지 않으면 논문을 쓰지 못할 것 같습니다. 논문을 포기하던지 혼자서 엉터리로 논문을 쓸 수밖에 없을 것만 같습니다."

"…."

송인상은 아무런 대꾸도 없이 연구실을 나서는 혜리를 건너다보았다. 그녀는 자신이 무슨 능력으로 송인상 교수로 하여금 시를 쓰게 하겠다는 말을 했는지 자신도 알 수 없었다. 그를 학문을 강의하는 교수로 보지 않고, 한 사람의 시인으로 본 탓이 아니었을까.

아니면 한 사람의 남자로 보았을 가능성도 있다는 생각을 했다. 지금 이 순간 남자에 대한 신비감은 거의 없다. 경호와의 그 지독한 사건을 겪으면서 남자에 대한 혐오감과 모멸감만이 가슴 가득할 뿐이다. 조금 건방진 소리인지는 모르지만 지금 이 순간 남자에 대한 환상은 자기에게는 없어진 것 같았다. 과연 그럴까. 더더구나 남자에 대한 두려움 같은 감정은 거의 없는 듯이 느껴진다. 꼭 경호와의 사건이 있어서가 아닐지도 모른다. 인간 만사에 특히 여자 관계에 전혀 남의 눈을 의식하지 않는 이덕수의 딸이 아닌가. 하기야 덕수는 여자관계에서만 유아독존이 아니다. 인생 만사에 그는 과대망상증 환자라고 할 만큼 근거 없는 자신감에 차 있다. 그는 자신을 초능력자로 알고 있다. 자신이 해서 안 되는 일은 이 세상에 존재하지 않는다는 것이다. 그 다음 주에 조교가 전화를 했다.

"이혜리씨죠? 송인상 교수님께서 석사논문의 지도교수를 수락하셨습니다."

"어…."

혜리는 무슨 말을 잇지 못했다. 너무나 뜻밖이었다.

"지도교수의 수락 사인을 받아서 제출해야 합니다. 이번 주 내로 서류를 제출해 주세요."

"네…."

논문 쓰기를 포기할 정도로 마음이 굳어 있었던 혜리였다. 자신을 감시하기 위해 CCTV를 설치했다는 송인상 교수가 아니었던가. 혜리는 다시 한 번 사람은 정말 알 수 없는 존재이며 그가 시인이라는 사실을 깨달았다. 혜리는 수락 사인을 받기 위해 재차 송 교수의 연구실을 방문했다.

"문을 열어놓고 그 자리에 서 있어요. 거기서 용건을 말하세요."

"지도교수 수락의 사인을 받으러 왔습니다."

"서류를 가지고 왔어요? 이리로 가지고 오세요. 석사학위 논문의 질이 전반적으로 저하되어 있어요. 잘 쓴 석사학위 논문은 정식 학술논문으로 인정되고 국제적인 학술지에 실리기도 합니다. 미국에서는 석사학위가 오히려 박사학위를 뺨칠 정도로 독창적일 때가 있어요. 박사학위는 석사학위를 더욱 심화시키는 정도로 보면 됩니다."

"전번에 저가 너무 떼를 써서 미안했어요. 사과드립니다."

"그런 말 할 필요가 없어요. 사인을 받았잖아. 어서 가서 공부해요."

송인상 교수는 싸늘하게 말했다. 연구실을 나와서 교정을 걷다가 혜리는 학과 클래스메이트인 희숙이를 만났다. 희숙이는 한때 한 학기 동안 송인상 교수의 연구실 개인 조교를 한 적이 있었다. 혜리는 자신의 논문 지도교수 건으로 희숙을 만나서 송 교수의 성향에 대해서 상의하고 싶은 마음은 추호도 없었다. 그것은 어디까지나 자신의 문제이고 밖으로 불거진 어떤 사건도 없었다. 지도교수 신청을 냈으나 거절되었다가 다시금 재조정된 것뿐이었다. 희숙이는 학부 재학 시절에 송 교수를 좋아하고 흠모했던 편이었다. 그것은 그냥 학생으로서 어느 교수에 대한 일반적인 선호의 감정이었다. 어느 학생이나 어느 특정의 교수를 더 좋아하거나 싫어하는 정도의 차이는 있게 마련이다. 희숙의 경우는 그것이 조금 두드러져 송 교수를 따라서 시도 쓰고 결국 그의 추천으로 시인으로 데

뷔까지 한 것이다. 그래서 결국 희숙은 그의 연구실에 무급 조교로 일하게 되었다.

그러나 그것이 다였다. 더 이상 무슨 일이 있을 수 없었다. 사람과 사람 사이에는 어떤 형태로든 그들만의 특이한 감정관계가 성립하기 마련이다. 그것은 천 사람이면 천 사람, 다 틀리기 마련이다. 우주만물을 느끼는 인간의 감각은 다 다르기 때문이다. 혜리는 여고 3년과 대학 학부 4년을 같이 다닌 희숙에 대해 무한한 신뢰를 가지고 있었다. 둘은 자매처럼 친하게 되었다. 두 사람 사이에는 별별 희한한 일이 다 있을 정도로 깊은 친밀감이 조성되어 있었다.

한때 경호가 혜리에게 미쳐서 날뛸 때 그의 진심을 시험하기 위해 혜리의 요청으로 희숙이가 그를 적극적으로 유혹해 보기로 한 적도 있었다. 여자란 묘한 구석이 있어서 이런 식으로 외곬으로 빠지는 경향이 있는 것이다. 어느 날 희숙이는 송 교수로부터 갑자기 내일부터 연구실에 나오지 말라는 부탁을 들었다.

"저가 뭘 잘못 모신 게 있나요?"

"그런 건 절대 아니야. 그냥 이제 혼자 있고 싶을 뿐이야. 열심히 일하는 자네에게 아무런 보수를 주지 못해 미안하기도 하고."

"혹시 친구들이 찾아와서 교수님 사색을 방해한 것은 아니었을까요?"

"으음…."

찾아온 친구라야 혜리 단 한 사람뿐이었다. 무슨 별다른 말은 없었지만 송인상 교수는 혜리의 자기 연구실 방문에 유달리 신경을 쓰는 눈치였다. 섬세한 시인적인 감각을 가진 희숙이가 그걸 눈치

채지 못하겠는가. 어떤 날은 그는 출근길에 아름다운 장미꽃을 한 다발 사가지고 와서 예쁜 화병에 꽂아주기를 주문하기도 했다. 그리고는 누군가가 자기 연구실을 방문해 주기를 바라는 눈치였다. 이러한 것은 어디까지나 희숙의 추측이지 송인상 교수 자신이 무슨 감정이나 의사표시를 말로 한 적은 전혀 없었다. 희숙과 혜리는 오래간만이라고 길 건너 카페에 가서 커피를 마셨다.

"축하한다. 교수님이 네 논문지도를 수락하셨다구?"

"어디서 들었어?"

"과 조교에게서 들었어. 선생님은 왜 그렇게 아무것도 아닌 것을 가지고 신경질을 부리는지 모르겠어. 다른 학생들 것은 검토도 해 보시지 않고 도장을 조교에게 맡겨놓고 꽝꽝, 찍으시면서…."

"참 알다가도 모르겠어."

"내가 모셔봐서 알지만 정말 종잡을 수 없이 깊은 내면의 세계를 가지신 분이야. 그런데다가 사모님마저 불치의 병으로 수용되어 있으니 도무지 무슨 생각을 하시는지 알 도리가 없더라. 이번 네 논문지도교수 건은 나는 안 될 줄 알았어. 그렇게 딱 잡아떼더니 하룻밤 사이에 오케이로 변했잖아…. 내가 느끼기로 선생님은 너를 두려워하고 있는 것 같아!"

"무슨 그런 소리를 다 하니?"

"너에 대한 자신의 감정을 통제하지 못할까봐 두려워하는 거야…. 교수지만 본질은 시인이야. 어쩐지 그런 느낌이 들어. 내가 가장 잘 알지 않니! 두 사람 사이에 오고간 감정의 교류라는 거…."

"어머! 너 별소리 다한다 예! 무슨 그런 해괴한 소리를! 두 사람 사이의 감정의 교류라니…. 말도 안 돼! 차 한 잔 한 적 없어야."

　이런 강한 발언을 하고 있는 혜리는 자기가 거짓말을 하고 있다는 생각을 스스로 하고 있었다. 얼마 전 송인상 교수를 찾아간 자신은 벌써 그와 수많은 내면의 대화를 나눈 후라는 생각이 들었다. 무엇인지 알 수 없었지만 혜리는 그에 대해 정말 알 수 없는 어떤 자신감같은 것이 있었다. 그날 보기 좋게 거절을 당했지만, 어떤 경로를 통하든 결국 자기는 송 교수의 논문지도를 받게 될 것이라는 이유 없는 심증을 가지고 있었다. 이것을 희숙이가 말하는 감정의 교류라고 말할 수 있을까. 사람의 길은 죽음을 향하는 길이고, 여자의 길은 남자를 향하는 길이다. 자신이 송인상 교수의 논문지도를 희구하는 마음이 굳이 논문 때문일까 하는 자문을 자신에게 해보는 혜리였다. 그러나 그런 자신의 심리의 항로를 누구에게든 밝힐 수는 없었다. 하기야 자신도 잘 모르는 일이다.

　그녀는 죽음으로 가기 전에 일단은 남자에게로의 길을 가야한다는 자기 암시를 강하게 받고 있었다. 경호에의 접근도 그것의 하나였는지도 몰랐다. 그러나 그것은 비참한 결과만을 낳았다. 그는 남자지만 자신이 가까이 가고 싶은 진정한 남자는 아니었다. 한번 불붙으면 *끄*지 못하는 영혼의 소유자가 혜리다. 그녀는 천상천하 유아독존의 성격을 가진 덕수의 딸이다. 아버지의 DNA를 딸이 그대로 전수받은 것일까.

　혜리는 자신의 성격을 알고 있었다. 집에 가만히 있어도, 도서관에서 책을 보고 있어도, 산길을 걷고 있어도 그녀는 자신의 내면에서 솟아오르는 뜨거운 불길 같은 것을 느낀다. 진정한 남자를 만날 수 있으리라. 누군지는 모르지만. 언제나 이런 생각을 하는 혜리다. 남자는 혜리 자신이 가지지 않은 그들만의 어떤 고상하고 고매한 무엇을 가지고 있는 듯이 느껴지는 것이다. 이것을 자연의 섭리라고 말할 수 있을까. 아니면 혜리의 성향 혹은 성격이라고 말할 수 있을까.

가을로 접어들어 논문이 막바지를 향해 모양새를 갖추어가고 있었다. 그런데 송 교수가 좀처럼 학교에 잘 나타나지 않았다. 2학기가 개강 되고 나서 그는 휴직에 들어갔다. 조교의 이야기로는 부인의 병환이 심해져서 한 학기를 휴직한다는 것이었다. 그러나 그 사람 밑에서 논문을 쓰고 있는 사람들은 야단이 난 것이다.

"그러면 너 말이다. 교수님 집으로 찾아가라. 집 찾기가 좀 힘들어서 그렇지만…. 그렇지만 그 수밖에 없어!"

"찾기가 힘들다기보다도, 가기가 힘들어…."

"무슨 소리야? 알아들을 수 없어…. 네 말뜻을. 선생님 집은 물론 아파트지만 자동차가 올라가지 못 한다구. 축대 위 높은 데 위치하고 있어서 계단을 밟고 올라가야 해! 처음 간 사람은 등골에 땀이 난다구."

희숙은 송 교수 아파트까지 혜리와 동행하기로 했다. 희숙이가 가르쳐주는 대로 차를 몰아보니 과연, 하는 탄성이 나왔다. 야산 둔덕에 아파트가 세워져 있는데, 둔덕의 좌우에 꽉 차게 높다란 축대가 구축되어 있고 그것이 너무 높아서 밑에서 옆으로 찻길을 내기가 불가능해 보였다.

"저 계단이 330개래."

"어머, 높아도 너무 높다 얘."

"그래도 선생님은 차 운전을 안 하시니 계단을 걸어 내려 오시구 걸어 올라가시는 형편이야. 아파트의 뒤편으로 찻길이 있기는 한데, 경사가 급하고 오래된 동네를 통과하기 때문에 길이 아주 좁고 꼬불꼬불해서 잘 이용들 안하시나봐."

"으응 그런 점이 있었구나…. 선생님은 왜 그런 불편한 데 사실까?"

"가정 형편 따라 아파트가 결정되는 것 아냐…. 선생님은 가난한 고학생 출신이었다나. 선생님 사모님 병석에 계시는 것은 알고 있지? 무슨 병인지 아니?"

"몰라…."

"근 무력증이라나. 뭐라드라, 영어로. 그래 루게릭병이라나…. 팔 다리 목 눈 근육에 주로 무력증이 나타난데…. 영국의 천체 물리학자 스티븐 호킹이라는 사람이 앓는 병이 바로 그거지 뭐…."

"희숙아, 너 별것을 다 안다야…."

과연 희숙이가 일러준 대로 거대한 아파트가 드높은 옹벽 위에 들어서 있었다. 그 언덕 밑에 차가 멈췄다. 주차장이었다. 서쪽으로 기우는 햇살을 받아 아파트 유리문들의 일부분은 찬란하게 반사광을 발했다.

"혜리야, 오늘은 네가 길을 몰라서 내가 가르쳐 주려고 따라온 거야. 지도교수와 지도 받는 학생과의 사이에는 그 나름의 분위기가 있는 거야. 나는 이제 걸어서 내려갈 테니 저기 공터에 차를 세워라. 어머, 저기 계단에…. 선생님이 걸어 내려오시고 있어, 저기 좀 봐…."

주차한 후에 희숙이 가리키는 데로 시선을 주니 과연 머리털을 한껏 이마 쪽으로 내려뜨린 송인상 교수가 천천히 그 높은 계단을 걸어 내려오고 있었다. 논문지도 받는 학생을 집으로 받아줄 수 없는 그의 입장이 이해가 되었다. 두 학생은 선생에게 나란히 고개 숙여 인사를 했다.

"이 험한 데를 다 찾아오고…. 미안하네…. 한 시간 정도 가능하니 저 아래로 내려가서 차나 한잔 하면서 이야기하지."

송 교수는 앞장을 섰다. 아마도 부인을 누구에겐가 잠시 맡겨놓은 것 같았다. 아파트 단지가 들어선 야산 아래 동네의 카페로 들어가 자리를 잡았다. 갑자기 튀어나온 탓인지 송 교수는 옷차림이나 머리털이 잘 정돈되어 있지 않았다. 그는 가지고 온 봉투를 열고 지난번 혜리가 제출한 논문의 한 꼭지를 다탁 위에 내어놓았다.

"이것이 제 5장인가…. 부족한 부분을 내가 페이지마다 적어 놓았고, 보충해서 읽어야 할 책을 적어 놓았어요. 지적된 책을 다 읽고 그 부분의 인용문을 좀 더 강화해야 논리의 정당성을 얻을 수 있어요."

"그 쪽 책이 대학도서관에는 없는 것 같았어요."

"국립중앙도서관에는 있어요. 내가 본 적이 있어요."

대담이 끝나고 송인상은 혜리를 그녀의 승용차까지 바래다주었다. 잘 가라고 인사말까지 했다. 혜리는 그가 자신을 감시하기 위해 연구실에 이상스런 기기까지 설치해 놓았다더니 과연 괴이한 성격의 사람이다 하는 탄성이 소리 없이 일었다. 혜리는 여자의 본능적인 직감으로 자기를 향해 걸어오고 있는 그의 발걸음 소리를 들을 수 있었다. 어쩌겠는가. 그것은 인간의 가장 자연스런 감정의 흐름이다. 인간의 의지의 문제가 아니다. 어쩔 수 없는 인간 본능의 감각이다. 여자는 남자를 향해 걷고, 남자는 여자를 향해 걷는다. 이것이 이들이 벗어날 수 없는 죽음의 계곡에 이르기 전까지 인간으로서의 행로이다.

여학생들에 대한 남성 교수들의 성추행 주장을 증거를 들어 반박하려는 의도로 설치되는 것이 바로 이 CCTV이다. 그렇다면 송 교수는 자신을 감시하기 위해서 이 기기를 설치했다고 했으니, 말이 좀 이상해진다. 그러니 금방 확답이 떠오르지 않았다. 한 달에 한번 꼴로 혜리는 이런 식으로 송인상 교수의 논문 지도를 받았다.

어느 날 차를 주차장에 주차하고 아래 동네 단골로 다니는 카페에서 송 교수를 기다렸으나 한 시간이 지나도록 나타나지 않았다. 피치 못할 사정이 있으려니 생각하고 기다리다가 혜리는 하는 수 없이 자리를 떴다. 한 시간이나 기다렸으니 자신이 할 일은 다한 것 같았다. 사람에게는 누구나 피치 못할 사정이 있는 법이다. 주차장으로 올라가 차에 시동을 걸려는 순간, 이제 황혼이 가득 들어찬 드넓은 주차장 동쪽 계단에서 힘없이 늘어진 여인을 등에 업은 송인상 교수가 계단을 천천히 그리고 조심스럽게 걸어 내려오고 있는 장면이 시야에 들어왔다. 위급 상황 아니면, 산책을 하기 위함인 것 같았다. 혜리는 잠시 주저하다가 차를 계단 쪽으로 몰았다. 그리곤 그들 앞에 차를 세우고 차 밖으로 나왔다.

"아니, 이 사람, 아직도 가지 않았나? 내가 기다리지 말라는 말을 할 겨를이 없었어. 한 시간 이상이 흘렀는데 기다리고 있었어요?"

"그냥 책 보고 있었어요. 어서 사모님을 차에 태우세요."

헤리는 차의 뒷문을 열었다.

"여기서 병원이 멀지 않아요. 그냥 걸어가도 되는 거리야."

"마침 제가 태워다 드리겠어요. 사양하시지 마세요."

헤리가 열린 차문의 반대편 문을 열고 차 안으로 들어가서 송 교수의 등판에서 내려진 환자를 받아 안았다. 부인은 병세가 상당한 듯했다. 잘 기신을 하지 못했다. 환자를 차 안으로 들이는 과정에서 헤리는 자신도 모르게 송 교수의 손과 팔뚝과 몇 차례 부딪혔다. 이를 데 없이 부드럽고 섬세했다.

옛날과 달라서 요즘 세상에 고학으로 공부하여 교수까지 되기는 아주 어렵다. 건국 초기 학문의 세계가 아직 덜 성숙했을 때는 그것이 가능했다. 어느 정도 공부하면 곧바로 인정을 받을 수 있었다. 그러나 모든 분야가 다 그렇지만, 특히 학문분야는 심화를 거듭하여 절대적으로 국제적인 수준을 요구한다. 그러므로 석·박사과정을 통하여 10년 이상 공부하여야 한다. 요즈음 같은 스피드 시대에 누가 그런 투자를 하겠는가.

그래서 미국 같은 산업 국가에서는 교수라는 직업이 인기가 없다. 투자에 비해 결실이 너무 적다. 그나마 아주 늦게 찾아온다. 일단 자리를 확보했다 하더라도 계속 공부하여 업적을 쌓아야 한다. 누가 이런 고달픈 직업을 가지려 하겠는가. 사람은 누구나 즐겁고 행복하게 살려고 한다. 그러나 사람들 중에는 죽어도 이 직업에서 자신의 진정한 삶의 보람 같은 것을 찾으려는 자들이 있다. 늦게 그리고 적게 찾아오는 결실이지만, 그 세계에는 독창성과 자유가 기다리고 있다는 이유에서다. 일테면 혜리 같은 사람이 그런 부류이다.

"교수님, 앞으로 사모님 병원 가실 때 저를 불러주세요. 아파트 뒤편으로 찻길이 있다면서요? 아프신 분을 업고 계단을 걸어 내려 오시는 것은 참으로 위험하다고 생각합니다."

"…."

송인상은 대꾸가 없었다. 오늘 정말 어쩔 수 없이 자신의 가장 내밀한 가정 형편을 학생에게 들켜버렸다는 듯이 얼굴을 찌푸리고 있었다. 초췌한 부인의 얼굴에는 시종 표정이 없었다. 환자다운 괴로움만이 가득히 피어있을 뿐이었다.

"그 길은 사람들이 잘 이용하지 않아요."

"그래도 차로 가면 훨씬 쉽죠. 시간도 걸리지 않고. 거리가 돌아간다고 해도 차로 가면 금방이에요."

"두고 봅시다."

송인상의 대답은 신통찮았다. 그러나 거부는 아니었다. 그리고 혜리는 대여섯 차례 이들을 태우고 병원에 갔다. 세월이 흐르는 사이, 이 일로 인해 송인상과 혜리는 부쩍 가까워졌다. 혜리의 논문이 거의 완성 단계에 이르렀을 때, 대학원 학생 전원이 설악산으로 1박 2일 종강 기념 여행을 떠났다. 송인상은 휴직 상태였지만 논문지도는 하고 있었기 때문에 특별 게스트로 참여하였다. 그는 성격이 빡빡하여 학생들에게 큰 인기가 없었다. 그럼에도 불구하고 학생들은 그의 존재를 잊지 않았다. 그의 인간으로서의 성실성과 학문을 대하는 열성을 알고 있었기 때문이었다.

눈 덮인 설악산은 절경이었다. 설악산의 4계절 중에서 겨울 풍
경이 제일이라는 말이 실감났다. 눈 덮인 명산의 풍경은 찾아온 겨
울 나그네들에게 별세계에 온 듯한 감각을 한껏 안겨주었다. 하룻
밤 자고 떠나야 하는 이곳이지만 이들에게 낯설고 환상적인 분위
기에 한껏 젖게 했다. 권금성에 올라 지금 막 서쪽으로 기우는 짧
은 겨울 햇살 속의 울산바위를 배경으로 사진을 찍게 되었다.

"울산바위를 배경으로 한 줄로 서세요."

남학생 한 사람이 스마트폰을 들고 포즈를 취했다.

"자자 이리로 보세요. 치즈하세요. 치-즈."

다들 기막힌 명산의 눈 풍경에 정신을 잃었다. 혜리는 줄을 서다
가 보니 우연히 송인상의 옆자리에 서게 되었다. 스마트폰 카메라
셔터를 누르는 사람은 계속 포즈를 취해줄 것을 요청했다. 그 순
간이었다. 알 수 없는 손이 자기의 손을 부드럽게 끌어 쥐었다. 손
의 뜨거움이 전해졌다. 깜짝 놀라 손을 빼려하다가 혜리는 손의 주
인공이 송인상임을 깨달았다. 만감이 교차하는 가운데 한참의 시
간이 흘렀다. 사진을 찍은 학생은 거듭하여 '다시 한 번'을 불렀다.
자연 송인상이 혜리의 손을 잡고 있는 시간은 연장되었다. 3, 40초
정도의 시간이 흘렀다. 이윽고 그의 손이 풀어졌다. 사진을 찍기
위해 포즈를 취했던 다른 학생들은 흩어졌다. 권금성 위 바위산 쪽
으로 잠시 등산을 한다고들 출발했다. 한참을 올라가다 보니 송 교
수가 보이지 않았다.

"너무 힘들어서 권금성 휴게소에서 쉬신다고 했어. 우리보고 다
녀 오래. 커피 마시면서 기다리겠다고 했어."

혜리는 바위산을 오르다가 다리가 휘청거리고 호흡이 빨라졌다. 얼굴이 상기되었다.

"야 혜리야 너 안 되겠다. 너도 내려가서 쉬어라. 무리하면 큰일 난다. 구르면 그대로 지옥행이야."

"억지로 할 게 따로 있지. 등산은 절대로 억지로 하는 게 아니야."

"이게 뭐 등산이야! 그냥 바위 산 위를 산보하는 거지!"

혜리는 억지를 부렸으나 소용없었다. 동료들의 권유를 받아들이는 도리밖에 없었다. 권금성 입구에 있는 유리로 된 커피숍으로 들어갔더니 송 교수가 혼자서 넋을 잃고 울산바위를 바라보고 있었다. 신비스러운 바위에는 넘어가는 햇살의 잔영이 드리워져 그 윤곽이 흐릿했다.

"어…."

다가오는 혜리를 보고 송인상이 가벼운 탄성을 발했다.

"커피는 드셨을 것 같아서, 전통차를 한잔 더 시켰어요. 생강차를요…."

"고맙구만…."

송인상은 혜리에게 존댓말을 쓰기도 하고, 하게 투의 반 높임말을 쓰기도 하고, 더러는 하대의 말을 쓰기도 한다. 대중이 없다. 그의 마음이 언제나 똑같지 않다는 뜻으로 볼 수 있을 것이다. 두 사람은 커피와 생강차를 마시면서 거대한 산악에 드리워진 산 정적과 그것을 비집고 스며드는 신비스러운 오후의 황금 햇살을 감상하고 있었다.

"조금 전 사진 찍을 때…. CCTV가 설치되어 있지 않아서 실수를 하셨더군요…."

"…."

그는 아무런 대꾸가 없었다. 만사에 머뭇거림이나 후회 같은 것이 없는 혜리의 성격이다. 사제지간에 이런 말을 할 수 있을까 회의하는 사람이 있을 수 있으나 혜리에게는 그런 것은 조금도 고려의 대상이 되지 않는다.

"CCTV보다 더 무서운 사람들의 시선이 있었는데도 용기를 내셨더군요. 아마도 자신도 모르게 그렇게 하셨을 거예요…. 시인이시라 별 수 없구나 하고 생각했습니다."

"내민 내 손을 도끼로 찍는다고 하더라도 그렇게 하지 않고는 못 배겼을 거야…."

"나는 내 앞에서 무너지는 선생님의 모습을 벌써부터 보고 있었어요. 그건 이성으로서 어떻게 해볼 도리가 없는 영혼의 무너짐이죠. 장미꽃 화분은 누구를 위한 것이었죠?"

"무엇을 근거로 그런 소리를 하나? 부끄러운 일이지."

"아니죠. 여자만의 본능이라는 것이 있어요. 자기를 향해 무너지는 사내의 모습을 간파해내는 본능이 여자에게는 있는 거예요. 그 남자에게 여자는 자신을 던지는 것 같아요."

혜리는 자리에서 일어나, 천천히 송인상에게로 다가갔다. 마침 홀 안에는 신비스런 겨울 산악의 장엄한 오후 햇살만 가득할 뿐 그들 두 사람 이외에는 아무도 없었다. 혜리는 의자에 앉아 있는 송인상의 가슴 속으로 머리를 디밀고 파고들었다. 그는 가볍고 부드러운 포옹으로 그녀를 받아 주었다.

"가슴이 터질 것 같아…. 세상을…. 온 우주를 안는 것 같아…."

"CCTV로 아무리 자신을 감시해도 어쩔 수 없어요."

"으음…."

그 후 그들은 서서히 가까워졌다. 서로의 마음을 알게 되었으니까 그들은 주저도 부끄러움도 별로 없었다. 그들은 사실 두 사람다 서로에게 자신을 억제시키는 것이 불가능하다는 사실을 깨달았다. 그러나 그들은 자신을 극도로 자제하고 있었다. 그것이 공개되었을 때 몰고 올 크나큰 태풍을 잘 알고 있었다. 그들의 마음과 영혼은 불타올랐으나 몸은 차가웠다. 이것이 사람이라는 것이다. 사람은 마음과 영혼으로만 살 수 없고, 몸만으로도 살 수 없다. 사람의 삶은 혼자만의 삶이 아니기 때문이다. 사람은 누구나 예외 없이남과 더불어 살아야 한다. 남과 더불어 살 때는 언제나 룰이 있는법이다. 제 멋대로는 살 수 없는 것이 인간이다.

무엇보다도 이들은 물불 가리지 못하는 이팔청춘이 아니라는 사실이다. 그들은 고도의 지적 훈련을 받은 지성인이었다. 그들은 어느 정도 자신을 억제할 수 있는 이성의 힘이 있었다. 그들의 만남은 극도로 조심하면서 남의 눈을 피해 가벼운 포옹이나 키스 정도로 이어 갔다. 그들은 스스로 주변의 여건이라는 쇠사슬 속에 갇힌뼈에로 같은 감정의 행위를 이어갔다. 그러나 그들은 좀처럼 이 가면의 행위에서 벗어나지 못했다. 그런 상태에서 혜리의 논문은 통과되었고, 이듬해 석사학위를 받았다. 그녀는 송인상 교수의 추천으로 경기도에 위치한 어느 야간 대학에 강좌를 얻었다. 강사료 수입은 얼마 되지 않았으나 대학에서 강좌를 열어 학생을 받고 그들에게 강의를 한다는 사실은 한 사람의 초보 학자에게는 큰 영광이 아닐 수 없었다. 그러나 불타오르는 사랑의 열정을 언제까지나 이성의 힘으로 억제할 수 없는 것이 사람이라는 존재이다. 특히 성격이 괄괄하고 머뭇거림이 없는 혜리가 그러했다.

"이제까지 강의도 얻어주고 했으니 임무가 끝났어요. 제 곁에 오시지도 마시고 얼씬도 하시지 마세요. 도끼로 찍어도 저를 향해 내밀어지는 손을 거둘 수 없다고 하셨죠?"

"나는 거짓말하지 않아요."

"그래서 실컷 안았잖아요! 이제는 물러가세요!"

"이번에는 두 발이야. 두 발을 도끼로 찍어도 혜리를 향해 가는 발걸음을 말릴 수 없어!"

"그러면 어디 가서 빠져 죽든지, 아니면 동해안으로 차를 몰아갈 마음의 준비를 하세요."

"동해안은 왜?"

"같이 가는 거죠! 죽든지 살든지! 인간사라는 것은 두 판 잡지 않으면 뭐든지 이루어지는 것이 없어요! 잘 아시잖아요!"

어떤 결정적인 순간에는 조금도 망설이지 않고 자신의 전부를 던지는 것이 혜리의 성격이다. 타고난 성격이 그런 것을 탓하면 무슨 소용이 있나. 사람은 일생 자기의 성격대로 살다가 갈 뿐이다. 바닷가 높은 지역에 자리를 잡은 호텔에 든 두 사람은 새벽 네 시까지 바닷바람을 쐬면서 백사장을 걸었다. 그들은 자신들이 왜 여기에 왔는지를 잊은 듯했다. 멀리 먼동이 틀 무렵에야 호텔로 들어갔다.

동해안을 다녀온 후 혜리는 송인상과의 관계에서 정말 이제는 할 일을 다 했다고 생각했다. 혜리는 자신은 불륜에 빠졌는가를 곰곰이 생각했다. 그녀는 자신을 그렇게 생각하지 않았다. 불륜이란 지속적일 때만 붙일 수 있는 라벨인 것 같았다. 인간에게는 틀림없이 어쩔 수 없는 감정이 있게 마련인데 그것을 도저히 극복하지 못한 단 한 번의 실수는 오히려 인간답다고 생각했다. 쾌락이라든가 자신의 만족이라든가 행복을 위해 지속적으로 불륜의 행위를 거듭할 때 그것은 죄가 되는 것 같은 심정이었다.

　그것을 죗값으로 단정 지운다는 사실 자체가 조금은 억지스러운 것인지도 모른다는 생각이 들었다. 자신은 이미 경호와의 관계에서 처녀로서의 신비감을 잃은 지 오래 되었다. 송인상과의 관계는 두 사람이 비밀로 덮어둘 수 있는 강한 자제력만 있으면 아무런 문제가 될 것이 없었다. 적지 않은 나이와 인생의 중첩되는 경험, 그리고 현재의 사회적 지위 등을 감안한다면 이들이 자신을 지키고 두 사람만의 비밀을 영원히 지켜갈 수도 있을 것이다. 두 사람 간의 비밀은 인간이 인간다울 수 있는 인간의 조건이다.

　이러한 그녀의 심정이 전달되었는지 서너 달 동안 송인상으로부터는 아무런 연락이 없었다. 정말 도끼로 자신의 손과 발을 찍었을지도 모른다는 생각마저 들었다. 그런 가혹한 행위를 하지 않았다고 하더라도 어쩐지 무슨 짓을 저질렀을 것 같은 예감이 들었다. 송인상의 상배(喪配) 소식을 전해들은 것은 이런 어수선한 분위기 속에서였다. 그러나 근 2년의 세월이 흐른 후에 사랑의 행위는 당연한 결과를 낳았다. 아니 축복 받을 만했다. 혜리는 임신 3개월의 진단을 받았다. 큰 사건들이 연이어 터져서 정신을 차릴 수 없을 지경이었다. 그러나 그녀는 흔들려서는 안된다고 자신을 다잡았다. 임신을 각오한 사랑의 행로였기 때문이었는지도 몰랐다.

"문제가 어렵게 되었지만 활로가 있을 거야. 두 사람 다 홀몸이잖아!"

"대원칙은 중절은 절대 안된다는 것이에요."

"그것은 생각해본 적이 없어. 그런 일이 일어나면 혜리와 나는 완전히 헤어지는 거야."

"방법을 말해보세요. 선생님도 살고 나도 살고 애기도 살 수 있는 방법 말이에요!"

"어떤 문제에도 방법은 있기 마련이야. 탈출구 없는 감옥은 없는 법이야."

혜리는 헐렁한 원피스를 입어 불러오는 배를 은폐하고 한 학기를 무사히 넘겼다. 다음 학기의 강좌를 포기하고 송인상의 고향인 강원도 인제로 내려갔다. 거기에는 송인상의 노모가 혼자서 살고 있었다. 산골의 초가집을 양철 지붕으로 개량한 주택이었으나 깨끗하고 편리했다. 조산원을 부르려다가 아이를 받아본 여러 차례 경험이 있는 노모의 만류가 원인이 되었을까 산부의 양수가 터져 유산으로 끝나고 말았다. 송인상과 혜리는 목 놓아 울었다. 아차, 하는 순간이 사람의 운명을 갈라놓는 것이다. 아기를 뒷산 양지 바른 곳에 묻고 그들은 깊은 침묵으로 빠졌다. 그러나 그녀는 입술을 깨물고 세월의 풍화 작용을 기다렸다 송인상은 더 자주 강원도 집으로 내려왔다. 그리고 지성으로 혜리를 위해 주었다. 어떤 날은 온종일 혜리를 업고 온 산을 헤매기도 했다. 주변의 눈이 있으니 조금만 기다려 달라고 했다. 언제나 금요일에 나타나는 송인상은 월요일 아침에 상경하였다. 한 반 년가까이 산속 생활을 하던 혜리는 어느 날 간데온데없이 자취를 감추었다. 누구도 그녀가 간 곳을 알 수 없었고, 당연히 찾을 수 없었다. 송인상은 미친 듯이 그녀의 행방을 좇았으나 도무지 갈 만한데가 없었다. 그들의 관계가 철저히 비밀에 붙여져 있는 만큼 무슨실종신고를 낼 수도 없었다.

제3장

방황

충청도 서산 바닷가 높은 대지 위에 자리 잡은 절이 하나 있다. 일광사(日光寺)라는 간판이 일주문에 걸려있는 것으로 보아 틀림없이 절이었으나 어쩐지 조금은 이색적인 모습이고 분위기이다. 무엇보다도 금당이 용마루를 따라 옆으로 펼쳐진 팔작지붕이 아니고, 지붕이란 것이 커다란 연꽃잎 두 겹처럼 앞뒤로 드리워져 있었다. 군산에 있는 동국사의 모습을 흉내 낸 것이었다. 한국의 절간에는 가람 배치에 있어서 어느 절에서나 금당 앞에는 탑이 있게 마련이다. 그러나 이 절간에는 탑이 없었다.

그리고 대웅전에 이어서 지어져 있는 요사체란 것이 한국식으로 스님들이 기거하는 방이 아니라, 스님들이 살림을 사는 곳이었다. 부부스님의 살림집이었다. 그들은 자신들의 살림집과 금당을 붙여놓아 드나들기 편리하게 만들어 놓은 듯했다. 일광사의 주지인 일광스님에게는 부인 현보(賢輔)스님이 있다. 두 분 다 일흔이 넘은 탓일까, 건강이 좋지 않다. 이들에게 공양을 차리는 두 사람의 여승이 있다. 요사체의 한 방을 같이 쓴다. 일광사 스님들의 공양은 요사체 별로 독립적으로 해결한다. 한국 조계종 산하의 각각 절에서 공양을 일종의 수양으로 보아 집단적으로 큰 방에서 공양을 해결하는 것과는 사뭇 다르다.

원래가 조선불교의 전통이던 비구승과 비구니승의 독신이 무너지고 대처승이 대두되게 된 것은 일본 불교의 영향이다. 비구건 비구니건 불교 교리는 원칙적으로 독신으로 지내면서 유리걸식할 것을 요구하고 있다. 일본 불교가 이런 불교 교리에서 가장 멀리 떨어져 있는 감이 있다.

주지인 일광스님과 현보스님의 시자승으로 혜화스님과 연화스님이 있다. 혜화스님의 속명은 이혜리다. 두 분은 젊은 비구니 승이다. 두 분 스님은 아직 정식 스님이 아니다. 혜화스님은 이 절에 머리 깎고 들어온 지가 3년 만에 사미니승의 계를 받았다. 사미니란 10개의 계를 받은 여승을 말한다. 정식 비구니 승의 계를 받으려면 354개의 계를 받아 구족계의 수순을 거쳐야 한다. 정식 스님이 되는 길은 쉽지 않다. 즉 그 여승이 닦은 도의 정도가 354개의 계를 지켜낼 수 있을 정도로 불심이 성숙하였다는 뜻이다.

서울 근교 모 야간 대학의 시론 강사 이혜리가 세상에서 자취를 감춘 후 3년 만에 여기 일광사의 사미니로 있음이 밝혀진 것이다. 혜리가 어떤 경로로 여기 일광사까지 흘러왔는지는 알 수 없다. 알 필요도 없다. 그녀는 대학원의 클래스메이트에 일본인이 있었고, 그녀는 또한 일본원서를 읽기 위해 일어학원도 출입하였다. 그래서 그녀는 일인들을 접촉할 기회가 있었다. 그녀가 접촉한 일인들의 소개로 어떻게 이곳 일광사로 흘러온 듯하다. 혜화스님은 오랜 사미니승의 라벨을 떼고 정식으로 비구니승의 구족계를 받을 예정으로 있다. 그 동안 일광사의 잔일을 도맡아 했으며 부지런히 불경 공부도 하였다.

혜화스님은 구족계 받는 날이 기다려졌다. 정식 스님이 되면 티 벳으로 구도여행을 떠나는 일광스님과 현보스님을 따라 긴 여행을 하기로 되어 있었기 때문이었다. 일종의 시자승으로 따라가는 것이지만 여간 기다려지지 않았다. 티벳은 세계 불교사 상 유니크한 존재로 그 가치가 인정되고 있다. 무엇보다도 히말라야 산맥 속에 파묻혀 있어서 스스로 신비감을 잉태하고 있다. 그래서 티벳 사람들의 영혼은 순수하고 끝 간 데 없이 청명하다고 한다. 기원 전 4·5세기경에 인도의 동북부 히말라야 산맥 밑에 흩어져 있던 소왕국에서 불교가 창시되었다.

구족계를 받던 날 밤, 혜리는 창호지 문으로 스며드는 달빛에 자신의 몸을 비추어보았다. 정식으로 비구니가 되었다 하여 자신이 여자로서의 욕망을 전부 극복한 것이냐 하면 그렇지 못하다. 이런 달빛이 처량하게 비추는 밤에는 남달리 사랑에의 그리움이 사무쳤다. 자신은 이름도 아물거리지만 두 사내와의 죽자 살자의 사랑을 겪은 몸이다. 그들을 깡그리 잊었다 하더라도 그들이 자신의 몸에 남겨놓은 남자의 흔적은 지워지지 않는다. 그것은 잘 개발된 여자의 몸이었다. 회임의 경이와 중절과 사산의 고통까지 겪어보지 않았던가. 달빛으로 굴곡이 더욱 짙게 패인 자신의 가슴을 흔들어본다. 어찌 여승의 가슴이랄 수 있는가. 혜리는 자신의 가슴을 보고 만질 때마다, 언제나 자신의 어머니를 생각한다. 술에 취해 오래간 만에 집으로 돌아온 아버지가 행패를 부리다가도 어머니가 가슴을 내어놓으면 무릎을 꿇곤 했다. 그래서 혜리는 여자의 생명은 얼굴도 몸도 아니고, 가슴이라는 생각을 자신도 모르게 하곤 했다.

비구니승! 혜리는 자신도 모르게 피식 웃었다. 거머리처럼 달라붙는 의식의 찌꺼기를 씻어버리기 위해 쫓기듯이 절간으로 숨어들어왔을 뿐이라는 생각을 잊은 적이 없었다. 본질은 사유 재산의 욕망을 포기하고 유리걸식해야 한다. 그리하여 갈애의 욕구를 극복해야 한다.

그 해 가을이었다. 사실 이번 여행에 현보스님이 끼는 것은 무리였다.

"그 몸으로 어떻게 당해내겠습니까?"

"가다 쉬다 가다 쉬다 하면서 가지요. 부처님이 돌보아주실 겁니다."

중경에서 하룻밤을 자고, 비행기 편으로 이튿날 쓰촨성의 수도인 청뚜(成都)에 도착했다. 사방을 둘러보아도 금방 덮칠 것 같이 높고 험악한 산악의 끝없는 연속이었다. 별 세계에 왔음을 실감했다. 이런 산중에 어떻게 이렇게 인구 천만의 거대한 도시가 들어섰을까 하는 의구심이 들었다. 유비가 나라를 세운 도시다. 그래서 한때는 이 도시를 촉경(蜀京)이라고 불렀다. 청뚜에서 티벳의 수도 라싸까지 가는 비행기가 있으나, 요사이 중국 정부와 티벳 간의 불협화음 때문에 민간인이 비행기를 이용하기는 어렵다. 육로를 이용하는 경우, 해발 3천여m의 빠옌칼라 산맥이 남북으로 길게 뻗어 있어서 정말 힘들다. 이런 지형 탓으로 티벳은 5천 년 역사 속에서 중국의 지배로부터 벗어날 수 있었으며 원 집정기에 한차례 잠시 합방된 것을 빼고는 언제나 독립국 내지는 자치국으로 남을 수 있었다. 이 산맥은 곧바로 양자강의 원류이다. 중국의 각 왕조는 이 험준한 지형 때문에 티벳을 제대로 통치할 수 없었다.

이 산맥 한 복판에 들어앉아 있는 대도시 창뚜(昌都)까지는 한 열흘이 걸려 산악버스로 갈 수도 있는 산길이 뚫렸으나. 이 도시를 끝으로 더 이상 차가 다닐 수 있는 길은 없다고 보아야 한다. 창뚜는 인구 70만의 중대도시지만, 티벳의 동쪽에 위치하고 있어서 자고로 중국에서 티벳으로 들어가는 여행길의 입구쯤에 위치하고 있다. 메콩강의 원류가 여기서부터 시작한다. 산악의 험준한 길이 티벳의 수도 라싸까지 아주 없는 것은 아니다. 그러나 길 사정이 너무 나쁘다. 포장은 꿈도 꿀 수 없는 지경이고, 워낙 높은 산의 옆구리를 파서 낸 길이라 험하기 짝이 없다. 한번 굴러 떨어지면 천길 지옥이다.

시진핑 정부가 들어서고 난 후 티벳과의 원활한 소통을 위해 대대적으로 길을 뚫고 있다는 소문이 들린다. 그러나 하루아침에 이루어질 수 있는 일이 아니다. 창뚜에서 위험한 찻길을 버리고 걸어서 갈 경우, 석 달은 걸린다. 가다가다 도중에 순례자들을 위한 암자 같은 숙박시설이 있다. 이것을 이용하는 것이다. 티벳 사람들이 자기 나라를 찾아오는 순례객들을 위해 만들어놓은 시설이었다. 결국 중국 정부의 배려이다. 지금은 티벳은 엄연히 중국이다. 일반인들이나 공무로 티벳을 방문하는 사람들은 그래도 어렵게 차를 얻어 타지만, 라싸나 티벳 최고의 불교 도시 삼예를 방문하는 일반 인들은 걸어서 가기가 보통이다.

그들은 멀고 먼 산악의 길을 걸으면서 자신 수양을 하는 것으로 보아야 한다. 끝없이 산길을 걸어야 한다. 끝이 없다고 하지만 결국 끝은 있게 마련이다. 그것이 석 달 가량이다. 청뚜에서 하룻밤을 새운 일행은 이튿날 청뚜역 광장에서 창뚜로 가는 버스가 있다 하여 천신만고 끝에 차표를 살 수 있었다. 공산당 일당 독재의 나라라, 모든 것이 관료적이었다. 일광스님이 지방 당서기의 면담을 요청했으나 거부되었다. 개인의 편의를 봐줄 수 없다는 것이었다. 좀처럼 없는 창뚜행 버스가 배치된 이유는 공무원이나 당원들의 출장을 위한 것일 수 있었다.

상황을 눈치챈 혜화스님이 절뚝거리는 현보스님을 부축하여서 지방 당원 앞에 나타났다.그녀는 기적을 바라는 마음 같았지만, 어느 면 자신감 같은 것을 가지고 있는 듯이 보였다. 중국말을 못하니 무슨 말인들 할 수 없었다. 그러나 사람에게는 만인 공통의 보디랭귀지라는 것이 있지 않는가. 비록 장삼에 가사를 걸쳤지만 그 법의 속에 가려진 여인의 몸은 웅변을 하고 남을 정도로 힘이 있었다. 창 넓은 모자를 썼지만 그 아래 가려진 얼굴 양편에 패여 있는 두 개의 큰 호수 같은 눈매에 그는 말없이 놀라는 눈치였다. 자신이 마치 거기에 빠져죽으면 어떻게 하나 걱정하는 듯했다. 그녀의 장삼은 그녀의 가슴을 가렸으나 그 부피감을 지우지는 못했다. 혜화스님은 그에게 대한민국 정부의 여권을 꺼내어 보여주었다. 담당자인 듯한 그 중국인은 혜화스님의 풍모에 압도되었다. 그는 혼이 빠진 듯 흘금거리면서 세 장의 버스표를 끊어주었다.

청뚜역 광장에 서 있는 버스는 마치 지옥을 헤치고 올라온 모양새를 하고 있었다. 어떻게 보면 무슨 전차 같기도 했다. 어떻게 저런 버스가 이런 광명한 세상에 아직도 있을 수 있을까 하는 생각이 들었다. 세계 2대 강국인 G2라고 불리는 중국의 국경 도시에 이런 버스가 아직도 굴러다니고 있다니 믿어지지가 않았다. 버스는 가득히 승객을 태우고 청뚜 기차역 광장을 출발하였다. 승객이 넘쳐 버스 안 통로에 신문지나 거적을 깔고 앉은 사람들도 많았다. 버스는 온종일 달려서 자정 가까이 되어서 창뚜에 닿았다. 아마도 스무 시간 이상 달린 듯했다. 티벳행 손님들을 단골로 재우는 여관이 있었다. 그리로 들어가서 밤을 새웠다. 스님이라고 특별 대우하는 것은 없었다. 여관방이라 하지만 그냥 밤을 지새우기 위한 수용소라고 말하면 더욱 어울릴 것 같다. 방 한 칸에 스무 명 정도의 승객들이 들어가서 잠을 잤다. 중국이라는 나라의 특징은 어디를 가나 사람이 넘쳐난다는 사실이다. 과연 13억 인구라는 사실을 피부로 느끼게 된다.

아무리 수용소 같은 여관방이지만 스님은 장삼이나 가사 등 법복을 입은 채 잠을 자서는 안 된다. 그것을 반듯이 개어서 머리맡에 놓고 잠옷으로 갈아입고 자야 하는 것이다. 그러나 법복을 잠옷으로 갈아입을 장소가 없었다. 화장실을 생각해 볼 수 있지만, 사람이 워낙 많아 화장실은 불결하기 짝이 없었다. 그러니 적당히 돌아 앉아 갈아입는 도리밖에 없었다. 그러자니 자연 아무리 조심한다 해도 알몸의 일부분이 순간적으로나마 노출될 수밖에 없었다.

벗어놓은 법복들을 가슴에 동여매고 자야했다. 좀도둑이 워낙 많아서 순식간에 잃어버린다는 것이다. 일광스님은 20대 때 티벳의 종교도시 삼예를 한 차례 순례한 적이 있었기에 이런 사실을 알려주었다. 밤새 잠을 설치다가 새벽녘에 잠시 눈을 붙였다. 그런데 새벽에 출발한다던 버스가 운행 중지되었다는 푯말이 바람벽에 붙었다. 언제 떠난다는 안내문 같은 것도 없었다.

"어떻게 합니까? 스님."

"걸어서 가는 도리밖에 없네."

"어머! 걸어서요. 라싸까지 며칠이나 걸리나요?"

"두 달은 걸릴 걸세. 부처님 뵈러 가는 사람이 그 정도 걷지 않고서야…."

"줄창 걸어야 하나요?"

"쉬엄쉬엄 걷는 거야. 수양이지. 현장스님이나 법현스님은 탁발하시면서 10년을 걸어 다녔네. 당나라 시대의 현장스님은 우리가 온 청뚜 길을 택하시지 않고, 북쪽 둔황 길을 택해서 인도 부처님의 혼적을 찾아 걸었는데, 비단길로 북중앙아시아의 카스카르까지 1년 동안 걸어서 남하해서 북인도의 카스미르를 거쳐 인도 동부를 다 돌았고, 히말라야 산록의 부처의 혼적을 찾아 다시 북상했다가 우리가 지나온 청뚜 길로 돌아서 장안으로 돌아오셨지. 거기에 비하면 우리는 아무것도 아닐세."

"하지만 현보스님이…."

"부처님이 돌보아주실 거야. 부처님을 믿는 불자들의 시험 순례야…. 이걸 이기지 못하면 참다운 불자가 아닐세. 불자의 삶은 거지의 삶이고 정착함이 없이 끝없이 떠돌아야 하네."

일행은 창뚜의 시장으로 가서 3달 간 세 사람이 먹을 식량을 샀
다. 잘못하다가는 굶어죽을 수 있는 것이다. 사실 이 험준한 순례
길에서 인가가 없어서 탁발을 못해 굶어죽는 사람들이 1년에 천
명은 생긴다는 소문이 퍼져 있었다. 숭고한 불교적인 용어로 탁발
(托鉢)이라 하지만, 그것은 그야말로 거렁뱅이 짓의 다름 아니다.
불자가 지상에서 꼭 지니도록 허락받은 물건은 오직 탁발을 위한
발우 하나뿐이다. 워낙 험준한 산악 속의 소읍이라 창뚜에는 산전
에서 난 보리 볶은 것을 구입하는 것 이외에는 별달리 식량을 구할
길도 없었다.

"스님, 중국 사람들은 티벳으로 왜 이렇게들 성지 순례여행을 가
는 걸까요?"

"다 그럴만한 이유가 있네. 티벳은 나름대로 티벳 고유의 불교가
있어요. 티벳 대승불교라 해서 중국이나 한국 그리고 일본 대승불
교와도 틀리네. 티벳에는 불교가 전래되기 전에 고유의 토착 종교
가 있었는데 뿌리가 아주 깊었어. 이것과 인도에서 전래된 불교가
융합되어서 티벳 불교가 되었는데, 그냥 인도에서 불교가 인도 승
들에 의해서 전래된 것이 아니라, 아라비아의 회교도들에 의해서
인도 불교가 쫓겨나게 되었는데, 대부분이 티벳으로 몰려들었지.
이 종파가 중국의 서부와 몽고까지 올라가서 토착화되었는데, 중
국 본토의 그것과는 이질적이야. 그다운 진한 맛이 있어….”

"그런 먼 역사가 있군요….”

"인도에서 쫓겨 온 인도 불교승들이 수많은 불교경전을 가지고

왔는데, 티벳의 천재적인 번역가들이 번역을 해서 그것을 중국에
전한 거야. 중국에는 고대 인도어에 능통한 사람들이 거의 없었거
든. 하지만 티벳은 히말라야만 넘으면 인도니까 아무래도 지역적
으로 인도어에 도통한 스님들이 적지 않았던 게야. 그런 여러 가지
이유로 티벳 불교는 세계 불교사에서는 중요한 지위를 차지하고
있고, 그러자니 자연 순례자들이 늘 수밖에."

"불경의 중국어 번역에는 구마라집이라는 고승이 큰 공헌을 했
다는 걸 어디선가 읽은 적이 있어요."

"그 사람도 중국 사람이 아니라 인도 계통이야. 인도의 소왕국
구자국의 왕자로 태어난 분이야. 워낙 경전에 밝아 이름이 드높으
니 중국의 전진왕 부견이 부하장수 여광을 시켜 모셔오도록 한 게
야. 여광은 구자국을 멸망시키고 구마라집만 데리고 돌아오던 중,
자기 나라가 멸망하였다는 소식을 듣고 후량을 스스로 세워 천자
가 되었고 구마라집을 크게 후대하였지. 그 후 후량은 후진에 멸망
되고 구마라집을 계속 우대했는데, 그는 거기서 불경의 12대 경을
한문으로 번역하였어. 그러니까 구마라집은 티벳 불교 계통이 아
니야. 구마라집은 현장스님보다 한 백 년은 앞선 분이야."

"그럼 달마대사는 누구에요? 우리 어린 비구니들은 달마대사가
처음으로 불교를 중국에 전한 사람으로 알고 있어요."

"으응, 옳은 얘기야. 달마는 남인도 향지국 사람인데, 불경에 통
달하여 이름이 드높았지. 북위 시절에 중국으로 들어와 숭산의 소
림사에서 면벽 좌선한 것은 유명한 이야기지. 그러니까 중국 선불
교의 효시야. 흔히들 석가모니 부처의 28대 조사(祖師)라고들 하

지. 공식적으로 중국에 인도 선불교를 전한 분으로 보는 것 같아."

"그럼 6조 혜능은 왜 그리 유명하신가요?"

"죽음의 머나먼 산길을 무사히 걸어 넘기 위한 마음의 준비를 하는 건가? 다 아는 불교사를 굳이 꼬집어 묻는 것은 무슨 이유에서인가?"

"사실 그런 면도 없지 않습니다. 돌아갔으면 하는 마음 없지 않습니다! 겁이 나네요."

"현장법사나 법현스님을 생각하세요. 걸을수록 믿음은 깊어진다고 말씀하시지 않았습니까…. 중국 선종의 6대 조사인 혜능은 당나라 시대의 선승인데, 나무하러 가다가 어느 산모퉁이에서 금강경 읽는 소리를 듣고 깨달아 불교에 입문한 것으로 되어 있다네. 타고난 선승이지. 혜능의 설법을 모은 책이 육조단경인데, 중국 남종선의 교과서로 되어 있어. 우리가 매일 보는 불경이 바로 이것이야. 중국 선종에는 북종선과 남종선이 있는데, 북종선은 선사 신수에 의해서 제도되었고, 남종선은 혜능에 의해 인도되었지. 당 말기에 북종선은 사라졌고 남종선만이 번성하였어. 북종선은 선의 결말이 점오(漸悟)에 의해 오고, 남종선은 그것이 돈오(頓悟)에 의해 가능하다고 보는 게야. 점진적인 깨달음과 어느 순간의 갑작스런 깨달음의 차이라는 게지. 번창한 남종선에서는 제자들에 의한 파가 43종으로 다시 분파되는 번성을 구가하였어. 우리가 바로 이들 중 하나인 임제종이라는 것이 아닌가. 이제 나의 기억력 시험은 그만하시게나. 다 잊어 버렸어…."

누군가가 같이 모여서 떠나자고 말하는 사람이 없었으나 출발지가 같다보니 사람들은 자연적으로 모여서 무리지어 길을 떠나기 시작했다. 불자들의 순례의 길은 거지들의 탁발의 걸음이다. 그들은 진정한 수양을 위해 거렁뱅이 짓을 하면서 야숙을 하여야한다. 어디를 향해 걸어야할지 모르지만 끝없이 걷고 싶은 욕구가 안개처럼 자신의 뇌리에 가득히 피어올랐던 것이다. 어차피 3달 넘게 같이 험한 산길을 걸어야 하기 때문일까. 서로가 의지해야 함을 그들은 스스로 깨친 것이다.

한 열흘을 걸으니 환자가 생기고, 되돌아가는 사람도 생기고, 못 가겠다고 길바닥에 늘어지는 사람도 생겼다. 길바닥에 쓰러진 사람들 중에는 끝없이 불경을 외우는 사람도 있었다.

무엇보다도 중요한 것이 잠자리와 식사였다. 이 멀고 먼 길을 먼저 간 사람들은 이것을 아쉬운 대로 마련해 놓았다. 산길 여기저기에 통나무로 된 숙소가 지어져 있었고, 간단한 취사를 준비할 수 있도록 취사도구 같은 것이 비치되어 있었다. 그리고 숙소에서는 간단한 먹거리도 팔았다. 가장 중요한 물도 팔았다. 그러나 값이 대단히 비쌌다. 보행으로 보름을 넘기니 동행자들이 숫자가 현저하게 줄어들었다. 그들이 어디로 가버려서 이렇게 보행자들의 숫자가 현저하게 줄어들었는지 알 수 없었지만 이제는 한 줄로 걸을 정도로 그들의 밀집도가 떨어졌다. 좁은 숙소에서 같이 뒹굴어서 그런지 보행자들은 이제 만나면 수인사를 나누고 어느 정도의 친근미가 생겼다.

문제는 자동차도로가 나 있으나 여의치 못해 도보로 갈 경우 이 도로를 따라 걷기보다는 지름길이 있다는 것이다. 수천 년 동안 티벳 사람들이 중국과의 왕래 시 사용하던 길이다. 이 길을 잔도(棧道)라고 한다. 여기서 잔(棧) 자는 나무사다리 잔 자(字)이다. 그 험준한 산길, 특히 거대한 돌산의 옆구리를 건너야 할 경우 이 잔도를 설치한다. 그리고 거대한 돌산과 돌산이 나란히 서 있을 경우, 그 두 개 돌산의 중간을 뚫어 돌사다리로 연결한다. 구름층이 이 돌사다리 밑으로 맴돈다. 잔도 만드는데 있어서는 중국인들을 당할 민족이 없다. 특히 돌을 다듬는 섬세한 손재주와 놀랄만한 끈기가 있어야 한다. 둔황 석굴의 돌부처상들은 4천 명의 인부가 2백 년간 작업했다고 한다. 하기야 만리장성을 만든 민족이 중국인들이다. 이 경우 중국인은 티벳인도 포함한다는 뜻이다. 중원에서 촉 지방으로 들어가는 관중 땅의 잔도가 특히 유명하지만, 티벳의 잔도도 그것에 못지않다. 조조의 세력에 밀린 유비나, 모택동에게 쫓긴 장개석이 최후의 보루로 촉 지방을 선택한 이유도 바로 이 잔도를 태워버림으로써 적군의 전진을 막을 수 있다는 계산 탓이었다.

"그냥 차가 다니는 길로 가지요. 너무 위험해요, 스님."

"다들 잔도로 가는데…. 시간이 반으로 줄어들어…. 다들 그리로 가니 우리만 차도로 갈 수 없잖소! 걷기에는 차라리 잔도가 더 편리하고 암자도 많아. 차도 곁에는 아무것도 없어요."

일광스님 일행은 형편상 잔도를 선택하지 않을 수 없었다. 어쩌다가 보니 주변에 같이 출발했던 사람들이 하나 둘 헤어져 일행만 남았다. 그들이 어디로 갔는지 알 수 없었다. 걸어야 하는 길이 너무 길다보니 늘어선 보행자들 간의 거리가 그만큼 길어진 탓이리라. 헤어졌던 사람들을 대피소나 숙소 같은 데서 다시 만나기도 했다. 잔도를 따라 걷기 한 달, 주변을 볼수록 기가 막힐 지경이었다. 어떻게 이런 험지에 길을 냈을까 도저히 납득이 가지 않았다. 눈을 잔도 아래로 주면 천길만길 낭떠러지다. 차라리 하늘만 보고 걸어야지, 낭떠러지 아래로 시선을 주면 자신도 모르게 오줌을 싸게 된다. 그만큼 아슬아슬하다. 모든 것을 잊어야지…. 잊고 싶다…. 혜화스님의 두 입술이 조용히 떨렸다.

그래도 크게 다행인 것은 잔도에는 일반 여행자들이 묵게 되는 대피소 외에 여행 중인 스님들만을 위한 암자가 가끔 있는 것이었다. 스님들은 하안거 3개월과 동안거 3개월을 마치면 만행이라 하여 전국의 절을 자기 마음 내키는 대로 떠돌아다니는 제도가 있는데, 여기 티벳 불교에서는 겨울이 너무 춥기 때문에 동안거는 없고 하안거만 있다. 그들의 만행을 위해 여기 산악의 잔도에 암자를 만들어 놓은 것이다. 혜화스님 일행은 잔도에서 이 암자들을 이용할 수 있었다. 세계의 불교 종파 중에는 티벳 대승파라 하여 티벳 불교의 유니크한 교리만 통하는 지역이 있다. 그것이 바로 티벳과 중국 서쪽 산간 지역 그리고 고비사막을 포함하는 몽고 지역이다. 대부분의 교리는 중국 불교와 비슷하지만, 장례 절차에 있어서 차이가 다소 있다. 그것은 시신을 자연 장으로 처리한다는 사실이다. 중국 불교에서는 다비식이라 하여 시신을 화장으로 모시지만, 티벳 불교에서는 자연장이라 하여 죽은 사람의 시신을 굳이 사람의 손으로 처리하지 않고 자연의 풍화 작용으로 처리되게 버려두는 것이다.

창뚜를 떠난 지 두 달이 벌써 넘어갔다. 지칠 대로 지쳐 몸이 말을 듣지 않는다. 그래서 어느 암자에서는 현보스님이 기신하지 못해 며칠을 기거했다. 간신히 보리 미숫가루로 원기를 되찾아 길을 떠났다. 지금 갈 길을 되돌아갈 수도 없는 입장이었다. 이런 어려움은 먼 순례길을 떠나는 사람에게는 흔히 있을 수 있는 일이다. 잊어야 한다, 잊어야 한다, 지난 것들은 전부 과거 속으로 묻혀버렸다, 한 걸음 한 걸음을 내디디면서 혜화스님은 내면의 부르짖음이 멀리서 들리는 듯했다. 어쩌면 살릴 수도 있었던 세 명의 아기들, 그리고 캠퍼스의 비극적인 사랑의 파탄은 여기서는 머리에 더는 떠오르지 않았다. 그러나 지상 최고의 산악으로만 알았던 강원도 인제의 산들은 지금의 산세에 비하면 그것은 그냥 조그만 동산 같다는 생각이 들었다.

보행 중 암자에서 밤을 새는 스님들 중에는 결혼한 비구니들도 있고, 게 중에는 아기를 분만하는 수도 있었다. 그런가 하면 노쇠하거나 병약하여 생을 다하는 스님들도 있었다. 이들의 장례식이란 참으로 신기했다. 풍장이라 하여 시신을 암자 뒷산 바위에 그냥 올려놓고 아무런 의식을 거행함이 없이 방치하거나, 아니면 어떤 경우는 멍석에 잘 싸서 천길만길 낭떠러지로 던져버리는 경우도 있었다. 자연의 풍화력 속에 이들의 장례를 맡겨 버리는 것이다. 스님들은 결혼해서는 안된다는 계율이 존재하고 있으나 종파에 따라서는 이 계율을 부정하는 경우도 있다. 일본 선종의 경우, 스님들의 독신 주장은 자아의 인식과 주장을 강화하여 오히려 개인의 이기주의만을 키운다는 이유를 들어 스님의 결혼을 허용하고 있다. 결혼을 인간의 자연스런 결합으로 보는 것이다.

험준한 산과 산을 연결하는 잔도를 따라 걷기 시작한 지 3달이 넘어섰다. 이제는 정말 걷는다는 이유만으로 걷고 있는 것이다. 의식이 오락가락했다. 그럴수록 부처님의 형상은 흐려진 머릿속에서 더욱 뚜렷이 부각되어 왔다. 연꽃이 만발한 연못의 한가운데에 미소 띤 부처님이 앉아서 손짓하고 있었다. 그 미소를 따라 한 걸음 한 걸음 떼어놓을 뿐이다. 언제 그분의 미소에 가까이 갈 지 알 수 없다. 지난밤에는 그분의 미소가 가득한 극락세계의 한 연못가에서 그분과 함께 웃으며 이야기하는 꿈을 꾸었다. 혜화스님은 속세의 혜리라는 이름으로 불리던 시절, 논문지도교수와 사랑에 빠져 아기를 낳았으나, 아기는 사산하고, 상배하여 홀몸이 된 교수를 버리고 혼자 몰래 불자의 길로 접어든 것이다. 그녀는 자신의 마음을 자신도 알 수 없다고 생각하고 있었다. 내일 자신이 무슨 짓을 할는지 지금의 자신은 알 수 없는 것이다.

잔도에는 끊임없이 폭풍우가 몰아쳤다. 어디 모퉁이를 돌아갈 경우에는 세찬 바람에 몸이 들썩 흔들릴 때도 있었다. 몸을 웅크리고 조심하여야 한다. 어느 모퉁이를 돌 때였다. 어디선가 아악!, 하는 날카로운 비명소리가 들렸다. 그러나 다들 몸을 한껏 움츠리고 걷던 중이라 어디서 그런 비명소리가 들렸는지 알아차릴 경황이 없었다. 모퉁이를 다 돌아서 맞바람의 풍역에서 벗어나서 주변을 돌아보았을 때, 아니 이럴 수가, 현보스님이 보이지 않았다.

"현보스니임….."

"어어어어….. 스니임….."

혜화스님과 일광스님이 음성을 발했으나 그것은 사람의 목소리가 아니었다. 현보스님이 바람에 날아가 버린 것이다. 힘없는 그분의 다리 사이로 파고든 바람에 얹혀 그녀는 벼랑 밑으로 날아가 버렸다. 주변에 아무런 흔적도 없었다. 날아간 그 어떤 흔적도 보이지 않았다. 일광스님과 혜화스님이 몸을 숙이고 낭떠러지를 내려다보았으나 너무나 아득하여 오금이 저려왔다. 거기에도 아무런 흔적이 없기는 마찬가지였다. 잘못하다가는 자신들도 날아가 버릴지도 몰라 얼른 몸을 산벽 쪽으로 추슬러야만 했다. 그들은 바랑을 진 채 길바닥에 쓰러져 통곡을 했으나 그들이 할 수 있는 일은 지금 당장 아무것도 없었다. 뒤따라오던 사람들이 이야기를 듣고서는 불쌍하다는 말을 했을 뿐 그들 역시 아무런 일도 할 수 없기는 마찬가지였다. 시신을 찾기 위해 낭떠러지 아래로 내려간다는 것은 꿈도 꿀 수 없는 일이었다.

"다 내 잘못이야. 내 잘못이야. 다리를 절기에 무거운 짐을 지우지 않은 게 큰 화근이었어! 몸이 가벼워 바람에 날아간 거야…."

어느 틈엔가 일광스님의 통곡은 석벽 아래 공터에서의 결가부좌 좌선으로 바뀌어져 있었다. 좌선만을 수양의 전형으로 삼는 일본 선종의 진면목을 보여주는 듯했다. 이런 경황 속에서 좌선을 하다니 정말 알다가도 모를 일이었다. 일본 선종은 흔히들 임제종과 조동종 두 파가 있다고 하지만 교리가 틀리는 것은 아니다. 두 종파 다 좌선만을 수양의 유일한 방도로 선호하고 있다. 다만 임제종은 좀 하이클래스한 사람들이 믿어왔고, 조동종은 일반 하층민들이 선호했다는 경향이 있다. 좌우간 일광스님의 좌선은 진정으로 마음을 달래기 위함일까, 아니면 사자의 불국 정토행을 기원함일까 알 수 없는 일이었다. 하여간에 좌선만이 인간을 지옥으로 떨어뜨리는 탐욕과 분노로부터 구제해 준다고 주장한다.

　두 사람은 다시금 도보 순례에 나섰다. 멀고 험한 순례길에서는 자주 볼 수 있는 일이 이들에게서 벌어졌을 뿐이다. 일광스님과 혜화스님은 묵언수행을 하면서 계속 걸었다. 그들은 어쩔 수 없이 좁은 암자에서 같은 방에서 잘 수밖에 없었다. 서로들 잠자리에서 외면하고 몸을 부딪치지 않으려고 노력했지만 좁아터진 공간에서 그것이 마음대로 되지 않았다. 무엇보다도 험한 산악이라 밤이면 기온이 급강하했다. 체온 저하로 얼어 죽지 않는 것이 급선무였다. 자칫하면 얼어 죽을 수도 있었다. 추위와 산악의 밤 공간을 메우는 바람소리가 두 사람 사이 마음의 칸막이를 뒤흔들기 시작했다. 인간의 본능은 내면에 존재하는 원천적인 요소에 의해서 움트기도 하지만, 언제나 인간이 처한 주변 여건의 지배를 받는 측면도 있다. 이런 경우 주저하지 못하는 성격이 혜화스님이다. 그녀는 대담하게 이불 속으로 들어가 바들바들 떨고 있는 일광스님을 끌어안았다. 깡마른 노스님은 넓은 혜화스님의 가슴팍으로 가냘픈 나무줄기처럼 휘감겨 들어왔다. 일생 좌선으로 수양을 했다는 노스님이지만 그가 일생 겪어보지 못했을 탄력 있고 풍만한 여인의 가슴팍이었다.

　"저의 가슴에 얼굴을 묻으세요. 얼어 죽어요. 몸이 마구 떨고 있어요."

　"…."

노스님은 아무 말도 하지 않았다. 일광스님은 과연 일생 좌선으로 수양한 사람이었다. 그가 아무리 대처승으로 일생 산 사람이지만 그는 만만하게 무너지지 않았다. 그는 근 열흘을 혜화스님의 가슴에 얼굴을 묻고 잤으나 더 이상 어떤 역할도 하지 않았다. 그의 수양이 높은 정도인지, 아니면 그가 일흔을 넘긴 노인인 탓으로 남성이 죽어버렸는지 알 수 없었다. 그러나 더욱 세차게 몰아치는 험산의 밤바람과 밤마다 여인의 체온으로 덥혀지는 자신의 몸은 더 이상 견디지 못하고 무너지고 말았다. 그는 다시금 대처승이 된 것이다. 이럴 경우 끝까지 버티면 인간의 심혼은 외곬으로 빠져 개인의 이기심을 옹호하게 되고 결국 비인간으로 떨어진다고 일본 불교의 선종은 가르치고 있다. 일본의 선종을 연 고승은 자신이 결혼을 하고 나서 새로운 수양의 지평이 열렸다고 주장하였다.

일본에 임제종을 연 고승의 말이 맞는다는 생각이 드는 혜화스님이었다. 몇 년 동안 남자를 모르고 살다가 비록 노쇠했지만 틀림없는 남자인 일광스님의 사랑을 받으니 자신의 몸이 새로 깨어나고 정신이 안정되고 윤택해지는 것 같은 감각을 느꼈다. 이 험한 순례길이 그리 지루하지 않아졌다. 일광스님이 힘겨워하면 그를 업고 걷기도 했다. 오랜 도보 여행은 그들의 법복을 거지꼴로 만들었다. 그래서 그들은 어느 틈엔가 산간의 거지가 되어 있었으나 정신이 맑아지고 영혼에 뭔지 알 수 없는 윤기가 돌았다. 그야말로 선승의 탁발만행이 된 것이다.

그러나 그들이 거지가 아닌 이유는 그들은 암자나 대피소 같은 데서 잠자리에 들거나 날 때 틀림없이 좌선을 한다는 사실이었다.

방바닥에 배를 깔고 드러누워 두 팔을 앞으로 뻗는 오체투지의 예를 올리는 사람들이 여기저기 눈에 띄었다. 아직도 1달가량 더 걸어야 티벳에 다다를 수 있다. 이제 식량도 다 떨어져 물을 구하기가 점점 어려워진다. 그럴수록 일광스님 부부는 더욱 밀착했다. 서로 돕지 않으면 생명을 제대로 유지하기가 어려웠다. 사랑에는 언제나 대가가 따른다. 혜화스님이 회임을 한 것 같았다. 일광스님의 높은 연세에 어떻게 그것이 가능했을까 의아심이 들었지만 사실이었다. 아직까지 회임을 장담할 수는 없지만 여성다운 몸이 멈춘 것으로 보아 틀림이 없는 것 같았다.

혜화스님이 월경을 멈춘 것을 계기로 극심한 피로감을 보였다. 아무래도 그간의 산행이 무리였던 것 같았다. 더 이상 도보여행을 계속할 수 없을 지경이었다. 저 멀리 아득한 시야 속에 거대한 히말라야의 연봉들이 모습을 드러내고 있었다. 티벳은 일테면 크게 보아 히말라야의 북쪽 사면에 위치한 해발 4천9백m 이상의 고산지역이었다. 세계의 지붕이라고 하는 파미르 고원과 견줄 만했다. 정치적으로 중국이지만 그것은 고유한 문화를 가지고 있어서 언제나 독립성이 문제가 되었다.

드디어 첫 번 목적지인 삼예에 닿았다. 삼예는 정치와 티벳 불교의 중심지인 라싸에는 견줄 수 없지만, 그 고유성과 종교성은 대단히 중요하다. 왜냐하면 티벳 불교의 사원이 처음으로 세워진 곳이기 때문이다. 그리고 티벳 불교의 성격을 결정지은 유명한 삼예 논쟁이 있었던 지역이다. 하이부산 아래 계곡에 거대한 얄룽창포강이 흐른다. 이런 지독한 고산지역에 엄청난 수량의 강이 흐른다는 것은 이해하기 어렵다. 티벳 고원의 산악 사람들이 출입하는 얄룽 창포강의 부두는 이 고도를 찾는 불자들로 꽤나 붐빈다. 그리고 눈을 들어 어느 곳이나 짙푸른 산과 산, 그리고 푸르른 강이 흘러서 인간이 사는 곳이 아니라 무슨 선경처럼 느껴졌다.

8세기 경, 티벳 불교의 고승 파드마삼바바와 산타락시타가 건립한 삼예 수도원은 첫 티벳승려가 이곳에서 임명되었고, 티벳 불교의 중심지 역할을 수행했다. 이 사원에서 곧바로 이들 인도에서 초빙된 고승들에 의해 티벳어가 창시되어 산스크리트어로 되어 있는 인도 초기불교의 경전이 티벳어로 번역되기 시작했다. 삼예 사원에서는 그 유명한 인도 불교와 중국 불교의 충돌 사건이 일어났다. 티벳 불교는 인도 불교의 영향만을 받은 것이 아니었다. 인도불교 · 중국불교 · 네팔불교의 영향을 골고루 받았다. 인도 초기 불교는 물론 경전 같은 것은 없었다. 석존의 강설 내용이 게송의 형식을 빌려 입에서 입으로 전해져 내려오고 있었다. 이것이 약 백 년의 터울을 두고 4차례에 걸쳐 6백 여 개의 경전으로 결집되었다.

색 · 수 · 상 · 행 · 식의 오온(五蘊)에서 고 · 집 · 멸 · 도의 사성제(四聖諦)와 정견 · 정사 · 정어 · 정업 · 정명 · 정정진 · 정념 · 정전의 8정도(八正道)와 보시 · 지계 · 인욕 · 정진 · 지혜의 6바라밀과 12처설(處設)과 12연기설(緣起設), 그리고 윤회설(輪回說) 등 불교의 교리가 태동된 것이 초기 인도 불교이다. 이런 교리 중심의 인도 초기 불교가 추구하는 신앙의 형태는 만겁을 거치는 인간의 점진적인 깨달음이었다. 이것을 불교 용어로 점오(漸悟)라고 한다.

그러나 보리 달마에 의해 중국으로 전래된 불교는 중국화하여,

효와 충을 중시하는 중국 유교와 융합하여 깨달음의 내용이 돈오(頓悟)의 형식으로 바뀌게 되었다. 즉 오랜 참선의 결과로 어느 순간에 갑작스럽게 각성의 시간이 온다는 것이다. 두 나라의 불교계를 대표하는 고승들이 여기 삼예에 모여서 티벳 불교의 앞날을 위해서 격론을 펼쳤는데 결과적으로 중국 불교가 참패를 했고, 결국 중국 불교는 티벳에서 자취를 감추게 되었다. 이것이 삼예의 불교 담판이다. 인도 초기 불교의 경전을 티벳어로 번역하면서 티벳 불교는 경전 중심의 논리성과 불성으로 철저하게 무장되어 있었던 것이다.

윤회설과 환생설이 티벳 불교의 중요 교리 중 하나인데, 이것은 결국 그 단계마다의 적절한 원인에 의해서 다음 단계가 야기된다는 교리이고, 이것은 무조건적인 신앙을 강조하기 보다는 어떤 교리의 확립을 요구하는 것이었다. 티벳 불교가 깊은 철학성을 가지고 있는 이유가 바로 이것이다. 이들은 인간의 자아성을 부인하고, 보시의 경우 대상물과 대상인 그리고 보시의 이유 등을 잊어야 참다운 보시라고 본다.

일광스님과 혜화스님은 삼예 수도원에 거처를 잡았다. 승려들이 우대되는 사회라 두 스님은 비록 교파는 틀린다고 하더라도 한국 불교의 승려임을 증명하는 절차를 밟아 일종의 요사체 시설에 수용되었다. 한국 불교와 일본 불교의 위상이 결코 낮지 않음을 여기에서 실감할 수 있었다. 부부 승려임이 고려되어 독채 요사체가 배당되었다. 여름을 지나면서 혜화스님의 배가 많이 불러 올랐다. 그래도 일광스님은 부인을 대동하여 사원의 앞을 흐르는 얄룽창포

강변으로 나갔다. 흐르는 물에 몸을 담그고 정성스럽게 몸을 씻어 주었다. 피골이 상접할 정도로 연만한 일광스님이었지만 오만 정성을 다하여 부인을 쓰다듬고 위무하였다.

강물에 들어간 혜화스님은 비록 날이 풀렸다고는 하나 얼음 녹은 물이 흐르는 강물 속에서 쇼크를 받았는지 심한 한기를 느끼고 팔다리가 경직되었다. 일광스님은 부인을 강변 모래밭으로 옮기고, 그녀를 가슴에 꼭 껴안고 자신의 몸을 무한정 떨어댔다. 자신의 체온을 전함과 동시에 부인의 체온이 되살아나기 위함이다. 한참을 그 동작을 지속하였다. 30분 이상 이 동작을 되풀이했을 것이다. 그제야 혜화스님의 경직이 풀렸다. 혜화스님은 일광스님과 부부의 연을 맺고 나서 오늘처럼 그분의 지극한 정성을 느껴본 적이 없었다. 남녀 관계에 냉담한 것이 정통 불교의 교리이다. 탐욕과 분노와 이리석음과 집착을 만 가지 번뇌의 근본으로 보지만, 특히 탐욕을 가장 직접적인 번뇌의 원인으로 보고, 탐욕 중에서도 성애의 도착을 가장 경계한다. 오온개공(五蘊槪空)이라고 하지 않나. 승려에게 남여를 막론하고 결혼을 금하는 것이 불교 교리의 대원칙이다. 해탈의 길을 가기 위해서는 무엇보다도 출가를 해야 하고, 출가는 곧바로 인간의 혈육으로 조성된 가정의 포기를 뜻한다.

한국 불교는 비 대처주의를 고수하고 있는 조계종이 주류를 이루고 있지만, 대처주의를 일부 허용하는 태고종과 전적으로 수용하고 있는 천태종의 세력도 무시할 수 없다. 가을의 초입으로 접어들면서 혜화스님은 귀여운 옥동자를 분만하였다. 아기는 주위의 염려를 지우고 잘 자랐다. 여자의 길은 남자에게로의 길이고, 여기에는 회임과 분만이 기다리고 있다. 이런 엄연한 사실을 모를 턱이 없지만, 혜화스님은 이 사실을 넘어 그 길에는 뭔가 여자인 자신이 가지고 있지 않는 그 어떤 무엇이 자기를 기다리고 있을 것 같은 암시를 받고 있었다. 생명 잉태 이외에 남자로의 길에는 창조자로서의 어떤 신비감이 깃들어 있는 것 같은 느낌이었다. 남자, 그것은 창조의 길인가…. 그녀는 자신도 모르게 고개를 저었다. 그러나 다시 이런 생각이 파도처럼 자신을 향해 몰려드는 것이었다. 그해 겨울을 지내고 일광스님 내외는 라싸로 옮겼다.

삼예에서 라싸로 옮기는 것은 여간 어려운 일이 아니었다. 라싸에서 숙소를 구하지 못하기 때문이다. 라싸의 제일 큰 사원인 조캉사원에 숙소를 부탁해 놓았으나 사원 측에서도 좀처럼 방을 잡아내지 못했다. 라싸는 워낙 참배객과 순례객이 많다. 그리고 라싸는 국제도시로서 상주인구 백만을 넘는 대도시이다. 그리고 세계 문화재로 등록되어 있는 포탈라궁이 있는 도시다. 포탈라궁은 당의 전성시대에 티벳과의 우호를 위해 당태종이 딸인 문성 공주를 티벳의 송찬감포왕에게 시집보내게 되었고, 이때 왕이 왕비를 맞이하기 위해 건립하였다고 한다. 13층으로 건립되었고, 역내가 10만 평이 넘는다. 그러나 역시 1950년대 문화혁명 때 많은 부분이 파괴되었다.

라싸는 티벳의 정치·경제·무역·관광·교육·종교의 중심 도시이다. 중국의 사천성·운남성·신강성·청해성·감숙성과 인도, 네팔과도 항공 노선이 연결되어 있다. 정기 노선이라기보다 승객을 모아 출발하는 편의선이라고 보면 된다. 기차와 버스 노선도 연결되어 있지만 몇 번씩 갈아타고, 갈아탈 때마다 하루나 이틀 혹은 경우에 따라서는 사나흘 기다려야 하는 불편이 있다. 하기야 지금 일광스님 내외의 경우와 같이 정치적인 이유로 두 지역 간의 비행기 노선이 막히는 수도 왕왕 있다. 이런 불편을 이기지 못하는 이 지역 산간 사람들은 고대부터 지역인들이 사용하던 구도를 이용하는데 산세가 험한 곳에는 잔도가 가설되어 있다. 이들 지역 산간에 사는 토착민들은 대도시 간의 항공편이나, 사는 곳과 너무나 멀리 떨어진 기차역이나 버스터미널을 손쉽게 이용할 수 없다.

포탈라궁에서는 1959년 14대 달라이라마가 중국군에 의해 다람살라로 내쫓겼고, 지금은 티벳의 국기라고 할 수 있는 설산사자기 대신에 중국의 국기인 오성홍기가 나부끼고 있다. 중국은 티벳이 중국이라고 하는데, 티벳 사람들은 티벳인의 티벳라고 한다. 하긴 중국 통일 왕조로서 조선을 침공하지 않은 왕조는 하나도 없다. 연·수·당·한·원·청·명, 이 모든 왕조가 조선을 초토화시키지 않았던가. 하물며 장개석의 중화민국도 끝까지 조선 임시 정부를 외교적으로 승인하지 않았다. 포탈라 궁 주변에는 장삼과 가사 입은 승려들 대신에 중국의 공안들이 득시글거린다. 포탈라궁은 해발 6천m의 카일라스산을 진산으로 하여 건축되었고, 앞으로 라싸강이 흐른다. 저 멀리 히말라야 산록과 라싸 사이에는 히말라야에서 흘러내리는 브라마푸트라강의 지류인 얄루짱부강이 흐른다. 라싸강은 이 강으로 흘러든다.

이런 고산지대에 이런 큰 강이 흐르고 있어서 의아하지만 다들 히말라야의 눈 녹은 물이 모인 강이다. 기온도 온난하여 사람 살기에 적합하다. 여름에는 평균 8도를 유지하고, 겨울에도 지상 온도가 평균 마이너스 2도이다. 조캉 사원은 포탈라궁 맞은편에 자리 잡고 있다. 포탈라궁은 왕궁이지만 조캉 사원은 절이다. 조캉 사원이란 말 자체가 '부처의 집'이라는 뜻이다. 일반 순례객이 조캉 사원에 방을 얻는다는 것은 사실상 불가능하다. 상당한 승려다운 자격을 갖춘 사람만이 차례를 기다려 방을 얻을 수 있다. 방을 일단 허락받으면 그 다음부터는 모든 것이 공짜다. 다만 당사자가 보시를 하는 것은 자유다. 승려는 식사에 있어서 탁발을 원칙으로 하기 때문에 공짜라는 개념이 희박하다. 한 끼 식사래야, 보리밥 한 숟가락에 짠 무 하나가 고작이다.

혜화스님과 일광스님은 탁발을 나설 때, 갓난아기를 업고 나선다. 이들의 행색을 보는 티벳 사람들의 눈에는 정말 낯설다. 부부 스님이 아기까지 안고 다니면서 탁발을 한다. 그들로서는 정말 낯선 풍경이다. 그러나 그들도 듣고 보는 것이 있어서 중국과 한국 그리고 일본의 상당한 승려들이 대처승이라는 사실을 알고 있고, 자신들이 이들을 맞이함으로서 관광 사업으로 살고 있다는 사실을 잘 알고 있다. 라싸에서 혜화스님은 일견 행복해 보였다. 비록 할아버지뻘 되는 일광스님과 아기를 업고 탁발에 나서지만 왠지 즐거웠다. 그것은 티벳에서는 탁발이 일상화되어 있고, 탁발에 응하는 일반 신도들이 참으로 환한 얼굴로 친절하게 대해 주기 때문이었다. 과연 불교의 나라였다. 불교의 발생지인 인도에서 불교가 자취를 감추고 사실상의 불교 종주국의 행세를 해온 나라가 티벳이었다. 산스크리트어의 멸실로 사실상 문헌상으로는 사라진 불경들이 살아남을 수 있었던 것은 불경을 티벳어로 번역한 티벳 사람들과, 중국어로 번역한 중국 사람들 덕택이었다. 티벳 사람들의 불교 사랑은 대단한 바가 있다. 요즈음에 와서 인도 사람들이 인도에서의 불교 부흥 운동을 펼치고 있다. 그것은 인도에 불교 신자가 늘어나서가 아니라 불교 발생국으로서 불교를 진흥시키고 불교의 유적 즉 석존의 유적을 보전하자는 취지다. 관광객을 겨냥한다는 의미도 있다. 인도는 뭐니 뭐니 해도 힌두교의 나라이다.

탁발에서 약간의 돈이 모이면 일광스님 부부는 식성을 이기지 못하고 김치가 그리워 라싸 시내에 있는 한국인 식당 '아리랑'에 들러 김치찌개를 먹는다. 식당 주인은 승려가 아무런 직업도 없이 탁발로만 살아간다는 사실을 잘 알고 있으면서도 김치찌개 한번을 공양하는 법이 없다. 그가 한국에서 보았듯이 그에게 스님은 그냥 돈 받고 예불해 주는 중에 불과한 것이다. 티벳 사람들은 하물며 그들의 택시라고 할 수 있는 릭샤를 타도 스님에게는 무임승차를 청한다. 한사코 운임을 사절하는 것이다. 혜화스님의 얼굴에 안정과 행복감이 피어난다고 해서 그녀가 행복하다고 단정할 수는 없다. 그녀의 내면에서는 어떤 용암이 분출하고 있는지 아무도 모른다. 그녀 자신도 모르는 것이다. 이러한 점은 꼭 그녀 자신만의 개성이라고 말할 수는 없다. 모든 인간이 다 그런 것이다. 그만큼 인간은 예측 불가능한 존재이다. 왜냐하면 인간은 생각하는 존재이기 때문이다.

라싸에서 세 번째 겨울을 지낸 일광스님 부부는 봄이 오는 날씨를 타고 라싸를 떠났다. 일행의 목적지는 둔황이다. 가능하다면 우루무치까지 갈 작정이다. 일광스님으로서도 일생 별러온 순례 여행이다. 둔황에서는 막고굴의 천불동을 보는 것이고, 우루무치에서는 천산북로의 요지를 보는 것이 목적이었다. 우루무치에는 불자가 특별나게 보아야 하는 어떤 불교적인 요소는 없다. 그러나 신장성의 주도로서 3백만 이상의 인구를 포함하고 있으며 과거 비단길 중에서 천산북로의 출발지로서 우루무치는 대단히 중요했고, 그것을 위해서 박물관이 건립되어 있다. 다행으로 라싸에서 서북 중국의 주요 지역인 청해 지방의 주도 시닝까지는 철로가 깔려 있었다. 대략 2천km니 5천리 가량 된다. 그러나 둔황으로 가기 위해서는 창쌍 철도가 오른편으로 꺾여서 시안 쪽으로 휘어지는 지점인 거얼무에서 내려야 한다. 거기서 북으로 직진하여 둔황으로 이어지는 버스 노선으로 갈아타야 한다. 거얼무에서 북쪽으로 이어지는 기차 노선은 없다.

창쌍 철도는 중국 정부의 회심의 역사였다. 그것을 가설하기 위해 중국 정부는 40년간 연구에 연구를 거듭하였다. 무엇보다도 가장 힘든 일은 이 지역이 고산지역인데다가 얼음이 덮여 있었고 모래땅이 많다는 것이었다. 골짜기와 골짜기를 잇기 위해서는 고가 다리를 놓아야 하는데, 높은 다리의 심을 박을 만한 굳은 땅이 적다는 사실이었다. 그래서 암모니아를 땅 속 깊이 뿌려 땅을 먼저 굳게 한 다음 다리를 박기 시작했다. 이 공법이 성공하여 창쌍 철도는 어렵게 시공되었다.

중국 정부로서는 기어코 이 철도를 완성하여야 했다. 우루무치가 주도인 신장 지역의 위구르인이나, 서장 지역의 티벳인들이 수시로 중국으로부터의 이탈을 획책하고 반란을 일으키기 때문이다. 토착민의 민족의식과 민족문화를 중국의 그것과 희석시키기 위해서라도 한족의 이주가 절실했고, 무엇보다도 그들의 민족문화의 구심점 구실을 하는 토착 종교를 중국화할 필요가 있었다. 역사적으로 보더라도 서장과 신장은 한때 중국에서 독립하여 하나의 왕조를 건국한 예가 있었다. 티벳은 원나라 시절 한때 합병되기도 했으나 언제나 거의 독립적인 위치를 가지고 있었고, 신장도 청나라 전성기인 건륭제의 정벌이 있기 전에는 바로 옆 회교 국가의 영향을 받으면서 독립정권을 유지해 왔다.

이 사실은 중국 동북 3성의 하나인 지린성의 연변 지역이 조선족 자치구인 것과 마찬가지이다. 인구 2백10만 명에 약 4만㎢인 여기 연변 지역에 분포하는 조선족은 약 80만 명이고, 전체 인구의 46%를 차지하고 있다. 그러나 적극적인 중국 정부의 동화정책으로 중국 한족의 이주가 부쩍 늘어나 이 점유 비율은 점차적으로 낮아지고 있다. 자치주라는 이름의 이들 지역은 지금도 완전 독립 국가는 아니고, 중국 정부의 통제 하의 이질적인 묘한 정권의 위치를 가지고 있다. 자치주란 외교와 군사권에서 중국 정부의 통제를 받지만, 내치에 있어서는 상당 부분 독자적인 행정권을 행사함을 말한다. 창쌍 철도가 지나는 이 지역은, 고대와 중세에 티벳 불교가 이곳 청해성과 감숙성·신장성 그리고 내몽고·몽고 지역으로 퍼져나간 바로 그 지역이다. 티벳 불교의 특색이라고 할 수 있는 경전 중심의 교리가 민중들 사이에 침투해 있었다.

중국 불교의 가장 위대한 업적 중의 하나인 불경의 중국어 번역의 대가인 구마라집이 바로 여기 신장의 구자국 출신이다. 어릴 때 서역의 사마르칸트에 가서 살아 회어에 능통하고, 구자국에 오래 살아 중국어와 한문에도 통달하였다. 그는 후량에 초대되어 본격적으로 번역사업을 펼쳤는데 그가 지휘한 번역자들이 전성기에는 2천 명이 넘었다고 한다. 반야심경의 번역은 명문장으로 그 유려함이 반야심경의 교리를 중국에 퍼뜨리는데 큰 역할을 했다. 라싸에서 거얼무까지 2천km 정도지만, 연 나흘을 달렸다. 이 철도가 요사이 전세계적으로 일반화되어 있는 고속철이 아니고, 운행 중에 자주 자주 멎어서 승객들을 태우고 내리기 위해 운행 중지를 하는 경우가 많기 때문이었다. 산세의 험악함은 청뚜와 라싸 간을 뺨칠 정도였다. 자주 운행 중지를 하고, 느린 속도에도 불구하고 창쌍 철도가 있어서 이 지역인들이 서로 크게 소통하고 있는 듯했다. 수많은 사람들이 내리고 타고 했다.

거얼무에 도착하여, 이틀을 기다려 둔황행 버스에 몸을 실었다. 어미에게 안긴 아기는 온종일 잠을 잤다. 그녀는 이 멀고 먼 낯선 땅을 달리는 기차간과 버스 간에서 줄곧 잠을 자는 아기에게 젖을 물리고 깊은 상념에 빠지곤 했다. 그래도 거얼무 둔황 간을 달리는 버스는 조금은 현대화되어 있었다. 겉모양이나 의자 등 서비스 부분은 전혀 고려되지 않은 지옥행 같은 모양의 청뚜와 창뚜 간 버스와는 차이가 있었다. 이 길에도 역시 잔도 같은 것이 있었다. 길이 티벳 고원과 쿤룬 산맥이라는 고산지대를 지나감은 물론 아울러 사막을 끝없이 지나기 때문에 잔도를 피할 수 없었다. 그럴 때는 아슬아슬하기가 짝이 없었다. 중국인들의 잔도 기술은 빼어난다. 그 정교함과 튼튼함이 탁월하다. 왜냐하면 국토의 서쪽이 그렇게 많은 산과 골짜기 그리고 사막으로 채워져 있기 때문이다.

버스가 쿤룬산맥의 오지에서 산과 산을 연결하는 다리와, 산을 뚫어서 만든 굴을 지나 질주하고 있을 때, 혜화스님의 옆자리에 앉은 일광스님의 윗몸이 갑자기 한풀 꺾이더니, 머리통이 혜화스님의 어깨 위에 떨어졌다. 혜화스님은 그가 갑자기 잠에 떨어진 줄 알았다. 그래서 자신의 어깨를 추슬러 그의 머리통을 바로 세우려 했다. 그러자 다음 순간 혜화스님은 아기를 안고 있는 자신의 손잔등 위로 무언가 끈적한 느낌이 들었다. 손을 들어보니 무슨 이유에선지 피가 묻어 있었다. 일광스님을 보니 피는 그의 코에서 흘러내린 것이었다. 이상한 생각이 들어 일광스님의 얼굴을 살펴보았더니 백지장처럼 변해 있었다. 손잔등을 그의 코에 대어보니 숨을 쉬지 않고 있었다. 팔을 만져보니 얼음장처럼 차가워져 있었다. 그가 어쩌면 절명했을지도 모른다는 생각이 불현듯 들었다. 인간 몸의 생과 사는 냉기로 판별된다. 그래서일까, 동양의학에서는 냉증을 병의 시작으로 보는 것이다. 한 인간의 생명에 그것이 잉태하고 있던 종말이 온 것이다. 혜화스님은 사람이 죽었다는 소리를 쳤다.

"사람이 죽었어요. 사람이!"

한국말로 소리를 쳤기 때문에 다들 알아듣지 못하는 눈치였다. 그러나 그녀가 너무나 큰 소리를 쳤기 때문에 다들 시선을 주었고, 근처에 앉은 사람들은 잠시 자리를 일어나 그녀에게로 다가왔다. 그제야 그들은 그녀가 왜 소리를 쳤는지 이유를 아는 듯했다. 그들 중 두 사람이 기사 석으로 가서 무슨 소리를 내질렀다. 버스의 엔진음이 부드러워지더니 거대한 차체가 도로의 한 옆으로 가서 멎었다. 기사가 혜화스님 좌석으로 와서 일광스님의 눈까풀을 까뒤집어 보고 가슴과 손목의 혈맥을 짚어 보았다. 그는 눈을 껌뻑거렸다. 승객이 절명했다는 표현이었다. 기사가 혜화스님에게 무슨 소리를 했으나 전혀 알아들을 수 없었다. 그들은 그제야 혜화스님이 외국인이라는 것을 알아차린 듯했다. 혜화스님이 장삼에다가 가사를 걸쳤기에 스님인 것을 알아차리고 경의를 표하는 듯했다.

마침 차 안에 공안 모자를 쓴 자가 있어서 그는 일광스님의 포켓을 뒤적이고 혜화스님이 내민 여권을 살피더니 고개를 끄덕거렸다. 공안과 기사, 그리고 몇몇 나이 든 사람들이 차에서 내려 무언가를 상의하는 듯했다. 거대한 쿤룬산맥의 한복판을 끝없이 달려온 터라 주변에 이런 문제를 처리해 줄 어떤 기관이나 장례사 같은 데가 있을 것 같지가 않았다. 그러나 그들에게 묘안이 없는 모양이었다. 시간을 끌었으나 별다른 결론은 내리지 못한 듯했다. 그때 버스의 맨 뒤편 좌석에 가만히 앉아 있는 붉은 장삼의 스님 한 분이 기다리다 못해 지쳤다는 듯이 몸을 일으켜 세우더니, 앞좌석의 혜화스님에게 와서 합장을 하고 나서 버스를 내렸다. 그는 특이하게도 붉은 장삼 이외에도 붉은 모자를 쓰고 있어서 시선을 끌었다.

조금 후에 역시 붉은 장삼을 걸친 비구니승이 혜화스님에게 와서 합장을 하고 버스에서 내렸다. 이 비구니 스님도 붉은 모자를 쓰고 있었다. 일견 이 두 스님은 부부인 것 같았다. 지역적으로 여기 서장성·감숙성·내몽고 지역은 라마교가 성행하는 곳이다. 라마교는 티벳불교의 이명이다. 그들은 인도 불교의 불자들이 절대적으로 신앙하는 불교의 삼보라고 하는 부처, 불경, 승려보다도, 라마 즉 교의적으로 뛰어난 지도자를 더욱 숭앙하는 교리를 가지고 있다. 지금 티벳 망명정권을 이끄는 사람이 달라이라마 14세이고, 라싸의 중국공산당 정권을 이끄는 사람이 판첸 라마이다. 이들은 혈연적으로 구 지도자 자리를 전승하는 것이 아니라, 전임 라마들이 지금 생존하는 라마교 신자 중 한 사람에게 환생한다는 나름대로의 교리에 의해서 차기 라마를 선임하고 있다. 라마교 즉 티벳 불교의 교리가 인도 불교보다 주술적이고 비의적이라고 막연히 말하지만, 라마교 안에서도 교파에 따라서 교리가 많이 다르다. 라마교에는 크게 네 개의 교파가 있다. 첫째가 닝마파(홍교)로 '닝마'란 오래되었다는 뜻이다. 인도 승려 연화생이 창시하였으며, 붉은 모자를 쓴다. 불법을 전수할 때 사제 간 혹은 부자간으로만 가능하게 하여 소통이 부족한 측면이 있다. 두 번째 종파로는 갈거파를 든다. 이 종파는 활불환생 교리를 가장 먼저 제창한 교파이고, 수도승들이 흰옷을 입었다 하여 백교라고도 한다. 세 번째가 살가파로 이 교파는 벽에 흰색·푸른색·붉은색으로 칠하기 때문에 화교라고도 한다. 승려의 결혼을 허락하는 교파이다. 네 번째가 격노파로서 일명 게루파라고도 한다. 티벳어로 '게루'라는 말은 계율을 잘 지킨다는 뜻이다. 이 교파가 티벳 불교의 가장 강력한 교파로서 전 국민의 80%가 여기에 속한다.

이 교파들 공히 풍장의 습속이 있었고, 이것이 쿤룬산맥을 넘어 둔황과 고비사막을 건너 내몽고까지 퍼졌다. 오늘날에도 라마교 신자들에게 풍장의 습관이 있는 것은 아니다. 1921년 몽고가 공산

혁명에 성공하면서 몽고의 라마교적인 습관이 많이 파괴되었다. 그러나 혁명 이전에는 최근세까지 풍장의 습속이 배어 있었다. 몽고는 뭐니 뭐니 해도 땅이 모래라 무덤을 파기가 힘들었고, 쿤룬 산맥 지방은 얼음으로 뒤덮여 있어서 땅을 파서 무덤을 만들기 어려웠다. 그리고 무엇보다도 기후 탓으로 시신이 금방 썩지 않기 때문에 매장을 서두를 필요가 없었다. 혜화스님은 말이 통하지 않으니 사태를 가만히 관찰하는 수밖에 없었다. 일광스님의 숨 떨어진 몸이 자신을 무겁게 짓눌러 숨이 막힐 지경이었다. 뼈만 앙상하게 남은 노인이 그렇게 무거울 줄이야 짐작도 하지 못했다. 남에게 입 밖에 내어서 발설할 일은 아니지만, 근간에 노스님의 갈애는 지나쳤다. 서른 고개를 갓 넘긴 자신이 감당하지 못할 정도로 스님은 사랑을 갈구하였다. 강하게 뿌리치지 않고 그 마른 몸이 한껏 불타도록 받아준 자신의 잘못이 뼈저리게 느껴졌다.

버스의 차창으로 내다보니 붉은 모자를 쓴 라마승 부부를 포함하여 먼저 하차한 사람 대여섯 명이 심각한 토의를 하고 있었다. 죽은 자를 어떻게 처리하느냐 상의하는 듯했다. 죽은 자가 승려이기 때문에 그들은 더욱 성의를 다하는 것 같았다. 어디든 정류장에 부인과 함께 내려놓기만 하면 그만일 테지만 그렇게 하지 않았다. 혜화스님은 이들이 죽은 자에 대한 예우가 남다르다는 생각을 했다. 하기야 라마교 자체가 인간의 내생을 주장하는 종교이다. 한참 후에 그들은 무슨 합의를 본 것 같았다. 다들 버스 안으로 올라왔다. 그중 운전기사가 종이쪼가리에 볼펜으로 '사막(沙漠)'이라고 썼다. 사막이 시작된다는 뜻인지, 아니면 사막에서 장례를 치른다는 뜻인지 불확실했지만 일단 사막과 관련 하에 장례가 치러진다는 뜻인 것 같았다. 혜화스님은 고개를 끄덕였다. 버스는 출발하였다. 고비사막의 지평선 위로 해가 지고 있었다. 정말 끝 간 데 없는 대평원이었다. 어쩌면 이렇게도 광활한 사막이 있을까 상상을 초월했다. 끝 간 데 없는 대 사막에 아스팔트길이 아스라이 뻗어 있었다. 한참을 달리던 버스가 길 가장자리에 정차했다. 기사와 승객들이 정중하게 혜화스님에게 몰려와 종이쪼가리를 내밀었다.

"沙漠風葬(사막풍장)"

3년 전에 창뚜 삼예 간 산악에서 현보스님을 풍장으로 보내본 경험이 있는 혜화스님이라 놀라지 않았다. 그러려니 추측하고 있었는데 맞아떨어진 것이다. 그녀는 조용히 고개를 끄덕였다. 이 사람이 혜화스님 옆자리에 앉아있는 여성에게 손짓하여 아기를 건네받았다. 혜화스님은 장삼을 가다듬어 입고 차에서 내렸다. 뒤에 남은 사람들이 일광스님의 시신을 안아서 내리고, 다른 사람은 차의 뒤 트렁크 안에서 미리 준비되어 있은 듯한 가마니때기와 새끼줄 뭉텅이를 가지고 왔다. 그들은 시신을 가마니로 싸고 새끼줄로 묶었다. 그리곤 둘러서서 라마승의 염불에 의해 한참을 예불했다. 그리곤 무슨 나무 함지박을 혜화스님에게 내밀었는데 가만히 보니 그 안에는 소금이 들어 있었다. 가마니때기에다 뿌려달라는 뜻이었다. 시신에게 소금 뿌리는 풍습은 우리나라의 그것에 많이 닮아 있다는 생각을 했다.

그리곤 사막을 향해 가마니때기를 앞뒤에서 든 사람들의 걸어가기 시작했다. 그 뒤를 라마승 부부와 혜화스님, 그리고 승객 서너 명이 뒤를 따랐다. 발이 사막의 모래에 푹푹 빠져 잘 걸을 수 없었다. 간신히 걸음을 옮기기를 한 10분쯤 흘렀을까, 라마승이 흔드는 종소리에 다들 걸음을 멈추었다. 버스가 꽤 저 멀리 있었다. 그것은 지금 막 지평선에 걸린 태양광산을 받아 불덩이처럼 반사광을 발했다. 광활한 모래바닥에는 이제 지평선 아래로 가라앉는 태양광선이 흘러, 그것은 마치 붉게 변한 잔파도가 끝없이 밀려오는 듯했다. 라마승이 종을 딸랑딸랑 울리니 시신을 들고 있던 두 사람이 가마니때기를 내려놓고 모래바닥을 평평하게 다졌다. 그리고 가마니때기를 거기에 올려놓았다. 아무도 울거나 소리치는 사람도 없었다. 대자연 앞에서 장례는 너무나 조용히 그리고 엄숙하게 치러졌다. 한국 진도지방에서 행해지는 풍장에서는 이런 가마니때기 풍장 후 몇 달이 지나면 뼈를 추려서 다시금 매장하는 절차를 밟지만 여기서는 풍장 그것만으로 끝이다. 다시금 매장의 순서를 밟지 않는다.

꼬박 하루를 더 달려 둔황에 닿았다. 눈을 들어 사방을 살펴도 어디 끝 간 데라고는 없는 막막한 사막 한가운데의 오아시스였다. 그렇게 넓지도 좁지도 않은 30만 정도의 인구가 모여 사는 소도시였다.

둔황은 서안과 함께 중국의 2대 신비의 도시이다. 역사적 유물이 그만큼 많다는 뜻이다. 둔황을 보지 않고 중국과 중국 불교, 중국 문화를 이야기하지 말라는 말이 있다. 이런 말을 하는 가장 큰 이유는 둔황에서 남동쪽으로 25km 지점에 있는 막고굴 때문이다. 세계 불교문화 유산의 걸작 중의 걸작인 둔황 막고굴(모까오굴이라고도 한다)은 AD366년 전진(前秦)의 승려 낙준에 의해서 조영 사업이 시작한 이래로, 북위·서위·북주·수·당, 5대 10국과 송·원에 이르기까지 근 천 년 동안 9왕국을 거치면서 조성되었다. 막고굴은 조성된 후 천여 년 동안 자연과 인간에 의해 파괴의 길을 걸어왔다. 그러나 16국에서 원나라까지 석굴 492개와 4만5천㎡ 벽화, 채색 조각상 2천3백 여 개, 당·송의 동굴 목조 건축 5곳이 남아 있다. 이것은 현존하는 가장 위대한 세계 불교 유적이다.

　둔황은 서남풍과 동북풍이 심하게 분다. 7월에서 8월에 최고 44도까지 올라가며 겨울에는 영하 24도까지 내려간다. 모래바람이 심하여 바람이 불 때는 눈앞의 사람도 알아보지 못한다. 둔황의 북쪽으로는 소륵하가 흐르고, 남쪽으로는 당하가 흐른다. 부근에는 기련 산맥이 달리고, 남쪽으로는 삼위산, 서남쪽으로는 유명한 명사산이 솟아있다. 여기 삼위산과 명사산 사이의 약 2km에 달하는 계곡의 높은 벽면에 약 5백 여 개에 달하는 굴을 판 것이다. 이 계곡에 은거하던 처사들이 자신들의 불심을 위해 파기 시작했다. '신자가 없으면 신도 없다'는 말이 진리인 것 같다.

　혜화스님은 둔황에서 하룻밤을 새고 이튿날 새벽에 곧장 막고굴로 향했다. 버스로 30분 정도밖에 걸리지 않았다. 492개의 굴이 패인 거대한 절벽에는 아침 햇살이 찬란하게 들이비치고 있었다. 그녀는 막고굴 관리 사무소에 들려 자신이 한국에서 온 임제종 계의 승려임을 밝히고 자신의 관람에 편의를 봐줄 것을 부탁했다. 물론 말이 통하지 않아 한문자로 필설 대화를 했다.

"한국인 해설사를 원하시나?"

"그럴 필요는 없다. 승려기 때문에 막고굴의 내용을 대략은 알고 있다. 다만 보기만 하면 된다."

5백 여 개에 가까운 막고굴을 하루 이틀에 다 본다는 것은 불가능했다. 하루 개장 시간을 10시간으로 잡더라도, 하루에 스무 개씩 본다고 하면 공휴일 빼고 대략 한 달이 걸리고, 그럴 경우 한 시간에 굴을 두 개씩 보게 된다. 그러면 결국 30분에 한 개의 굴을 보게 되는 셈이다. 각 굴마다 벽면은 채색화로 채워져 있다. 이 채색 벽면을 다 합치면 54km가 된다. 그리고 채색 불상이 2천5백여 개가 된다. 1900년에 제 17호 굴에서 약 5만 점의 불교 관련 문서가 발견되었다. 왕원록이라는 도사가 우연히 발견했다. 그러나 왕원록은 유럽인들에게 이 문서의 대부분을 밀매해버려 지금은 6천여 점밖에 없다. 혜초의 '왕오천축국전'이 대영박물관에 비치되어 있는 이유다. 96호 굴은 북대불전이라 하여 막고굴 5백여 기 중에서 가장 유명하다. 275호 굴의 보살상은 긴 다리를 드러내 놓고 꼬고 앉아 있는데, 중국색이 없고 인도적인 채색화로서 가장 오래된 불상이다. 275호 이전의 굴은 사실상 보전 상태가 나빠 멸실된 상태이다.

323호 굴은 '장건출사도'라는 채색화가 조각되어 있다. 고대 중국사에 나오는 강(羌)이니 저(氐)니 하는 나라들은 전부 티벳족이 여기 서하 회랑지역에 세운 국가이고, 선비(鮮卑)라는 나라는 터키계이다. 그러나 가장 강한 나라는 흉노계이다. 흉노는 월지국을 내쫓고 여기 서하 지역을 석권하였다. 한 나라를 세운 고조 유방은 흉노를 쳐부수지 않으면 한민족의 서역 진출은 불가능하다고 판단하고 건국 후 흉노 정벌에 나섰다. 그러나 대패하여 겨우 목숨만 건지고 퇴각하였다. 5, 60년간 서역과의 교역의 길이 끊겼다가, 한 무제가 장건을 파견하여 흉노 격멸의 임무를 맡겼다. 장건이 출정하는 장면이 323호 막고굴의 채색화로 남아 있다. 332호와 335호 막고굴에는 중국이 주변국들의 사신을 영접하는 장면이 그려져 있는데, 그 사신들 중에는 중국에서 전통적으로 조선족을 의미하는 조우관과 조미관을 쓴 사람들이 나온다. 새의 깃털이나 꼬리가 달린 모자를 쓴 자들을 말한다.

혜화스님은 호텔에 투숙했으나 식사는 탁발로 해결했다. 탁발하지 않는 스님은 스님이 아니다. 스님은 탁발할 때만 부처님과 소통하는 것이다. 혜화스님은 우루무치 행을 포기하고 서안공항을 거쳐서 인천공항으로 귀국했다. 만 3년 만이었다. 떠날 때는 스님 셋이었으나, 돌아올 때는 스님 하나와 아기 하나였다.

제4장

항해

대한항공의 서안-인천 편 항공기가 인천공항에 닿았다. 해가 질 무렵이었다. 그런데 자세히 보니 이게 어찌된 일인가. 혜화스님은 스님의 복장인 장삼을 입지 않았다. 평범한 여성의 원피스를 입고 있었다. 박박 민 머리도 챙 넓은 모자를 써서 그녀가 스님인 것을 전혀 눈치 챌 수 없었다. 그리고 그녀는 아기를 안고 내리는 것이 아니라, 업고 내렸다. 그녀는 아기를 안고 거대한 공항 건물의 2층 입국 층에 즐비한 식당의 한 칸에 들어가서 저녁을 들었다. 그녀가 연방 시계를 보는 것으로 보아 무언가를 계획하고 있는 것 같았다. 그녀가 식사를 끝내고 공항 건물 밖으로 나왔을 때는 벌써 땅거미가 내리고 있었다. 그녀는 택시정류장으로 가서 한 대의 택시에 올랐다.

"충남 서산까지 대절로 갈 수 있어요?"

"네! 그럼요. 한 15만 원 정도 나올 겁니다. 서해안고속도로로 가면 3시간이 채 걸리지 않습니다."

"…."

혜리는 말이 없었다. 이제 스님 복을 벗었으니 혜화스님으로 부르는 것은 부적당하다는 생각이다. 그녀의 본래 이름인 혜리로 부르는 것이 좋을 것 같다. 스님은 승복을 의무적으로 입어야 한다. 승복을 입지 않은 승려는 없는 것이다. 하물며 승려는 머리를 깎아야 한다. 머리를 깎지 않은 승려는 없는 것이다. 재가승이라 하여 승복을 입지 않고, 머리를 깎지 않고도 승려의 신분을 유지하는 사람들이 있지만 태고종에서만 가능하고 조계종이나 천태종에서는 원칙적으로 계율에 어긋나는 일이다.

"서산 시청에서 서쪽으로 직진하여 서해안으로 계속 달리면 낭떠러지가 나오는데, 좌회전하여 한참을 가면 일광사라는 절이 있어요. 그리로 가 주세요."

그녀의 행선지가 밝혀진 것이다. 그녀는 그녀가 구족계를 받기 위해 3년간 수양한 일광사로 돌아온 것이었다. 그녀가 티벳으로 가기 위해 떠났던 그 지점으로 다시 돌아왔다. 택시가 서산에 당도했을 때 시계를 보니 밤 12시를 가리키고 있었다. 이 속도 대로 달리면 오전 1시가 넘어서야 일광사에 도착할 것만 같았다. 그러나 택시가 바다에 임해 있는 낭떠러지 근처에 도달했을 때, 그녀는 차를 세워달라고 했다. 그리고 그녀는 택시비를 계산했다. 그리고 혼자서 걷겠다고 하면서 택시를 돌려보냈다. 달빛은 은은하게 주변을 비추었고, 멀리 바다에는 파도가 끊임없이 밀려오고 있었다. 그런대로 가파른 절벽에는 밀려온 파도가 계속 부서졌다. 혜리는 등에 업은 아기를 다시 한 번 추슬렀다.

　그녀가 일광사에 도착했을 때는 새벽 두 시가 되어 있었다. 절간에서는 희미한 불빛이 흘러나왔으나 어떤 인기척도 없었다. 3년이란 세월이 흘렀지만, 절과 그 주변에는 별다른 변화가 있는 것 같지 않았다. 혜리는 사뿐사뿐 걸어 일주문까지 갔다. 그리고는 일주문 아래턱에 강보에 싸인 아기를 내려놓고, 한참 동안 합장을 하고 나서 되돌아 나왔다. 잠이 든 아기는 울지도 않았다. 아기를 싸안은 강보 속에는 한문자로 '일광(日光)'이라는 글자가 쓰인 종이쪼가리가 들어 있었다. 그녀는 한 50리 길은 족히 됨직한 서산까지 빠른 걸음으로 걸어 나왔다. 사람들은 아기에 대한 어미의 정을 모성애라고 하고, 그것이야말로 가장 강력한 인간으로서의 육친의 정이라고 한다. 그럴지도 모른다. 아니 그렇다. 그러나 혜리는 지금 이 순간 자신이 어딘가로 끝없이 걸어가고 있고, 그 곳에는 웬지 모르게 아기는 데려갈 수 없다는 스스로의 암시를 받고 있었다. 그 길이 아마도 끝나지 않는 남성에로의 길인지도 모른다. 자기는 아직은 끝없이 더 걸어야한다는 자기 암시를 거둘 수 없었다.

　혜리는 자신이 왜 이렇게 자신의 삶을 남성에로의 걸음이라고 생각하는 것일까. 그것은 확실한 대답을 얻을 수 있는 성질의 질문이 아니다. 그러나 어쩐지 남성은 뭔가를 혼자 만들어낼 수 있는 독창성이 있는 존재인 것만 같이 느껴지는 것이다. 이러한 느낌이 자신의 질문에 대한 대답이 될 수는 없을 것이다. 대략 3년 전에 일광스님은 이 일주문을 지나왔고, 지금 그의 제2의 어린 생명 일광이 도착해 있다. 그래서 인간의 생명은 환생한다는 것인가, 연기

한다는 것인가. 불가에서 말하는 환생과 연기가 이런 뜻은 아니지만, 혜리는 일광을 여기에다 버리는 것이 가장 자연스럽다는 생각을 했다. 일광이를 일광사에 갖다놓았으니 결코 버리는 것은 아니라는 위안이 가슴을 메워왔다.

혜리는 자신이 근 6년 여 동안 불가에 몸담았던 사실이 아득하게만 느껴졌다. 구족계를 받기까지 3년이 걸렸고, 티벳 여행에 3년 여가 걸렸다. 그래서일까 자신은 벌써 서른 살 중반에 와 있었다. 해 뜰 무렵 서산에 도착한 혜리는 어느 모텔로 들어가 정오까지 잤다. 인생의 순간순간을 토막 내어, 지나간 시간 속의 토막들을 뒤도 돌아보지 않고 버리는 혜리의 습관은 조금도 변하지 않은 것 같았다. 혜리는 수중에 돈이 한 푼도 없다. 일광스님이 남긴 돈으로 그나마 아쉬운 대로 지금까지 견딜 수 있었다. 그러나 워낙 씀씀이가 헤픈 혜리이고 보니 남아날 턱이 없었다. 그녀는 빈털터리가 된 것이다. 그렇다고 법복을 벗어버린 지금 탁발을 할 수도 없었다.

그녀가 정릉 입구 옛집으로 돌아왔을 때는 정말 지갑에 만 원짜리 몇 장만이 남아 있었다. 그 집이 그리워서 돌아온 것이 아니었다. 이 지구상에 비바람 피할 데라고는 옛 일광사와 정릉 옛집뿐이었다. 그러나 일광사는 그녀의 마음에서 지워지고 없었다. 그 이유는 잘 모른다. 그녀는 다만 어디 가서 허황된 짓을 실컷 하고 온 기분이었다. 이제 더는 그 짓을 하고 싶지 않았다. 구족계까지 받은 자신이기에 파계승이라고 할 수 있지만, 자신에게 어쩐지 계(戒)라는 것 자체가 어울리지 않은 것 같은 느낌이다. 그래도 일광스님의 보살핌이 있었기에 멋모르고 그를 따라다닌 기분이었다.

집 나가 있었던 세월 동안 사랑이라는 이름으로 몇몇 사내들과 분탕질의 삶을 살았고, 그러는 사이 몇 번 회임을 한 것 같았다. 그러나 지금은 그야말로 적수공권으로 돌아온 것이다. 비를 맞아서일까, 집이 말할 수 없을 정도로 후줄근했다. 사람이 살지 않는 집처럼 적막 속에 잠겨 있었다. 초인종을 눌렀으나 인기척이 없었다. 대문을 밀어보니 스르르 열렸다. 집안으로 들어갔다. 다른 사람은 몰라도 어머니는 자기를 반겨줄 것만 같았다. 어느 지나간 한 시절, 한 사람의 여인을 중심으로 딸 둘과 아들 하나가 삶의 단위가 되어 살아가던 집이었다. 가끔 혹은 어떤 경우에는 여러 날, 아버지라는 한 사내가 머물기도 했었던 집이었다. 괴팍하고 못된 성격의 아버지였지만 그래도 혜리에게는 잘 해 주었던 분이었다. 6년이라는 세월의 물결에 떠밀려 어딘가로 많이도 흘러갔을 것만 같았다.

마당에 들어선 혜리는 놀랐다. 마당에 잡풀이 너무나 지저분하게 우거져 있었기 때문이었다. 열려 있는 현관문으로 다가가던 혜리는 깜짝 놀랐다. 현관 옆 공터에 아무렇게나 던져져 있는 개집 옆 땅바닥에 피골이 상접한 아버지가 얼굴을 찡그리고 앉아 있었다. 그분과 시선이 마주쳤다. 아버지는 놀라지 않았다. 한껏 찌그러진 얼굴의 주름살 속에 박힌 흉물스런 흰자위만의 눈에서 그의 흐려진 시선이 흘러나오고 있었다.

"아버지…."

"으음…. 혜-리-아-니-야."

덕수는 천천히 발음하였다. 목소리가 아주 탁하고 느릿느릿했다.

"왜 이러고 계세요? 어디가 아프세요? 얼굴이 말이 아니네요."

"죽지 않고 살아 있었구나. 그럴 줄 알았다. 죽지 않았으면 다시 나타날 줄 알았다."

"왜 개집 옆에 앉아 계세요? 개도 없는데?"

"내가 바로 개다! 내가 하도 짖어대니 다들 도망을 갔어. 물려 죽을까봐서! 네 년도 곧 도망을 갈 거다! 물려죽지 않으려구!"

"아버지, 집안에 무슨 일이 있었어요? 내가 너무 오랜만에 돌아와서 뭐가 뭔지 모르겠어요!"

"집안? 이게 무신 집안이고? 그냥 모여서 같이 자고 밥 끓여먹는 데지! 어두워지면 다들 기어든다고! 제까짓 것들이 잘 데가 있나! 내가 짖어대기 시작하면 한밤중에도 다들 도망을 쳐!"

"아버지, 왜 짖어요? 짖는다니 무슨 말씀이세요?"

"내가 폐암 4기라, 병원에서 쫓겨났다 왜! 치료 같은 것은 없다는 게야! 그런데 이게 가만히 죽으면 을마나 좋겠노! 너무 아파서 견디기가 어렵다! 내가 아파서 나도 모르게 신음하면 내가 짖기 시작한다고 다들 도망을 쳐버려! 도망치는 년 놈들 잘못이 아니야! 내 잘못이지! 나도 견디지 못해 여기 개집에 나와 개 흉내를 내는 거야! 그 이쁘던 년이 얼굴이 왜 그 모양이냐? 어느 놈한테 호되게 당했구나!"

"당하긴 뭘 당해요! 내가 좋아서 뛰어다닌 건데!"

"여기 개집에 묶여있던 개놈이 암캐였잖아! 저기 대문 밑으로 얼찐거리던 수캐 놈을 쫓아 언젠가 도망을 쳤어. 네 년하고 어찌 그리 닮았나!"

"저러니 다들 도망을 쳤지…."

혜리는 현관 안으로 들어갔다. 과연 사람이 살지 않는 집처럼 썰렁했다. 전혀 정리가 되어있지 않았고, 방문들이 죄다 열려 있었다. 아래층을 쓰던 어머니도 동철과 동희의 모습도 보이지 않았다. 이층 자기 방으로 올라가 보았다. 방문에 커다란 자물쇠가 채워져 있었다. 가정집의 방문에 저런 커다란 자물쇠가 채워져 있다니 얼른 납득이 가지 않았다. 그때였다. 마당에서 사람 죽어가는 소리가 들렸다.

"아이구…. 사람 죽는다…. 어서 날 죽여라…. 아이고, 사람 죽는다…. 어서 내 모가지를 따다오. 내 가슴에 칼을 꽂아라…. 어서! 어서!"

혜리가 급히 계단을 뛰어 내려가 보았더니 아버지 덕수씨가 개집을 끌어안고 뒹굴고 있었다. 무슨 견딜 수 없는 통증이 몸을 짓이긴 모양이었다. 혜리가 아버지에게 다가갔다. 그랬더니 덕수씨가 딸의 몸을 덥석 끌어안았다. 그리고는 잔디 깔린 마당을 뒹굴었다. 그는 견딜 수 없는 통증에 신음하고 있었다. 혜리는 아버지의 무서운 손아귀에 잡혀 숨통이 죄어져 왔다. 사람이 고통의 극에 달하면 어떤 모습으로 바뀌는가를 본다. 그것은 사람이 아니었다. 고통도 어느 정도여야 참고 견디고 하지, 극에 달하면 체면이고 참을성이고 다 없어져 버린다. 혜리는 숨이 막혀 죽을 것만 같았다.

"왜 병원에 가시지 않아요?"

"병원에서 받아주지 않아! 열 번도 더 내쫓겼어! 내가 나타나면 날 살려줄 생각은 하지 않고 도망부터 친다고! 병원, 병든 사람 살

리는 데 아니야. 병원, 병든 놈들 상대로 돈벌이하는 데야! 못살 것
이 뻔해 돈벌이가 안 되는 놈들은 받아주지도 않아! 이 집 잡혔어.
병원에 1년 동안 입원하느라고! 입원비를 계속 못 내니 본 척도 안
해! 아이고 사람 죽는다! 사람 살려!"

혜리는 숨통이 막혀 더 이상 아버지의 가슴팍에 갇혀 있을 수 없
었다. 그녀는 힘껏 아버지를 밀쳤다. 그래서 간신히 그의 품안에서
벗어날 수 있었다.

"날 잡고 뒹구는 것 외에 내가 해드릴 수 있는 게 뭐에요? 말해
보세요!"

"좋다, 역시 내 딸이로구나. 저기 네 거리 귀퉁이에 있는 종묘가
게에 가서 제초제 좀 사 오너라. 집안에 잡풀이 너무 무성하다고만
말해라! 어서! 그것이 네가 할 유일한 일이다!"

"알았어요!"

혜리는 아버지에게 붙잡혀 마당 잔디를 뒹굴었기에 엉망으로 헝
클어진 몸 매무새를 추스르며 대문 밖으로 나왔다.

"제초제 한 통 주세요. 마당에 잡풀이 많아서요!"

"이거 한번 뿌리면 마당에 있는 잡풀 싹 없어집니다. 개가 먹지
않도록 조심하세요. 아이들 손이 닿지 않는 곳에 두어야 합니다!
그라목손이라고! 사실 종묘상에서 못 팔게 되어 있어요. 너무 독하
다고! 숨겨놓고 팔고 있으니 어디 가서 말은 하지 마세요!"

"염려하지 마세요."

혜리는 그라목손을 사가지고 와서 아버지에게 주었다.

그녀는 그가 시키는 대로 했을 뿐이다. 그리고는 마당구석에서

뎅구는 장도리를 가지고서는 이층으로 올라갔다. 비록 약한 여자의 팔 힘이었으나 힘껏 내려친 장도리에 맞아 이층 방을 채우고 있던 장석이 망가졌다. 방문이 열린 것이다. 방안으로 들어가 보았더니 자기 물건은 하나도 없었고, 뜻밖으로 커다란 침대가 하나 놓여 있었고, 화려한 옷장과 이불장이 버티고 있었다. 누가 신혼살림을 했던 흔적이 역력하였다. 아래층 마당에서 칵 칵, 하는 신음 소리가 들렸다. 역시 마당을 데굴데굴 구르는 소리가 들렸다. 이상한 예감이 들어 마당으로 내려와 보니 아버지 덕수씨가 죽어가고 있었다. 무서운 열기를 뿜어내던 그의 까뒤집어진 한쪽 눈알이 생기를 잃고 썩은 생선의 눈깔처럼 죽어 있었다. 강력 제초제를 마신 것 같았다. 과연 그의 옆에는 약제를 물에 탄 그릇이 뒹굴고 있었다. 혜리는 창백한 얼굴이 되어서 죽어가는 사람의 모습을 내려다보았다. 그녀의 얼굴에는 냉정이 서렸다. 6년 만에 만난 아버지의 죽어가는 모습을 저런 표정으로 내려다볼 수 있을까. 독약 그라목손은 한 숟가락만 마셔도 오장육부가 새카맣게 타버리는 초강력 비산이다. 흔히들 말하는 양잿물이다. 혜리는 즉각 아버지의 사망 신고를 했다. 그녀는 침착하게 행동했다. 사람 죽는 게 별 것이냐는 표정이었다. 살아 있는 것은 시간차를 두고 다 죽게 마련인데. 파출소에서 순경 두 사람이 왔다. 그들은 시신을 이래저리 뒤적여 보았다.

"청산가리를 먹고 죽었군. 지독한 병을 앓았나봐! 피골이 상접하네!"

"의사진단서를 첨부할까 말까?"

"그런데 저 몸을 하구서 독극물을 어디서 누가 구해 주었을까?"

"으음, 그런 점이 있구나…. 저기 가족 되는 분 파출소로 오세요. 두 시간 내로. 좀 미진한 데가 있습니다. 따님 되는가요? 어머니는 안 계시나요? 어머니하고 같이 오세요. 조사가 끝나기 전에는 시신에 손대면 안 됩니다."

순경들은 돌아갔다. 몇 가지 사항을 수첩에 적고는 집안을 한 바퀴 돌아보았다. 방들도 샅샅이 돌아보았다. 그리고는 고개를 갸우뚱하더니 집을 떠났다. 시신에는 거적때기 같은 것을 덮었다. 그러나 어머니와 동철과 동희가 어디에 있는지 막연했다. 문밖 공중전화 박스로 가서 큰어머니와 작은어머니에게 전화를 해보았다. 다들 불통이었다. 전화번호가 맞는지조차도 자신이 없었다. 그 사이 흐르는 세월 속에서 다 잊어버렸다. 집에 돌아오자마자 너무나 큰 사건과 맞부딪친 것이었다. 이런 일을 어찌 상상이나 하였을까. 그러나 어쩌겠는가. 눈앞에 벌어진 사건은 분명 사건인 것을. 어영부영하다가 한 시간이 흘렀다. 혜리는 서둘러 파출소로 갔다. 뜻밖으로 큰어머니와 혜순이, 엄마와 동철이, 작은어머니와 동준이가 와 있었다. 그들은 말을 잃어버리고 긴 의자에 앉아 있었다. 경찰들이 찾아낸 것 같았다. 자신들이 관할하고 있는 지역의 주민들의 동태에 대해서는 빠삭하게 알고 있는 듯했다. 가족들을 경찰의 책상 앞에 일렬로 세워놓고 한 사람씩 자기 책상 앞 의자에 앉게 했다.

"오점숙씨, 고인의 부인이시구만. 언제부터 별거를 했습니까?"

"한 20년은 되었이유. 아들 못 낳는다구유."

"왜 집에서 쫓겨났어요?"

"다 죽인다고 해서유. 정말로 칼을 휘둘렀시유. 둘째댁 집에서 사람을 죽였다는 소문도 있었어유."

"좋습니다. 뒤 열로 물러가세요. 다음 이혜순씨. 자리에 앉으세요. 아버지를 마지막 본 것은 언제였죠?"

"한 달쯤 되었어요. 너무나 아프셔서 죽는다고 하시면서 날 시집 보내지 않고 죽으시면 너무 억울하시다고 했어요. 수시로 우리 집을 드나드셨어요. 너무나 아프셔서 온종일 소리소리 지르시면서 엄마와 나를 끌어안고 뒹굴었어요. 우릴 죽이고 간다면서 우리 목을 조르기도 하셨어요. 그러다가 작은 집들로 가시곤 했어요. 아버지는 미친 사람이었죠…."

"고인이 되신 아버지에게 어떻게 그렇게 말을 하나…."

"당해 보지 않은 사람은 몰라요. 남 사정을 함부로 말씀하시지 마세요!"

혜순이는 보통내기가 아니었다. 경찰을 마구 닦아세웠다.

"다음 송경자씨, 둘째 부인이시구만. 왜 도망을 치셨지요? 바깥 분이 위독하시면 곁에 있어줘야 할 것 아니요?"

"죽인다고 칼로 목을 겨누곤 했어요, 너무 아파서. 그런 줄 알면서도 무서워서 도망을 쳤어요."

"다음 이동철군, 맏아들이구만. 몸이 우람한데 아버지를 제압할 수 없었어요?"

"살인이 나면 어떻게 해요? 피하는 것이 상수라는 것을 깨달았습니다. 서로 부딪치지 않으면 상처도 없을 것 아니에요? 아버지를 때릴 수도 없고!"

"다음, 장미애씨, 젊으신데 고인의 사랑을 받았을 것 같은데?"

"저 분은 젊다고 이뻐하고자시고 할 그런 분이 아니에요. 먼저 주먹부터 날리는 양반이죠. 손찌검이 일상사죠. 곁에서 빨리 피하는 것이 상수예요."

"다음, 동준씨, 아버지를 모시려고 하지 않고 도망을 쳐요?"

"똑같은 얘기예요. 아버지하고 맞짱 뜰 수는 없잖아요. 귀찮으니까 자리를 피하는 거죠. 밥벌이로 하는 카페를 난장판으로 만들기도 했어요."

"마지막으로 혜리씨, 6년 만에 귀가하였다고 하였는데, 이말 사실인가요?"

경찰은 뒷줄에 서 있는 다른 가족들에게 물었다. 그러나 누구 한 사람 대답하는 이가 없었다.

"으음, 맞는 말 같구만…. 살아있는 고인을 본 마지막 사람인데, 고인이 그런 몸을 하고서 양잿물을 어디 가서 살 수 있었겠어요?"

"아니에요. 양잿물을 사다준 사람은 나였어요."

"죽일 마음으로?"

"자기를 낳아준 사람을 죽일 심보로 양잿물을 사다주는 사람이 어디 있어요!"

"그럼 왜 사다줬죠?"

"보셨잖아요. 집 뜰에 잡풀이 너무 무성해서 제초제를 사오라고 했어요. 나는 정말 풀을 다스리려고 그걸 사오라고 하는 줄 알았어요."

"그걸 사다드리고 어떻게 하였어요?"

"말씀드린 대로 6년 여 만에 귀가해 보니 집이 너무나 썰렁해서 내가 집 나가기 전에 사용하던 이층 방으로 올라갔어요. 자물쇠로 잠겨 있더군요. 그래서 그걸 깨부수느라 낑낑 댔죠. 그 사이에 아버지가 독약을 마신 거예요. 고통스러워하는 소리를 듣고 급히 이층에서 내려와 보니 벌써 절명하셨더라구요!"

"고의적이었든 무의식중이었든 살인죄가 성립합니다. 고인이 양잿물을 마시고 죽었음에 틀림이 없고, 그 양잿물을 사다준 사람이 당신입니다."

"좋아요. 내가 먼저 사다드린 것이 아니고, 하도 사오라고 해서 사다드린 거예요. 그것도 잡초를 없애기 위해서라고, 마음대로 해석하세요. 살인자는 사형시킨다면서요? 그래 날 사형시키세요!"

"허허 참…. 세상에 둘도 없는 집안이구만…. 어쩌면 이런 집안이 있을까…."

"웃기지 마세요! 경찰이 뭐 이래! 죄 없는 사람은 돌려보내고, 죄 있는 사람은 사형을 시키든지 감옥소에 처넣든지, 몽둥이로 때리든지 하세요!"

"아니 이 아가씨, 아니 이 아줌마, 참 대단하네. 세상에 자기 아버지가 죽은 마당에 어쩌면 다들 이런 식으로 나오나! 세상에 둘도 없는 집안이구만!"

"야! 네가 경찰이면 경찰이지 왜 남 가정을 욕하니! 양잿물 먹은 우리 아버지 욕하지 마! 양잿물 사다준 나도 욕하지 말라구! 법대로 처벌을 기꺼이 받을 테니까, 시시한 말은 하지 마시라고! 우리를 뭘로 보는 거야! 그런 소리 또 하면 아가리 찢어 놓을 거야. 엽총으로 아버지 어머니 형 조카를 한 자리에서 연쇄적으로 쏴 죽이는 사람도 있어! 남 사정 모르고 함부로 주둥이 까지 말라고!"

혜리가 너무나 앙칼진 목소리로 소리를 질러서 다들 어안이 벙
벙했다. 다른 경찰들과 사무실 안에 들어와 있던 민간인들도 다들
손을 놓고 혜리를 향해 고개를 돌렸다.

"저 아줌마, 정상이 아니야! 갈지 말라고!"

"아니야, 이 여자 유치장에 넣어야 합니다! 자살 방조죄로 기소
해야 합니다."

"으음, 주임님에게 보고하고 보호소에 유치시키라고!"

혜리는 그 자리에서 파출소 유치장에 처넣어졌다. 다른 가족들
은 다들 방면되었다. 고인과 살을 비비고 살았던 마누라 셋과, 그
녀들과의 사이에서 태어난 딸 둘은 어딘가로 사라지고, 이복형제
인 동철과 동준이가 고인의 시신을 벽제 화장터로 모셨다. 한줌의
재로 변했다. 혜리는 자살 방조죄로 기소되어 1심 재판을 받았다.
기소되어 재판정에 설 때까지 경찰서로 이송되어 구치소에서 한
보름을 썩었다. 그 사이 취조관들에게 엄청 시달렸다. 공판정에 서
니 살 것만 같았다.

"피고는 자살 당사자에게 독극물을 제공하였나요?"

"양잿물을 제초제로 쓰신다고 사오라고 해서 사왔습니다."

"묻는 말에 대답만 하세요. 피고인은 자살 당사자에게 독극물을
제공했나요?"

"네."

"피고인은 자살 당사자가 폐병 4기의 회복 불능의 환자라는 사
실을 알고 있었지요?"

"6년 만에 귀국하던 차라 잘 몰랐습니다."

몇 차례 공판을 거듭한 끝에 드디어 결심 공판이 벌어졌다. 판사는 다음과 같이 선고했다.

"본 법정은 다음과 같이 판결한다. 피고인은 자살 당사자가 자살의 의사를 표시하면서 독극물을 사오라고 부탁했고, 그걸로 자살 당사자가 자살할 것이라는 미래적 사실을 충분히 인지할 수 있었다. 그러나 당사자가 회복 불능의 암 환자라는 사실을 감안할 때, 독극물이 피고의 사망에 전적으로 기여했다고 볼 수는 없다. 따라서 대한민국 형법 252조 2항에 적시된 형기 2년을 반으로 감하여 1년 유죄로 판결한다. 본 선고에 이의가 있을 때는 3개월 안에 상급심에 항소할 수 있다. 이상."

청주에서 감방살이를 1년간 하게 된 혜리는 조금도 억울해 하거나 당황해 하지 않았다. 나라에 단 하나뿐인 청주 여자교도소에 수감되었다. 자신은 오히려 형량이 적은데 대해 은근히 놀라는 표정이었다. 인간에게는 치유 불가능한 단말마적인 고통이 있다. 스스로 죽든지 남의 손에 죽든지 두 가지 방법뿐이다. 1년간 감방살이를 하면서 면회 오는 사람은 거의 없었다. 혈족이 수형 생활을 한다고 면회 가고 할 그런 사람들이 아니다. 기질이 그런 걸 어떡하나. 다만 작은어머니라고 부르는 고 덕수씨의 셋째 마누라의 아들 동준이가 한번 다녀갔다. 동준은 생김새부터가 이들 이씨 집안이 아니다. 이씨 집안사람들은 다들 어깨가 딱 벌어지고 이마가 돌출

된 형인데, 동준은 가녀린 몸매에 넙적 이마를 가지고 있었다. 동준이는 대학을 다니다 말았는데 아버지의 도움이 없으니 살기 위해 동네에서 카페를 하고 있었다.

"돈 벌이가 잘 되니?"

"그럭저럭 밥벌이는 되는 것 같아요."

"먹고는 살아야 할 텐데…."

"그런데 누나, 동철이 형을 좀 떨쳐 내주세요. 참 못됐어요."

"우리 형제가 남 못 잡아먹어서 환장하는 족속인데 뭘 그러려니 하지…. 무슨 일인데?"

"우리 집 있잖아요? 어머니하고 내가 살고 있는 미아리 집 말이에요…. 그런데 아버지가 이 집을 아버지 이름으로 등기를 하셨어요. 아버지도 참! 그런데 아버지가 돌아가셨으니….동철이 형이 집을 팔아서 형제가 갈라가져야 공평하다는 거예요. 땅값이 많이 오르긴 했지만요…."

"복덕방에서는 얼마를 보니?"

"한 10억은 보나 봐요…."

"정릉 집이랑 수락산 집은 누구 앞으로 등기되어 있데?"

"수락산 집은 원래 아버지의 본집이니까 아버지 앞으로 등기되어 있고, 정릉 집은 이상하게도 혜리 누님 앞으로 등기되어 있다고 하던데요…."

"처음 듣는 소리다 야. 집값은 정릉집이 제일 나갈 텐데. 2백 평은 넘잖아. 한 20억은 할거야…. 아버지가 무슨 생각이 있어서 그렇게 하셨을 텐데 무슨 이율까."

"누나가 이뻐서였겠지요. 딸 사랑하는 아버지 마음이란 게 있다고 하던데요…. 누나는 부자예요. 수락산 집과 우리 집은 팔아서 상속분대로 나누어야 하지만, 누나 집은 벌써 상속이 되어 버렸잖아요. 내 집이라고 우기면 누구든 말 못할 거예요. 이제 형기가 한 반 년 남았는데 조금만 참으세요. 그래서 동철이 형이 억울하다고 나서는 거예요. 아들로서는 자기가 장남인데 아버지는 아무것도 남겨주시지 않으셨다고 삐져 있어요. 아버지가 극한적으로 투병할 때 아마 그런 이유로 방치하지 않았나 하는 생각도 들어요."

"설마 그럴려구. 다음에 올 때 동철이가 널 계속 괴롭히면 한번 데리고 오너라. 혼자는 올 아이가 아니다. 내가 같이 자라서 잘 아는데 갠 누나 감방살이한다고 찾아오고 할 아이가 아니야."

"문제는 나는 동철이 형을 형으로 아는데, 형은 나를 동생으로 여기지를 않아요. 나만 그런 게 아니고 동철이 형은 혜리 누나를 집 때문에 그런지는 몰라도 아주 싫어하는 것 같아요. 동철이 형은 여기 저기 돌아다니면서 혜리 누나가 집을 차지하려구 아버지를…. 그런 끔찍한 말을 하면서 돌아다니고 있어요."

"내 이름으로 되어 있는 집의 땅값 오른 죄밖에 더 있겠니…. 아버지 그 집 처음 살 때는 2억도 안 했어. 집값 10배 오른 집들 적지 않다 야. 좌우간 알았다. 다음에 올 때 동철이를 꼬셔서 데리고 오너라."

과연 한 달 쯤 흘렀을 때, 동준이가 동철을 데리고 면회를 왔다. 아버지는 왜 큰엄마 집인 수락산 집과 작은엄마 집인 미아리 집을 자신의 이름으로 등기하고, 어머니 그리고 동철 동희가 사는 정릉 집을 혜리 자기의 이름으로 등기했을까, 곰곰이 생각해 보아도 머리에 떠오르는 해답은 없었다. 굳이 떠오르는 생각을 연결해볼 수도 있었다. 수락산 집은 본부인이니 당연히 남편인 자기의 이름으로 등기했을 테고, 정릉 집은 본부인과 정이 뜨고 맞은 여인이지만 믿을 수가 없으니 자기 혈육인 맏딸의 이름으로 등기를 했을 것 같고, 미아리 집은 역시 정식으로 맞은 아내가 아닌 여자에게 집을 줄 수 없다는 뜻으로 자기 이름으로 등기한 것 같았다. 그러나 이것은 혜리의 생각이고 고인의 마음을 제대로 알 길은 없다.

"동철아, 내 방에 왜 자물쇠를 채웠니?"

"6년간이나 소식이 없어서…."

"내가 죽었다는 소식이 오기 전에는 비워놔야지…. 언제든 집으로 돌아올 수 있잖아…. 그럴 경우 어디서 잘 수 있니…."

"내가 장가를 갔는데 잘 방이 있어야지. 별 소리를 다 하네! 오라고 해 놓구서! 6년간 살아있는 사람이 아무런 소식을 주지 않아! 말도 안 돼!"

6년 여 만에 만난 형제간의 대회 치고는 살벌하다.

"살다보니 그렇게 됐어. 그냥 산 게 아니야. 소식 못 전할 이유가 있었어."

"중 옷 입고 있더라는 소리를 전해준 사람이 있었어. 확신할 수는 없다면서 틀림없는 누나였다는 거야. 그래 중노릇했었어?"

"지나간 이야기 하지 말자. 지금은 중 아닌 것은 확실하니까! 그런데 아버지 너무 원망하지 말어. 그래도 우리는 아버지 덕택에 집이 세 채가 있지 않니?"

"누나에게만 집을 사 준 거야. 누나야 말로 아버지를 원망할 이유가 없지. 그렇지만 나는 뭐야. 집도 없이 쫓겨나게 생겼어. 그러니 비바람 피하게 내 몫을 조금 달라는 거야! 뭐가 잘못이야!"

"동철아, 오해하지 말아라. 아버지는 무슨 뜻이 있어서 그렇게 하신 게 아닐 게야. 우연히 그렇게 하신 것 같아. 동철이가 만족해 할 일이 있을 것이다. 3개월 후 내가 출소하는 날 찾아오너라."

"집을 한 채씩 남기신 것은 나도 인정해! 하지만 누나는 몰라서 그래! 말도 말라구! 우릴 전부 찔러 죽이거나 때려죽이고 죽겠다구 하시면서 부엌칼을 들고 다니셨어. 누나는 나를 보구서도 어머니는 잘 계시냐고 묻지도 않았어. 우린 그런 사람들이야. 아버지의 피야. 어머닌 아버지한테 맞아서 다리가 부러져 깁스하고 다니셔!"

"건방지게 굴지 말어! 네 놈이 누나, 하고 내 무릎에 두 다리 꿇을 때가 곧 올 거야. 출소 때를 기다려!"

혜리는 치사하게 구는 사람을 인간 취급하지 않았다. 호가가 20억이 넘는 집을 가진 누나가 무슨 짓을 하려는지 동철은 은근히 기다려지는 것이었다.

제5장

꿈

어느 날, 혜리가 자기 방으로 동생 동철을 불렀다.

"얘, 동철아, 너 이 집 가져라. 너는 그래도 이 집의 장남이잖니! 아버지가 뭘 순간적으로 잘못 생각하셨을 거야."

"누나, 정말이야. 믿어지지가 않아."

"그럼. 나에게는 필요한 게 없어, 그냥 사는 거야. 대신, 나에게 작은 연립주택이라도 얻어다오. 당장 밥 끓여먹고 잠 잘 데가 있어야 하지 않니!"

"그럼, 그까짓 거야. 이 집이 호가가 얼만데! 누나, 평생 그 은혜 잊지 않겠어."

"네가 좋아서라기보다도 다 귀찮아! 이런 덩치 큰 집이 나는 싫어! 팔리지도 않고! 그래서 그런 거야! 나는 단출하게 살고 싶어!"

"누나 마음에 딱 드는 빌라를 한 채 사 줄게"

동철은 즉각 행동에 들어갔다. 누나가 마음 변하기 전에 일을 치러 버리겠다는 생각인지도 몰랐다. 본부인 집인 수락산 집은 부인 명의로 상속을 하면 상속세가 한 푼도 들지 않는다. 부인인 경우 30억까지 무상으로 상속할 수 있다. 그러나 정릉 집과 미아리 집의 안주인들은 호적에 올라 있는 여인들이 아니다. 그래서 하는 수 없이 자식들이 상속받는 수밖에 없었다. 혜순이가 자기 어머니의 요구라면서 어머니에게 재산이 왔다가 사후에 또 딸에게 가는 번거로움이 있으니 처음부터 딸에게로 상속해 달라 해서 그렇게 하기로 했다. 정릉 집은 혜리의 등기를 동철에게로 옮겨야하기 때문에 상속이 아니라, 증여다. 증여는 증여 재산의 40%를 증여세로 내야 한다. 상속은 상속 재산의 30%를 내야 한다. 하기야 상속이든 증여든 기본 공제 5천만 원이 있다. 약간의 기본 공제와 누적 공제가 있기는 하지만, 대체적으로 피상속인(망자) 재산의 70%에서 60%를 상속인(망인의 자식)이 가져간다고 생각하면 된다. 당분간 혜리는 옛날 동철이가 사용하던 방을 쓰기로 했다. 동철 부부는 혜리가 쓰던 방을 썼다.

혜리 어머니는 딸을 보면 울기만 했다. 워낙 심약한 분인데다가 남편의 비극적인 죽음을 아직도 심리적으로 극복하지 못한 탓이었다. 그래도 남편이 살아 있을 때에는 아들을 낳았다는 명분으로 우대를 받았다. 그리고 자기는 정부인도 아니고, 딸같이 젊은 셋째 새댁도 아니지만 고인의 사랑을 가장 많이 받았다. 그래서 정릉 집이 고인의 주 거처였던 것이다. 둘째 부인이라는 객관적인 사실을 별로 의식하지 못한 채 그녀는 오직 남편만을 모시느라 일생을 바쳤다. 본부인과 셋째에게는 남편의 죽음이 큰 상처로 남지 않았을

지 몰라도 자기에게는 하늘이 무너지는 것 같은 충격을 주었다. 동철은 집을 자기 이름으로 옮겨도 좋다는 허락을 받았으나 3억 가까이 나오는 증여세를 마련할 길이 없었다. 그러자니 자연 집을 파는 도리밖에 없었다. 그런데다가 이 집이 워낙 집값이 뛰어서 소득이 큰 만큼 양도소득세는 상상보다 많을 것만 같았다. 아무리 양도소득세를 공시 지가로 따진다고 하지만, 공시지가 자체가 폭등한 것이다. 그리고 이런 불황기에 이런 큰 덩치의 집이 쉽게 팔린다고 보장할 수 없었다.

"누나, 집을 파는 도리밖에 없는데 팔려야 말하지. 그래서 우리 집 말고 두 집은 상속세를 자기들 부담으로 하기로 했어. 집을 자기 집으로 만드는 대가를 치러야지. 상속세나 증여세를 물 수 없으면 집을 팔아서 그 대금에서 비용을 부담해야지. 우리 집도 증여세를 내야하는데 증여세가 상속세보다 더 세다고 하데. 일단 누나의 청을 들어줘야 하니까, 집을 잽혀서 한 2억을 은행에서 융자를 받았어. 집 전체 값에 그것은 적다고 생각할지 모르지만, 이 집 증여받을 경우 그것은 큰 몫이야. 증여 받는다 상속받는다 하지만 이것 직접 당해보면 얼마나 무서운지 알겠더라고! 한 마디로 말하면 불로 소득이니 절반가량은 내놓으라는 거야!"

"그래서 어떻게 하려고 하니?"

"그런데 문제가 이 2억을 가지고서는 정말 누나 말대로 지하 단칸방밖에 못 사겠더라고! 서울 시내에 2억짜리 집이 도무지 있지를 않아! 그래서 홍제동 북쪽 골짜기에 겨우 지하까지는 아니고, 그렇다고 지상도 아닌 약간 지하인 1층짜리 다세대 주택을 하나

매입했다구! 방 두 개 부엌 하나짜린데 한 15평은 될 거야. 전철에서 내려서 마을버스로 갈아타고 한 30분은 달려야 해!"

"그래, 그거면 됐다 야! 나는 그런 괜찮은 걸 요구하지도 않았다에! 내가 빨리 자리를 비켜주어야 할 것 같구나. 똥차를 치워 주어야지!"

이렇게 하여 덕수씨 유족들의 재산 분배는 일단락을 지었다. 그것의 실마리는 혜리의 파격적인 양보에서 가능하였다. 결과적으로 양보가 되었지만 원래는 그녀의 집 상속 포기의 선언이었다. 사람의 죽음은 생명의 끝이라는 측면 이외에 재산의 정리라는 면도 있는 것이다. 인왕산의 서향 줄기가 북한산으로 연결되어 있는 낮은 구릉에 남향하여 그 다세대 주택은 서 있었다. 10층짜리 건물인데, 1층 아래 반지하층이었다. 그러나 채광이나 통풍에는 전혀 문제가 없었다. 이삿짐을 옮기던 날 동철이가 약간의 생활비를 주었다. 당장 밥을 끓여먹어야 할 것이다. 다행히 집이 남향받이라 햇볕이 잘 들었다. 된장과 김치 이외에는 어떤 반찬도 없이 맨밥을 먹었다. 절간에서 단련된 혜리라 반찬은 호사였다. 그리곤 잠을 잤다. 수도승 생활 6년과 1년간의 감옥소 수형 생활로 혜리는 심신이 극도로 피로에 지쳐 있었다. 앞으로 살아갈 일이 막막했으나 혜리는 태연스러웠다.

그녀의 태연스러움은 자신이 어딘가로 끝없이 걸어가고 있다는 자신에 대한 어렴풋하지만 아울러 확실한 자아인식 탓인 것 같기도 했다. 그 방향이 분명하지는 않지만 알 수 없는 어떤 자유롭고 창조적인 남성을 지향하고 있는 것 같이 생각되었다. 사람은 자꾸

한 방향으로 시선을 주면 그 쪽으로 길이 생기는 법이다. 혜리는 자신에 대한 믿음 같은 것이 있었다. 세상 사람들은 특히 남자들은 절대로 혜리 자신을 무관심으로 버려두지 않는다는 별다른 이유 없는 자신감이었다.

천정 한귀퉁이가 젖어들었다. 위층에서 물이 샌다는 뜻이다. 괜 찮겠거니 하고 버려두었으나 날이 지날수록 점점 더 무늬는 커졌 다. 한 1주일을 지나고 보니 이제는 물방울이 한 방울씩 떨어졌다. 이제 더는 참을 수 없었다. 위층으로 뛰어올라가 보았으니 언제나 문은 잠겨 있었다. 사람이 살지 않는 집인지도 모른다는 생각이 들 기까지 했다. 하는 수 없이 쪽지를 남기는 도리밖에는 없었다.

귀 댁의 방 파이프에서 물이 새서 아래층의 천장으로 흘러 내리니 급히 조처를 취해주시기 바랍니다.

-아래층 주인-

이런 쪽지를 남겼으나 며칠째 아무런 반응이 없었다. 사람이 살 지 않는 집이란 생각이 점점 더 확고해졌다. 이제는 큰 플라스틱 통을 대어서 물을 받을 수밖에 없었다. 그러던 어느 날 밤 열두시 가 다 되어서 현관문을 노크하는 사람이 있었다. 혜리가 막 잠이 들려는 참이었다. 플라스틱 통에서는 물방울 듣는 소리가 통통, 하 면서 들렸다.

"누구세요?"

"위층 사람입니다. 이거 너무 늦게 찾아와서 대단히 미안합니다. 밤늦게까지 일하는 직장이라 이 시간밖에는 시간이 나지 않습니다. 새벽 같이 또 나가야 합니다. 이거 대단히 미안합니다."

"그래도 지금은 안돼요! 내일 아침에 찾아오세요."

"새벽 다섯 시에 집을 나가야 합니다. 새벽 시간보다는, 늦었지만, 밤 시간이 조금은 덜 미안할 것 같아서…."

"…."

혜리는 금방 대답을 할 수 없었다. 그러나 더 미적거릴 혜리가 아니다.

"기다리세요. 정 그렇다면 내가 준비를 할 테니 밖에서 좀 기다리세요."

"…."

그녀는 문을 닫고 한밤중에 외방인을 맞아들일 준비를 했다. 그가 전혀 모르는 사람이기는 하지만, 다세대 주택의 바로 위층에 사는 사람이다. 신분이 그런대로 확실한 사람이다. 그의 사정이 그렇게 딱하다면 사정을 들어주지 않을 수도 없었다. 평상복으로 갈아입고 양말까지 신은 혜리가 문을 열어 위층 사내를 맞아들였다.

"아 이거 너무 죄송합니다. 내 사정이 그래서 어쩔 수가 없었습니다. 어디 한번 봅시다."

사내는 키가 후리후리하고 인상이 서글서글했다. 그는 허리를 굽신거리면서 거듭 사과했다. 혜리는 방문을 닫지 않고 열어놓은 채로 이방인을 맞아들였다.

"저기 보세요. 플라스틱 통으로 듣는 물을 받고 있어요."

"아이고 이를 어쩌나…. 다른 식구 분들이 잠들었을 텐데 이거 너무 죄송해서…. 내가 잘 살펴보겠습니다만."

"어서 살펴보기나 하세요! 잠 든 사람 깰 일은 없으니까요!"

"아, 네!"

사내는 더 대꾸하지 않고 얼른 집 천장을 살피기 시작했다. 물이 드는 데를 손으로 쓸어보고 도배지를 뜯어보고 했다. 그리고 물이 번져나간 데를 꼼꼼히 살펴보았다. 다행으로 사내의 키가 커서 의자를 갖다놓지 않아도 집의 천장을 들여다볼 수 있었다.

"키 큰 거 한번 잘 써먹네요."

"…."

사내는 조금 싱거운 것 같았다. 전혀 입 밖에 낼 필요가 없는 말을 하고 있었다.

"키 큰 거 빼놓고는 뭐 하나 잘하는 게 없습니다…."

"…."

혜리는 어처구니가 없었다. 남 집 천장을 물바다로 만들어놓은 사내가, 그걸 잡으러 와 가지고는 키 타령을 하고 있는 것이다.

"내 생각으로는 우리 집 구들장의 파이프가 터지거나 금이 간 것이 아니라, 파이프의 이음새에서 새는 물이 파이프를 타고 흐르는 것 같습니다. 그러니 이음새를 틀어막거나 느슨해진 것을 꽉 조이기만 하면 될 것 같습니다. 용서를 구합니다."

"사람이 고의적으로 한 일이 아닌데 무슨 용서를 구해요. 좌우간에 물이 저렇게 새는 것은 확실하니 빠른 조처를 부탁합니다."

"현장을 보니 정말 빨리 조처를 해야겠군요. 내가 먹을 것을 못 먹어도 기사를 불러서 곧 해결하겠습니다. 죽을죄를 지었습니다.

118

진심입니다. 그런데 혹시 커피 한잔을 부탁할 수 있을까요. 목을 젖히고 천장을 오래 쳐다보았더니 영 목이 아픕니다. 뜨거운 커피를 한잔 마시면 통증이 풀릴 것 같습니다만…."

"커피를 끓이기에는 너무 늦었어요. 내일이나 모레 다시 오실 때 끓여 드릴게요. 미안해요."

"영 목이 말이 아닙니다. 목을 돌리지 못하겠어요…. 하지만 그렇게 말씀하시면 할 수 없네요. 거듭 실례를 저질렀습니다. 내가 원래 이런 실없는 사람입니다. 그럼 잘 주무십시오. 물 듣는 소리 때문에 잘 주무시지도 못하겠네요. 혹시 혼자 사시는 분이신가요? 잠 깰 분이 없다고 하셨잖습니까…."

"그렇게 되었어요. 그런 것까지 묻고 그러세요…."

"세 번째 결례를 했네요. 그래서 저를 보고 다들 실없는 인간이라고 합니다. 자 갑니다. 곧 해결해 드리겠습니다."

위층 사내는 자기 집으로 돌아갔다. 그는 자신이 여러 번 말한 것과 같이 과연 조금은 얼빠진 사람이었다. 이런 오밤중에 남의 물 새는 천장을 고쳐주러 와 가지고는 커피를 끓여달라니 말도 안 되는 소리를 하는 사내였다. 그러나 그가 얼빠진 사람처럼 싱겁게 구니 왠지 밉지 않았고 긴장감이 서리지 않았다. 혜리는 참다못해 하하, 거리면서 웃었다. 어쩌면 저렇게 얼빠진 남자가 다 있을까…. 결정적으로 윗집인 사내의 집 바닥에서 물이 새서 아랫집인 자기 집 천장에 물이 번진 것이 확실한데도 그가 원망스럽지 않았다. 그런데 전기를 끄고 잠을 청하던 혜리는 이상하게도 플라스틱 통에 물방울 듣는 소리가 들리지 않음을 알아차렸다. 전기를 켜고 거실로 나가 보았다. 과연 물방울이 더 이상 듣지 않았다. 어제와 같은 시간에 윗집 사내가 문을 두드렸다.

"물방울이 더는 떨어지지 않으니 됐어요. 이제 더 오실 필요 없어요."

혜리는 사내에게 문을 열어주지 않았다.

"아 그렇습니까! 내가 그럴 줄 알았습니다. 그런데 문을 좀 열어주시지요. 뭘 가지고 온 것이 있습니다."

"뭣인데요? 문 앞에 두고 가세요. 이제 그리 급한 것은 없어요!"

"물건을 그냥 건네주기만 해서는 안 되는 겁니다. 저가 직접 손을 대야 하는 일입니다. 저를 믿고 문을 열어주십시오. 저 이래봬도 세상에서 제일 어려운 박사학위를 한 사람입니다!"

"…."

무슨 소리인가, 세상에서 제일 어려운 박사학위를 한 사람이라고! 무슨 사연이 있을 테지만 금방 말뜻을 알아낼 수 없었다. 박사학위를 한 것이 사실이라면 자기의 신분을 알려주는 한 가지 단서로서 그런 말을 할 수도 있을 것이다. 그러나 세상에서 제일 어려운 학위라니, 그런 것도 있단 말인가. 대학에서 석사학위를 하고 강단에도 잠시 서 본 적이 있는 자신이지만 그의 말을 이해할 수 없었다. 세상에서 제일 어렵건 뭐건 간에 자기가 먼저 자신의 입으로 무슨 학위를 했다고 말하는 것 자체가 사람이 오줄이 없다는 뜻이다. 무언가 할 일이 있다고 하니 문을 열어주지 않을 수도 없었다. 단 한 사람, 20가구 이상이 입주해 있는 이 다가구 주택에서 얼굴을 알고 사는 유일한 사람이다. 그 사람과 원수처럼 살 수도 없는 노릇이다.

"그럼 잠시 기다리세요."

혜리는 평상복으로 갈아입고 문을 따 주었다. 사내는 손에 뭔가 큰 뭉치를 들고 있었는데 일견 그것이 무엇인지 알 수 없었다.

"그게 무엇이에요?"

"이거…. 천장에 바를 도배지입니다. 나의 잘못으로 천장에 물이 흘렀으니 저가 말끔히 도배해 드리는 것이 도리라고 믿습니다."

"하지만 지금은 안돼요! 천장에 물은 더 이상 흐르지 않지만 아직도 천장이 다 마르지 않아서 도배를 할 수 없어요. 정 도배해 줄 생각이 있으시면 며칠을 기다려 주세요."

"아 참 그렇겠네요. 그럼 다가오는 토요일에 도배해 드리기로 하겠습니다. 도배지하고 풀은 제가 다시 가지고 가겠습니다. 이거 죽을죄를 지었습니다. 아주 말끔히 도배해 드리지요. 혹시 다른 벽도 도배를 하시기를 원한다면 저가 다 해 드리겠습니다. 도배에는 경험이 많습니다. 프랑스에서 도배로 먹고 살고 공부를 했습니다요."

"호의는 감사하지만…. 폐가 될 것 같습니다…."

"이것도 인연입니다. 우리는 천장 하나를 사이에 두고 아래와 위에서 자고 먹는 사람들입니다. 이것이 어찌 적은 인연이라고 하겠습니까! 그럼 토요일 오후 두 시에 오겠습니다. 토요일은 제가 돈벌이 장소에서…. 쉽니다. 저도 혼자 사는 사람입니다. 허허허."

"…."

혜리는 사내가 정말 싱거운 사람이라고 생각했다. 자기가 혼자 살 건 둘이 살 건 무슨 그런 소리를 하는가. 이 한밤중에 정말로 혼자 사는 자기의 방문을 열고 들어오려는 사람이 어찌 제 정신이 있는 사람이라고 생각할 수 있는가. 토요일 오후 2시, 위층 사내가 모자를 쓰고 장갑도 끼고 큼지막한 플라스틱 통에 풀을 쑤어가지고 솔까지 갖추고 나타났다. 이런 도배 기구들을 혜리네 집안에 들여놓고, 순식간에 자기 집으로 뛰어올라가 도배지 묶음을 나르기 시작했다. 다섯 묶음이나 날랐다.

"물 새는 데는 다 말랐고, 거기만 바르면 될 텐데 뭘 도배지를 그리도 많이 가지고 오세요?"

"내가 며칠 전에 말씀드리지 않았습니까! 기왕에 도배하는 김에 전부를 다 싹 새것으로 도배를 해드리겠다고요! 이놈이 잘하는 것이라고는 도배밖에 없습니다. 하는 대로 잠시만 버려두세요. 기막히기 좋게 도배가 됩니다. 저가 그 동안 댁을 너무 괴롭힌 대가입니다. 저가 수도꼭지를 덜 잠가서 아래층에 물이 새도록 했으니 이 얼마나 남 못할 짓을 했습니까!"

"아이 참….."

일이 벌써 시작되어 버렸으니 그러지 말라고 말하기도 어려웠다. 그리고 남의 호의를 거절하는 것도 생각만큼 쉽지 않았다. 사내는 벌써 기민하게 몸을 움직였다. 굼뜨고 맥이 빠져 보이던 사내가 이렇게 기민하게 움직이는 것이 신기했다. 살림살이가 많은 편은 아니지만 벽을 메우고 있는 책장이나 옷장을 사내는 용케도 앞으로 밀어내고 그 사이로 긴 작대기를 휘둘러 도배지를 말끔하게 붙였다. 밀어낸 책장과 옷장 때문에 사내의 몸통이 보이지 않았다.

"도배를 참 잘하시네요!"

"이놈이 세상에서 자신 있는 것이라고는 이 도배밖에 없습니다. 허허 ….."

사내는 맞장구를 쳐 놓고는 김빠지는 목소리로 웃었다. 도배 잘 해봐야 도배장이밖에 더 되겠느냐는 자조의 목소리인지도 몰랐다.

"이런 속도로 하면 해지기 전에 끝내겠어요."

"이 정도 집이면 보통 4시간을 잡습니다. 조수가 있는 경우에는 두 세 시간이면 충분합니다."

"조수라니요? 도배사에게도 조수가 따르나요?"

"꼭 조수라기보다 분업이죠. 즉 도배지에 풀을 발라주는 일은 사실 도배지를 벽에 바르는 것하고는 별개의 일입니다. 도배는 일견 단순노동으로 보이지만, 잘하고 못하고의 차이가 대단합니다. 그것은 도배사의 솜씨에 달렸지요."

"그럼, 빨리 끝내기 위해 제가 도배지에 풀을 바르겠어요."

"허허, 너무 죄송합니다. 그렇게 고상하게 생기신 분이 그런 험한 일을 하면 안 되지요. 늦더라도 제가 바르겠습니다."

"아니요, 제가 바르지요. 풀칠은!"

"이거 참 너무 미안합니다. 풀칠만 해 주시면 속도가 두 배 이상 빨라집니다. 그 대신 풀칠을 잘 해주셔야 합니다. 그러지 않으면 도배지가 얼마 지나지 않아 벽에서 뜨게 됩니다."

"요령을 가르쳐 주세요."

"요령이라는 것이 별 것이 없어요. 다만 풀칠을 두 번 한다는 것과 풀칠이 조금 마를 때 벽에 붙인다는 것입니다. 풀칠을 하자말자 붙이면 접착력이 떨어집니다. 그리고 아무리 잘 칠해도 초벌칠은

빈 데가 있기 마련입니다. 그리고 초벌칠은 접착력이 약해요."

"해볼게요."

두 사람은 협심하여 일을 해서 그야말로 세 시간 만에 온 집안의 도배를 끝냈다. 새집이 되어 버렸다. 두 사람은 두 팔을 번쩍 들어 브라보를 했다.

"야 참 좋네요. 저녁이라도 살까요?"

"저녁요! 정 저녁을 사시려면 바깥에 나갈 것도 없이 여기 집에서 마실 수 있는 막걸리나 한 대 받아주세요. 김치 좀 하고! 서너 시간 뛰었더니 목이 마르네요!"

"그럼 '서울막걸리' 한 병 사가지고 올게요. 기다리세요. 저기 목욕탕에 들어가서 손도 좀 씻으시고요!"

혜리는 집 앞 골목에 있는 구멍가게에 가서 서울막걸리 한 병을 사가지고 왔다. 사내는 그 사이 손을 씻고 식탁에 앉아 있었다. 정신없이 일을 한 탓이었을까, 아니면 남향인 집안으로 넘어가는 석양이 들이비친 탓이었을까 사내의 얼굴은 검붉게 채색되어 있었고 알 수 없는 우수의 분위기가 깃들어 있었다. 혜리가 막걸리 잔과 김치를 내놓았다. 다른 안주를 만들 여유가 없었다. 사내는 몇 번 술잔에 입을 대더니, 이윽고 술잔을 치워버리고, 병 주둥이를 입에 처박고서는 마시기 시작했다. 아이고, 이럴 수가! 사내는 단 한 번도 뜸을 들이지 않고 막걸리 한 병을 그대로 한숨에 꿀꺽 소리를 내면서 다 마셔버렸다. 마신 사람도 놀랐고 그 광경을 바라보고 있는 사람도 놀랐다.

"아이그머니, 어쩌면 술을 그렇게 드세요!"

"아이고 하도 목이 말라서! 크!"

"하기야 일을 너무 심하게 하기는 하셨어요. 나도 팔이 아파요! 풀칠하느라고! 안주도 안 드시고! 내가 급히 멸치 넣고 김치찌개를 끓였어요. 찌개 잡수실 겨를도 없겠네요!"

"선생님, 그 김치찌개를 먹으려면 막걸리가 없네요. 대단히 미안하지만 막걸리를 한 병 더 사 오실 수 없으시겠어요! 찌개 먹기 위해서…."

"그렇게 하세요. 어렵지 않아요! 오늘 하신 일이 얼만데…. 대단했어요! 잠깐 기다리세요!"

혜리가 막걸리를 한 병 더 사왔다.

사내는 막걸리 병을 그윽한 시선으로 바라보더니 천천히 뚜껑을 땄다. 그리고는 한 잔을 따라 마시기 시작했다. 두 잔, 세 잔을 마시다가 이윽고 이번에도 플라스틱 병을 들고 나발을 불었다. 막걸리 두 병을 게눈 감추듯이 마셔버린 것이다. 그리고는 또 크, 했다. 혜리는 속으로 놀라지 않을 수 없었다. 아무리 술이 센 사람이라도 별다른 안주 없이 막걸리 두 병을 그 자리에서 나발을 불다니. 이자가 제 정신인가.

"자 그럼 가 보세요. 오늘 너무 고생하셨어요."

이제는 사내를 밀어내는 도리밖에 없었다. 술에 취해 덤벼들면 어떡하나 하는 생각이 들었다. 사내는 자기 집에 돌아가기 위해 도배 도구들을 챙기기 시작했다. 사내는 도배 도구를 수습하기 위해 방안으로 들어갔다. 그때였다. 방안에서 쿵, 하는 소리가 들렸다. 혜리가 방안으로 달려와 보니 사내가 방안에서 뻗어 버렸다. 여덟

팔자로 뻗은 사내는 괴로운 신음소리를 내면서 잠들어 버렸다.

"여보세요! 여보세요!"

혜리가 사내를 흔들어 깨웠으나 사내는 정신없이 잠을 잤다. 일이 난처하게 되었다. 그를 깨운다는 것은 불가능하다는 판단이 섰다. 혜리는 담요를 가져와서 사내를 덮어주었다. 그리고는 천장의 전깃불을 꺼주었다. 방문을 닫아주었다. 혜리 자신은 도배가 끝난 후의 집안 정리를 했다. 가재도구를 제자리에 돌려놓고 내용물들을 정리했다. 그리고 바닥을 깨끗이 쓸고 닦아냈다. 안방에서 길게 뻗어버린 사내가 원망스럽기보다는 오히려 든든하게 느껴져 오는 것이었다. 혜리는 자신은 결혼 같은 것은 우습게 알지만, 남자 없는 독수공방은 견딜 수 없다고 생각하고 있었다. 그것은 인간의 욕망의 문제가 아니라, 인간 삶의 원형의 문제라고 믿고 있었다.

혜리는 입장이 난처하였다. 사내가 안방에서 자고 있으니, 비록 다른 방에서라도 자신은 잠들 수 없었다. 그래서 TV를 켜놓고 소파에 앉아서 시간을 보내는 도리밖에 없었다. 그러다가 잠이 들어 버렸다. 한참을 잠들었다가 눈을 떠보니 사내는 자기 집으로 돌아가고 없었다. 그가 잠이 깨었을 때 자기는 깊이 잠들어 있었던 모양이었다. 그것으로 천장에 물새는 문제는 끝이 났다. 무슨 한밤의 꿈결처럼 그 야단법석은 일어났고 괴상스런 사내의 출현으로 그 문제는 쉽게 해결되었다.

혜리는 동네 수퍼에 갔다가 우연히 대학원에 같이 다녔던 희숙이를 만났다. 둘은 너무나 반가웠다. 인생사의 70%가 우연이라고 하는 사람의 말이 생각났다. 이렇게 희숙이를 만나리라고는 생각하지 못했다. 우연의 일치였다. 그녀는 결혼을 하여 강남에서 살고 있었다. 남편은 무슨 무역회사에 다닌다고 했다. 희숙은 남편이 실직을 하여 놀고 있는데 생활비를 마련하기 위해 아파트를 줄일 작정이라고 했다. 그래서 다세대 주택이 많이 들어서 있는 여기 홍제동으로 집 보러 왔다고 했다.

"그런데 혜리야 여기도 만만치 않아 야!"

"얼마 정도를 예상하는데?"

"일억 원밖에 없어!"

"어려울 거야. 여기도 최근에 전세 값이 갑자기 배로 뛰었어. 좌우간에 우리 집에 가서 밥 먹고 얘기 좀 하자! 아파트 살던 네가 어째서 일억 원밖에 없니? 무슨 일이 있었냐? 그것 갖고서는 문산이나 양평, 수원이나 김포 쪽으로 나가보는 도리밖에 없을 거야. 좌우간에 우리 집에 가서 얘기나 좀 나눠보자꾸나!"

옛 동창생 둘은 그날 밤을 새면서 이야기꽃을 피웠다. 그녀들은 근 7년 여 만에 만난 것이다. 여자들이란 이렇게 말을 많이 한다. 부부가 싸울 때 절대로 말로는 남편이 아내를 이길 수 없다. 여자는 말을 잘 하기 때문이다. 여자가 말을 잘 하는 이유는 상상력이 풍부하기 때문이다. 희숙의 얘기를 간추리면, 그녀의 남편은 도박벽이 있다. 자신이 도박으로 알거지가 된다는 것을 잘 알면서도 죽어도 그 버릇을 끊을 수 없었다. 아파트를 팔아먹고 이제 알거지가 되어가고 있었다. 도박벽이란 이렇게 무섭다. 남편 스스로 그 습벽에서 벗어나려고 그야말로 도끼로 손가락을 자르려고 몇 번이나 시도했으나 끝내 그것에서 벗어나지 못했다는 것이다.

"도끼로 손을 자르려고…."

갑자기 혜리가 혼잣말처럼 중얼거렸다. 어디서 들은 적이 있는 말이었다. 아득한 망각의 심연에서 안개처럼 피어오르는 말의 감각이었다. 누군가가 그런 말을 한 것 같았다. 그러나 혜리는 금방 그것을 기억할 수 없었다. 아, 참! 까마득히 잊고 있었던 송인상 교수의 얼굴이 떠올랐다. 그가 무슨 CCTV를 설치해놓고 자신을 감시한다고 하지 않았나. 아무리 자신을 담금질해도 나를 향해 내밀어지는 손을, 그야말로 도끼로 찍는 한이 있더라도, 거둘 수 없었다고 말하지 않았나! 혜리는 가슴이 철썩 내려앉는 충격을 느꼈다. 이제 완전히 망각으로 사라진 사람으로 알고 있었는데 친구 희숙의 밑도끝도 없는 말 한 마디에 그 믿음은 사라진 것이다. 그 머나먼 티벳행을 왜 감행했단 말인가. 인간에게는 망각의 기능이 있어서 세월에 기대다 보면 잊히지 않는 인간사는 없다고 했는데 어쩌면 이 말 한마디에 7년여의 두터운 세월 밑으로 가라앉았을 줄 알았던 사람이 갑자기 기억의 세계로 희미하게나마 솟구쳐 올랐던 것이다. 사람에게는 망각의 기능이 있어서 참 다행이다. 겪었거나 이해했던 사항을 다 기억한다면 그는 아마도 머리가 터져 죽을 수밖에 없을 것이다.

그러나 문제는 이런 인간 공유의 망각기능을 넘어 절대로 잊히지 않는 것들이 있는 것 같다. 망각이라는 대철칙에는 위배되지 않기 위해 기억의 기능권 밖, 그러니까 기억력보다 더 아래 깊숙한 곳에 마치도 망각된 것처럼 가라앉아 있다가 어느 순간에 어떤 결정적인 원인 탓으로 다시 기억의 수평선 위로 올라오는 것 말이다.

인간에게는 이런 것이 틀림없이 있는 것 같다. 지금 이 순간 혜리가 송인상을 기억에 떠올리는 것이 바로 이런 원리인지도 모르겠다. 그러나 혜리는 눈을 질끈 감았다. 희숙이가 무슨 소리를 할까 겁이 났다. 그래서 먼저 입을 뗐다.

"희숙아, 송인상 교수님 이야기는 하지 말자!"

"그래, 너 심정 이해하고 있어야! 그런데 그 분 이야기를 직접 하자는 것이 아니라, 그 분과 관계되는 이야기를 해야겠어."

"무슨 이야긴데? 가능하면 하지 말어."

"사실은 말이야, 내가 인천에 있는 모 대학에 시론 강좌를 하나 가지고 있어. 한 5년간 계속하고 있어. 그 강좌 송 교수님이 소개해주신 거야."

"그래서?"

"그 강의를 도저히 계속할 수가 없어. 내가 제 경황이 아니야. 사람이 정신이 없어야. 사실은 이 강좌를 그냥 내놓으려고 했어. 몇 번 말을 건네 보니 안 된다는 거야. 학생들이 워낙 좋아서 내가 그 강좌를 계속해야 한다는 거야."

"그래? 그럼 계속해라 왜!"

"아니야, 남편의 형편이 정말 말이 아니야. 내가 정신적인 공황 상태야. 그래서 네가 옛날에 이런 강좌를 가진 적이 있지 않니. 그래서 네가 좀 내 대신에 강좌를 맡아 달라구!"

"내가 어떻게! 강단 떠난 지가 7년이나 됐는데!"

"아냐, 내가 너의 실력을 알잖니! 아무도 못 따라와! 송 교수님도 너의 그 재주에 녹은 거야! 마음도 가라앉힐 겸 다시 책을 잡으라구! 나는 정말 홍수 진, 물에 떠내려가는 판잣집 속의 여자야! 너가 거절하면 이 강좌는 없어지는 수밖에 없어! 학생들에게 미안해서 정말 좋은 강사를 내 대신 추천하고 싶어! 너밖에 없다 야!"

"…."

혜리는 반 강제로 희숙이가 하던 시론 강좌를 떠맡았다.

"강좌가 주어지면 최선을 다해서 해볼게."

인간의 삶이란 거의 운에 의해서 운영된다. 혜리는 자기가 여기 홍제동 비탈 동네에서 희숙이를 만나게 된 것부터가 자신의 운명이라고 생각했다. 희숙이가 자기에게 강의를 제의한 것도 기막히게 자기에게는 운명적인 것 같았다. 이 운명을 받아들여야 한다는 믿음이 일었다. 자기에게서 아득히 멀리 멀어졌던 대학 강의가 너무나 우연히 희숙에 의해서 다시금 자신의 눈앞으로 다가온 것이다.

신학기가 되어서 혜리의 강의가 시작되었다. 강의의 충실을 위해 혜리는 철저하게 강의 준비를 하였다. 강의 준비를 위해서는 도서관을 이용해야 하는데, 혜리는 중앙도서관을 이용했다. 모교 도서관에는 왠지 가고 싶지가 않았다. 송인상 교수가 아직 정년 전이기 때문일지도 모른다. 정말 자신의 뇌리에서 지우고 싶은 분이다. 그런데 뜻밖에도 여기 중앙도서관 열람실에서 자기 지하 아파트의 위층에 살았던 그 무슨 도배장이 박사를 만난 것이다. 분명 그 사람인데 그때는 그가 착용하지 않았던 안경을 끼고 있었다. 두터운 서양 글자의 원서를 뒤적이고 있었다. 짓궂은 생각이 든 혜리는 그 사람에게로 다가갔다. 이럴 때 쭈뼛거리지 않는 것이 혜리다.

"도배사 아저씨 맞죠?"

"어? 네, 네, 내가 바로….”

사내는 계면쩍은 얼굴로 웃음을 흘렸다. 그리고 자리에서 일어나 혜리를 따라왔다. 둘은 누가 먼저 요청도 하지 않았는데 자연스럽게 구내 카페로 걸음을 옮겼다. 그만큼 그들은 자신들도 모르게 서로 간에 친숙한 대화를 나누는 사이가 되어 있었다. 혜리가 커피를 주문했다. 왠지 모르게 사내가 빈털터리인 것 같아서였다.

"뭘 하나 물어도 되나요?”

"뭣이든지…. 물어보세요.”

"세상에서 제일 어려운 학위를 하셨다고 하셨죠?”

"네, 그런 이야기를 한 것 같습니다.”

"무슨 학원데요?”

"그것 참! 말로 하기가 곤란합니다. 뭐랄까…. 제일, 하기 어려운 학위라기보다는 학위를 끝내는데 17년이 걸렸기 때문에 그런 소리를 한 것 같습니다.”

"무엇에 대해 공부하였는데요?”

"논문 제목은 ‘훈족의 조상은 한민족이다’ 입니다.”

"어머, 대단한 주제네요. 대략 무슨 이야기입니까?”

"간단히 주제만 말한다면, 서로마가 망하고 중세가 시작될 무렵 중세유럽의 전 영토인 라인 강 동쪽에서 카스피 해안까지를 차지했던 훈족이 조선의 배달민족이라는 사실입니다.”

"사실인가요?”

"사실입니다. 내가 지상에서 처음으로 그것을 발견한 것입니다. 나의 논문이 얼마나 어려운 주제인지 아셨겠지요!”

"그런 주장을 하는 가장 핵심적인 근거는 무엇입니까?"

"그것을 한 마디로 말하기 어렵습니다. 굳이 말로 설명한다면 그런 사실을 글로 적은 문헌은 없습니다. 다만 옛 사람들이 남긴 유물로 그 사실을 증명하는 거죠. 가장 훌륭한 증거는 이 기마민족이 말 엉덩짝에 매달고 다니는 청동 솥이, 바로 우리 경주 미추왕릉 인근에서 발견된 말 탄 무사의 말꽁무니에 얹혀 있는 청동 솥과 너무나 똑같다는 사실입니다. 세계에 이런 습관을 가진 민족은 우리 한민족과 훈족뿐입니다."

"우연의 일치 같네요. 내가 듣기로는!"

"더 결정적인 증거는 몽고반점이라는 어린이 엉덩이의 푸른 반점입니다. 이것은 몽고족인 우리 한민족과 훈족만이 가지는 민족적인 신체의 특징입니다."

"그렇다고 훈족이 꼭 우리 한민족의 후예라고 보기는 어렵지 않나요?"

"그리고 또 하나는 훈족이 서로마를 칠 때 쓰는 활의 모습이, 우리 고구려 무사가 달리는 말에서 당나라 군사를 쏘아 맞추는 모습과 너무나 같습니다. 이런 활쏘기의 모습은 우리 민족의 특유의 것입니다. 이런 활쏘기에 능숙해지려면 적어도 15년의 활쏘기 단련이 필요합니다. 중국에서는 우리 민족을 동이족이라 하는데 그것은 곧바로 활쏘기에 능숙한 민족이라는 뜻입니다."

"그런 엄청난 사실이 선생님 이외의 고고학자나 세계사 전공의 학자들에 의해서 주장된 적이 있나요?"

"있지요. 이름은 기억이 나지 않지만 주로 훈족의 점령지였던 독일 출신 학자들입니다. 훈족은 세계사에서 실체가 인정되지만 그 구체적인 역사가 확실히 밝혀지지 않는 신비로운 존재입니다. 예를 들어서 훈족에게는 편두(偏頭)라는 풍습이 있는데, 중국에는 없는 풍습입니다. 편두라는 것은 갓난아기의 머리통을 큰 바위로 눌러 납작하게 만들고 이마를 돌출시키는 풍습입니다. 최치원이 쓴 지증대사 공적비에는 법흥왕이 편두라는 말이 있습니다. 그런데 바로 훈족에게 편두 풍습이 있었습니다."

"내가 들은 바로는 훈족이 게르만족의 대이동을 야기해서 유럽사를 다시 쓰게 했다고 하고, 무엇보다도 훈족은 몽고의 흉노족이라는 말을 여기저기서 듣고 읽은 적이 있어요."

"훈족이 흉노족이라는 것이 사실로 밝혀지면 나의 노력은 수포로 돌아갑니다. 그러나 나의 생각으로는 훈족과 흉노족은 분명 다른 족속입니다. 훈족이 흉노가 아니라는 결정적인 증거가 훈족에게는 편두의 풍습이 있지만, 흉노에게는 편두 풍습이 없습니다. 가야의 무덤에서는 심심찮게 편두 해골이 발견되고 있습니다. 이것은 무엇을 말하는 것입니까?"

"그래서 선생님의 전공은 인류학인가요? 세계사인가요? 고고사인가요?"

"나의 전공은 문학입니다. 고대인의 문학, 즉 이런 훈족과 신라인 가야인과의 고고학적인 관계가 사실이라면 문학적으로도 무슨 흔적이 남아 있을 것이다, 하는 것이 나의 생각입니다. 사람은 특히 고대인들은 문자가 없었던 시절에도 자신들의 삶의 궤적을 상형문자로 남겼습니다. 하물며 중세 초기에 해당하는 훈족의 발흥기에 당시 사람들의 감정을 나타내는 문자가 틀림없이 존재했으리라는 것이 나의 추측입니다. 그들도 남녀가 서로 사랑하였고, 그 사랑의 감정을 글로 표현했을 것입니다. 나의 학문은 이것을, 즉 훈족의 문자로 남아 있는 당시 사람들의 문장 속에서 한민족적인 요소를 찾아보자는 것입니다. 역사적 사실을 문자적 사실에서 확인해 보자는 것이지요."

"그래서 무슨 성과를 내었나요?"

"그래서 17년이라는 세월이 걸렸습니다. 나의 생각으로는 한 가지 새로운 역사적 사실을 밝혀내는 데는 최소한 10년은 걸린다는 것입니다. 그것이 세계사적인 시간과 공간을 가질 경우는 적어도 20년은 걸린다는 사실입니다. 그래서 나는 3년을 줄여서 17년이 걸렸습니다."

"어머, 대단하시네요."

"훈족은 독일의 라인강까지만 침입했다고 공인되고 있지만 실제로 내가 탐사한 바로는 프랑스의 칼바도스 지방까지 침투했습니다. 프랑스에도 훈족의 흔적이 있습니다."

"프랑스에 훈족의 흔적이 있다는 말은 금시초문입니다. 게르만족이 훈족에게 쫓겨서 켈트족을 쫓아내고 정착한 곳이 프랑스 아니에요?"

"하지만 훈족의 중심적인 침략지는 발칸반도의 동쪽 흑해 연안의 트라키아 지방입니다. 여기가 훈족의 점령 본거지였지요. 여기 흑해 연안 절벽에서 내가 세상에서 처음으로 한문으로 새겨진 새김 글자를 발견했습니다. 그런데 내가 아무리 연구를 해도 그 한

문자를 해독해낼 수 없었다는 사실입니다. 문제는 그것과 비슷한 중국어 새김 상형문자를 프랑스의 칼바도스 지방 동굴 벽면에서도 발견한 것입니다. 중국으로 날아와 북경대학의 가장 저명한 금석학자를 데리고 왔으나 그 한문자를 해독하지 못했습니다. 글자가 어렵기 때문이었고 자획이 불확실했기 때문이었습니다. 내 논문의 요지는 이 글자가 한문자인 것은 확실하지만 뜻을 해득할 수 없다는 점입니다. 그러나 이 글자가 중국인이 쓴 한자는 아닙니다. 왜냐하면 중국인은 역사상으로 트라키아 지방을 지배한 적은 없기 때문입니다. 트라키아 지방을 지배한 민족은 훈족입니다. 그렇다면 이 한자를 흑해의 절벽에 새긴 사람은 한족이 아니라 조선족일 가능성이 높다는 생각입니다. 사실 우리가 충주 지방의 고구려 중앙 탑을 완전히 해득하지 못하는 경우와 비슷한 거죠."

"결국 학위를 받으셨군요."

"가능성을 인정받아 학위를 받는 수도 있습니다. 앞으로의 발전 가능성을 본 거죠. 로제타스톤을 해석한 샹폴리옹의 경우, 약 20년이 걸렸습니다. 먹고 살 길만 있으면 이 트라키아 절벽의 한문자 해독은 언젠가는 가능합니다. 하지만 목구멍이 포도청이라 지금 당장 먹고 살아야 하겠기에…. 그런데 문제는 이 한자 새김글자 바로 옆에 정체를 알 수 없는 고대어 문장으로 된 새김 문장이 있습니다. 이것을 해득하면 옆 한자어를 해득할 수 있다는 확신이 섰습니다. 로제타스톤이 3개의 언어로 되어 있었던 것이 해석의 지름길이 되지 않았습니까! 로제타스톤은 고대 희랍어, 고대 이집트어인 히에로클립프어와 고대 이집트 민중들의 문장인 데모틱으로 구성되어 있습니다. 이것이 결국 같은 내용을 다른 문장으로 발표한 것이라는 사실을 알아낸 사람이 프랑스 사람 장 프랑수아 샹폴리옹이었습니다. 이 로제타스톤은 당시 강국이었던 그리스의 프톨레마이오스 왕조가 이집트를 정복하여 식민지로 삼고 있던 시대에 만들어진 것이었습니다. 이 사실을 밝혀낸 사람이 샹폴리옹이었는데 이 사람 라틴어와 그리스어, 히브리어와 아랍어, 시리아어, 아람어, 칼데아어, 페르시아어, 콥트어 등에 능통했습니다. 나폴레옹의 이집트 원정 전쟁에 참여했던 삼촌 샹폴리옹 대위에게서 영국군에게 빼앗긴 로제타스톤의 판본을 건네받았고, 분한 마음에 영국인보다 더 빨리 이 신비스런 비석의 해석을 성공하겠다고 결심한 것이지요. 영국의 뛰어난 고대 언어학자 영(Thomas Young)과 경쟁이 붙었는데 로제타스톤은 영국에 빼앗겨 대영박물관으로 갔지만 그것의 해석은 프랑스인이 성취하였습니다. 내가 트라키아 해변의 한문 해석에 성공하는 날, 훈족의 원 조상이 우리 배달민족이라는 사실이 세상에 밝혀질 것입니다. 그런데 지금은 연구 여건이 전혀 되어 있지를 않습니다. 보시다시피…."

"프톨레마이오스 왕조는 어느 시대에 존재했나요?"

"대략 기원전 3백5십 년에서 기원전 30년에 그리스와 이집트를 통치했습니다. 이 모든 것이 눈에 선한데 지금 이러고 있습니다. 훈족은 분명 우리 한족의 선조들입니다. 내가 기어코 이 사실을 정설로 밝혀낼 것입니다. 머리 좋기로 세계 제일인 독일 사람들, 그들의 가장 권위 있는 방송의 정규 다큐가 훈족의 원류는 한민족이라는 주장을 한다는 것은 예사로운 일이 아닙니다. 그러나 보시다시피 이러고 앉았으니 정말 미치고 환장할 일이지요."

"독일에서 그런 방송이 정말 나갔나요?"

"그럼요, 우리나라에서도 그 방송의 몇 컷이 발췌 소개되었습니다."

"그래서 지금은 무엇을 하시나요?"

"나는 어렵게 이 학위증을 가지고 한국으로 귀국해서 어느 대학의 프랑스문화과에 자리를 얻었습니다."

"그럼 지금 대학에 나가시나요?"

"참 부끄럽습니다. 지금 그 학과가 학생들이 취직이 되지 않는다 하여 폐과가 되었습니다."

"그래서 지금은?"

"보시다시피 여기 도서관에 나와서 책을 봅니다. 배가 고프면 라면을 끓여 먹습니다."

"라면 값은 어떻게 버세요?"

"밤에는 야간 경비를 서거나, 낮에는 공사장에서 벽돌을 져 올립니다. 가끔 도배도 합니다. 나를 그렇게 만나기 어려웠던 이유가 바로 이놈의 야간 경비라는 밥벌이 탓이었습니다."

"그래서 시간이 나지 않았군요!"

"허 참!"

"좋아요 허락하신다면 제가, 라면 값을 대어 드리죠!"

이럴 경우 망설이지 않는 것이 혜리다. 이렇게 하여 두 사람은 아주 가까운 이웃이 되었다. 두 사람은 서로의 집을 방문하여 라면도 같이 끓여먹고, 강사료를 받거나 도배 값을 받으면 술도 같이 마셨다. 두 사람 다 독신이었기에 그들은 자연스레 하나의 가정을 이루었다. 무슨 결혼식 같은 것을 치른 것도 아니었다. 둘 다 그런 인간사의 절차 같은 것에는 초월한 사람들이었다. 오히려 혜리가 적극적이었다.

"내가 보따리를 싸가지고 올라갈까요? 아니면 선생님이 내려오시겠어요?"

"초대받은 사람이 응하는 것이 도리가 아닐까요…."

다음날 양희석은 보따리를 싸가지고 혜리네 집으로 내려왔고 두 사람의 동거가 시작되었다. 두 사람은 격렬한 사랑의 삶을 살았다. 두 사람 다 서른 살 중반의 나이인데다가 오랫동안 독수공방한 탓이었을까. 그들은 외출을 삼가고 우연하게, 그러나 알 수 없는 어떤 필연성에 의해 맺어진 자신들의 사랑에 감동하였다.

"이 선생이 대학에 강의를 나가는 것하고 내가 여기 저기 특강 뛰는 것으로는 입에 풀칠도 못해요. 방법이 없어요. 특히 방학 때는 그나마 끊어지잖아요!"

"그래도 살아있는 입에 거미줄 치는 법은 없어요. 나는 살 것만 같아요. 너무나 훌륭한 분을 만났어요. 좀 허황스럽기는 해도! 하나님이 베풀어주신 좋은 기회라고 생각해요!"

"이 선생, 아니 이 교수님, 이거 감사합니다! 왜 나라는 사람은 이렇게 돈하고는 거리가 먼지 모르겠습니다. 그러니 장가도 못가고 이러고 있지 않습니까!"

"장가갔잖아요. 내한테. 꼭 족두리 쓰고 사모관대 해야만 장가가는 것 아녜요!"

현실적인 삶의 여건을 고려하지 않는 것이 혜리의 대인관의 핵심인 것 같다. 결혼을 염두에 둔 정상적인 여자라면, 양희석 같은 엉뚱한 사람을 신랑감으로 지목하지는 않을 것이다. 그들은 엄청 쪼들렸다. 강사료와 비정규적인 특강료 혹은 원고료로 이 서울의 물가 속에서 삶을 영위해 간다는 것은 정말 힘든 일이다. 그들은 그야말로 라면 먹고 김치 썰고 물 마시고 잘 때가 허다하였다. 그러나 그것도 신방을 차린 후 5, 6개월까지만 가능했다. 두 사람 사이의 신비로움과 신선함이 사라질 무렵부터는 짜증을 부리기 시작했다. 특히 여름방학 2개월, 겨울방학 2개월 동안은 맹물 마시고 이빨 쑤시고 누워있는 도리밖에 없었다.

한국 대학 사회에 시간강사라는 제도가 분명히 존재하고 있고, 대학의 가장 큰 기능인 강의의 40%를 수행하고 있다. 그러나 시간 강사는, 원래 그 존재의 이유가 기존 대학의 한 학과에는 모든 전공의 교수가 다 있을 수 없으니, 다른 대학에서 자기 대학의 전공자가 없는 교수를 시간으로 모셔 와서 강의를 하게 한다는 취지이다. 그러나 대학의 시간강사는 이 근본적인 이유와는 동떨어져서, 시간강사라는 이름의 고등 지식인들을 알량한 시간 수당만을 주면서 착취하는 수단으로 전락하고 말았다. 그것도 강의를 하지 않는 방학 때는 수당을 지급하지 않는다. 이런 편리한 고급 인간 착취의 수단이 어디에 있는가. 이 대학 시간강사 제도처럼 후진적이고 인간을 가장 간악한 수단으로 착취하는 제도는 없다. 미국의 경우, 시간강사의 대우는 파격적이다. 전임교수가 되지 않았다 하더라도 시간 강사료로 충분히 살아갈 수 있을 지경이다.

"양 선생님, 나의 아이디어가 하나 있어요."

"말씀해 보십시오. 다만 미안할 뿐입니다."

"양 선생님의 본래 집 있잖아요? 우리 집 위층 집….'

"있죠. 거기에 책이 워낙 많이 재워져 있어서 아무 소용이 없어요."

"나의 생각인데, 그 책들을 버릴 수는 없다고 해도 잘 정리할 수
는 있을 것 같아요."

"일생 모가지 내놓고 모은 책이라 버릴 수는 없어요."

"버리자는 얘기가 아니라니까요!"

"그럼 도서관에라도 갖다 주자는 얘깁니까!"

"아니에요. 잘 정리를 해서 전부 우리 집으로 옮기자는 거죠. 잘
하면 가능하다고 생각해요."

"그래서요?"

"그래서 윗집을 전부 비워서는 세를 놓자는 거죠. 제가 알아보니
까, 보증금으로 1억을 받으면 월세를 30만 원을 받을 수 있고, 5천
만 원을 받으면 80만 원을 받을 수 있다고 하데요."

"80만 원을…. 그것 가지고 여름방학을 나자는 건가요."

"정말 이러다가 우리 아사할지도 몰라요…."

정리될 것 같지 않던 양희석의 수많은 책들은 조금씩 제자리를
잡아 갔다. 그러니 훨씬 숫자가 줄어든 것 같았다. 일부는 나무궤
짝을 사서는 책을 재웠다. 그리고는 지하실로 옮겼다. 지하실로 가
지 않는 궤짝들은 아래층 혜리네 집으로 차근차근 옮겨서 재워
졌다. 만 사흘 만에 책들이 위층에서 전부 치워졌다. 집은 일주일
이 안 되어 세입자가 들어왔다. 그러나 이 돈은 서울에서 두 사람
의 남녀가 살아가기에는 턱없이 부족했다. 근 2년을 이런 식으로

버티었다. 월세 계약 기간이 끝나갈 무렵 이들은 양희석의 집을 2억 원에 처분하였다. 월세 보증금 5천을 제하고 1억5천을 손에 쥐었다. 이들 동거 부부는 이 돈을 들여 홍제역 근처 사람들이 붐비는 골목 입구에 위치한 이층집의 위층을 전세 들었다. 학원을 해보자는 의견에 합의하였기 때문이었다. 양희석이 영어 학원을, 혜리가 글짓기 학원을 하기로 했다. 그러나 문제가 발생하였다. 수강생들이 좀처럼 등록을 하지 않는다는 사실이었다. 이 건물의 2층은 원래부터가 학원으로 사용되었는데, 번번이 실패했었다. '양희석 박사의 영어 강좌, 이혜리 교수의 글짓기 교실'이라는 간판을 걸어놓고 아무리 기다려도 등록하러 오는 사람이 없었다. 학원 문을 연지 1주일이 지났을까, 30대 초반쯤으로 보이는 여성이 학원의 문을 열고 들어왔다. 그야말로 첫 고객이었다. 그녀는 주변을 두리번거리더니 다짜고짜로 원장을 찾았다.

"원장이세요? 영어를 어느 정도 하세요?"

"아 네 조금….."

"조금 해서는 안 돼요. 내가 등록을 하고 싶은데, 강사가 영어를 좀 잘해야 해요. 나도 미국에서 3년 넘게 살았어요. 그런데 아직 귀가 트이지 않았어요. 읽고 쓰는 데는 어려움이 없어요."

"장담할 수는 없지만 저와 같이 공부하시면, 귀가 트이는데 도움이 될 것입니다."

"원장이시죠? 원장님은 영어 TV 들을 수 있어요? CNN이나 BBC를 어느 정도 들으세요?"

"허 참! 프로에 따라서 다르지만 어느 정도는 알아 듣습니다."

"어디서 영어 공부하셨어요?"

"네, 프랑스와 영국에서 공부했습니다."

그러나 사실 희석은 영어에 자신이 있는 것은 아니었다. 논문을 쓰고 발표를 하는데 큰 지장이 없을 뿐이지 영어 자체에 무슨 소양이 있는 것은 아니었다. 영어권 나라에 만 3년 있어 가지고는 영어에 귀가 트인다고 볼 수 없다. 자신의 경험으로는 적어도 6, 7년은 현지인과 계속적으로 교류하고 책을 읽어야만 귀가 트이기 시작하는 것 같았다.

"학원에 다녀서 히어링이 늘었는지 잘 모르겠어요. 티브이는 여전히 들리지 않아요."

"영어 TV 듣는 것이 그렇게 쉬운 일이 아닙니다. 한 6, 7년은 계속적으로 듣고 읽고 해야 효과가 나타납니다. 참고 다녀보세요."

"학원이 문 닫지 않고 계속할까요?"

"글쎄요. 하는 데까지는 해보아야겠지요."

"혹시 문을 닫을 경우, 나에게 넘겨주세요. 내 동서가 이 근처 중학교에서 교감을 하거든요. 학생들을 많이 보내줄 수 있다고 하네요. 대신 내가 충청도 칠갑산 장곡사 사하촌에서 절 물품을 파는 가게를 운영하는 사람을 소개해 줄 수 있어요. 요사이 칠갑산 아흔 아홉 골짜기가 뜨자 서울 사람들이 몰려들기 시작해서 하루 매상이 백만 원은 올라요. 내 친정 언니가 경영하는데 형부가 돌아가신 후에 나이가 많아서 넘겨받을 사람을 구하고 있어요. 일억 원 정도면 불하받을 수 있어요. 권리금도 없고 들어갈 돈이 없어요."

"…."

사람이 세상을 산다는 것은 타인과의 관계를 맺어간다는 뜻과 다르지 않다. 마침 혜리의 시론 강좌가 수강신청 학생이 열 명이 되지 않아 폐강되어 그녀는 시골로 거처를 옮길 수 있었다. 장곡사는 자기가 10년 전에 인연을 맺었던 일광사와 크게 멀지 않아 조금 주저되었으나 절과 사하촌은 별개로 움직이기 때문에 서로들 동정을 모르고 지낼 수도 있으리라 생각했다. 양희석, 이혜리 동거 부부는 1억5천만 원을 주고 장곡사 사하촌의 절 물품 가게를 인수하였다. 물품도 포함하였다. 절 물품에 대해서는 일가견을 가지고 있는 혜리는 자신이 흘러간 세월 속에서 혜화스님이었다는 사실을 까마득히 잊어버리고 있었다. 그것이 불과 3년여 전이었다. 서울 홍제동의 혜리 집은 전세를 놓았다. 집의 공간을 꽉 채우고 있는 희석과 자기의 책들은 추리고 추려서 희귀본이 아닌 것은 폐기처분하고 그야말로 귀중본만 꾸려서 짐차에 싣고 떠났다. 짐을 사하촌으로 옮기는 날 밤 두 사람은 소리 없이 울었다. 자신들의 처지가 너무나 처량했기 때문이었다.

"울고 그러지 마세요. 우리 둘이 사회에 크게 수요 되지 않는 분야의 공부를 한 죄밖에 더 있어요?"

혜리가 희석을 달랬다.

"무슨 그런 소리를 해요! 솔직히 나는 굶어 죽어도 좋다는 생각이요! 내가 트라키아 벽면의 한문 새김 글씨를 해독하지 못하고 죽어도 좋다는 생각이요!"

"그런 소리 하지 마세요! 이런 어려움은 누구나 겪는 거예요."

그러나 어쩐 일인지 절 물품들이 잘 팔리지를 않았다. 인간관계에서 자기가 사기를 당했는지의 여부는 그 인간관계가 끝날 무렵 밝혀진다. 장곡사 사하촌 절 불품(佛品) 장사 1년 만에 양희석, 이혜리 동거 부부는 자신들이 박 가 여인에게서 사기를 당했다는 결론을 내렸다.

어느 날 밤 양희석은 이런 제의를 했다.
"당신을 놓치고 싶지 않아서 하는 얘긴데 우리 정식 결혼식을 올리면 어떻겠소? 왠지는 모르지만 당신은 언젠가 멀지 않아 나에게서 날아가 버릴 한 마리 철새처럼 느껴집니다."
"인간만사, 자기 마음대로 되지 않습니다. 결혼한다고 해서 날아가지 않고, 결혼하지 않는다고 날아가는 것은 아닐 거예요."
"그럼 당신 날아가는 거요?"
"처음에 당신과 함께 살기로 했을 때 당신이 돈을 잘 번 것은 아니었어요. 돈은 벌면 되는 거예요. 그거 너무 걱정하시지 마세요. 내 마음은 나도 모른다는 거죠. 당신을 떠나더라도 한참은 떠나지 못할 거예요. 태기가 있어요. 몸이 없는 지가 3달이 넘었어요."
"하! 거참! 하늘이 도왔습니다! 하늘이…."
"아기가 태어나는 것은 하늘이 도왔을지 몰라도, 내가 당신과 오래 같이 살지는 나도 몰라요. 당신 그 트라키아 벽면 글자 해독에 최선을 다해 보세요!"
불품 장사를 하면서 두 사람은 비참한 생활을 했다. 도무지 불품들이 팔리지 않아 혜리가 빈대떡을 부쳐서 팔기로 했다. 그랬더니 조금씩 수입이 생겼다. 그리고 희석이 대전에 있는 대학에 강좌를 얻어 출강하기 시작했다. 총장이 외국에서 모셔온 사람인데, 외국 학술지에서 양희석의 논문을 읽었고, 그가 장곡사 사하촌에서 불품 장사를 한다는 소문을 들었던 것이다. 혜리는 놀라운 힘을 발휘했다. 배가 불러서 기동이 어려워도 굳이 빈대떡을 부쳐서 판매대에 올려놓았다. 거기서 나오는 작은 이익금으로 양희석은 대전까지의 교통비를 충당할 수 있었다. 두 강좌를 맡았으나 강사료는 백만 원을 간신히 넘었다.

기적 같은 일이 일어났다. 지금 강사로 나가는 대학의 학과에서 교육부의 대학연구비 집중 지원계획에 양희석을 책임연구원으로 하여 '훈족 원류로서의 한민족의 사적 흔적의 고찰'이라는 기획을 제출하여 40억 원의 지원 프로젝트에 선발되었다. 그러나 그는 교수의 레귤러 코스에 선발된 것은 아니었다. 어디까지나 프로젝트에 연관된 책임연구원이었다. 좌우간에 당장의 어려움을 면하게 되었다. 그에게는 연구실이 배당되었고, 한 달에 5백만 원의 연구비가 제공되었다. 경사가 겹쳐 혜리가 예쁜 딸을 분만하였다. 그들은 장곡사 사하촌의 가게를 구입 가격에 5천만 원이나 적은 금액으로 처분하고 대전으로 이사를 하였다. 이제 결코 젊다고 할 수 없는 30대 후반기로 접어든 혜리에게 분만은 힘든 일이었다. 그녀는 대전으로 이사를 가서 몇 달 동안 산후 고통에 시달렸다. 그러나 용케도 건강을 회복하였다.

양희석의 연구 활동이 본격화하자, 혜리는 별로 할 일이 없었다. 기아선상에서 허덕이던 그들이 갑자기 먹고 살 걱정이 없게 되었고 신분이 보장되었던 것이다. 혜리는 희석이 먼 친척 아이라고 데리고 온 여자아이에게 애기를 맡겨놓고 아파트 단지 내 여러 가지 위락시설에 드나들었다. 미장원에도 가고 커피숍에도 가고 베이커리에도 갔고, 체력 단련장에도 다녔다. 그녀는 우연히 아파트 단지의 상가 광고판에서 바리스타 양성 광고를 보았다. 커피를 끓이고 고객에게 제공하는 일체의 과정을 교육하는 커피 전문가 양성 과정이었다. 혜리는 무료함을 달래기 위해 그 자리에서 등록을 하였다. 비싼 커피를 커피숍에서 사서 마시느니 자신이 전문가 수준으로 끓여서 마시면 좋겠거니 단순하게 생각한 것이다. 세 명의 강사들이 기술을 직접 지도했으나 특히 칩 바리스타가 혜리를 지도했다. 무슨 관광호텔 커피숍에서 칩바리스타로 재직하다가 특별 초청으로 대전으로 내려왔다는 소문이 퍼져있었다. 40살을 넘긴 듯한 침착한 표정의 사내였다. 그는 고의적인지 자연스런 표정인지 언제나 얼굴에 미소를 머금고 있었다.

혜리는 이 사내의 미소가 좋았다. 사람이 사람에게 미소로 대하는 것만큼 좋은 것은 없다. 무슨 거창한 환영사를 할 필요가 없는 것이다. 이 미소 머금은 얼굴 하나만으로 그 이상 환영의 뜻을 표시할 수 없다. 마침 양희석이 북경대학 금석학 교수들과 함께 트라키아 지방의 흑해 연안 벽면 새김 글자를 살펴보기 위해 한 달 여정으로 여행을 떠나고 없어서 그녀는 한결 홀가분함을 느꼈다.

"사모님도 카페를 여실 계획을 가지고 있으신 모양이죠?"

"왜 그렇게 보여요? 그냥 집에서 커피를 제대로 끓여 먹기 위해 다니려고 해요."

"내 생각으로는 카페를 해도 잘 하실 것 같아요. 카페를 하는데 주인의 역량이나 인상이 무슨 소용이 있겠느냐고 문의하는 사람이 있지만, 인간사 모든 것이 사람이 하는 것이 아니겠습니까! 어떤 사람이 하면 잘 되고, 어떤 사람이 하면 잘 안 되는 것이 다 이유가 있는 것입니다. 사실 커피 맛에는 큰 차이가 없을지도 모르죠. 하지만 주인이나 바리스타가 풍기는 분위기는 아주 다릅니다. 그것이 인간사라는 것이죠."

"내가 무슨 사람 끄는 데가 있겠어요? 집에서 애나 보는 사람이!"

"겸손의 말씀입니다. 한번 쳐다보기만 해도 오금이 저려오는 전율 같은 아름다움을 가지고 있습니다. 이건 절대 아첨하는 말이 아닙니다."

"그런 말 처음 들어요. 조금 예쁘다 하는 소리는 들었었지만…. 그런 괜한 소리는 하지 마시고 바리스타 기술이나 잘 가르쳐 주세요."

두 달이 지났을 때 혜리는 조금은 능란한 솜씨로 커피를 끓일 수 있게 되었다. 그리고 그녀는 칩 바리스타인 제임스 권의 간절한 권유를 받아들여 그의 고향인 경남 진주로 그와 함께 떠났다. 그녀는 자기가 저축하고 있던 돈의 절반을 가지고 떠났다. 그녀는 제임스 권이 기혼자인지 독신인지 그런 것도 묻지 않았다. 그녀는 같이 떠나자는 제임스 권의 요구를 들어주었다. 그것으로 끝이었다. 그녀가 떠나기 싫었다거나 떠날 형편이 아니라면 떠나지 않았을 것이다. 그녀는 대전 자기 집을 떠나면서 집안일을 하는 여자에게 맡겨진 아기에게 얼굴 한번 주지 않았다. 그러나 그녀는 충청도 땅에 혈육 두 점을 떨어뜨리고 간다는 어렴풋한 생각은 했다. 그녀는 자신이 갈 길이 한없이 푸르고 길게 뻗어 있다는 생각을 했다. 그녀는 언제부터인가 특정의 한 남자가 뿌린 씨를 받아 싹을 틔워 성장시키는데 자신의 일생을 다 바칠 수 없다는 생각을 하고 있었다.

나름대로 열심히 활동하는 남자, 그들은 왠지 혜리에게 위대해 보이는 것이었다. 그들은 그 활동을 통해 모반을 도모하여 왕국을 뒤엎을 수도 있고, 상대를 죽이지 않으면 자신이 죽어야 하는 검투사의 칼로써 구경꾼인 총독의 가슴팍을 갈라놓을 수도 있고, 장사를 하여 거부가 될 수도 있고, 콧수염을 기르고 민중 사이를 달려 선동 정치를 하여 수상이 될 수도 있고, 원자폭탄을 만들어 수십만의 백성들을 죽일 수도 있고, 바람을 피워 시골처녀로부터 아름다운 새 생명을 뽑아 낼 수도 있다. 혜리는 이들 남성들의 창조력을 찾아가는 것이다.

제6장

수변 도시

혜리는 자신이 어디로 가고 있는지 확실한 의식이 없었다. 칩 바리스타의 다인승 차를 타고 남해안을 향해 달리고 있는 것이다. 그의 연고지가 진주라고 했다. 진주가 고향은 아니고, 지리산 중에 파묻힌 작은 마을이 고향인데, 자랄 때 진주에 자주 와서 고향 못지않게 정이 들었다고 했다. 진주, 그 도시에 한 번도 가본 적이 없는 혜리였다. 혜리는 진주라는 도시를 생각하면 어쩐지 오금이 저려왔다. 어쩐 일인지 진주에는 서슬 푸른 역동성이 서려 있는 것만 같았다. 일본인 장수를 끌어안고 남강에 뛰어든 논개 때문일까. 꼭 그렇지만은 아닌 것 같다. 아니면 2차 진주성 싸움에서 7만 명 진주시민 전원의 처참한 전사 탓일까.

"고향이 지리산 중 마을이라 했는데 마을 이름을 모르세요?""알고 있었는데 잊어버렸습니다."

"고향 마을 이름을 잊어버렸다…. 거 참 그런 일도 있어요?"

"이상할 것은 없습니다. 그냥 그렇다는 이야기죠. 대한민국에 세금 내고 사는 대한민국 백성입니다. 이상하게 생각하지 마세요."

"갑자기 대한민국은 왜? 무슨 말씀이세요?"

"나를 의심하는 것 같아서요. 내 이름이 소서철입니다. 이상하다고 생각하세요?"

"무슨 말 한마디 했다가 이야기가 이상하게 흐르네요. 제임스 권은 무엇이에요? 우리가 마음이 맞아 같이 살려고 도망을 치는 입장인데 무슨 이야긴들 솔직하게 하지 못하겠어요. 어마, 날 좀 봐, 같이 도망치는 남자의 이름도 모르고 있었네요. 소 선생님, 우리나라에 소 씨가 있어요. 그런 성씨를 들은 적이 있어요. 적지 않을 걸요. 서철씨로군요. 앞으로는 이름을 부르겠어요. 서철씨."

"호텔에서 바리스타로 일할 때 부르던 이름이 제임스였고 성씨로 권 씨는 그냥 갖다 붙인 것이었습니다. 소서철이 저의 진짜 이름입니다."

그는 왠지 모르게 믿음직했고, 자신의 변명에도 불구하고 조금은 이국적이다. 그리고 칩 바리스타답게 솜씨가 있었다. 그리고 왠지 사람을 끄는 분위기가 있었다. 혜리는 그런 그에게 끌린 것이다. 사람은 나름대로 자기만의 매력을 가지고 있기 마련이다. 사람은 이러한 자신만의 매력으로 일생 사람을 끌어당기고 또 헤어지곤 하는 것이다.

"진주는 물론 수변 도시죠?"

"그럼요, 남해에 곧장 면해 있지만, 서북쪽에서는 지리산에서 발원한 덕천강이 남으로 흐르고, 동북쪽에는 지리산의 북편에서 발원한 경호강이 산청을 지나 남쪽으로 흐르다가 진주 서북쪽에서 거대한 진양호로 합류합니다. 여기서부터 남해안까지를 남강이라고 하는데그 유명한 촉석루가 강의 북편 언덕에 서 있습니다."

소서철은 산청 인근 경호강변에 세워진 정자 앞에 차를 세웠다. 둘은 캔 맥주와 안주를 사가지고 정자에 올랐다. 운전 중이라 서철은 맥주를 따서도 딱 한 모금만 마셨다. 혜리도 한 모금 마셨다. 나를 사랑한다고…. 혜리는 속으로 웃었다. 자기도 그러고 싶고, 그리고 사랑을 받고 싶었다. 그러나 그녀는 사람의 사랑이라는 것을 믿지 않는 또 다른 자신이 자기 안에 도사리고 있는 것 같은 감정을 언제나 가지고 있었다. 사랑이라는 것은 사람을 어느 개인에게 묶어 놓기 위해 사람들이 만들어낸 억지 감정 같이만 느껴지는 것이다. 사람이 무슨 도가 텄다고 일생 동안, 그 길고 긴 세월 동안 한 사람만을 사랑할 수 있는가.

하기야 일생 동안 해로하는 부부도 많다. 그러나 그들이 일생 해로했다 하여 어떤 틈새도 없이 서로 사랑했다고 단언할 수는 없다. 어쩌면 그들은 해로의 일생을 사는 동안, 서로 헤어질 수 있는 기회를 잡지 못했을 수도 있는 것이다. 일생 해로했다 하여 사랑의 감정에 어떤 틈새도 없었다고 말하기는 어려운 것이 인간의 조건이다. 헤어짐의 원인이 될 수 있는 제3의 상대자를 만나지 못한 것이 이유가 될 수 있고, 아니면 두 사람의 성격 자체가 보수적이라 사랑의 감정과는 무관하게 헤어지고 만나고 하는 것을 싫어하기 때문일 수도 있다. 아니면 동양적인 가치관으로 자식 우선의 관념이 강하여 자신의 감정을 여기에 희생시키는 경우라고 생각해 볼 수 있다.

"고향의 친척들이 다들 어디로 솔가했어요? 서울이겠지요? 농촌이 이농이 심해 빈집이 많다는 이야기를 들었어요."

"나의 경우, 일가친척들이 주로 일본으로 많이들 돌아갔습니다."

"…."

혜리는 금방 무슨 대꾸를 하지 않았다. 서철이 말한 '돌아가다'라는 말의 뜻을 이해할 수 없었기 때문이었다. 돌아갔다면 원래는 그곳에서 살았다는 이야기가 되기 때문이다. 그랬다면 일본에 살던 그의 조상들이 한국에 이민을 와서 살다가 다시 조국으로 돌아갔다는 뜻이 된다. 이게 무슨 소리인가. 정말 알다가도 모를 일이었다. 10년 여 전에 일본 조동종계인 일광사에서 수행한 혜리는 일본 사람들의 일반적인 성향이 한국 사람들하고는 많이 다르다는 것을 알고 있었다. 그들은 좀처럼 자기 속내 이야기를 하지 않는다. 역사적으로 우리나라는 두 이웃이라고 할 수 있는 중국과 일본과 주로 접촉을 했다. 그러나 중국은 우리나라 말고도 국토의 사방을 둘러싸고 있는 여타 민족들과의 관계를 지속했다. 그러나 일본은 가장 가깝고 거의 유일한 이웃이라고 할 수 있는 한국과 주로 접촉했다. 그래서일까, 일본인들은 한국인들을 유난스레 특별하게 느낀다. 이 말은 거꾸로 뒤집으면 우리나라를 통째로 잡아 삼키려는 야욕을 언제나 가지고 있다는 뜻이다. 일본 역사 속에서 행세깨나 하는 애국자들은 상당수 정한론자들이다.

이런 사실을 혜리는 일광사에서 수도생활을 하면서도 은근히 깨달을 수 있었다. 그들의 적극적인 조동종의 한국 포교 속에는 이런 뜻이 숨어있는 것 같았다. 혜리 동거부부는 경호강과 덕천강이 합류하는 진양호의 남단, 그 남향 기슭에 가게를 얻어 카페를 열었다. '삿포로 카페'라는 간판을 달았다. 카페 이름은 소서철의 아이디어였다. 진주에 오기를 잘한 것 같았다. 무엇보다도 기후가 따뜻하고 바람이 적었다. 그리고 아주 양지바른 고장이었다. 예로부터 북평양, 남진주라고 하지 않았나. 과연 그 이름값을 하는 고장이었다. 그리고 진주는 절묘한 수변 도시였다. 바다에 면해 있는 항구 도시는 아니지만, 곧장 남해로 입수되는 거대한 남강의 끝부분에 위치하고 있어서, 물이 풍부한 고장이었다.

서철은 여러 가지로 능수능란한 사람이었다. 그의 상술은 천부적이었다. 그는 상쾌한 바람과도 같은 특이한 분위기를 만나는 사람에게 선사하였다. 혜리가 그를 따라온 이유가 바로 그의 이런 신비스럽기까지 한 분위기 탓이었다. 남자로의 길, 그것은 언제나 새로운 매듭으로 연결되어 있었고, 그럴 경우 새 매듭은 자신이 지금껏 겪어보지 못한 새로움의 신비스런 세계를 선사했다.

"사람에게서 나는 향내는 천리를 간다고 하지 않습니까. 내가 보기로는 혜리에게서 나는 향내는 삼천리를 갈 것 같습니다. 그만큼 향이 짙고 매혹적입니다."

혜리는 서철씨가 하는 이런 말을 여러 번 들은 적이 있었다. 언제이던가, 송인상 교수는 혜리 자신을 향해 자신도 모르게 내밀어지는 손을 도끼로 찍으려 했다 하지 않았나. 무슨 우스갯소리도 아니고 교수란 사람이 제자인 자기에게 그런 소리를 했다니 지금 생각하면 이상한 생각이 다 들었다. 그러나 인간의 감정세계에서 스승 제자가 어디에 있나. 감정은 그런 것을 가리지 않는다. 혜리는 카페의 답답함을 이기고자 자주 진주 시내 구경을 다녔다. 그녀는 진주시에는 뭔가 조금은 남다른 분위기가 서려있다는 사실을 감지하였다. 이 도시에는 이상하게도 다른 도시에서는 볼 수 없는 검무(劍舞)를 가르치는 학원이 여러 개 있다는 사실을 발견하였다. 요즈음이 어떤 시대인가. 그런 것을 가르치고 배우다니 말이 되지 않았다. 손 달린 사람이라면 누구나 스마트폰을 들고 다닌다. 그러나 검무라는 것도 하나의 사업이라면 그것을 돈 주고 배우려는 사람이 있어야만 생존할 수 있다.

그리고 호수변 자기네의 카페로 찾아오는 손님들에게서 이미 느낀 것이지만, 이 도시 사람들은 이상하게도 진주 기생 논개에 대한 사랑과 존경심이 대단했다. 논개를 대수롭잖게 말하거나 무시하는 태도를 취하면 주먹이 어디에서 날아올지 모를 지경이었다. 임진왜란 때, 조선의병과 원병 온 청국 병사들에게 눌린 일본군들이 조선 땅에서 퇴각하면서, 처음 한반도에 상륙하여 도발을 시작할 때 참패했던 진주성을 이제 제대로 거덜 내려고 덤벼들었다. 치열한 싸움 끝에 결국 진주성은 함락되었다. 당시 성을 지키던 조선군 중에는 경상우도병사 최경회 장군이 있었는데, 그는 전직이던 전라좌도병사 시절, 자신의 본부인과 소실 이외에 논개라는 관기 출신 기생을 첩으로 두고 있었다.

최 장군이 적과의 치열한 전투에서 적의 칼에 피를 뿌리자 논개는 적장에 대한 무서운 복수의 칼을 갈았다. 낭군을 죽인 자를 죽이겠다는 다짐을 스스로 하였다. 당시 논개는 10대 후반의 여인이었으나 큰 키에 뛰어나게 잘생긴 외모는 적장을 유혹하기에 부족함이 없었다. 기분이 좋아진 왜장은 허리띠를 풀고 처먹고 또 처먹고, 마시고는 또 마셔댔다. 그리고는 무례하게도 기생들의 몸을 마구 더듬어댔다.

"장군 나으리, 장내가 어수선하니 저기 촉석루 아래 큰 바위로 올라가서 바람을 쐬고 남강의 진면목을 소녀와 함께 감상하시지요!"

"대장부의 심장을 이렇게노 녹이는 일본이노 기생이노 없다! 조선이노 기생이노 최고다! 진주 기생이노 조선 기생 중에서도 제일이다! 그래 좋다! 가자!"

왜장 게야무라 로쿠스케(毛谷村六助)는 논개의 어깨에 기대어 비틀거리면서 자리에서 일어섰다. 게야무라는 거창하게 투구를 쓰고 철갑옷을 입었으나 논개의 턱에도 못 미치는 키였다. 논개는 적장의 흔들거리는 몸을 가슴으로 끌어당겨 안았다. 미인의 풍만한 가슴에 안긴 왜장은 정신이 혼미해졌다. 적을 죽이지 않으면 자신이 죽는다는 철두철미한 군인정신이 흐려진 것이다.

"네 년이 나를 오늘 처음 만났지만 무던히도 좋아하는구나! 진주 기생이노 최고다!"

이렇게 씨부리는 순간, 그는 등 뒤의 기생이 떠미는 힘을 이기지 못해 균형을 잡을 수 없었다. 결국 세차게 흐르는 강물 속으로 떨어지고 말았다. 수군 장수답게 능숙하게 헤엄을 쳤으나, 그는 자신의 몸에 매달린 젊은 여인의 몸에 끌려 강바닥으로 가라앉고 있었다. 여인의 몸을 떨쳐내려고 몸부림쳤으나, 그녀의 두 손가락에는 굵은 반지가 끼워져 있었고, 두 손을 모아 깍지 낀 손가락은 그것

때문에 풀어지지가 않았다. 잠시의 시간을 두고 두 사람은 혼절하고 강의 바닥으로 완전히 가라앉고 말았다. 임진왜란이 끝나고, 유몽인(柳夢寅)이 삼도 암행어사로 진주성에 내려와 전란의 피해상황을 조사하게 되었는데, 진주 시민들의 인구에 회자하는 기생 논개의 이야기를 듣게 되었다. 그러나 어떤 공식적인 피해 사망자의 명단에도 논개의 이름은 없었다. 그녀가 관기로서 천역이었기 때문이었다. 그래서 출중한 문장가이면서도 반 인조반정에 연루되어 파란만장한 삶을 살다 아들과 함께 비운에 간 유몽인은 자신의 수필집인 '어우야담'에 논개 이야기를 올렸다. 그래서 그녀의 남편에의 충절과 나라에의 충성이 후세에 전해지게 되었다.

너른 들판에 강물로 반짝이는 도시 진주, 그러나 주민들의 의식은 대단히 강건하다. 아마도 조선팔도에서 진주만큼 주민의 애국의식이 강한 도시는 없을 것이다. 조선 말기의 진주민란이라든가, 임진왜란 시 제1차 진주성 싸움에서 적을 통쾌하게 패퇴시킨 일 등은 이 지역 사람들의 강인한 정신력을 말해준다. 일제 치하 은밀한 독립운동인 형평사 운동의 진원지도 여기 진주였다. 고려시대 강감찬 장군의 후손인 강민첨 장군이 몽고군을 전멸시킨 일도 진주시민의 강한 애국심과 정의감을 말해주는 사례다. 역사학자들은 진주 사람들의 이런 강인한 저항정신은 역사적 사실에서 기인한다고 보고 있다. 진주는 원래가 백제의 거열성 혹은 거타성이었다. 국력이 강해진 신라의 문무왕 때 신라에 복속되었는데, 그 과정에서 진주 사람들의 처참한 희생은 남강을 핏빛으로 물들였다.

신라의 대군에 포위된 성을 지키기 위해 백제의 찢어진 깃발을 휘어잡고 최후의 1인까지 저항하다 죽어간 거열성의 원혼은 완전 소멸되지 않고, 지리산과 남강 주변을 떠돌다가, 왜변을 당해 천 년의 길고 긴 세월의 장벽을 뚫고 진주성민들의 가슴 속에 되살아 난 것이다. 개인에게는 흘러간 세월 속에서 잊힌 듯 잊히지 않은 기억이 있듯이, 하나의 혈통이나 동네 혹은 도시 하물며 국가나 민족에게도 이러한 잊힌 듯 잊히지 않는 기억의 타래가 있는 것이다. 혜리는 논개의 원혼이 다시금 지리산에서 남강으로 흘러내려 잠복하고 있다고 믿기에 이르렀다.

이 은밀하게 흐르는 도시 분위기에 젖은 혜리는 검무 학원에 등록하여 검무를 배우기 시작했다. 지도 무사의 지휘에 따라 검을 가지고 춤을 추니 자신이 왠지 논개가 된 기분이었다. 검무는 원래가 주공을 보호하기 위한 호위무사들의 검술의 본보기였으나 조선으로 넘어오면서 기방 기녀들의 춤사위로 변하고 말았다. 서철은 가끔 부산과 창원으로 여행을 다녀왔다. 카페업계가 어떻게 변하는지 동업자들과 얘기를 나누어보아야 한다는 것이다. 카페업도 대기업화해서 개인 가게는 숨을 쉴 수가 없었다. 스타벅스나 톰스 앤톰스, 카페베네, 엔젤리너스, 이디야 등등 수많은 대기업 카페들이 속속 들어서고 있었다. 어느 날 서철은 혜리에게 일본에 좀 같이 다녀오자고 했다.

"일본에는 왜요?"

"오사카나 도쿄의 카페들이 어떤 커피를 끓이고 가게의 디자인을 어떻게 하는지 보고 와야겠어요. 우리는 가장 가까운 이웃이라 서로들 영향을 받고 있습니다."

"우리라니? 당신 혹시 일본사람 아니에요? 그러지 않고서야 어떻게 우리라는 말이 나와요?"

"무슨 소리하는 거요? 우리 조상들은 적어도 조선에 4백 년 이상 살아온 순수 조선 사람이요!"

"4백 년이라…. 16세기 말이나 17세기 초라는 말인데, 그때가 임진왜란이나 병자호란 때가 아니에요? 그때 소씨 성이 처음 생겼다는 말이에요?"

"잘도 아시네요. 우리 혜리씨 대학 교수님 출신이라 역시 다릅니다. 도무지 모르는 것이 없어요. 나는 사실 소씨가 아니고 소서씨예요. 나의 이름은 서철이 아니라 철입니다. 성이 소서(少西)이고 이름이 철(徹)이라는 뜻입니다."

"아니 무슨 소리하시는 거예요? 그럼 소서씨는 일본 사람 성씨 잖아요? 소서행장이라든가. 뭐 그런 사람이 임진왜란 때 주 공격로인 동래, 한양 간을 쳐 올라와서 탄금대에서 신립의 기마병을 소총으로 제압한 사람 아니에요? 고니시라고…."

"나는 내 자신이 나서서 내 성씨가 소씨다라고 말한 적이 없습니다. 내가 소서철이라고 말하면 그들은 나에게 물어보지도 않고 소서철이라고 생각하더군요. 내가 나서서 굳이 바로잡을 이유도 없구 해서 그냥 둬 버리지요. 소씨는 잘 알려진 중국인 성씨입니다. 소정방이라든가…."

"으음, 우리나라에 중국 사람들 성씨가 많다는 말은 수도 없이 많이 들었지만 일본 성씨가 있다는 말은 금시초문이네요. 그 성씨가 어떻게 한국 땅에 존재하는지 그 내용이나 들어봅시다."

"혜리씨 오해하지 마십시오. 내 성씨가 소서씨라고 해서 내가 일본 사람 아닙니다. 나는 한국 사람이에요. 중국 성씨라고 해서 그 사람을 중국사람 취급합니까? 마찬가지에요!"

고니시와 혜리는 부산까지 나와서 시모노세키로 가는 관부연락선을 탔다. 소서철의 제안으로 일본 여행길에 나선 것이다. 시모노세키 항에서 유람선으로 바꾸어 타고 일본열도의 내해를 따라 올라가면서 명소들을 구경할 작정이었다. 잘 알려져 있다시피, 일본은 4개의 큰 섬으로 이루어져 있다. 제일 아래쪽이 규슈섬이고, 그것의 동북방의 좀 작은 섬이 시코쿠섬이며, 가장 큰 섬이 혼슈섬이고, 제일 위에 위치한 섬이 홋카이도이다. 시모노세키는 혼슈섬의 제일 아래에 위치하고 있고, 맞은편 규슈 지방 북부 지역에 일본 4대 공업지구인 기타규슈가 펼쳐져 있다. 기타규슈는 원래, 규슈 지방의 북쪽에 흩어져 있는 후쿠오카현·사가현·나가사키현·구마모토현·오이타현 등 5현의 총칭이었다. 여기에 야먀구치현도 포함된다. 유람선을 타고 규슈섬을 일주하였다. 고니시는 배의 행정실을 방문하여 투숙 방을 최고급으로 바꾸었다. 선장실 바로 옆방으로, 목욕탕과 접견실이 딸린 호화스런 방이었다. 너무 비싸서 비어있던 방이었다.

"고니시, 한국에서 번 돈을 일본에서 마구 쓰면 어떻게 하나요?"

"혜리, 요즈음 세상에 한국 돈, 일본 돈이 어디에 있습니까! 다 세계인들의 돈이죠. 돈은 돌고 돈다 하여 돈이 아닙니까! 모처럼의 일본 여행, 아주 쾌적하게 혜리를 모시고 싶은 마음뿐입니다."

"우리는 진주의 작은 카페의 주인일 뿐이에요. 절제하세요."

"그럴지도 모르지만, 아마 우리는 월 3, 4천만 원의 순수입을 올리고 있습니다. 두고 보세요. 우리는 아주 행복하게 살 겁니다. 확신합니다."

"듣기 싫어! 한국에 무슨 고니시라는 성씨가 있어요! 일본 왜놈 씨지! 당신, 고니시 유키나가, 조선 사람 3백만 명을 죽인 고니시 유키나가, 그 악독한 소서행장의 피를 받았지?"

"그럼 한국의 왕씨는 중국 성씹니까? 한국사람들 고려중기까지만 해도 성씨 없이 살았어요. 고려 중하기에 중국 성씨를 차성해서 쓰기 시작했어요. 즐거운 여행에 무슨 그런 생각을 다 하세요? 오직 혜리씨의 행복을 위해 애쓰는 나를 생각해 주세요!"

"좋아요! 내가 과민했어요."

"혜리…. 당신처럼 아름다운 여성을 본 적이 없습니다. 목숨 바쳐 당신을 사랑하겠습니다. 더욱 많은 돈을 벌겠습니다!"

그날 밤 선상 유람선의 특실에서 그들 동거 부부는 환상의 밤을 보냈다. 고니시는 평범한 바리스타가 아니었다. 지식도 많았고 견문도 넓었다. 유럽에서 다년간 카페업계에 종사한 경험이 있어서 세상사 모르는 것이 없었다. 사고방식도 세계적이었고, 견문도 넓었으며, 인간관계의 폭도 넓었다. 그는 독일어, 불어까지 씨부릴 줄 알았다. 그는 자신의 이런 모든 우월한 점을 혜리에게 보여주고자 했다. 다음날, 기타규슈 아래에 있는 후쿠오카(福岡)로 와서 인근의 다자이후(太帝府) 구경에 나섰다. 다자이후는 고대 사회에서 북구주 지방에 혼재했던 여러 개 지방 행정청의 총칭인데. 전반적으로 다 없어지고 후쿠오카의 다자이후 흔적만이 남아 있고, 일본 정부의 특수 사적으로 지정되어 있다. 후쿠오카의 다자이후가 성립된 것이 7세기 후반이라고 하니, 정확히 신라가 삼국을 통일한 676년과 같은 시기이다. 다자이후 성립의 직접적인 원인은 한반도인과 중국인들의 열도 침입에 대비하기 위함이었다. 특히 백제가 나당연합군의 공격을 받을 때, 이를 구제하고자 출정하였던 일본군 3만 명이 백강전투에서 전멸하자, 나당연합군의 일본 정벌이 있을 것이라는 예측 하에 성립한 것이 이들 다자이후였다. 그래서 후쿠오카의 다자이후를 일본사에서는 도노 미카도(먼 조정)라고 불렀다.

"그때 나당 연합군이 삼국을 통일하고, 그 여세를 몰아 일본으로 쳐들어왔으면 어떻게 되었을까요?"

"근세나 현세와 달리 그 당시 일본은 엄청난 미개국이었습니다. 발달된 무기를 가진 당나라나 명장 김유신 휘하의 신라군을 아마도 당해내지 못했을 것입니다."

달팽이처럼 고꾸라진 형태의 규슈섬의 복부에 해당하는 곳에 구마모토(熊本)성이 있다. 구마모토시는 규슈섬에서 후쿠오카, 기타규슈에 이은 세 번째 대도시이다. 배에서 내려 오전에 구마모토성 관람을 했다. 이것은 오사카성과 더불어 일본의 2대 성이라고 일컬어진다. 구마모토성은 왜병의 조선침략 때, 부산·기장·울산·포항·영천·의성·안동·충주·원산·함흥 선을 맡았던 가토 기요마사(加藤清正)가 축성한 성이다. 성 관람을 끝내고 식당에서 점심을 드는데, 사장이란 자가 와서 인사를 했다. 그가 내민 명함을 보니 서생진(西生津)이라고 박혀 있었다. 왜병들이 임진왜란 시 조선에 쌓은 성들 중에서 가장 큰 성이 울산 서생포의 왜성이다. 가토 기요마사가 이 성 덕택으로 조선과 명나라 5만 연합군의 10차에 걸친 집요한 공격을 격퇴시킬 수 있었다.

울산 서생포 왜성을 기획한 사람은 가토지만, 직접 쌓은 사람들은 울산 서생포 인근에 사는 조선 농민과 어민들이었다. 이들은 전쟁이 끝날 무렵 태화강을 타고 귀국하는 가토 군에 납치되어 일본 구마모토로 이주되었다. 구마모토가 가토의 고향이었기 때문이었다. 그래서 이들은 가토가 구마모토 성을 쌓는데 전적으로 동원되었다. 이들에게는 일괄적으로 조선의 울산 서생포에서 온 사람들이라고 해서 서생(西生) 성씨가 부여된 것이다.

"서생진 사장님, 한국 사람이에요?"

"아닙니다. 구마모토 토박이 일본 사람입니다. 4백 년 이래로 조상 대대로 살아왔습죠."

"이 김치는 뭐에요? 김치 먹지 않고 못 살지요?"

"내 조상이 울산 서생포에서 끌려왔다는 것은 알고 있습니다. 그러면 뭐합니까! 지금은 본토박이 왜놈이지요! 하하하"

"진주 사는 소서행장 후손이나, 구마모토 사는 가등청정 후손 출신이나 그게 그거네요!"

소서철이 끼어들었다.

"그래도 그 혈통 고유의 DNA는 변하지 않는다고 하던데요. 당신, 김치 먹는 버릇 못 고치는 것 바로 그거예요."

"혈통이고 뭐고 김치 없이는 못살겠더라고요! 다꽝 가지고서는 도무지 밥을 먹을 수가 없어요. 다꽝, 그게 어디 음식입니까! 4백여 년을 살았는데, 해도 너무해!"

다들 하하, 거리면서 웃었다. 그러나 왠지 그 웃음 속에는 어두운 그림자가 드리워져 있는 것을 다들 느끼고 있었다. 그것이 역사의 힘이라는 것이 아닐까. 지나간 일을 기억할 필요가 없다고들 한다. 미래도 크게 의식할 필요가 없다고들 한다. 오직 지금 현재 여기만을 느끼고 행동하여야 한다고들 한다. 그러나 역사가 현재와 무관하다고들 하지만, 그것이 인간의 무의식으로 흘러들어가 깊은 곳에 저장되어 있다는 사실을 부인하기는 어렵다. 규슈섬의 최남단에 있는 가고시마현은 605개의 섬으로 이루어진 고장이고, 일본에서 제일 많이 태풍이 밀어닥치는 곳이다. 가고시마현은 메이지 유신을 성공시킨 사이고 다카모리의 고향이고, 이 자는 강력하게 정한론을 펼친 것으로 유명하다. 일본의 역사 속에는 기회 있을 때마다 정한론을 펼쳐, 자신의 정치적인 입장을 강화하려는 무리들이 나타났었다. 그 우두머리가 풍신수길이었다.

가고시마는 또 러일전쟁을 승리로 이끌어 일본의 이순신으로 추앙받는 도고 헤이하치로의 고향이다. 발틱해에서 3만 리를 달려온 러시아의 무적 발틱 함대를 대한해협에서 궤멸시킨 도고 제독은, 자신을 트라팔가 해전에서 프랑스와 스페인의 무적함대를 고기밥으로 만든 영국의 넬슨에 비유하는 것은 좋지만, 명량 해협에서 12척으로 일본 함선 300척을 바다에 장사지낸 이순신에게는 감히 비교하지 말라고, 말했다고 한다. 유람선은 5시간의 항해 끝에 해질 무렵 규슈섬의 동중부 해안에 위치한 벳푸에 닿았다. 벳푸는 일본에서 자연수 온천으로 가장 유명한 곳이다.

그날 밤 유람선의 선상에서 댄스파티가 벌어졌다. 초청자는 유람선의 일본인 사장이었다. 배가 시모노세키와 키타규슈와 후쿠오카를 거쳐 온 탓으로 외국인들이 상당히 많았다. 머리털 색깔이 노란 서양인들도 많았지만, 키가 작고 눈이 까무잡잡한 동남아인들도 많았다. 전부 관광객들이었다. 승객들은 갑판 가장 자리를 따라 비치된 의자에 앉았다. 의자 앞에는 먹고 마실 수 있는 각종 안주와 맥주가 비치된 식탁이 열 지어 준비되어 있었다.

갑판 한복판에 설치된 무대시설이 훌륭했다. 지휘석이 있었고, 각종 악기의 연주자들을 위한 의자가 열 개쯤 설치되어 있었다. 객실 1등석 승객들을 위한 자리는 따로 마련되어 있었다. 그럴 필요가 전혀 없지만, 역시 장사하는 사람들이라 내는 돈에 따라 좌석의 차등을 두었다. 이것이 일본 정신인 것 같았다. 지휘자의 지휘에 따라 악기들이 일제히 멜로디를 뿜어냈다. 처음에는 젊은이들이 흔히 추는 고고춤 곡이었다. 음악에 맞추어 몸을 리드미컬하게 흔들어주면 되는 곡이다. 이어서 지르박 곡이 연주되었다. 경쾌한 음악이다. 자연히 댄서들의 몸 움직임도 가볍다. 지르박 곡이 몇 곡 연주되고 나서 차차차 곡이 연주되었다. 이 곡은 경쾌하지만 상당히 숙달된 사람만이 출 수 있는 곡이다. 라틴 음악이고 경쾌하다. 무도장에 들끓던 사람들이 반으로, 이윽고 3분의 1로 줄어들었다. 탱고곡이 연주될 때는 무도장에 남은 댄서들은 단 3커플뿐이었다. 탱고를 출 정도가 되려면 상당한 수련을 쌓은 댄서만이 가능하다.

이윽고 블루스 곡이 연주되었다. 이 곡은 특별한 춤사위가 있다기보다, 두 사람이 손을 마주잡고 적당히 몸을 리드미컬하게 움직여주면 된다. 고전적인 춤이고 연세가 있는 분들에게 어울리는 곡이다. 어느 곡이 연주되느냐에 따라서 무도장에서 춤을 추는 사람들의 숫자와 부류가 점점 뚜렷해져갔다. 고니시는 춤을 잘 추었다. 유럽에서 바리스타로 돈벌이를 했다는 그였고 보니, 서양 사람들의 풍습인 춤을 배웠을 것이다. 하지만 혜리는 고고춤을 조금 추는 것 이외에는 아무 춤도 출 줄 몰랐다. 진주에서 검무를 배우기 위해 학원에는 다녔지만, 춤 배우러 특별히 시간을 낸 적은 없었다. 대학 다닐 때 잠시 블루스 곡을 따라 춤을 춰 본 것이 다였다. 음악 따라 무대에 서는 사람들이 점차적으로 유형화되어 갔다. 차차차나 탱고 곡이 연주되면 서양인들이 무도장을 차지했고, 고고 춤이 연주되면 동남아인들이 쏟아져 나왔다. 고고 춤은 춤이라기보다 춤을 출 줄 모르는 사람들이 음악에 맞춰 그냥 몸을 흔드는 것이라고 보면 된다. 고니시는 자연 서양인들과 어울렸다. 그의 춤 솜씨는 오히려 서양인들을 압도하는 듯했다. 다들 몸동작을 멈추고 그의 춤을 구경하는 꼴이 되었다. 혜리는 이런 고급스런 춤을 출 줄 모르니 주탁에 가만히 앉아 있을 수밖에 없었다. 음악은 계속 연주되었고, 사람들의 주기는 고조되었으며, 무도장을 메우는 사람들의 숫자도 점점 많아져 갔다.

"혜리, 왜 춤을 출 줄 모르죠?"

"배우지 않았으니 모르죠."

"그럼 저기 필리핀인, 월남인·타이인·라오스인·캄보디아인·미얀마인·방글라데시인과 같이 놀아요. 춤을 추는 것이 아니라, 그

냥 미친 듯이 흔드는 거야…. 그거 춤이 아니라 밀림 속에서 꽹과
리 소리에 마구 엉덩이를 흔들면서 괴성을 지르는 야만인들의 놀
이야….”

“그럼, 당신은?”

“나는 미국인·영국인·프랑스인·네덜란드인·호주인들과 같이
놀 거야. 이 사람들 춤을 출 줄 알거든!”

“무슨 말을 그렇게 하세요? 차차차와 탱고만이 춤이 아니에요.
한국의 칼춤도 춤이에요!”

“그거 혼자서 추는 춤 아니에요! 혼자서 추는 춤은 춤이 아니에
요! 그냥 흔드는 거지!”

“그냥 흔드는 거라….”

“꼭 춤추는 데서만 그런 것이 아니고…. 모든 분야에서 다 그래
요. 정치·경제·문화 모든 분야에서 일본은 미국·영국·프랑스·
독일·스페인·네덜란드 등 서양인 그룹에 속하고, 한국은 동남아
국가 그룹에 속하더라고…. 으아아악!”

그 순간이었다. 고니시가 땅바닥에 뒤로 벌렁 나자빠지면서 고
함을 질렀다. 혜리가 그의 낯짝을 향해 들고 있던 맥주병을 집어
던졌기 때문이었다. 그것을 피하려다가 그는 중심을 잃고 뒤로 벌
렁 나자빠졌다.

“이 쪽발이 왜놈 찌꺼래기야, 주둥아리를 함부로 놀리지 말어!”

혜리는 자리에서 벌떡 일어서서 그에게 발 공격을 한 차례 가했
다. 그녀가 태권도를 연마한 것은 아니었지만, 검무를 연마한 탓으
로 그녀의 발동작은 기민했고 강력했다. 혜리의 구둣발 공격은 고

니시의 마빡에 내리꽂혔다. 마빡과 얼굴에 선혈이 낭자했다. 눈알이 맞지 않은 것이 다행이었다.

"헤리, 내가 내 주둥이를 잘못 놀렸어요. 용서해줘요, 흑흑…. 내 잘못했어요…."

"이 쪽발이 놈의 새끼야, 네 놈이 정신이 있니 없니? 일본 쪽발이들은 그래 잘나서 서양 코쟁이 양놈이나 양년들하고 탱고 춤추고, 우리 조선 사람들은 못나서 동남아 녀석들하고 고고 춤이나 추라고! 도대체 네 정체가 뭐냐? 너 조선 놈이냐 왜놈 쪽발이냐? 고니시 유끼나가라는 임란 시 일본 병정들 총대가리가 조선 기생하고 붙어서 낳은 트기들의 후손이지? 내 일찍이 한국 땅에서 고니시라는 성씨를 가진 족속을 만난 적이 없다! 도대체 네 정체가 뭐냐?"

"모릅니다. 좌우간에 내가 고니시 장군의 먼 후손 후손이라는 거…. 그러니까 10대 후손이라는 것은 확실합니다. 제발 화를 푸시고 나를 받아주시기 바랍니다."

"왜놈 쪽발이들, 네덜란드에게서 조총 기술 먼저 받아들인 것 이외에는 잘난 것 하나도 없다. 그것도 저희들이 싸움질이나 하는 족속들이었기 때문에 서로 죽이는데 필요해서 받아들인 것이야. 그게 뭐 그리 대단한 것이더냐?"

"무조건 내가 잘못했으니 용서하여 주고, 오늘 밤도 나의 사랑을 받아주소서."

"필요 없어. 너하고 헤어지지는 않을 것이다. 그러나 이 여행이 끝날 때까지 나에게 접근하지 말어! 이것을 지키지 않으면 정말 너하고 헤어질 것이다. 알아들었냐?"

혜리는 더 대꾸를 하지 않고 무도장을 떠났다. 고니시가 뒤를 따랐으나 혜리는 거들떠도 보지 않았다. 인간의 삶이란 인간관계의 그 현장이다. 인간관계의 현장을 지배하는 것은 역시 인간의 감정이다. 이런 인간의 감정은 어디서 오는가. 이것은 자신의 인생에서의 목적의식과 미적 감각에서 주로 오는 것 같다. 혜리에게 있어서 인생의 구석구석은 아주 모호하다. 이것인 것 같지만 저것이고, 저것인 것 같지만 이것이다. 모든 것이 아주 모호하지만, 확실한 것은 딱 하나가 있다. 그녀는 기존의 어떤 가치관에도 속하지 않는다는 것이다. 즉 그녀는 제멋대로인 것이다. 이것 하나만은 확실하다. 그녀는 정말 내일 어디로 튈지 알 수 없는 사람이다. 유람선은 이틀날 한 3시간 정도를 항해하여, 혼슈섬의 남쪽에 위치한 히로시마에 도착했다.

고니시는 혜리를 히로시마성으로 인도하였다. 히로시마는 뭐니 뭐니 해도 2차 대전 때 원자폭탄을 맞아 흔적도 없이 사라진 도시였다. 미군들이 히로시마를 원폭 투하지로 선택한 이유는 히로시마에 일본 육군의 최정예 부대가 진을 치고 있었기 때문이었다. 히로시마는 일본의 골칫거리인 태풍과 지진이 없는 고장이다. 그래서 여기가 일본군의 좋은 진지 역할을 하였다. 유람선 여행이란 것은 원래가 단체 여행이다. 유람선이 항구마다 들르면, 기다리던 관광버스에 올라 예정된 관광코스를 돌아보고 잠자리를 위해 일정한 시간에 귀선하는 것이 원칙이다.

"원폭투하 때 죽은 히로시마 사람들이 몇 명이나 되었죠?"

"대략 20만 명이라고들 합니다."

"전쟁 좋아하는 일본 사람들, 천벌을 받았어요…."

"일본이 전쟁을 좋아한다구요? 절대 아닙니다!"

"무슨 소리하는 거야! 조선을 침략하여 전국토를 피바다로 만들었고, 만주국을 세워서 중국을 침략하여 얼마나 많은 중국 사람들을 죽였어요! 그리고 하와이 진주만을 기습하여 4천여 명 미 해군들을 죽였고, 전함을 3백여 대나 파괴하여 완전히 태평양을 지배했다고 하데요. 동남아의 여러 나라들을 침략하여 천만의 동남아인들을 죽였고, 전쟁에 환장한 족속들이지."

"하기야, 당시로는 일본 군사력은 무적이었지요. 지금이나 그때나 일본은 강합니다. 당시 51개 사단에 75만 명의 병력을 확보하고 있던 일본군은 무적이었습니다. 동양에 진출하여 동양인들을 노예로 부리던 네덜란드와 영국이 유럽 서부전선에서 독일군과 싸우느라고 여력이 없었습니다. 미군도 유럽에 투입되어 태평양이 비어 있었지요. 당시에 일본군에 공군 병력이 독립되어 있지는 않았지만, 육군에 천5백대, 해군에 3천3백대의 전투기들이 속해 있어서 넘치는 공격력 가지고 있었습니다. 당시 마침 육군 장관 도조 히데키가 수상이 됨으로서, 일본군은 더한 푸싱을 받은 것입니다. 당시 일본군의 비행기와 전함 건조 기술은 선진국인 영국 미국 프랑스를 압도했습니다. 그래서 하와이에 주둔하고 있던 미 태평양함대가 전멸했고, 싱가포르의 영국군이 도망을 쳤고, 필리핀의 맥아더는 무릎을 꿇고 목숨만 살려달라고 빌었고, 인도네시아도 완전히 점령하였습니다. 조선·만주·중국은 기왕에 정복이 되어 있었고, 당시 양놈 군대를 박살을 내던 일본군 무기를 만들었던 주 공장이 미스비시인데, 지금도 미스비시 본사가 히로시마에 있습니다."

"전쟁에서 이기는 것이 무슨 자랑거리라고 떠들고 있어요? 그 냄새나는 입 좀 다물어요!"

"아참, 우리 일본 사람들은 평화 애호주의자라는 말을 하려다가 그만…."

"고니시…. 웃기지 말아요! 2차 대전을 끝내고 전후 처리를 하면서 천황인가 뭔가 전쟁 발발의 최고 책임자를 살려둔 것이 가장 큰 실수라고 하데요!"

"혜리, 나를 일본 사람처럼 생각하고 말하는 것 같습니다. 내가 듣기로는…. 나는 한국 사람입니다. 오해하지 마십시오! 그런데 내가 아는 바로는, 당시 태평양전쟁에서 승리하였을 때, 일본군에게 잡혀 있던 연합군의 포로가 약 25만 명이었습니다."

"그런데 결과적으로 졌잖아요!"

혜리와 고니시는 히로시마 시내에 있는 히로시마 평화 기념 공원과 히로시마 원폭 돔을 구경하고 택시로 유람선에 도착했다. 혜리는 자신이 선언한 대로 고니시를 자기의 침대에서 내쫓아버렸다. 옆에 보조 침대가 있어서 거기서 자라고 했다. 고니시는 죽는 시늉을 했지만 잘못했다가는 혜리가 보따리를 싸들고 한국으로 돌아갈 것 같아서 헤헤거리면서 혜리가 하라는 대로 따랐다. 지금까지 같이 살다가 헤어진 사내들은 한 사람 한 사람 다 특징이 있었지만, 그것이 무엇이었던지 잘 기억이 나지 않았다. 그들과 같이 살았던 순서도 기억이 흐리다. 그리고 같이 살게 되었던 원인 같은 것도 기억이 흐리다. 살다보니 그들과 같이 살게 되었을 뿐이다.

언제까지 이런 남자 편력을 하면서 살게 될 지 알 수 없다. 그들이 누구인지, 그들이 무슨 인연으로 자기와 같이 살게 되었는지 확실한 것은 없다. 그러나 지금 생각하면 혜리는 결과야 어떻게 되었던 그들 한 사람 한 사람을 진심으로 사랑했던 것 같았다. 실로 거기에는 사랑과 사랑으로 연결된 길고 긴 남자의 길이 있었던 것 같았다.

진주 진양호 변에 카페의 간판을 달 때만 해도 혜리는 고니시의 역량을 전적으로는 신임하지 않았다. 그러나 카페를 오픈한 다음 날부터 몰려들기 시작하는 사람들을 보고 혜리는 고니시의 안목에 탄복하였다. 그리고 그는 찾아오는 손님을 다시 오게 하는 신기한 기술을 가지고 있었다. 그는 찾아오는 손님들의 심리를 꿰뚫고 있었고, 그것을 신속한 대처를 통해 성공으로 사업을 이끌었다. 지금 투숙한 호화 유람선의 특실은 개업 후 1년 만에 번 것으로 충당하고 있었다. 이 경우 남자의 돈 버는 기술은 축재의 개념으로 말하는 것이 아니다. 그것은 실로 처자식을 보호해야 하는 남자 고유의 기능에 해당하는 것이다. 침실의 보조 침대로 쫓겨난 고니시는 투덜거리면서 혜리의 침대로 들어가게 허락해 달라고 애걸했다. 그의 간절한 요구에 마음이 움직인 혜리였다. 매몰찰 때는 아무도 당할 사람이 없지만 허물어지기 시작하면 햇볕 받는 눈사람 같은 것이 혜리의 기질이다.

"당신이 정말 내 침대에서 잠을 자기 원한다면, 하루 온종일 밥을 굶을 용의가 있어요?"

"네 네 네 네···. 문제없습니다. 제발 침대에서 내쫓지는 말아주세요!"

먹보 고니시가 아주 어려운 약속을 이행하고서야 혜리의 침대에서 잠을 잘 수 있었다.

"한 가지, 일본피를 받은 당신에게 엄중하게 경고해요. 당신은 한국 사람이라고 주장하지만 어떤 경로인지는 모르지만 성씨로 봐서 일본 피가 섞여 있는 것은 확실해요. 그런데 당신 말이야, 그것을 은근히 자랑스러워하고 있어요. 당신 진짜 한국 사람이라고 주장한다면 성씨를 바꿔요. 고니시가 뭐야? 창씨를 하던지 다른 가문에 입적이라도 해서 성씨를 바꾸라고! 당신이 성씨를 바꾸지 않는 것은 당신의 의식 속에 일본인이라는, 일본인의 피를 받았다는 자만심 같은 것이 도사리고 있어서 그래! 일본 쪽발이들, 도무지 양심 같은 게 없어. 조선합병과 만주사변 만주국 건국 중일전쟁 태평양전쟁 등으로 이웃인 조선과 중국과 동남아국가들에 무슨 몹쓸 짓을 했는지 도무지 무감각해! 그래봐야 누런 피부를 가진 키 작은 왜놈 새끼들이면서! 특별난 게 하나도 없는 섬나라 키 작은 쪽발이 놈들아! 자기 나라 왕을 천황이라 칭하면서 치켜세우는 것도 정말 눈꼴사납다! 전쟁 일으킨 최고 윗대가리잖아!"

"내 돈 벌어서 혜리 다 드리겠습니다. 제발 날 버리지 말고 도망치지 마시라구…."

"알았어. 지금 너하고 이렇게 같이 누워 있잖아! 뭐가 불만이야!"

고니시는 침대 아래로 내려가 꿇어앉았다. 그리고는 수도 없이 머리를 땅바닥에 박으면서 절을 해댔다. 지성이면 감천이라, 혜리도 그제야 오늘밤 무도장에서 고니시가 한, 말실수를 잊을 수 있었다. 신비롭게 잘생겨먹은 여자의 힘은 이렇게 무서운 것인가. 선상에서 하룻밤을 자고 이튿날 일찍 출발하여, 일본 관광의 축이라고 할 수 있는 고베·오사카·나라·교토 지역에 닿았다. 고베와 오사카는 해변 도시지만 나라와 교토는 내륙 도시이다. 이 네 도시가 반시계 방향으로 원을 그리며 위치하고 있다. 적극적인 사죄의 동작으로 혜리의 사랑을 회복한 고니시는 원기를 되찾았다. 그는 찰거머리처럼 혜리에게 들붙어 시중을 들었다. 배가 닿은 첫 번째 도시는 고베시(神戶市)인데, 오늘날 전철로 30분밖에 걸리지 않는 오사카의 위성 도시지만, 역사적으로 일본 왕국의 수도를 잠시 지낸 적도 있는 유서 깊은 도시이다. 이 시는 인구 백5십만 명 중에서 외국인 등록자가 약 4만여 명인데, 그 중 한국인이 2만여 명이다. 한국인들은 이 도시의 주요 산업의 하나인 구두 제조업의 상권을 장악하고 있다. 가이드의 안내를 따라 구두 제조 공장지대와 판매 거리를 걸어보니, 어느 구석에도 한국어 간판이 여기저기 붙어 있었다. 그들도 한국인 여행객들을 색다른 눈으로 보지 않았다. 서울 동부이촌동이 일본인 거주 지역이기에 일본어 간판이나 일본 전문 식당 같은 것이 가끔 눈에 띄는 것과 다르지 않다. 서울의 이 지역을 통과하는 시내버스의 일어 방송안내가 한국어 다음에 짧게 나온다. 고베는 한때 일본 최대의 항구도시였으나 더 이상 도시가 발전하지 못했다. 지금은 네 번째 항구도시로 자리매김하고 있다.

　오후에 오사카항으로 갔다. 고베는 서쪽으로 좀 떨어져 있지만, 오사카·나라·교토는 시계 방향으로 서로 붙어 있다. 오사카는 뭐니 뭐니 해도 오사카성으로 유명하다. 오사카성은 풍신수길이 처음 축성했는데, 풍신수길을 꺾은 도쿠가와 이에야스(德川家康)가 이

성을 흙으로 덮어버리고 새로이 축성했다. 오사카는 거대한 오사카만으로 흘러드는 요도가와강의 삼각주로 이루어진 도시인데, 여러 개의 강줄기가 집중적으로 오사카만으로 흘러들어서 흔히들 오사카(大阪)를 '물의 도시'라고들 한다. 자그마치 860개의 다리가 이 강들 사이에 놓여 있어서, 달리 '다리의 도시'라는 별칭을 가지고 있다.

"오사카는 일본사에서 어떤 면에서 유명하나요?"

"나도 잘 모르지만, 일반적으로 도쿠가와 이에야스가 도요토미 히데요시의 아들 히데요리의 대군을 최종적으로 격파한 오사카 전투로 유명합니다. 여기서 히데요리가 작살이 난 것이죠. 그리고 바로 오사카성이 허물어지고 이에야스가 자기의 오사카성을 재축성한 것입니다."

"풍신수길의 똘마니 장군들, 고니시 유키나가(소서행장)나, 가토 기요마사(가등청정)는 어떻게 되었어요?"

"도요토미가 죽고 나서 도요토미 휘하 군들이 동서로 갈라졌습죠. 고니시는 히데요시 세력의 주력이었던 이시다 미스나리의 편에 서서 서군의 선봉이 되었고, 가토는 지방 무장들의 모임으로 이에야스의 선봉으로 동군이 되었죠. 두 장군은 결국 새키가하라 전투에게 자웅을 결하게 되었는데, 가토의 동군이 고니시의 서군을 분쇄했습니다. 그래서 가토가 고니시에게 자결하라고 일본도를 주었더니 고니시 자신은 천주교도로서 자결할 수 없다고 거절하여 결국 목이 잘렸습니다. 가토는 그제야 조선 정벌의 주력이 되지 못한 서러움을 풀었다고 합니다. 그래서 고니시는 빈손으로 사라졌지만 가토는 울산 서생포성을 구축했던 조선인들을 끌고 와서 일률적으로 서생(西生)성을 하성하고 자기 고향인 구마모토에 구마모토성을 축성할 수 있었습니다. 조선에서도 전공 때문에 암투가 심했지요."

"무슨 분열이 있었어요?"

"조선의 수도인 한양을 누가 먼저 정복하느냐는 우리가 보면 아무것도 아닌 것 같지만 무장들에게는 대단히 중요합니다."

"죽일 놈들! 오사카에 한국인이 몇 명쯤 삽니까?"

"한 10만 명 산다고 들었습니다."

일본은 결코 작은 나라가 아니다. 그렇다고 거대국도 아니다. 한반도의 한 배 반, 대한민국의 세 배 반 정도의 국토와 한반도인의 약 두 배에 상당하는 국민을 가지고 있다. 그러니 결코 작은 나라라고 말할 수 없다. 그리고 역사도 대단히 복잡하다. 한반도에 흥하고 망한 나라가 서너 개인 것에 비교하면, 수많은 정권이 교차하였다. 여행객들을 실은 버스는 오사카의 한인마을에 닿았다. 오사카는 근 3백만의 인구를 가진 일본의 제 2의 도시이다. 그 중에서 약 10만 명의 한국인들이 살고 있다. 제일 많은 외국인은 아니다. 중국인이 더 많다. 오사카에 살고 있는 한국인들의 숫자는 정확한 통계가 없다. 어떤 책자에는 30만 명이라고 적혀 있기도 하다. 오사카시 동부 지역인 이쿠노구(生野區)에 거대한 한국인 마을을 만들어 살고 있다.

오사카항에 도착한 유람선에서는 특별 방송을 하였다. 오늘은 자유시간이다. 귀선할 사람은 10시까지 귀선하고, 시내의 호텔이

나 민박을 하고자 하는 사람은 자유에 맡긴다. 도요토미 히데요시
가 일본을 통일하고 여기에 자리를 잡고서야 가마쿠라 막부와 무
로마치 막부를 통하여 근 5백여 년 이상 끌어온 그 지긋지긋한 사
무라이들의 칼싸움을 중단시킬 수 있었다. 그리고 처음으로 국토
가 통일되었다. 11세기에 일본의 고대 사회가 막을 내리고 중세가
문을 열었다. 도요토미가 일본을 통일하는 것이 대략 16세기 말이
다. 그 사이 약 5백 년은 막부시대였다. 사무라이들이 피를 뿌리면
서 정권을 탈취하던 시대이다. 여기에 종지부를 찍은 사람이 오다
노부나가이고, 그의 제자가 도요토미 히데요시다. 그러나 도쿠가
와 이에야스가 도요토미를 따르는 세력을 부수기 시작했다.

오사카성의 천수각으로 오르는 계단이 너무나 경사가 가팔라서
발을 헛디딜 뻔했다. 정상에 닿으니 과연 오사카의 전체 모습이 시
야에 들어왔다. 저 멀리 수많은 다리가 걸려 있는 거대한 신정천
(新淀川)이 까마득히 내려다보였다. 오사카 시민의 10분의 1이 한
국 사람이라는 말이 실감이 났다. 어딜 가나 한국 말 하는 사람을
만날 수 있었다. 오사카성 앞에 서향으로 대판 부청사가 있고, 대
판 경찰청사가 있다. 그 길로 한 100미터쯤 서쪽으로 즉 신정천을
향해 내려와서 어느 고풍스런 순 일본식 건물 앞에 고니시가 발을
멈췄다. 그 건물 정면에는 소서씨관서종친회(少西氏關西宗親會)라는
한문 간판이 붙어 있었다. 그러니까 고니시는 일본의 자기 자신의
성씨인 소서씨의 종친회와 연락이 있었던 것 같았다. 고니시가 같
이 들어가자고 해서 동의했다.

고니시가 어눌한 일본어로 찾아온 이유를 말했다. 그의 말을 들

은 사무원은 고개를 끄덕거리면서 고니시의 손을 잡고 반가워했고, 뒤에 선 혜리에게도 고개 숙여 인사를 했다. 그리고는 종이를 한장 꺼내어 무엇인가를 쓰라고 했다. 그 종이는 무슨 서식이었다. 그들은 한국인들이 주민등록번호의 앞 번호만을 사용한다는 것도 알고 있었다. 이어서 그들을 엘리베이터로 데리고 가서 건물의 꼭대기 층으로 올라갔다. 꽤 넓은 꼭대기 층에는 10개 정도의 방이 준비되어 있었다. 품격을 갖춘 깨끗한 방이었다. 호텔 수준이었다. 그중 마음에 드는 것 하나를 사용하라고 했다. 이 자는 혜리를 힐끗거리면서 그녀의 미모에 압도당하는 눈치였다. 고니시는 우쭐거리면서 고맙다고 인사했다.

"한국에도 고니시 성씨들의 화수회나 종친회 같은 것이 있어요?"

"…"

고니시는 대답을 하지 않았다. 좀처럼 자기 내심을 드러내지 않는 것이 일본사람들이다. 하기야 고니시는 자신이 공언하는 것처럼 한국 사람이다. 성씨만이 일본 성씨일 뿐이다.

"그것이 무슨 비밀이라고 말하지 않아요? 말하기 싫으면 관두세요."

"종친회 규모는 아니고 화수회 정도로 한 백여 명이 만나고 있어요. 그 모임하고 여기 간사이 종친회하고 관계가 맺어져 있습니다. 오사카에 살고 있는 한국인 고니시들이 다리를 놔서 성사가 되었습니다. 기구한 운명이지요."

"도대체 어떻게 한국에 고니시 성씨들이 생기게 되었죠?"

"그걸 꼭 임진왜란의 선봉장 고니시 장군과 연관 지을 필요는 없어요. 현재 일본에 사는 고니시가 일테면 일본인들이 많이 살고 있는 부산이나 마산 서울 등지에서 자손을 퍼뜨렸을 가능성도 있어요."

"그럴 가능성은 아주 희박해요. 그랬다면 백여 명 정도의 화수회 회원들이 어떻게 생겼겠어요! 임진왜란 때 악질 왜장 고니시 유키나가의 후손들일 거예요. 고니시 가의 10대 손이라면서요?"

"내 조상인지 아닌지 모르지만, 우리들의 화수회에 모여서도 우리들 조상이 누군지 확실히 모르고 있습니다. 고니시 장군이라고 하더라도 우리들 족보에는 효종 때 경남 장기에서 능참봉을 지낸 사람이 조상이라고 적혀 있어요."

"전쟁이 끝나고 쪽발이에 대한 적개심이 하늘을 찌르는데 어찌 내가 고니시 핏줄이다 이런 소리를 할 수 있었겠어요! 몇 대를 족보 없이 숨어살다가 효종 때 족보를 만든 것이죠. 언젠가 신문을 보았더니 일부 일본인들이 자신들의 조상들이 저지른 임진왜란의 참상을 회개하기 위해 13대째 주기적으로 한국을 방문하고 있다는 기사가 있습디다. 전쟁을 즐기는 사람들인 줄 알았더니 그런 별종도 있더라구요…."

"일반적으로 일본 사람들은 한국인을 좋아합니다. 정치화한 우파들이 한국인을 멀리하는 것 같아요. 오사카에서도 한국인, 특히 한국인 여성은 인기가 최고라고 합니다. 술 가게에서 일본인 남성들과 술 마시는 여자 3명 중에서 한 명은 한국인 여자라는 말이 있습니다. 그만큼 인기가 있다는 얘기죠."

"…."

혜리는 아무런 대꾸를 하지 않았다. 우리 조선족이 역사적으로 일본 왜족에게 당한 것을 생각하면 치가 떨린다. 그것이 정말 정치를 움켜쥔 우파들의 사고 탓이었을까…. 일본 왜족의 조선 정벌 DNA는 그리 간단한 것이 아니다. 그들은 간단한 짐을 종친회 숙박실에 남겨놓고 오사카의 거리 구경에 나섰다. 오사카 최고의 유흥가인 도톤보리(道頓堀 Dotonbori)의 밤은 불야성이었다. 서울과 부산의 도시 규모에 익어 있는 이들에게 오사카는 그리 크게 느껴지지는 않았다. 그러나 불야성은 더욱 화려한 것 같았다. 도톤보리에서도 맛집으로 유명한 쿠시카츠 다루마에는 사람들이 미어터질 듯이 들어차 있었고, 대기하는 사람들이 수십 명이 넘었다. 이 식당의 간판이 인상적이었다. 이마에 힘을 꽉 주면서 오만상을 찡그리는 사내의 얼굴이 크게 조각되어 간판으로 내세워져 있다. 도톤보리는 유흥가이고 특히 식당·호텔·극장·당구장 등 업소들의 간판이 특이한 거리이다.

메뉴는 일어·중국어·한국어로 되어 있었다. 꼬치 튀김이 주 메뉴인데, 2인분으로 2만 원을 내면 배불리 먹을 수 있었다. 이 식당의 철칙은 한번 간장에 찍어먹은 꼬치 튀김은 두 번째로 다시 간장에 찍어먹을 수 없다는 것이었다. 한 번에 꼬치를 다 먹지 못할 경우, 같이 따라 나온 야채로써 간장을 찍어 꼬치에 묻혀 먹어야만 했다. 꼬치로는 식사를 했다고 할 수 없어서, 멀지 않은 곳에 위치한 쭈루하시(鶴橋) 한인 상점가로 갔다. 인사동이나 충무로의 식당가 같은 거리풍경이었다. 간판도 절반은 한국어였다. 빈대떡·콩나물국밥·육개장·국밥·비빔밥 등의 메뉴가 여기저기 걸려 있었다. 두 사람은 된장찌개와 김치찌개로 저녁을 들었다.

다음날 오사카시청 앞 광장에서 기다리던 선박회사가 제공하는 관광버스를 타고 나라 관광에 나섰다. 나라(奈良)는 헤이조쿄(平城京)라는 이름의 수도가 들어섰던 곳이다. 74년간 당시 일본국의 수도의 기능을 하다가, 도쿄로 수도가 옮겨 갔다. 지금은 고도로서 여러 가지 역사적 유물을 간직하고 있다. 도시의 서쪽에 도다이지(東大寺), 쇼소인(正倉院) 등 유명한 불교유물이 문화재로 남아 있다. 지금은 오사카의 위성 도시의 구실을 하면서 주택 지구화를 했다. 우리는 백제문화의 절대적인 영향을 받은 고대 일본 문화를 조금은 한 수 낮게 보는 경향이 있다. 그러나 나라 시대의 동대사 같은 절은 그 웅장함과 거대함에서 특징적이며 독창성을 가지고 있다.

나라 관광을 마치고, 오후에 버스는 오사카 부청사 앞에서 해산을 시켰다. 하룻밤 더 자유 시간을 준다는 것이었다. 두 사람은 다시 고니시 종친회 숙소로 와서 밤을 샜다. 숙소는 정결했고, 모든 것이 자동화되어 있어서 어떤 불편함도 없었다. 식사는 제공되지 않았으나, 간단하게 라면 정도를 끓여먹을 수 있는 시설과 식탁을 갖춘 식당도 있었다.

"모든 성씨들이 다 고니시 성씨처럼 도쿄나 오사카 같은 대도시에 사무실과 숙소 같은 것을 갖추고 있나요?"

"나도 확실히는 모르겠습니다. 하지만 고니시 성씨의 경우, 불우하게 간 조상에 대한 애절한 추모의 정이 강합니다. 장군 고니시는 원래가 타고난 무골이 아니었습니다. 지독한 천주교 신자였습니다. 도요토미의 신임을 받아 조선 침략의 선봉장을 맡았으나, 그는 끊임없이 자신의 사위인 대마도 소(蘇)도주를 통하여, 조선 정부의 이덕형과 휴전의 길을 모색했습니다. 중국 측과는 현소를 내세워양원과 휴전을 모색하였고, 첫 번 전투라고 할 수 있는 동래성 전투에서 적장인 송상현 동래부사의 시신을 경건하게 장사지내 주었습니다. 그러나 운명이 갈린 것은 도요토미의 급작스런 사망이었습니다. 이에야스가 도요토미의 잔존 세력과 자웅을 결할 때, 조상님은 도요토미 편으로, 가토는 이에야스 편으로 갈렸고, 결전에서 패전하여 가토에게 비참하게 목이 잘렸죠. 후손들은 이 사실을 너무나 가슴 아프게 생각합니다. 그것이 후손들이 결집하는 심리적인 계기가 되었습니다. 종친들의 숙소라고 하지만, 일본 내국인들은 제외입니다. 외국에 살고 있는 종친들에 한정되어 있고, 그것도 여유가 있는 경제인들은 제외된다고 합니다."

"고니시씨를 여기 종친회 숙소에 입소를 허가하는 것으로 보아, 자기들의 합법적인 혈육으로 인정하는 모양이죠?"

"처음에는 인정되지 않았어요. 숙종 때 와서야 우리 집안의 고니시 성씨를 인정했다고 들었습니다. 그러니까 이 분이 우리 고니시 성씨들의 중시조가 되고 우리 세대로서는 7대 조가 됩니다. 그러니까 조선에서의 첫 조상은 계속 안개 속에 묻혀 있었는데, 결국 우리 후손들과 일본 고니시 종친회의 노력으로 우리 혈통의 원 시조가 밝혀졌습니다. 우리 현 세대로부터 역산하여 10대 조 어른이 바로 우리들의 원 시조가 됩니다. 즉 우리가 그 분의 10대 후손이죠. 그 분은 결국 고니시 장군으로 밝혀졌고, 종친회에서 인정을 했습니다. 그러나 정통이 아니고, 방계로 인정되었습니다. 우리의 중시조는 능참봉 벼슬을 한 고니시라고 합니다. 즉 고니시 장군의 서족으로 기록되었습니다. 종전과 더불어 기록이 유실되었던 것이 결국 밝혀진 것이죠."

그들은 이틀 밤을 새고 다음날 버스를 타고 교토로 행했다. 버스
칸에서 혜리는 궁금한 점 하나를 물어보았다.

"고니시, 나라시의 '나라'라는 이름이 한국의 국가를 말하는 나라
에서 왔다고들 하는데 일본에서도 그렇게 생각하세요?"

"근거 없는 허무맹랑한 말이라는 견해가 지배적입니다. 나라에
일본의 수도가 있을 때는 704년부터였었는데, 그때 백제는 676년
에 벌써 신라에 합병되었을 때였고, 신라에 나라라는 어휘가 있었
는지는 증명하기가 어렵다고 합니다. 우연의 일치라고 보는 것이
학자들의 의견입니다."

"일리 있는 말입니다만 전혀 근거 없는 말은 아니라고 생각해요.
사람이 살았다는 문헌상의 흔적은 한반도의 삼국이 일본보다 5세
기 정도 앞선다는 글을 읽은 기억이 나요. 일테면 조선은 문명국이
었고, 일본은 미개국이었지요. 그러니 나라 이름도 삼국의 영향을
받았다는 말은 어느 면 가능성이 있다고 생각해요."

"역사학자들의 몫으로 남겨놔야겠네요. 그런데 한 가지 지금 우
리가 가고 있는 교토(京都), 바로 우리 진주하고 자매결연되어 있습
니다. 알고 있습니까?"

"네 그래요! 처음 듣는 소리네요. 우리가 거쳐 온 시모노세키·
후쿠오카·구마모토·가고시마·벳푸·히로시마·고베·오사카·나라
등의 도시는 우리나라 어느 도시하고 자매결연이 되었나요? 그 자
매결연은 유명무실한 거예요? 무슨 의미가 있나요?"

"내가 잘은 모르지만 아는 대로 말하면, 후쿠오카는 부산과, 고베는 인천과 나라는 경주와 자매결연을 맺고 있습니다. 일본의 수도인 도쿄는 서울과, 그리고 대구는 히로시마시와, 울산은 하기시(야마구치현)·니가타시(니가타현)·구마모토시(구마모토현)와 자매결연을 맺고 있습니다. 그리고 공주는 나고미정(구마모토현)·야마기치시(시가현)와, 그리고 부여는 아스카촌(나라현)·다자이후시(후쿠오카현)·남향촌·하노정·기모정 등 가장 많은 지방의 작은 전통문화 도시와 자매결연을 맺고 있습니다. 일본 문화의 심장 교토는 바로 우리 진주하고 자매결연을 맺고 있습니다. 자매결연이라는 것은 주로 문화적인 측면에서 서로의 문화꺼리를 교환하는 것이지 경제나 군사 같은 국가적인 차원의 문제를 교환하는 것은 아니라고 생각합니다."

"어떻게 그렇게 일본에 대해서 소상하게 잘 아세요? 역시…."

"일부러 알려고 노력한 것은 없습니다. 그냥 자주 일본을 왕래하고 여행을 하다보니까 알게 된 것이죠. 헤리씨가 말하기를 나에게서 이국적인 냄새가 난다고 했는데 그게 바로 이런 여행에서 묻은 것이죠. 교토는 704년에 수도가 나라에서 여기 교토로 옮겨간 후 약 천 년간 일본의 수도였습니다. 1868년이던가, 아마 그 해에 수도가 에도로 옮겨지면서 이름이 동경으로 바뀌었을 겁니다. 동경과 더불어 일본의 2대 도시였다가, 오사카가 끼어들어 3대 도시로 밀려나고, 나고야(名古屋)·요코하마(横濱)가 끼어들어 5대 도시로 밀려났습니다. 그러나 인구 150만의 대도시로 일본 문화의 수도로서의 확고한 위치를 점하고 있습니다. 이러한 문화와 역사에 대한 자부심이 강하여 경도 사람들은 경도 땅에서 내리 3대를 살지 않으면 경도 사람으로 인정하지 않는 완고한 전통을 가지고 있습니다."

"거 참 조금 이상하네요. 도시들이 국경을 넘어 자매결연을 맺을 때는 대략 인구수에서 비슷한 도시끼리 맺는 것 같습니다. 그런데 교토는 150만 도시로서 한국의 8대 광역시를 놓아두고 30만에 불과한 진주와 자매결연을 했을까요?"

"진주가 바로 그런 도십니다. 비록 대도시는 아니지만 그 도시가 가지고 있는 강한 정신력 즉 저항과 수성의 정신은 조선사에서 길이 빛나고 있습니다. 그 정신의 발휘가 바로 제 1차 진주성 싸움입니다. 경도 사람들이 이 진주성 싸움을 기억하고 있었던 거죠."

"일본으로 치면, 기원전 3세기부터 기원후 3세기까지를 야요이 시대라 하고, 4세기에서 6세기까지를 고훈시대, 6세기 말에서 7세기 말까지를 율령 시대, 8세기부터 11세기까지를 헤이안 시대라고 하여 일본 고대사로 보고, 가마쿠라 막부와 무로마치 막부, 오다 노부나가·도요토미 히데요시·도쿠가와 이에야스를 전국시대라 하여 중세로 보지만, 영어로 표현되는 일본은 저팬(Japan)입니다."

혜리는 자신이 이 순간 행복하다고 생각했다. 자신이 버린 옛 남자들과 아기들을 생각하고 싶지 않았다. 거기에는 인류의 오랜 역사 속에서 굳어진 결혼 출산 양육으로 이어지는 여자의 길이 있었다. 그러나 지금은 자신만이 걷고 있는 끝없는 남자로의 길이 있다. 그 길을 끝까지 걸어가고 싶었다. 남자와 남자로 이어진 길, 그것은 자신이 남자가 아니기에 끝없는 신비의 길이다. 이 신비의 길에서는 그녀는 끝없이 자유롭고 싶었다. 절대 자유인의 심정이기에 그녀는 여자로서의 임무 같은 것은 머리에 없는 듯했다. 그 신비의 길 위에서 어떤 남자를 만나도 상관없다. 그들은 어차피 신비스러운 존재들이다. 남자, 그들이 신비스러운 것은 그들은 언제나 새로운 것을 생각해내고, 행동하여, 무언가를 만들어낸다는 사실이다. 그들은 독창성을 가지고 있다. 나름대로의 특이성으로 기억에 남아 있는 박 가 성의 대학원 학생, 자신의 연구실 천장에 CCTV를 달아놓고 자신을 경계한다는 교수, 그리고 똥 누면서도 선을 한다는 일본계 중 할아버지, 뚱딴지같은 연구논문을 가지고 씨름하는 도배장이 학자, 그리고 여기 이 일본 냄새 가시지 않는 기막힌 커피 기술의 바리스타 아저씨 등이 그들이다. 지금 아직은 모른다. 어떤 남자를 더 만나게 될지.

"경도의 가장 중요한 관광지는 무엇일까요? 이번에도 우리는 따로 택시로 돌아요."

"그렇게 할 수밖에 없습니다. 다른 여행객들은 경도의 유명한 산물 등이 전시된 백화점 위주로 관광을 합니다. 우리는 아무래도 2천 개가 넘는 경도의 절을 다 돌아볼 수는 없고요, 일본 국보의 20%가 몰려 있는 중요 문화재를 다 돌아볼 수도 없습니다. 그러니 우리에게 허락된 시간은 오늘 한나절뿐입니다. 그럴 경우 가장 요긴한 것은 한국과 관련이 있는 문화재를 돌아보는 것입니다. 어떠세요?"

"이 때까지 돌아본 도시들에서도 전부 그렇게 하지 않았나요. 그렇게 하세요."

"경도에 한국과 관련이 있는 유명 문화재로 이름난 곳은 임진왜란 당시 조선 사람들의 귀를 베어 와서 무덤에 묻었다는 귀 무덤(耳塚), 장보고 기념비가 있는 엔랴쿠지(延曆寺), 그리고 정지용과 윤동주의 시비가 있는 동지사 대학 등이 있습니다. 경도는 자매도시로 한국에서 진주를 선택하였고, 중국에서는 천 년의 수도 시안을 선택했습니다."

"그렇게 오랫동안 수도였다면 절 말고도 왕궁 같은 것도 많겠네요?"

"물론입니다. 1895년에 세워진 헤이안 신궁은 교토에 처음으로 살았고 또 마지막으로 살았던 천황을 기념하기 위한 신사입니다. 그리고 교토 교엔(京都 御苑)은 오랜 세월 동안 교토에서 산 교황들의 처소였습니다. 가쓰우라(勝浦) 이궁은 일본에서 가장 정교한 건축물 중 하나이고, 슈카구인 이궁은 일본 최고의 정원입니다. 태평양전쟁 당시 원폭 투하 지역으로 일본 열도의 심장이라고 하는 경도가 제일 먼저 거론되었으나 당시 미 국방부장관의 강력한 반대로 히로시마로 바뀌었다고 합니다. 그래서 경도는 태평양전쟁 당시 원자폭탄의 세례를 면한 도시가 되었습니다. 일본의 천 년 수도로서 문화재들이 고스란히 살아남았죠. 경도의 성과 사찰·궁궐 등은 주로 가마쿠라 막부에 의해서 건설되었습니다. 막부를 지배한 쇼군들은 전부 사무라이들의 두목들이지만, 이들은 천황과 귀족들의 세력을 약화시키면서 자신들의 권력을 휘둘렀습니다. 지방을 중심으로 하는 사무라이 세력들은 원래가 천황권과 귀족 권력들이 못 미치는 시골에서 자체의 부와 혈족을 보호하기 위해 성장한 무사계급이었는데, 5백 년 이상 일본의 중심적인 통치 체제가 되었습니다."

오사카에서 1시간가량을 달린 버스가 교토의 오른쪽을 상하로 흐르는 압천(鴨川)의 북동편 기슭에 터를 잡은 교토고쇼(京都御所) 근처에 멈추었다. 천 년 이상 천황이 착석한 궁궐이다. 영내에 오미야고쇼(大宮御所)가 있어서 구경을 했다.

"고니시는 어떻게 이렇게 도시마다 관광물을 잘 알고 계세요? 이제 와서 보니 일본이 조그만 섬나라인 줄 알았더니 꽤 넓은 국토를 가지고 있군요."

"일본은 대국입니다. 섬나라 강국인 영국과 비교해도 8만㎢가 더 넓습니다. 남한만한 땅덩이가 더 있다는 얘기죠. 일본이 37만㎢니까요. 국민 총생산액도 일본이 영국의 딱 두 배가 넘습니다."

"듣기 싫어요. 무슨 자랑하려고 일본 여행하는 거예요? 그래봐야 남의 나라 침략이나 하는 전쟁광의 나라죠! 독도를 자기 나라 땅이라니 그런 얼빠진 소리가 어디에 있어요…. 선전 포고 없이 쳐들어가는 게 왜놈들의 장기 아니에요? 그 무서운 미국의 태평양함대를 전멸시킨 진주만 공격이 그것 아니에요? 나는 정말 모르지만 일본 놈들이 독도를 기습 점령할 것 같아요! 제 버릇 개 못 준다고!"

"설마 그럴 리야 있겠어요!"

"독도가 원래 자기 나라 땅인데 조선이 불법 점령하고 있다고 중학교 교과서에 쳐 발랐데요!"

"내가 봐도 그건 좀 너무합니다. 일본의 극우파들 정말 문제가 있어요!"

"문제는 섬나라 해적들의 사무라이 정신이죠. 가마쿠라·무로마치 5백 년간 사무라이 두목들이 천황의 숨통을 죄면서 통치를 했잖아요. 눈만 뜨면 칼을 들고 설쳐댔잖아요. 거기서 사람 죽이는 것을 우습게 아는 못된 버릇이 든 거예요. 그것이 그만 왜족들의 DNA가 된거죠."

"혜리씨 나는 어디까지나 한국 사람입니다. 나보고 일본 사람한테 말하는 것처럼 말하지 말아 주세요."

"일본 왜족의 교만, 이제 넘을 수 없는 큰 절벽을 만났습니다. 중국과 한국의 괄목할 만한 발전입니다. 언제나 발 아래로 보고 영원히 가난의 굴레에서 허덕일 줄 알았던 두 나라, 세계적인 나라로 컸으며, 특히 중국의 일취월장은 미국과 어깨를 나란히 할 정도입니다. 중국의 위상이 강화되기 전의 일본과 그런 후의 일본의 위상은 완전히 다릅니다. 일본은 거대한 중국의 그림자에 가려 잘 보이지 않습니다. 착각하면 안돼요. 일본은 아시아의 맹주가 아닙니다. 그 자리를 중국이 차지해 버렸어요. 일본 산업기술의 상징인 전자기술은 삼성이나 LG에게 추월당했습니다. 소니는 삼성에 가려 보이지 않아요."

"거듭 말씀 드리지만 나는 일본 사람이 아닙니다. 다만 일본 사람 성씨를 가졌을 뿐입니다. 왕씨 성씨를 가졌다고 해서 다 중국 사람으로 보지 않잖아요! 그러나 한 가지, 한국의 전자기술이 일본을 추월했다는 말은 사실이 아닙니다. 한국산업의 특징은 조립 생산입니다. 일본은 소재 부품입니다. 삼성 LG 전자제품의 소재 부품의 30%가 일본제품인 것은 모르시지요. 그래서 일본의 새로운 정한론자들은 한국 산업 전반에 공급되는 일본의 소재 부품을 일시에 공급 중단 하면 한국 산업은 하루아침에 그대로 붕괴된다고 주장합니다. 이 주장은 사실입니다. 전자제품만이 아니라 자동차 각종 화학제품도 마찬가지입니다. 이것은 중국도 마찬가지입니다.”

“그런 점이 있군요. 일본 무서운 나라네요. 그러나 성씨 문제는 달라요. 일본의 침략 근성은 당신 고니시 성씨에 잘 나타나 있이요. 중국 사람은 한국에 있는 왕씨를 자신들의 나라 백성과 큰 관련이 있다고 생각하지 않아요. 고려 태조 왕건은 당나라 숙종의 아들이라는 말이 있어요. 그러나 오늘날 왕씨는 조선의 토종 성씨로 인정받고 있어요. 그런 족보에 대해서 무관심한 거죠. 그러나 일본 왜족들은 그렇지 않아요. 자기 것을 챙기는 데는 당할 나라가 없어요. 교만에서 잉태되는 야욕 때문이에요.”

“사실 나도 수상의 야스쿠니 신사 참배를 반대하는 입장입니다. 전체 일본 국민도 절반 이상이 반대하고 있어요. 반대와 찬성이 46대 38이던가. 태평양전쟁의 원흉들을 향사(享祀)하는 곳인데, 사실 일본에서는 신사란 고유의 종교로서 고유 신을 모시는 곳입니다.”

“자기네는 무언가 다르다 하는 교만심 때문이에요.”

“즐거운 여행길에 쓸데없는 이야기를 너무 많이 지껄였네요. 그만 하시지요. 여기서 도시샤대학(同志社大學)까지는 걸어서 갈 수 있는 거립니다. 같이 가시죠. 조선 출신 시인들의 시비가 세워져 있다는 말을 들었습니다.”

“나의 전공이에요. ‘별 헤는 밤’으로 유명한 윤동주와 ‘향수’로 유명한 정지용이 다녔던 대학이 도시샤대학이죠. 두 사람 다 영문과에 다녔어요.”

"같이 다녔나요?"

"같은 대학에 다녔을 뿐 같이 다닐 수는 없었죠. 윤동주와 정지용 간에 15년 이상의 나이 차이가 있어요. 정지용이 연상이죠. 정지용은 창씨개명 하여 오유미 오시목(大弓修)이라는 이름으로 행세를 했고, 이화여전 영문학과 교수로 재직했습니다. 정지용보다 15세나 더 어린 윤동주는 도시사대학을 중퇴하고 귀국하여 직장도 없이 여기저기 칼럼을 써서 생계를 꾸렸습니다. 정지용은 48년의 수를 누렸고, 윤동주는 27세에 요절했어요. 정지용의 죽음의 원인은 밝혀지지 않았는데, 그가 죽은 해가 6·25가 터진 해라 서울에서 적의 포탄에 폭사했으리라는 추측을 할 수 있을 뿐입니다. 윤동주는 용정 사람인데 연희전문을 졸업하고 도일하여 처음에는 역시여기 도쿄에 있는 릿교대학(立敎大學)에 입학했다가 같은 해에 도시사대학으로 옮겼죠. 재학 중 방학 때 고향으로 귀국하다가 항구에서 독립운동을 했다고 체포되어 후쿠오카 감옥에 수감되었고, 2년의 선고를 받고 복역 중 요절했습니다. 윤동주 시인이 후세인들에게 크게 회자되는 이유 중 하나는 그의 죽음이 일제가 인체 실험을 하기 위해 그에게 독약을 주기적으로 주입하고 그 결과를 체크했다는 소문 때문입니다."

"소문입니까? 실제로 주사를 맞았나요?"

"그 주사가 죽음의 직접적인 원인인지는 밝혀지지 않았지만, 주사를 주기적으로 맞은 것은 사실입니다."

"전후 60년간 독일은 사죄하고 사죄하는데, 일본은 한두 번 사죄한다고 하고서는 오히려 역정을 내면서 내가 뭘 잘못했느냐 하는 식으로 나오는 것 같아요."

도시사대학 정원 한쪽으로 과연 두 시인의 시비가 서 있었다. 혜리는 고니시와 함께 오래 묵념을 했다. 교토가 진주와 자매결연 되었으리라고는 생각해본 적이 없었고, 여기 도시사대학에서 조선 여명기의 두 민족 시인을 비록 시비로나마 만날 수 있으리라고는 생각하지 못했다. 그러나 시인은 시구절로 남기보다도 민족의 정신적 토양을 율동적인 언어로 표현한다는 견지에서 그의 시인적인 생애는 작품보다도 더 중요하다. 창씨개명 하여 일제 치하 대학교수로 호사스런 지식인 구실을 한 정지용을 민족시인으로 떠받들어야 하는가 하는 의구심이 일었다. 하기야 일본 내 친한파 이야기를 하자니 기분이 좀 이상하다. 그들에게도 친한파가 있을까. 하지만 36년간의 식민통치 세월을 통해 조선 내로 들어온 그야말로 일인 식민자들은 약 70만 명이 된다. 그들의 2세들에게는 조선이 고향이다. 이들은 오히려 일본 본토가 이방일 수 있는 것이다. 이들에게서 친한적인 감정을 요구할 수 없지만, 사람은 누구나 어린 시절의 추억을 간직한 곳 즉 고향에 애착을 가지게 된다. 이들이 오늘날 친한파의 근간이 되지 않았을까. 전후 이들은 거의 100% 일본으로 돌아갔다.

일본 국보의 20%가 몰려 있다는 교토를 한나절만으로는 도저히 다 돌아볼 수 없었다. 구 왕궁과 도시사대학을 돌아보는 것으로 그 날의 일정을 끝내기로 했다. 임진왜란 때, 조선인 4만 명의 코를 베어서 묻었다는 이총이 있다는 말을 들었으나 너무나 끔찍하여 발길을 돌렸다. 혜리는 조선 침략의 원흉인 풍신수길의 무덤도 부근에 있으나, 보기 싫은 놈의 무덤까지 찾아갈 이유는 없다고 생각했다. 고니시의 인도로 한국인들이 모여 사는 미나미구(南區)로 전철을 타고 갔다. 거리가 깨끗했고 각종 조선인 학교의 간판이 걸린 건물들이 즐비했다. 이들 학교는 일본의 법령에 의한 학제를 따르지 않는다고 한다. 그래서 학력을 인정받지 못해 고생을 하지만, 일본에 진출해 있는 한국의 상사들이나, 능숙한 일본어 실력으로 한국에서 각종 회사에 취직을 한다.

북한을 지지하고 또 지원을 받는 조선인들의 조직을 '조총련(총련)'이라고 하고, 대한민국을 지지하고 지원을 받는 한국인 단체를 '민단련(민단)'이라고 한다. 그런데 총련이 훨씬 잘 운영되는 조직이다. 그것은 총련이 북한 정권의 예속 기관으로서 절대적으로 북한에 충성을 다하는 데서 기인한다. 그래서 북한으로부터 막대한 자금 지원을 받고 있는 실정이다. 해방 직후 근 10년간은 조총련 소속 조선인 숫자가 전체 재일 조선인들의 80%를 차지했다. 이승만 정권이 배일사상으로 일본 내 한국인들에 대해 무관심한 태도를 견지하는 시기에 북한에서는 거국적으로 이들을 도왔다. 민단은 남한 정부와 그렇게 밀착된 관계를 가지고 있다고 볼 수 없다. 조총련이 이렇게 막강한 세력을 견지할 수 있었던 근본적인 이유는 북한 정권이 밀어준 돈으로 설립한 조선은행 신용조합의 자금력 탓이었다. 이 금융기관은 자기들에게 호의적인 조선인들에게 호조건으로 돈을 대여해 주었다. 그래서 그들은 상당한 성공을 거두었고, 자연히 그들의 결속은 강고해졌다. 이러한 경제력을 바탕으로 추진된 것이 재일 조선인들의 북송이었고, 약 9만 명의 조선인들이 만경봉호를 타고 니가타항에서 북의 청진항으로 떠났다.

그러나 다시 10년의 세월이 흐르는 사이, 1965년 경에는 대한민국의 경제력이 월등히 높아졌고, 조선은행 계열 신용조합은 전국 38개 지점 중에서 16개가 파산을 했다. 마침 체결된 한일협정에서 대한민국은 일본 정부로부터 한반도 유일 정부로 인정을 받았다. 그래서 민단련 소속이 전체 재일 조선인들의 67%를 차지하게 되었다. 현재 민단은 37개 지방본부와 3백 여 개 지부와 2천 여 개의 지방 반으로 조직되어 있다. 현재 민단은 대략 60만 명, 조총련은 대략 3만 명을 헤아린다. 배로 돌아와 피로에 몰려 정신없이 잤다.

피로에 몰려 초저녁에 한잠을 잤더니 몸이 가벼워졌다. 그들은 내처 계속 잠을 자지 못하고 일단 침대에서 일어났다. 그들은 선내에 시설된 바로 갔다. 맥주 한잔을 마시고 싶었다.

"고니시, 당신 태평양전쟁 때 일본에 끌려간 조선 사람들이 대략 몇 명쯤 되는지 알고나있어요?"

"하 참. 그런 걸 내가 알 턱이! 몇 십만 명 쯤 되겠죠."

"약 70만 명이 돼요. 당시 재일 조선인들이 종전 직전에 이들 포함 2백만 명이 넘었어요. 해방 후 약 140만 명이 귀국선을 탔죠. 지금 재일 조선인이 총련·민단 합쳐서 한 60만 명이 되는 것 같아요."

"혜리, 뭔가 기분이 언짢은 것 같네요. 우리도 춤을 춥시다. 마침 블루스가 흘러나오네요."

"그래요."

두 사람의 연인은 가볍게 블루스 곡의 스텝을 밟았다. 고니시는 춤을 추어서가 아니라, 온종일 너무나 혜리에게 밀착하여 행동했다. 스무 살 청년들도 아닌데 혜리는 그것이 조금은 부담이 되었다. 내가 무슨 이팔청춘이라고 이런 젊은이들이나 취하는 사랑의 자세를 구사해야 하나 하는 기분이었다. 민족과 개인에 조상 대대로 이어지는 DNA라는 것이 있고 그것이 사실이라면, 고니시의 이런 행동을 어떻게 해석해야 하는가. 그는 왠지 점잖지가 못하다. 그는 좀 더 본능적인 것 같다. 하룻밤을 자고 유람선은 오사카항을 떠나서 정오쯤에 도쿄항에 닿았다. 통관절차를 밟아 광장으로 나오니 관광버스가 기다리고 있었다. 도쿄항의 규모가 워낙 커서 어디가 어딘지 짐작이 가지 않았다.

도쿄는 천혜의 조건을 가진 도시다. 서북쪽으로는 2천m가 넘는 산들이 버티고 있고, 그 산지가 서서히 동남쪽의 동경만을 향해 낮아지다가 결국 바닷가의 조금 높고 드넓은 평지에 다다르게 되는데 여기에 도시가 건설되어 있다. 이 평지가 바다에 면해지지만, 수면이 대양과 곧바로 연결되는 것이 아니고, 너무나도 넓은 동경만이라는 거대한 호수 바다에 면해 있다. 이 만을 벗어나야 그야말로 대양이 되는 것이다. 이 호수 바다에서는 두 개의 큰 강이 이 도시의 대지 속으로 흘러드는데, 북쪽의 강이 아라카와강(黃泉)이고, 남쪽의 강이 스미다강(隅田川)이다. 이 스미다강이 천황이 산다는 치요다구(千代田區)의 코우쿄(皇居)에 연결된다. 이 스미다강의 입구 왼쪽 언덕에 도쿄의 상징물인 333m의 '도쿄타워'가 세워져 있다. 유람선에서는 역시 이틀간의 자유시간을 주었다. 숙소도 마음대로 정할 수 있었다. 적당한 숙소를 구하지 못한 사람은 지원자에 한해 배로 들어와 자기의 방에서 잠을 잘 수 있었다. 비용 면에서 훨씬 불리하였지만 자유롭게 도쿄를 관광할 수 있어서 다들 환영하였다.

사람은 무조건 왜 자유를 좋아할까. 그것은 여러 가지 이유가 있을 수 있으나, 역시 구속되지 않고 푸른 초원에서 마음껏 풀을 뜯고 암수 교배하고 살아가는 동물적인 본능을 속박당하지 않기 때문일 것이다. 자유, 그 속에는 인간 본연의 동물적인 삶의 비밀스런 모습이 서려있는 것 같다. 이런 동물스러운 존재로서 인간의 원형으로서의 자유 이외에 더욱 중요한 것은 인간만의 기능인 생각을 아무런 구속 없이 구가할 수가 있기 때문일 것이다.

"천3백만이 사는 동경을 이틀 만에 다 돌아볼 수는 없고, 가볼만한 곳을 정해놓고 관람하는 타깃 관광을 해야 할 것 같습니다. 그러지 않으면 이것도 아니고 저것도 아닌 길바닥 구경이나 하고 돌아가게 됩니다."

"그래요. 어디 어디가 가 볼 만 곳이에요?"

"천황궁·메이지신궁·우에노공원·히비아공원·도쿄타워·긴자·아키하바라전자상가·신주쿠한인촌·동경대학·와세다대학·게이오대학 등등입니다. 어디까지나 혜리씨 관점에서 뽑아본 것입니다. 도쿄를 대략이나마 전모를 보기 위해서는 적어도 1주일은 필요합니다."

"어쩌면 내가 보고 싶은 것을 그리도 정확하게 꼽아냈어요!"

"혜리씨를 위해 살고 죽겠습니다!"

"도쿄라는 도시에 8백만, 도쿄도라는 조금 확산된 도시에는 천3백만 명. 도쿄 대도시권으로는 3천2백만 명, 간또 대도시권으로는 3천5백만 명이라고들 하지 않습니까. 세계적으로 아마 인구가 한 도시를 중심으로 가장 집중된 도시가 도쿄일 겁니다. 상해하고 경쟁한다고들 하데요. 도쿄 관광의 핵심은 야마노텐센 지하철입니다. 서울로 치면 2호선인 셈이지요. 거의 모든 명소들이 이 지하철 변에 있거나, 이 지하철의 지선에 있습니다. 도쿄의 지하철은 JR패스로 다닐 수 있는 야마노텐센이 있고, 여기서 갈라지는 지선들은 대부분 사철(私鐵)들인데 요금을 따로 더 받습니다. 1일 혹은 3일 전용권이 있어서 한 장을 사면 하루 혹은 사흘간 어떤 지하철도 마음대로 탈 수 있는 차표도 있습니다. JR패스를 살 것인가, 1일권을 살 것인가는 그때그때 형편을 보고 판단해야 합니다. 전철 기본요금은 130엔(1,300원)이지만, 역을 지날 때마다 요금이 추가되기 때문에 전체 지하철 요금은 결코 적은 편이 아닙니다. 도쿄의 택시 요금은 기본요금이 710엔(7,100원)이니까 서울의 약 두 배가 됩니다. 지하철 요금과 택시 요금이 서울의 약 두 배가 된다는 사실을 머리에 넣어두어야 합니다."

　"어떻게 그렇게 잘 아세요? 고니시는 진주에 사는 한국 사람이라면서요?"

　"사실 국적은 한국이지만, 성씨의 고향은 홋카이도입니다. 고니시 성씨의 우리 파는 홋카이도에서 집성촌을 이루어 살고 있습니다. 조상들께서 가토에게 참살 당하실 때 화가 미칠 것이 두려워 당시로는 사람이 거의 살지 않았던 홋카이도로 도망을 친 것이죠.

그래서 부산에서 카페리를 타고 후쿠오카나 세모노세키로 와서 홋카이도로 갈 때 저는 꼭 도쿄를 들러서 가곤 했습니다. 그때 도쿄를 샅샅이 보고 여행을 했지요. 도쿄도는 전 일본 생산량의 30%를 점하는 무서운 생산의 도시이고 또 그만큼의 소비의 도시입니다. 도쿄는 일본의 정치·경제·문화·행정·교육·산업·관광의 중심 도시입니다. 한국은 서울에 집중되는 이런 도시 집중화를 막는다고 세종시를 만드는 등으로 지방으로 많이들 그 기능을 갈라주었지만 일본인들은 오직 도쿄입니다. 그것은 아마도 도쿄에 천황이 살기 때문일지도 모르겠습니다."

"홋카이도라…. 북해도를 말하는군요."

"그렇지요, 참으로 살기 좋은 곳입니다. 춥고 눈이 많이 내려서 탈이지만…. 북해도에 아주 좋은 국립대학이 있습니다. 북해도대학이 바로 그것입니다. 명문사립의 양대 산맥인 게이오대학과 와세다를 제외하면, 국립대학으로는 동경대학과 오사카대학과 교토대학 다음쯤 될 것입니다…."

"고향 자랑 그만 하세요."

"아닙니다. 자랑하는 것이 아니라, 일본을 제대로 보려면 나는 도쿄나 교토 오사카보다도 홋카이도를 보라고 말하고 싶습니다. 한번 가시죠, 이 기회에…."

"며칠간 여유가 있으니까 생각을 좀 더 해보고요!"

"가신다면 내가 혜리씨를 업고 가겠습니다!"

"시끄러워요! 일본 남자들 왜 이래 좀스러워요! 좀 대담하지를 않고서! 꼭 데리고 가고 싶다면 끌고 가세요! 그걸 못해요! 자기를 따라온 여잔데!"

"그래도 여자는 너무나 아름답습니다! 특히 혜리씨는! 그래서 나에게는 여왕이지요!"

"시끄러워요! 무슨 그런 낯간지러운 소리만 하세요! 안 그러면 누가 쪽발이 왜놈이라고 하지 않을까봐서요!"

"모든 것이 사실입니다. 조금도 과장이 아닙니다. 나의 진정을 받아주시기 바랍니다."

"도쿄 구경이나 해요!"

드넓은 동경만의 어느 지역에서 유람선으로부터 상륙하였다. 부두가 너무나 넓어 시야를 짐작할 수 없었다. 가이드가 끄는 대로 따라가는 수밖에 없었다. 서쪽 저 멀리에 서 있는 도쿄타워가 눈길을 끌었다. 도쿄의 전 시가지가 내려다보인다는 거대한 첨탑의 모습만이 인상적이었다. 도쿄타워는 67층이라고 한다. 유람선의 직원은 더 이상 유람객들을 가이드하지 않고, 이틀 후 정오에 정확하게 이 자리에서 다시 뵙겠다는 말을 했다. 여행자들은 뿔뿔이 흩어졌다. 도쿄타워에 올라가 보니 도쿄의 전모가 한눈에 보였다. 천황이 산다는 숲속의 황거도 멀리 보였다. 단일 도시로는 세계에서 인구가 가장 많다는 도쿄도는 그 면적이 그리 넓어 보이지는 않았다. 도쿄타워에서 멀지 않는 치요다구(千代田區)의 코우교(皇居)를 구경하였다. 워낙 넓어서 전모를 한 눈으로 짐작할 수는 없었다. 일제 치하 이봉창(李奉昌) 의사가 외출하는 천황을 향해 사제폭탄을 던졌다는 황거의 다리가 시야에 잡혔다. 만약 이 거사가 성공했더라면, 어떤 난관에도 꺾이지 않는 조선인들의 기백을 전 세계에 알렸을 것이다. 황거는 드넓은 인공호수로 둘러쳐져 있어서 접근도 안 되었다. 먼 눈으로 그냥 둘러보는 것으로 만족할 수밖에 없었다. 한 바퀴 돌아보는 데도 3시간가량이 들었다.

신주쿠·시부야·하라주쿠·아키하바라·우에노 등 중요 관광지가 전부 서울의 2호선에 해당하는 야마노텐센 변에 있어서 역시 대도시의 이동은 전철이 가장 좋다는 말을 실감했다. 고니시의 조언으로 아사쿠사에 내렸는데 무슨 특별한 관광지는 아니지만, 뭔지 모르게 가장 일본적이라는 것이었다. 여기에서는 관광객을 태운 인력거가 골목을 누볐는데, 서양식으로 개발되기 전의 순 일본식 주거들이 많이 남아 있는 골목을 돌았다. 도쿄 사람들의 특징의 하나는 대부분의 사람들이 서서 밥을 먹고, 서서 이야기를 하고, 서서 차와 커피를 마신다는 사실이었다. 그들은 그렇게 바쁘기도 하고, 그래서 먹고 마시고 이야기하는데 시간을 소비할 수 없다는 의사의 표현인 것 같았다. 무엇이든지 느긋하지 않은 듯했다. 천황궁이 있는 치요다구(千代田區)나, 도쿄타워가 있는 항구(港區)나, 동경역과 긴자(銀座)와 태평양전쟁 희생자 2백4십6만 명의 이름이 합사되어 있는 야스쿠니 신사가 있는 주오구(中央區)는 사실상 상주하는 시민의 숫자가 압도적으로 적은 일종의 인구 공동화 현상을 빚고 있다.

그래서 서쪽으로 뻗은 것이 신주쿠구(新宿區)이고, 동으로 뻗은 것이 고토구(江洞區)이다.

숙소를 신주쿠구의 오오구보(大久保)에 정했다. 이 지역에서 닛포리(日暮里)가 소위 말하는 한국인 촌이다. 여기서는 일본말을 하

지 못해도 아무런 불편 없이 살 수 있다. 값싸고 음식 좋다고 소문
난 경포대호텔로 숙소를 정했다. 2천5백 엔에 욕실이 딸린 독방이
주어졌다. 서울보다 더 싼 편이다. 숙소에서 북동쪽으로 멀지 않는
와세다대학(早稻田大學)을 택시로 돌아보고 오늘의 관광을 마쳤다.
와세다대학은 게이오대학과 어깨를 나란히 하는 일본의 2대 명문
사립대학이다. 한국으로 치면 연세대와 고려대 격이다.

"와세다대학을 군이 구경하는 이유는 이 대학에서 삼성의 이병
철과 이건희가 공부했다는 사실입니다. 삼성은 사실 우리나라가
선진국으로 가는 가교 역할을 한 기업입니다. 이 사실을 가지고 아
베 수상은 일본이 한국의 선진화에 크게 기여했다고 주장하는 것
입니다."

두 사람은 와세다대학 경내를 돌아보고 오오구보의 숙소로 돌아
왔다. 온종일 쉬지 않고 걸었던 탓으로 몸이 초가 될 정도로 피곤
했다. 샤워를 하고 그대로 쓰러져 잤다. 그런 어려운 사정 속에서
도 고니시는 가만히 자지를 못했다. 정말 못 말리는 사내였다. 그
게 그가 젊고 건강한 사내인 탓인지, 아니면 섬나라 일본 성씨의
사내인 탓인지 잘 구분이 되지 않는 혜리였다. 5천만 명이 넘는 전
사자를 낸 제2차 대전의 원흉들을 살인자로 매도하기 전에 동족으
로 제사지내는 묘한 습성을 어떻게 생각해야 할까. 섬나라 사람들
의 남다른 친족 숭배사상이랄까. 새벽에 고니시는 가까이 있는 메
이지 신궁에 참배하러 간다면서 서둘렀다. 6시에 개장한다는 것이
었다.

"고니시, 당신 한 가지는 알고 둘은 모르네요. 그들은 자기 나라

로 쳐들어오는 외국 침략자들을 물리치기 위해 목숨을 바친 사람들이 아니에요. 남의 나라로 쳐들어가기 위해 침략을 하다가 죽은 자들입니다. 뭐 잘 났다고 신사를 만들어 후손들에게 절하게 만듭니까! 좀 부끄러운 줄 아세요!"

"내가 생각해도 무슨 짓을 하는 건지…."

"그리고 하나의 성씨가 한 나라에 있으란 법은 없어요. 하나의 성씨가 여러 나라에 퍼져 있을 수도 있어요. 그러면 그런대로 사는 것이지 우리 성씨끼리 모이자, 하는 것도 우스운 것이에요. 자기들의 선민의식 같은 것의 작용이에요. 일본이란 나라 뭐 그리 대단한 나라 아닙니다. 전 세계적으로도 그렇고 아시아에서도 그리 대단한 나라가 아니고 민족이 아니에요! 못사는 나라, 미개의 나라로 천대받던 중국이 빅 투로 힘차게 뻗어가고 있고, 언제까지나 못사는 나라의 대명사 같던 인도를 좀 보세요! 머잖아 중국을 앞지른다고 하잖아요! 인도네시아란 나라도 대단한 잠재력의 나라입니다. 타이도 그렇고, 말레이시아도 그렇고, 필리핀도 그렇고, 베트남도 그렇고, 대한민국, 비록 코쟁이들 사상 다툼으로 분단은 되었지만 1당 100으로 극일 정신을 가진 민족입니다. 올림픽에서 1억2천의 인구를 가지고도 5천만의 대한민국을 금메달 숫자로는 한 번도 이겨본 적이 없어요. 최근 몇 십 년 동안! 뭐 잘 낫다고 야단들이에요!"

"듣고 보니 바른 말 같네요. 하지만 기왕에 이렇게 되었으니 우리 세대까지는 옛 풍습을 따라서 살아야겠지요. 그것은 그것대로 아름다움이 있는 것이 아니겠습니까!"

"다만 교만스러움을 지울 때에만 아름답게 보이는 거예요. 일본 왜족들의 교만스러움, 어디 견줄 데가 없어요. 언젠가 신문을 보니까, 그 잘나가는 삼성 스마트폰이 일본에서는 꼴찌래요. 미국을 무조건 좋아해서 애플이 40%, 소니가 18%, 샤프가 12%, 후지쓰가 9%래요. 우리가 죽으면 죽었지 한국 것을 쓰겠냐는 거죠. 세계적으로는 삼성 스마트폰 점유율이 24%이고 애플이 14%라고 하는데 일본에서는 영 힘을 쓰지 못해요."

"삼성 것은 몇 퍼센트인데요?"

"일본에서는 삼성 갤럭시가 5.6%이고 LG가 1.7%래요. 전세계적인 점유율에서는 삼성, 애플, LG로 가잖아요! 그래서 삼성에서는 최신 '갤럭시S7'에서는 삼성의 로고를 떼어버리고 일본시장에 출시했데요! 삼성 제품을 사가지고 집으로 갔다가도 삼성 로고를 보고서는 환불하러 온대요. 아베 정권이 들어서기 전에는 그래도 삼성 핸드폰이 뭐라드라 15%로 후지쓰 21%, 애플 18%로 3위를 달리고 있었어요. 일본 사람들 어쩌면 그렇게 치사하게 정치의 노예가 되어 있어요? 영국과 미국은 각기 다른 나라지만, 동성이 얼마나 많아요! 그들 사이에 무슨 연대의식이 있나요!"

"여행 와서까지 그런 소리하실 필요 있겠어요! 우리는 여행을 즐겁게 하기만 하면 그만입니다."

"그래요 여기 한인촌이나 한 번 더 돌아보는 것으로 하루를 더 보냈으면 해요."

그들은 일정을 앞당겨 홋카이도 행을 결단했다. 그들은 선박회사로부터 나머지 부분을 포기한 대가로 상당한 경비를 환불받았다. 아침을 먹고 경포대호텔을 떠났다. 도쿄 역으로 가서 JR동일본선의 종점 신아오모리까지 차표를 끊었다. 기차비가 14만 원 정도였다. 근 3시간이 걸렸다. 신칸센 철도는 2차 대전의 패전국인 일본의 재기를 알리는 상징물이다. 1964년 도쿄 올림픽을 위해 도쿄와 오사카 간 신칸센이 개통되면서 50년가량 운영되었다. 그 사이 단 한 번의 사고도 없었으며 따라서 교통사고로 숨진 사람이 단 한 사람도 없었다는 기록을 가지고 있다.

신아오모리에서 점심을 먹고, 다시금 삿포로 행 북해도 신칸센으로 갈아탔다. 채 1시간이 안 걸려 삿포로 역에 닿았다. 어둡기 전에 목적지인 아칸 온천지역에 도착해야 한다면서 기차를 갈아탔다. 기찻길 옆에는 전통적인 일본 농촌가옥들이 끝없이 드문드문 흩어져 있는가 하면 보기에도 신기한 갈대 움막들이 무리를 지어 모여 있기도 했다.

"아니, 문명한 사회에 저런 원시인들의 움막집은 참으로 기이합니다. 저기에 사람이 사나요?"

"그럼요, 홋카이도의 관광객들을 끌어들이는 가장 큰 요소 중 하나입니다. 저 사람들 정부의 막대한 생활보조금을 지원받고 있어요. 아이누족이라고 홋카이도의 원주민들입니다. 시베리아에서 흘러왔다고들 하지요."

"인디언들인가요?"

"인디언들하고는 또 달라요. 둘 다 시베리아에서 출발했지만 아이누족은 일본 열도로 내려왔고, 인디언들은 베링해를 넘어서 아메리카로 넘어간 족속이지요. 우리가 가고 있는 아칸 지역에도 아이누족들의 마을이 있습니다. 가까이에서 그들과 대화를 나눌 수 있을 거예요. 이들과 인디언들과는 닮은 데가 많아요. 피부가 까무잡잡하고, 눈이 크고, 눈 코 귀 입의 윤곽이 뚜렷하고, 털이 많습니다."

"도대체 일본 사람들의 원 조상은 누굽니까?"

"흔히들 세 부류로 보지요. 방금 말한 아이누 족, 그리고 한반도와 중국에서 건너온 몽고 계통의 족속들, 그리고 남양에서 건너온 폴리네시아족들, 이들 세 부류가 일본족을 이루고 있다고들 합디다."

"정부 출연금을 받기 위해 집만 저렇게 아이누족의 전통 가옥인 갈대짚 움막에 살지 사실 실제의 삶은 현대인들의 아파트 생활을 할 것 아니에요?"

"아닙니다. 생활도 완전히 아이누족 전통 삶을 따르고 있습니다. 정부 지원금이란 것이 어디 그리 쉽게 나오나요? 하물며 전기도 사용하지 않는다고 합니다."

해가 지기 전에 아칸 온천 지역에 도착했다. 이 지역은 일본 홋카이도 지방의 네 개뿐인 국립공원의 하나이다. 험악한 산악 지대인데다가 삼림이 울창하고 온천이 풍부하여 천혜의 휴양 지대이다. 철도에서 내려 택시로 갈아타고 한 시간을 달려서야 고니시가 가려고 하는 마을에 닿았다. 그러나 사실 이 마을이 원 목적지는 아니었다. 이들 동네는 무슨 보조적인 기능을 가진 것이었다. 원 목적지는 이 마을의 바로 옆에 끝 간 데 없이 펼쳐져 있는 거대한 쿠사로 호수의 저편에 있었다. 그 마을에 가려면 이 마을에서 배를 얻어 타는 도리밖에 없었다. 동네 사람 몇이 마중을 나왔다. 고니시의 전화 연락을 받은 사람들이었다. 그러자 그들 중 한 사람이 야트막한 뒷산으로 올라가 무슨 깜박이 등 같은 것을 조작하여 빨간 광선을 지금 막 해가 진 하늘을 향해 뿜어냈다.

"저게 뭐에요?"

"현대화한 봉수대입니다. 호수 너머 마을로 배를 보내라는 현대판 봉화입니다. 옛날 가토의 추적 군들이 쳐들어오면 봉홧불을 피워 올려 위험을 강 너머 마을로 전하여 전투태세를 갖추도록 했다는 사실을 흉내 내는 것이죠."

과연 약간의 시간이 흐른 후에, 강 저 멀리에서 모터보트 소리가 까마득히 들려왔다. 배가 오는 모양이었다. 그 모터소리는 순식간에 커지더니 멋진 모터보트 한 대가 호수 변에 닿았다. 그들은 이쪽 마을의 사람들로부터 고니시, 혜리 동거 부부를 인도받아 다시 출발했다. 땅거미가 내리기 시작한 거대한 호수의 수면 위에는 멀리서 전해져 오는 불빛의 반사광들이 은은히 비쳤다. 혜리는 자신의 뇌를 울리는 모터보트의 엔진음이 자신을 4백 여 년 전 임진왜란 속으로 몰고 가는지도 모른다는 생각을 했다. 그것은 너무나 뜻밖으로 만나는 시간 여행이었다. 혜리는 고니시가 싫지 않았다. 그러나 그가 무슨 필연적인 존재로 느껴지지 않았다. 역사 속에 뜬 고니시라는 이름의 먼지 같은 부유물처럼 느껴지는 것이었다. 둘은 어느 아늑한 일본식의 주택으로 인도되었다. 눈이 덕지덕지 엎힌 지붕을 하고 있는 일본식 나무 집이었다. 단 하루 만에 일본 대

도시의 그 빌딩 숲에서 이런 한적하고 궁벽한 산골마을로 옮겨왔다. 거대한 자연이 내리 누르는 정적 이외에는 어떤 음향도 들리지 않았다. 천지사방이 너무나 조용하였다. 조용하다 못해 괴괴했다.

남자들도 찾아온 방문객을 환영한다는 뜻으로인지, 언젠가 영화에서나 보았음직한 나가기(도포)에 단이 짧은 하오리를 걸치고, 조선 선비의 핫바지 같은 하카마를 입고 있었다. 그들은 자신들로서는 예를 차리기 위해 최고의 옷치장을 한 것이다. 사실 이런 옷들은 도쿄 같은 대도시에서는 거의 그 착용자를 찾아볼 수 없다. 5천 년 역사 속에서 일본족과 조선족이 서로 잡아먹기 위해 싸움만 한 것은 아니었다. 대체적으로 그들은 평화롭게 살았다. 왜구라 하여 굶주린 그들의 패거리가 조선 땅의 바닷가 주민들을 노략질한 것이나, 칼로 사람 목 따는데 이골이 난 사무라이들이 일으킨 임진왜란과 20세기 초기 대두한 정한론자들에 의한 조선 병합을 제외하면 두 나라는 그런대로 사이좋게 살았다. 태종 때부터 시작한 조선통신사가 그 대표적인 사례이다. 3백 명에서 5백 명으로 구성된 조선통신사에 대한 예우가 너무나 극진하여, 조선통신사가 다녀가면 막부 정부의 재정이 흔들릴 지경이었다.

한 50여 가구가 두 개 마을에 모여 사는 꽤 큰 고니시 집성촌이었다. 그 마을은 그야말로 역사 속에 묻힌 잊힌 마을이었다. 그런 특성 탓이었을까, 조선에서 온 고니시는 특별 대접을 받았다. 그들은 지금껏 임진왜란의 선봉장 고니시 장군의 환영 속에서 살고 있었다. 그들은 한양을 먼저 점령한 일본인 장군은 고니시였고, 평양을 불바다로 만들지 않은 장군도 고니시라고 말했다. 고니시 장군은 조금이라도 조선인들의 살상을 줄이기 위해 무던히도 애를 썼으며 언제나 오성 이항복, 한음 이덕형과 화해의 길을 모색했다는 것이다. 조선의 장군과 조정 신하들보다 그들은 동료 정복자였던 가토에 대해 몇 십 배 원한을 가지고 있었다. 죽일 놈은 조선왕이 아니라, 가토라는 것이었다. 아칸 지역은 쿠사로 호수 탓으로 절경이고 국립공원으로 지정되어 있다. 멀지 않은 동쪽으로 오호츠크 해가 펼쳐져 있어서 언제나 안개가 끼어 있고, 인근에는 지금도 연기를 뿜고 있는 화산이 있어서, 신비스럽기도 하고, 절경으로 반짝이기도 하는 곳이다.

그들이 투숙한 집은 고니시 가문의 일종의 회관이었고, 숙박 시설이 되어 있어서 외지에서 오는 고니시 성씨의 사람들이 묵는 시설이었다. 숙박비는 무료였다. 이튿날 고니시 일가는 호수 변의 일본식 집으로 이사를 했다. 일본에서는 한국인의 비자가 3개월간 체류 허가가 되고 있다. 벌써 일본에 온 지 보름이 흘렀다. 앞으로 두 달 반 이상은 더 머무를 수 있었다. 혜리는 남은 두 달 반 중에서 두 달을 여기 홋카이도 아칸 국립공원 지역에서 보내고 싶었다. 그야말로 남의 눈을 피해서 절대의 고독 속에서 살아보고 싶었다. 그렇게 두 달을 살고 난 후, 혜리는 고니시에게 이런 제의를 했다.

"내가 보기로 당신 요사이 얼굴이 형편없어요. 사랑도 좋지만 너무 덤비지 마세요. 나를 죽어라 사랑하는 것은 감사하지만…."

"혜리가 나의 원향인 이곳 아칸 지역에 와주어서 정말 감격스럽습니다. 나는 대한민국 국민이지만 내 마음의 고향은 여기 아칸 지역입니다."

고니시는 사람이 조금 이상해진 것 같았다. 그의 말에 의하면 그는 자기 성씨의 원향에 와서 기분이 너무 좋고, 자신이 죽어라 사랑하는 혜리를 정말 마음껏 사랑할 수 있어서 기분이 째지기 때문이라고 했다. 사람이 갑자기 너무 기분이 좋아지면 조금 정상을 잃는 법이 있기는 있다. 기분이 좋아진다기보다 자아 통제에 조금 나사가 빠지는 경우가 있는 것이다.

"혜리, 나 저기 연기 뿜어내는 화산 꼭대기에 한번 올라가보고 싶어요."

"위험하지 않아요? 혹시 화산이 폭발이라도 하면 어쩌려구요!"

"그럴 리가 있나요? 연기만 뿜어내고 있는 지가 3백 년은 넘었다고 하는데…. 화산이 폭발할 가능성이 있으면 당국이 여기에 사람을 살게 내버려뒀겠어요?"

"거기 올라가봐야 뭐가 있겠어요? 그냥 뜨거운 구멍만 여기 저기 뚫려 있을 뿐일 텐데…."

"아니요! 내가 최근에 계속 꿈을 꾸었는데, 내가 거기 갔다 오면 혜리가 내 애기를 가지게 된데요. 거길 꼭 갔다 와야겠어요!"

"애기를…."

혜리는 망연하다는 표정을 지었다. 혜리는 자신이 여러 번 출산을 한 경험이 있었다. 그러나 그때 출산한 애기들을 어디에다 버렸는지 잘 기억도 안 났다. 애기를 버릴 때 그녀의 기분은 오직 하나 누구에게든지 얽매일 수 없다는 것이었다. 자기는 육친의 사랑이라는 이름의 인간관계에 속박될 수 없다는 것이었다. 자기는 무언가 할 일이 있는 것 같은 강한 자기 암시를 받고 있었다. 그 암시를 찾기 위해 자기는 멈출 수 없으며 사랑의 포로가 될 수 없었다.

"연기가 뿜어져 나오는 분화구 앞에 가서 연기를 마시면서 춤을 추면 아기를, 그것도 남자 아기를 갖게 된다고 했습니다. 틀림이 없데요!"

어느 날 새벽 그는 드디어 연기를 뿜고 있는 산을 향해 길을 떠났다. 그는 아이누족장이 일러준 대로 아침밥까지도 굶었다. 정신이 맑아야 산의 정기를 받을 수 있다는 것이었다. 동행자도 없었다. 동행자가 있으면 부정 탄다 하여 아무도 같이 갈 수 없었다. 그가 떠나는 새벽에 마을의 이장과 아이누 족장이 배웅을 해 주었다. 행장을 떠나면서 고니시는 두 어른들이 보는 앞에서 혜리를 업고 한 바퀴 돌았다. 그는 분명히 산신의 정기를 받고 오겠다고 혜리에게 큰절을 하고 길을 떠났다. 그러나 이상하게도 만 사흘이 지나도 고니시는 돌아오지 않았다. 일반적으로 다른 사람들은 이런 경우 하루 만에 귀환하곤 했었다. 늦어도 이틀이면 충분히 돌아오곤 했다. 만 사흘이 지나도 돌아오지 않는다는 것은 사고의 가능성을 의미하는 것이다. 연기를 뿜고 있는 산은 결코 고산이라고 할 수 없는 9백여m의 높이였고, 연기를 뿜어내고 있는 그 산영이 호수에 비추어서 신비감을 드러내곤 했다. 이장의 주선으로 고니시 마을 의사와 함께 청년들이 수색대를 편성하여 출발하였다. 이들 수색대가 돌아왔을 때, 고니시는 그들과 함께 걸어서 내려온 것이 아니라, 그들이 메고 있는 이동 베드에 누워서 내려왔다. 베드를 메고 내려오는 청년들의 얼굴은 일그러져 있었다. 비극을 예고하는 것이었다. 촌장이 베드를 덮고 있는 천을 젖혔을 때, 살아 있는 사람의 얼굴이 결코 아닌 고니시가 누워 있었다. 다들 고개를 흔들었다. 그는 죽은 것이었다.

"질식사였습니다. 산에서 연기가 고정적으로 일정량이 뿜어지는 것이 아니라, 경우에 따라서는 매우 드물게 아주 많은 연기가 폭발적으로 뿜어지는 경우가 있는데, 그럴 경우 주위 3백m까지 연기가 퍼져 숨을 쉴 수 없게 되는 수가 있습니다. 바로 그런 경우를 당한 것 같습니다. 질식사였습니다."

따라갔던 의사가 의무적으로 말했다. 아무도 우는 사람이 없었다. 혜리도 놀랄 뿐 울지 않았다. 고니시 마을 사람들은 죽은 고니시를 화장해서 그의 뼈를 골분함에 넣어 주었다. 그들은 고니시의 사망증명서를 떼어주었다. 그러나 그녀는 골분함을 돌려주었다. 혜리는 이렇게 말했다.

"내가 생각하기로 고니시가 한국에 친척이 있다는 말을 들은 적이 없습니다. 어딘가에 있겠지만 정확히 어디에 있는지 알지 못합니다. 이 골분함을 전해줄 사람이 없어요, 사망증명서를 떼어주었으니 내가 귀국해서 사망신고를 하겠습니다. 골분을 여기 고니시 마을 앞 호수에 뿌리는 것이 그의 영혼을 달래는 가장 바른 길인 것 같습니다."

이튿날, 마을 이장과 아이누 족장, 그리고 의사와 고인의 시신을 옮겨온 청년들이 모인 가운데 고니시의 골분을 쿠사로 호수에 뿌렸다. 짙푸른 호수의 수면에는 연기를 뿜어내고 있는 거대한 화산의 산영이 드리워져 신비스럽기 짝이 없었다. 이튿날 혜리는 삿포로 치도세 공항에서 부산 김해행 KAL기를 타고 귀국하였다.

제7장

자개의 세계

　혜리는 고니시의 기억을 지우기 위해 우선 카페의 이름부터 바꾸었다. '삿포로 카페'라는 간판을 떼어내고, '논개 카페'라는 간판을 달았다. 3개월간의 일본 방문을 통해서 느낀 점은 자신은 고니시 이전의 남성들과는 달리 자기를 그렇게 사랑한다고 덤비던 고니시를 결코 받아들일 수 없었다는 깨달음 같은 것이었다. 사랑에는 국경도 없다 하고, 사랑을 위해 왕관도 버린 사람이 있지만, 혜리는 다른 나라 사람은 몰라도 일본 사람에게 만큼은 어떤 민족의식이나 국경 의식이 있었다. 생각하면 창피스런 일이다. 자신이 이런 생각을 한다는 것은 정말 이해할 수 없는 구시대적인 것이다. 이런 사실을 잘 알면서도 자신을 어찌해 볼 도리가 없었다.

　하기야 7, 8년 전에 일광스님을 알게 되었을 때, 그 분의 가르침을 따라 불가에 입신한 적도 있었다. 그때는 전혀 그런 국경 의식이란 없었다. 이런 개명한 사회에 국경 의식이란 정말 구시대적인 것이다. 그러나 그것을 너무나 잘 알면서도 어찌하지 못하는 자신이 오히려 원망스러웠다. 우리 민족을 지구상에서 아예 없어버리려고 했었던 그들의 만행을 잊을 수 있다. 그러나 그들이 그런 마음의 일단을 여태껏 가지고 있는 것 같아서 문제가 심각한 것이다. 요사이도 일본 전역에서 심심하면 벌어지는 험한 시위는 무엇을 말하는가. 어느 지방단체는 벌칙 조항이 없는 험한 시위 억제 조례를 내어놓았다고 한다.

개인과 개인, 그리고 개인으로 이루어진 사회라는 집단, 나아가 국가 간에는 화해보다는 언제나 증오가 더욱 짙게 존재한다. 인간 성악설이 맞는 것 같다. 독불전쟁으로 야기된 두 나라 간의 증오를 풀기 위해 아데나워가 드골의 집을 백 번 방문했다고 하지 않았나. 진주로 돌아온 혜리는 가게의 소유주를 자기 이름으로 바꾸었다. 그 과정이 조금 복잡하였다. 전 소유주가 사망하였기에 우선 사망 신고를 했고, 혜리는 관할 가정법원에서 자신을 사실혼 부부로 인정받았으나 큰 혜택에도 불구하고 상당한 액수의 상속세를 내야만 했다. 논개 카페는 장사가 잘 되었다. 혜리는 돈 버는 것이 얼마나 재미있는 일인가를 알게 되었다. 이제 마흔을 바라보는 나이가 된 혜리였지만, 아직 30대 초기의 여인이 가질 수 있는 매력을 풍겼다. 날씬한 허리와 군살 없는 몸매 그리고 한국 여인으로는 흔치 않는 가슴의 볼륨감은 그녀를 인생의 산전수전 다 겪은 30대 후반기의 여인으로 보지 않게 했다. 여자는 35세가 넘으면 미니스커트를 입지 못하고, 40세가 넘으면 비키니 수영복을 입지 못하게 된다는 속설을 그녀는 완전히 뛰어넘고 있었다.

여자의 아름다움, 그것은 이 지구상에 인간이 지속적으로 존재하게 하는 가장 큰 원인이 되고 있는 것 같다. 남자는 여자의 아름다움을 보면, 견디지 못하게 만들어져 있다. 그것은 저항을 허용하지 않는 거대한 공동이다. 그것 속으로 무한히 빨려드는 자신을 도저히 제어할 수 없게 남자는 만들어져 있다. 지금까지 혜리를 거쳐 간 남자들은 전부 저항을 불허하는 이 거대한 공동에 빠졌던 자들이었다고 보아도 무방하다. 이런 사실을 혜리 자신이 잘 알고 있었다. 자기를 한번 보는 순간 자신의 거대한 공동 속으로 빨려들지 않는 남자를 본 적이 없었다. 그러나 그녀는 그들이 이 공동 속에서 무한히 헤엄치도록 버려두지 않는다. 일정 시간이 지나면 공동 자체의 어떤 비밀스런 작용으로 이들을 바깥으로 토해 버리는 것이었다. 이 비밀스런 작용이 무엇인지 혜리 자신도 확연히 알고 있지 못하다. 어느 순간 혜리는 그것이 아마도 '절대의 자유'라는 어휘로 묶어볼 수 있지 않을까 생각해 보지만 자신이 없었다. '절대의 자유'라는 공동이 토해 내는 대상은 혜리에게 혼이 빠져 정신을 차리지 못하던 얼빠진 남자들과 아울러 그들이 이 공동 속에 뿌려 놓았던 애기들도 있었다. 이들과 쉽게 타협하지 못하는 자신이 경우에 따라서는 저주스러울 때가 있었다.

사업은 본 궤도에 올라 하루에 3백잔 이상의 커피가 팔렸다. 주말에는 5백 잔 이상이 팔리는 경우도 흔했다. 혜리에게 훈련을 받은 점원 아가씨들의 솜씨가 맛있는 커피를 뽑아냈다. 이제 진주 시민들에게는 소문이 퍼져 '논개 카페'에 가서 커피를 마시는 것이 은근히 자랑거리가 되었다. 지배인 정씨가 사업 수완을 발휘하여 여기저기서 단체 손님들 데리고 왔다.

"사장님, 통영 사는 자개업자 황씨가 사장님을 한번 만나보고 싶다고 합니다."

"가끔 우리 카페에 오는 사람 아니에요? 꽤 자주 많은 사람들을 몰고 오는 사람 같던데 무슨 일이에요?"

"우리 카페에 자기네 공장에서 나오는 자개를 갖다놓고 싶다고 하는데 사장님의 의향을 한번 떠보라고 하던데요."

"한번 오시라고 하세요. 통영이라면 백리도 안 되잖아요."

"그럼요, 엎어지면 코 닿을 곳이죠. 같은 상권이라 해도 지나친 말이 아닙니다. 한 상권으로 돌아가니 모른다고 할 수가 없습니다. 통영은 한국 최고로 자개업이 발달된 곳입니다."

"통영 자개는 모르는 사람이 없죠. 우리 엄마가 시집갈 때는 통영 자개장을 가지고 가면 최고로 쳤죠."

그런 이야기를 나눈 후 통영 자개장이를 잊어버리고 있었는데, 어느 날 그 자가 나타난 것이었다. 겉모습이 보통 사람이 아니었다. 여덟팔자가 거꾸로 박힌 장군 상인데다가 목소리가 메아리처럼 울려 기이한 인상을 풍겼다. 옷매무새가 아주 개판이라 무슨 이런 자가 있을까 할 정도로 첫인상이 나빴다. 자개를 만져서 그럴까 손은 무슨 곡괭이처럼 구겨지고 험했다.

"우리 카페에 통영 자개를 갖다놓고 싶다고요?"

"네 그렇습니다. 아마도 커피 판매량이 두 배로 많아질 것입니다."

"그렇게 생각하시는 이유가 무엇이에요?"

"지금까지는 여기 오는 사람들이 전부 커피 마시려고 왔겠지요,

당연히! 하지만 자개를 진설해 놓으면 커피 맛에다가 자개 구경이라는 새로운 맛을 더하게 됩니다. 혓바닥 맛에다가 눈맛이 덧붙여지는 거죠."

"우리는 혓바닥 맛에는 자신이 있습니다만, 사장께서는 눈 맛에 자신이 있나요?"

"그래서 찾아온 게 아닙니까! 사람은 혓바닥에 새겨진 맛으로도 꿰어 차이지만 눈으로 본 것에도 정신이 홀라당 꿰어 차입니다. 그래서 화가라는 사람들이 있게 되는 겁니다. 그래서 한번 보시라고 견본을 하나 가지고 왔습니다. 이 작품을 보시는 순간 아, 하는 탄성이 일지 않으면 나의 청을 거절해도 좋습니다."

여덟팔자 눈썹의 사내는 자리에서 일어나서 홀의 문께로 걸어가더니 큼지막한 무슨 포장 품을 가지고 왔다. 포장을 풀자 작은 반상 하나가 드러났다. 일반인들이 흔히 쓰는 밥상이었다. 그것을 보는 순간 혜리는 자신도 모르게 아, 하는 탄성을 발하고 말았다. 뭐라고 꼭 꼬집어서 말할 수는 없었지만 그야말로 형언할 수 없는 아름다움이 그의 눈을 통해 뇌로 전파되었다.

"눈맛 혀맛이라는 말이 나와서 하는 말이지만, 나의 생각으로는 눈맛이 혀맛보다도 더 강하다고 생각합니다. 사람은 그 나라의 남다른 음식을 맛보러 여행을 하기는 조금 어렵습니다. 그러나 사람은 머나먼 외국 땅에 있는 절경을 보기 위해 수백만 원 수천만 원을 들여 여행을 합니다. 혀맛은 본능이지만, 눈맛은 인간이 타고난 미적 감각에 바탕을 둔, 꿈을 꾸게 합니다. 아무리 맛있는 음식을 먹었다고 해도 인간은 그 음식을 가지고 그 사람만의 먼 꿈을 꾸지는 않습니다.”

“사장님은 보기는 험해 보이는데 참으로 부드러운 분입니다. 유식하시고요! 불가에서는 세상만물의 탄생 기원을 말할 때 12처설(處設)이라는 것을 들고 나오는데, 눈·코·귀·혀·몸·마음을 육근(六根)이라 하고 이것에 대응하는 보는 것·냄새 맡는 것·듣는 것·맛보는 것·느끼는 것·생각하는 기능을 육경(六境)이라 설명하데요. 방금 말씀하신 혀맛이라는 것과 눈맛이라는 것이 바로 그것이 아니겠어요?”

“책을 좀 보아서 그런 소리를 들은 것 같습니다.”

“책을 보시다니요! 무슨 책을 보았습니까?”

“대학에 강의를 나갑니다. 우리 같은 공돌이한테는 학벌은 묻지 않는다고 해서 어느 2년제 대학 옻칠자개학과에 강의를 나가고 있습니다. 강의는 자개 작업의 실습을 지도하라는 것이지만, 이론이 없는 실습도 불가능합니다. 그래서 이런 저런 소리 하기 위해 책을 좀 들여다보곤 합니다.”

“대학 교수님이시군요!”

“아니, 아니, 절대 그런 게 아닙니다. 그냥 자개장이지요!”

“그런데 눈맛이 사람을 꿈꾸게 한다는 말씀이군요. 알 것 같기도 하고 아리송합니다.”

“별 뜻 없이 한 말입니다. 혀맛은 본능이기에 맛있게 먹으면 끝이라고 할 수 있겠지요, 그렇지만 혀맛이 전혀 꿈을 꾸게 하지 않는 것은 아닙니다. 어릴 때 어머니가 끓여주신 된장국 맛이 돌아가신 후의 어머니를 추억하게 하기도 합니다. 하지만, 눈맛은 인간을 무한한 상상의 영역으로 몰아갑니다. 거대한 강줄기에 임해 있는 큰 산의 허리쯤의 초옥에서 내려다본 강의 유장한 모습은 그 초옥에서의 삶의 호젓함과 어떤 신비스런 삶을 향한 영원한 꿈을 꾸게 합니다."

"무슨 꿈을요?"

"사랑하는 여인과 아름다운 가정을 이루어 영원히 행복하게 살고 싶은 꿈이겠지요."

"…."

혜리는 할 말을 잃어 버렸다. 이 험상궂게 생겨먹은 **여덟팔자 눈썹** 사나이의 말솜씨에 완전히 녹아버린 것이다. 여자는 왜 이렇게 허황한 말에 약한 것일까. 꿈에 약한 것이 아니라, 그 꿈을 설파하는 언설에 쉽게 녹아버리는 것이다. 알다가도 모를 일이다. 혜리는 황씨에게 자개의 홀 안 진설을 허락하였다. 자개 작품이 팔릴 경우 50 대 50으로 판매 대금을 나누기로 했다.

"감사의 뜻으로 이 자개 밥상은 선물로 드리겠습니다. 큰마음 먹고!"

"감사합니다. 앞으로는 이 밥상 때문에 제 때 제대로 된 밥과 반찬을 얹어서 먹어야겠네요."

"밥상이 좋아서 밥을 제대로 먹겠다…. 하 참 그것도 좋으네요."

"그런데 결례의 말씀 한 마디 물어보아도 될까요?"

"네, 얼마든지."

"내가 이 분야는 전혀 몰라서 묻는 건데 이 자개 밥상 시가는 대략 얼마쯤?"

"네 그거…. 놀라지 마십시오. 그거 대략 한 2천만 원쯤 합니다."

"…."

혜리는 말문이 막혔다. 2백만 원도 아니고 2천만 원이라니, 누굴 놀리는 것인가. 혜리가 입을 열지 못할 이유는 충분했다. 황씨가 말한 그 가격이 너무나 고액이라 혜리는 쇼크를 받았다. 사실 혜리의 생각으로는 그 액수는 말도 안 되는 것이었다. 밥상 하나를 2천만 원? 말이 되지 않았다.

"그러실 줄 알고 내가 말하지 않으려고 했는데…."

"아닙니다. 내가 그 바닥의 사정을 몰라서요."

"어째서 그런 가격이 나왔는지 속사정을 듣고 나시면 이해가 되실 수도 있습니다. 그 작품은 그야말로 자개장이라는 공인의 영혼을 오로지 불사른 것입니다. 내가 그걸 만드는데 약 6개월이 걸렸습니다. 제일 먼저 만들고자 하는 자개상의 모습을 디자인하는 것부터 시작합니다. 지금까지 있었던 모든 자개상의 모습을 섭렵하여야 합니다. 어느 집 고택의 천장에 감추어져 전해져 오는 자개상을 사정을 하여 그 모습을 살펴야 합니다. 그리고 나서 자개상의 나무를 무엇으로 할 것인가를 정해야 합니다. 참나무 박달나무 등 자개에 많이 쓰이는 나무를 정하면, 그 나무를 구하는 방법을 알아봐야 합니다. 우리나라에 있으면 다행이지만 중국이나 베트남 혹은 티벳에서만 나는 나무가 있고, 적송처럼 일본에서만 나는 나무도 있습니다. 직접 현금을 챙겨가지고 가서 그 나무를 구입합니다. 작품의 재질인 나무가 결정되고 구해지면 다음에는 아무리 양질의 나무라 해도 건자재가 아니고 자개의 재료로 쓰일 경우 나무를 한

두 차례 담금질을 해야 합니다. 항아리를 굽는 식이죠. 토굴 속에 넣어 연기로 찌거나, 아니면 증기로 쪄야 합니다. 자연목 그대로 쓰면 나무의 물기가 마를 경우 약간의 변형을 초래할 수 있어요. 그러면 작품이 무로 돌아갑니다. 이 과정이 한 3달이 걸립니다. 그런 다음에 목공일을 합니다. 톱과 대패로 자개상을 만드는 것이죠. 요사이는 분업이 되어서 자개상 만드는 일은 목공소에 맡기고 자개장이는 옻칠과 자개 붙이는 일만 하지만, 원칙적으로 그러면 안 됩니다. 한 사람이 해야만 진정한 작품이 되는 것이죠. 이 작품은 제가 처음부터 끝까지 제 손으로 했습니다."

"그 다음에는요?"

"그 다음에는 옻칠에는 적어도 이런 고급 상의 경우는, 최고 양질의 옻을 만들어 적어도 10번은 칠해야 합니다. 한꺼번에 10번을 칠하는 것이 아니라, 칠하고 나서 며칠간 말리고 또 칠하고 합니다. 이 과정이 한 서너 달이 걸립니다."

"그 다음에는요?"

"그 다음에는 자개를 붙입니다. 자개라는 것은 결국 조개껍질을 오려서 붙이는 것인데, 어디 조개가 껍질이 어떤 영롱한 빛을 내는가를 꿰뚫고 있어야 합니다. 그 생산지인 강이나 바닷가로 가서 조개를 구입하여, 속을 파내고 껍질을 벗겨서 하나하나 작업을 하여, 작품에 쓰일 수 있도록 손작업을 하여야 합니다. 하기야 손질되어 있는 상품으로서의 조개껍질이 대량으로 유통되고 있기는 합니다만, 그래가지고서는 진정한 한 사람의 작품이라고는 할 수 없습니다. 이 과정이 뜻밖으로 시간이 많이 들어 한 두 달여가 걸립니다.

6개월 걸려 탄생된 작품이 2천만 원이라고 하면, 한 달에 3백만 원 꼴입니다. 자개장이도 먹고 살아야지요. 그러려면 아무리 적게 쳐도 한 달에 3백은 있어야 입에 풀칠이라도 하게 되지요. 그런 계산으로 나온 금액입니다."

"이걸 공짜로 나에게 주시겠다는 거예요?"

"공짜가 아닙니다. 공짜일 수도 있겠지요. 하지만 공짜는 결코 아닙니다. 세상에는 공짜란 없다고 하지 않습니까."

"공짜가 아니라면? 돈을 받지 않으시겠다고 하셨잖아요!"

"그렇지요. 분명 내가 그렇게 말했습니다. 하지만 나의 눈맛은 벌써 그 이상의 금액을 받았습니다."

"무슨 말씀이신가요? 무슨 뜻이신지?"

"자개장이는 커피에서 느낄 수 있는 혀맛으로 살아가는 사람이 아니고, 눈맛으로 살아가는 사람입니다. 사람의 일생은 어차피 이맛의 일생입니다. 사장님의 절묘하게 빚어진 얼굴과 아름다운 몸매, 물결치는 앞가슴, 그리고 흔들리는 듯한 목소리와 총명하면서도 꿈꾸는 듯한 시선 그리고 당당하면서도 흐느적거리는 듯한 걸음걸이 등은 그 가치로 보아 이 자개상의 2천만 원보다 몇 갑절이라고 생각합니다. 당신은 남의 마음을, 특히 남자의 영혼을 훑어가는 마녀입니다. 남들은 흐릿하게 의식하지만, 나는 분명하게 가늠하고 의식할 수 있습니다. 그것이 나의 일생의 직업이었으니까요. 이것이 나의 계산법입니다."

"…"

혜리는 더욱 할 말을 잃어버렸다. 한 대 얻어맞은 것 같은 기분이었다. 황씨의 팔자눈썹은 그가 용맹하다는 뜻이 아니라, 날카롭다는 뜻인 듯했다. 그는 사실 대단히 날카로웠다. 혜리는 그의 날카로움에 가슴이 에이는 듯한 아픔을 느꼈다. 그와의 첫 대면에 그녀는 그의 날카로움에 맞아 허물어진 듯한 감각을 느꼈다. 그의 날카로움이란 여러 가지의 의미를 가지고 있었다. 상대를 찌르는 주체의 경직성과 자신감이었다. 그것은 오랜 세월에 걸친 체험과 사색에서 우러나온 것 같았다. 황씨는 얼떨떨하게 앉아 있는 혜리를 버려두고 자리를 떴다. 검은 옻칠의 반상만이 그녀 앞에 남아 있었다. 한 차례 거세게 얻어맞은 듯한 기분을 간신히 수습한 혜리는 그가 남기고 간 반상을 거두어 자신의 무릎 위에 얹어 놓고 이리저리 만지면서 감상하였다. 정말 명품 같았다. 이쪽으로 안목이 없는 혜리였지만, 그것은 분명 명품이었다.

그녀는 근처 가구점에 들려 양질의 받침대를 구해 와서 홀의 한쪽 구석에 설치하고 그 위에 반상 자개상을 올려놓았다. 그 구석으로부터 홀 전체를 향하여 신기한 광채가 발하는 듯했다. 그 광채를 느끼는 것은 황씨가 말한 그 눈맛이라는 것일까. 며칠 후, 황씨는 화물차에 그가 말한 10개의 자개 제품을 싣고 왔다. 포장을 어떻게나 꼼꼼히 했던지 물이나 불속에 집어 던져도 끄떡도 하지 않을 것 같았다. 그 물건들이 그만큼 귀중품이란 뜻이었다. 대단한 숫자의 자개 제품들이었다. 카페가 갑자기 휘황한 광채로 빛났다. 많은 것 같은 자개 제품들도 황씨가 카페의 넓은 홀을 잘 정리하여 공간을 만들어 적절하게 비치하니 그리 큰 면적을 차지하지 않았다.

"내가 보기로 카페의 전체 면적이 한 3백 평은 되는 것 같습니다.

여기 홀이 한 백 평 정도 되니 아직도 2백 평은 남아 있습니다."

"어떻게 그렇게 잘 아세요!"

"밥만 먹으면 그 짓을 하는데 그걸 몰라요! 2백 평이라면 좁은 땅이 아닙니다. 그 땅의 이용을 저에게 맡기시면 어떨까요?"

"그렇게 하세요!"

참으로 느닷없는 제의였고, 참으로 느닷없는 대답이었다. 그들의 두 마디 말이 교환되는 사이 어느 틈엔가 황씨의 부드러운 숨길이 혜리의 얼굴을 덮치고 있었다. 그녀는 피하지 않았다. 자기를 구속할 수 있는 것이라고는 이 세상에는 존재하지 않는다고 언제나 스스로에게 다짐하는 그녀였지만, 끊임없이 낯선 남자에게 이끌려왔다. 그러나 아무리 강한 이끌림을 가진 남자라도 그녀는 결국 이것을 자르고 헤엄쳐 나왔다. 그 자르는 작업은 자신의 자의적인 것이었든 혹은 타자의 우연한 개입이었든 상관할 바가 아니었다. 결과적으로 그녀는 남자의 강한 이끌림에서 벗어날 수 있으면 그만이었다. 남자의 접근을 강하게 허락하는 그 순간 그녀는 벌써 그를 떨쳐버릴 가능성을 가늠하는 것이다. 그녀의 타고난 본능이었다. 강한 자아와 강한 사랑의 감정을 동시에 가졌다고 한다면 어패가 있는 것일까. 강하게 덮쳐오는 이 자개장이를 도저히 뿌리칠 수 없는 어떤 사랑의 감정이 솟구쳤다. 그러나 그녀는 절대로 그 감정 속으로 침잠할 수 없는 자신을 잘 알고 있었다. 지금 이 순간의 감정이 얼마나 지속될는지 자신도 알 수 없었다.

사람의 눈을 오금 저리게 현혹하는 자개 제품을 빚어내는 이 낯선 자개장이에게 사정없이 빠져드는 자신을 바라보면서 혜리는 쓰디쓰게 웃었다. 자신이 조금은 저주스럽기도 했다. 도대체 사내를 몇이나 죽여야 자신은 한발 뒤로 물러날 수 있는가. 남자들이 신비스럽다. 자신이 남자가 아니라서 그런 것일까. 그들을 가지고 또 가져도 남자들에 대한 갈증은 풀리지 않는다. 그들은 순수하고 용감하며 정확하고 기민하다. 그리고 무언가를 만들어내는 독창성이 있다. 남자는 버려두면 뭔가를 만들어낸다. 이것이 남자의 신비스러움이다. 이것이 남자의 매력인 것 같다. 이런 것을 여자는 아무래도 조금은 덜 가진 것 같다. 그들은 어느 면 어리숙하기도 하고, 바보스러운 면도 있다. 이 점에서 여자는 훨씬 더 똑똑한 것 같다.

"다른 소품들은 괜찮은데 역시 장롱은 조금 벅찹니다. 다른 전시 장소가 있어야겠습니다. 장롱의 종류만 10개가 넘습니다. 여기 가져온 것은 겨우 그것들 중에서 하나에 불과합니다."

"선생님 집에나 작업장에는 그런 공간이 없나요?"

"우리 집은 그냥 작업장입니다. 물건을 만들어내는 곳일 따름이지요. 전시 공간은 따로 없습니다."

그들의 이야기는 일단 거기서 그쳤다. 그러나 한 달가량의 시간이 흘렀을 때, 황씨의 진설된 자개 제품들은 위력을 발휘하기 시작했다. 커피를 마시러 들른 사람들이 실내를 메우고 있는 자개품들에 관심을 가지기 시작하면서 소품부터 팔리기 시작했다. 아무리 소품이라고 하더라도, 자개장이의 손을 거쳐 정상적으로 제작된 작품이라면 그것은 물건이 아니고, 작품이었다. 그것은 아무리 적어도 2, 3백만 원이었다. 자개 제품을 카페 홀에 전시하고 난 후, 황씨는 하루에 한번 꼴로 홀에 들렀다. 그는 자진해서 혜리의 살림집을 손봐주었다. 그는 참으로 뛰어난 자개장이였고, 그리고 목수였다. 허름하던 혜리의 살림집을 이리 손보고 저리 손보아 아주 훌륭한 새집으로 만들어냈다. 그는 절묘한 목수의 솜씨로 집을 뜯어 고치고, 고쳐진 집에다가는 빛나는 자개 제품들을 설치해 주었다.

"사장님, 기왕에 내킨 김에 저기 공터에 황완호 자개 전시장을 지으면 어떨까요? 나는 골방에서 작업만 했지 사실 작품의 전시와 판매는 타인이 했습니다. 내가 직접 하면 그만큼 이문이 클 것 같습니다."

"사장님, 사장님 하지 마세요. 우리 연인 된 지가 벌써 몇 달 되었어요. 살림살이도 서서히 합치고 있는데, 사장님이세요?"

"대지가 가로로 호수를 따라 길게 늘어서 있습니다. 그래서 가능한 전시장 건물을 세로로 두 겹으로 짓는 한이 있더라도, 카페 건물을 가로로 길게 지을 작정입니다. 전시장이건 카페 건물이건 채광이 중요합니다. 사람은 햇볕을 따라 모여들기 때문입니다."

"일단은 전시장부터 지어야겠군요."

근 6개월이 걸려 한옥 전시실은 완성되었다. 전시실 건축으로 현장에서 잠을 자곤 하던 황완호는 결국 혜리의 집으로 입주하게 되었다. 그들은 새로운 동거 부부가 되었다. 혜리는 황완호의 결혼 상태에 대해 묻지 않았다. 그것은 그가 알아서 할 일이었다. 그가 그 나이가 되도록 홀몸으로 살 턱은 없었다. 자기와의 동거에 들어가기 위한 모든 준비는 그가 알아서 할 일이었다. 그가 부실한 상태에서 동거에 들어가면 그것은 부실한 동거가 될 수밖에 없다. 그러면 그는 결국 불행한 동거 생활을 하게 되고 그것은 결국 파탄으로 끝나게 된다. 동거란 원래가 이별을 염두에 둔 것이다. 사람이란 원래가 괴팍스러워서 사회적 법률적인 장치가 없으면 엔간해서 일생 해로하지 못한다. 혜리는 자신이나 주변인들의 과거에 대해서 기이할 정도로 무관심하다. 그것이 무엇이든 그는 캐묻지 않는다. 알려고 하지도 않는다. 지나가버리면 그만이라는 생각을 철저하게 하는 듯했다. 그 많은 남자들과 동거를 하고 나름대로의 이유로 헤어졌지만 그녀의 머릿속에는 그런 사연들이 남아 있지 않았다.

전시실 건축과 자개품 이송과 전시에 황완호는 초죽음이 될 정도로 피로했다. 그러나 그는 혜리를 사랑함에 있어서 그야말로 지칠 줄 모르는 열정과 정성을 보여주었다. 그의 예술 혼은 예술 작품을 통하여, 그리고 혜리에의 사랑의 감정과 행동을 통하여 여지없이 발휘되었다. 그는 열정과 솜씨의 예술인이요, 장인이었다. 그가 손대면 예술품으로 다듬어지지 않는 것이 없었다. 혜리는 신기하여 그의 손을 끝없이 들여다보곤 했다. 겉으로 보아 무슨 특별난 것이 있지 않았다. 특별난 것이라고는 없는 그의 손은 일단 끌을 잡거나 솔이나 톱을 잡으면 신기한 능력을 발휘했다. 그의 이런 신기한 기술은 그가 가진 열정과 정성의 뒷받침을 받아 결국 특출한 신품을 만들어내는 것이다.

그런데 자개품들을 진설하는 과정에서 문제가 발생했다. 자개품을 진열장 안에 하나하나 전시하거나, 덩치가 좀 큰 품목은 홀에 정리된 탁자나 선반 같은데 올려놓으면서, 품목 명과 가격을 써 붙이는 일이 있었다. 그런데 황완호는 가격을 써서 넣으면서 혜리를 놀라게 했다. 자개 붙인 조그만 항아리에 1억 원, 자개 붙인 조그만

황금 황소 상에는 2억 원, 역시 자개 붙인 양반책상에는 7천만 원, 자개 붙인 옷장에는 10억 원, 검은 옻칠에 자개 붙인 반상에는 8천만 원, 옻칠 올려 자개 붙인 반짇고리에는 1억5천만 원 등이었다. 전번 그의 공장에서 보았을 때보다 훨씬 값이 뛰었다. 4천 원짜리 커피 파는 것이 본업인 혜리에게는 정말로 꿈같은 이야기였다.

"아니, 당신 정신이 있어요? 없어요? 좀 정신을 차리세요! 이렇게 하면 누가 사간데요?"

"이런 물건을 사가는 사람은 따로 있습니다. 그 사람을 찾아야죠!"

"그런 사람이 누구예요? 여기 진주 사람들 중에 그런 사람이 있을까요?"

"혜리씨는 어떻게 생각하실지 모르지만, 물건에는 주인이 따로 있습니다. 그 주인을 만나기 전에는 이 물건은 팔리지 않습니다. 사람 중에는 별별 사람이 다 있어서 이 물건이 팔리는 것입니다. 그럴 경우 가격이 문제가 되지 않습니다."

"무슨 말이에요?"

"사람들 중에는 별별 사람이 다 있다는 말은…. 돈이 너무 많아서 정말 돈이 돈으로 보이지 않는 사람들이 있다는 뜻입니다. 그런 사람들 중에서 자개에 미친 사람들이 있습니다. 그런 사람이 즉 이 물건의 주인이 되는 법입니다. 사람은 누구나 자기 나름대로 살아가는 방법이 있습니다. 즉 인생과 소통하는 방법이 다 다른 것이죠. 내가 자개 작품의 소장자들과 소통하는 방법을 터득하는데 근 20년이 걸렸습니다. 저에게 맡겨놔 보시죠!"

"믿어지지가 않네요!"

"속는 셈 치시고 한번 믿어보시죠."

"아니, 당신, 자개 항아리 값을 1억에서 10억으로 올려놨어요?"

"네, 내가 그렇게 했어요."

"당신, 미쳤어요? 항아리 하나를 10억이라니! 정신이 뭐 좀 이상하게 된 거 아니에요?"

"보다시피 나는 이렇게 멀쩡합니다. 전혀 이상한 거 없어요! 그거 10억의 가치가 있습니다!"

"당신이 아무리 공들여 만든 작품이라도 일반 사람들이 그것을 객관적으로 인정을 해줘야해요! 저 작은 자개 항아리 하나를 누가 10억 주고 사겠어요? 남들이 웃어요! 정신병자라고!"

"…."

황완호는 천천히 혜리를 향하는 얼굴을 돌렸다. 그의 얼굴을 향해 시선을 던지던 혜리는 소리 없이 으악, 하고 자신만의 고함을 질렀다. 그녀는 소리 내어 고함을 지르지 않았기 때문에 음성은 터져 나오지 않았으나, 흠칫 몸을 뒤로 물렀다. 황완호의 얼굴 한복판에 뚫려 있는 두 개의 눈에서는 무서운 증오의 붉은 불이 흐르고 있었던 것이다. 그와 동시에 혜리는 이 남자가 정상의 인간이 아님을 직감하였다. 남자는 자신이 허리에 차고 있던 장도리를 뽑아 들었다. 그리고는 천천히 혜리를 향해 걸음을 옮겼다. 저 무서운 시선을 한 사내는 얼마든지 자기를 죽일 수 있음을 감지했다. 그 순간 그의 일생의 이력이 번개처럼 그의 두뇌에 흘렀다. 그가 무슨 인사 사고로 홀몸이 되어 지금까지 살아왔다는 뜬구름같이 여겨지던 이야기의 실체가 그 모습을 드러낸 것이다. 그는 그냥 홀몸이 된 것이 아니었다. 그런 인사 사고로 홀몸이 된 것이다!

　이런 자아 집착증에서 기인하는 과대망상증은 살인을 무서워하지 않는다는 글을 어디선가 읽은 적이 있었다. 혜리는 두려움에 휩싸였다. 이 위기를 넘겨야한다는 생각이 머리를 채웠다. 이 사내와 1년 이상 살아왔기에 그가 어떤 사내인지 조금은 알고 있었다. 그의 신기에 가까운 손 기술도 결국 이런 자아 집착증에서 오는 것이 아니고 무엇인가. 그는 바깥 것을 모른다. 알려고도 하지 않는다. 오직 자신만을 아는 것이다. 그녀는 황완호가 얼마나 자기의 육체를 좋아하는 가를 짐작하고 있었다. 그 순간 느닷없이 천하 고집쟁이에 난봉꾼인 죽은 아버지의 모습이 떠올랐다. 그가 머리끝까지 화가 나서 어머니를 죽이려 덤벼들다가도 어머니가 잽싸게 저고리를 풀고 젖가슴을 내어놓으면 웃음을 터뜨리며 뒤로 물러서던 아버지 이덕수의 모습이 뇌리에 클로즈업 되었던 것이다. 그녀는 살아야한다는 위기감에 몰려서, 자신도 모르게 웃옷의 한쪽 귀퉁이를 살짝 들치고 가슴의 한 부분을 내어놓았다. 한쪽 귀퉁이라고 하지만 그것의 터질 것 같은 볼륨감과 안개 같은 부드러움을 느끼기에 충분했다. 언제인가 황완호가 자기가 아무리 멋진 자개로 다듬어도 당신의 가슴만큼 아름다운 것을 빚어내지 못할 것이라고 한탄하던 목소리가 그녀의 뇌리에 떠올랐기 때문이었다. 갑자기 그의 일그러진 입에서 웃음소리가 터져 나왔다.

　"하하하하하….."

　그는 혜리 앞에 너부죽이 엎드렸다.

　"이 자개 항아리가 10억이라면, 당신의 가슴은 100억입니다!"

예감되었던 위기의 순간은 가까스로 수습되었다. 그러나 이것을 기회로 혜리의 마음은 황완호에게서 멀어지기 시작했다. 그는 본질적으로 자아 집착증의 과대망상증 환자라는 생각을 떨쳐버릴 수 없었다. 아무리 정성스럽게 만들었다고 하더라도 작은 자개 항아리 하나를 10억을 호가하다니 전혀 현실성이 없었다. 항아리에다가 자개가 아니라, 다이아몬드나 황금 편을 붙였다면 또 모를 일이다. 아무리 정교하게 자개를 붙였다고 하지만, 그것은 강이나 바닷가로 가면 쉽게 구할 수 있는 조개껍질이다. 끈질긴 기다림 끝에 드디어 임자가 나타났다.

부산 사는 중년 여자인데, 대일(對日) 신발 무역으로 크게 돈을 번 무역상의 부인이라고 했다. 해운대 뒷산, 바다가 내려다보이는 둔덕에 건평 천 평, 대지 2백 평의 저택을 가지고 있는데, 집치장을 위해서 이런 고가의 가구들을 사들이고 있다는 소문이었다. 집을 한국 전통양식으로 치장하는 것이 취미인 여인이었다. 그런 그녀의 귀에 진주 자개장이 황완호의 이야기가 들어간 것이다. 그녀는 차를 몰아 진주 진양 호반의 논개 카페를 찾았고 이어서 논개 자개를 찾았다. 드넓은 전시장을 둘러본 여인은 장엄하고 아름다운 자개장들을 보고 숨이 막히는 듯한 감동을 느꼈다. 자개가 풍기는 위엄과 형언할 수 없을 정도의 광채와 아름다움은 과연 절품이었다. 새로 지은 집의 안방에 이 자개장을 갖추어놓고 싶었다. 10억짜리 자개장을 보러 사람들이 몰려들 것이 틀림없을 듯했다.

그러나 자개장들의 값이 너무나 고가라는 생각이 들었다. 그녀는 수시로 이런 자개장이들을 상대해서 물건을 사들이고 있었다.

그래서 이들 자개장이들의 마음을 잘 알고 있는 편이었다. 이들 자개장이들의 가장 중요한 인적 요소는 자존심이 지나칠 정도로 세다는 사실이었다. 이들을 지배하는 이 무서운 자존심은 자개품들이 사양 산업이라는 사실에서 기인한다. 아무리 뛰어난 절품을 만들어내어도 팔리지 않으면 소용이 없는 법이다. 그래서 그들에게서는 웃음이 사라져 버렸다. 한마디로 말해서 자개품들이 잘 팔리지 않는다는 사실이다.

"모든 상거래에는 내고가 있다고 생각해요."

"그렇겠지요."

"내가 생각하는 적정한 가격을 우리 비서를 통해서 알려드리겠어요. 답장을 주세요. 어떤 형태로든."

"원하시는 대로 하십시오."

무역회사 사장 부인은 돌아갔다. 며칠 후에 비서라는 사람이 왔는데, 부인의 의견이라면서 3억을 제시했다. 황완호는 그렇게 하면 물건이 싸구려가 된다면서, 적어도 절반은 받아야 한다고 했다. 그럴 경우, 2억 원짜리 옷장·이불장 세트를 선물하겠다고 했다. 며칠 후에 비서가 왔는데, 4억 원을 제시했다. 황완호는 거절했다. 상담이 몇 달간 중지되었다. 여기에서 약해지면 안 된다고 황완호는 생각했다. 그녀의 머릿속에는 벌써 자기의 자개품들이 자리를 잡고 있는 것이다. 근 1년이 흘렀다. 더 이상 사람의 내왕은 없었다. 그러던 어느 날 비서가 왔다.

"사장님이 원하는 금액을 주시는데, 옷장·이불장 이외에 탁자 세트도 줄 수 있느냐고 하셨습니다."

"금액의 내고가 아니고, 물품에 대한 내고라면 나는 영광으로 생각합니다."

황완호의 승리였다. 남의 심리를 꿰뚫어보는 그의 혜안과 끈질긴 기다림이 그의 승리를 가져온 것이다. 자개업자들이 허리띠를 졸라매고 그래도 작품 생산의 끈을 놓지 못하는 이유가 여기에 있는 것이다. 그 다음에 조금은 놀라운 일이 벌어졌다. 혜리의 통장으로 그 대금이 전부 입금이 된 것이다. 그 전에도 자개품 파는 대금을 비롯한 모든 수입금이 혜리의 통장으로 들어오지 않은 것은 아니었다. 그러나 이런 거액까지도 혜리의 통장으로 넣어줄 줄은 정말 몰랐다. 황완호가 금액에 무관심해서일까, 아니면 혜리를 완벽하게 믿어서일까? 알 수 없는 일이었다.

보다 못해 혜리가 용돈을 그의 주머니에 찔러주면, 간수를 못해 여기저기에 흘려버리기가 일쑤였다. 있으면 아무렇게나 써버리고, 없으면 없는 대로 사는 것이 그에게 있어서 돈이었다. 자개 작가로서의 황완호의 이름은 높았다. 여기저기서 자개 제작을 배우겠다고 찾아오는 젊은이들이 더러 있었다. 꼭 그의 작가로서의 이름이 높아서만은 아니었다. 언제나 하는 이야기지만, 인간은 별별 종자가 다 있어서, 자개라는 물품에 관심을 가지는 사람들도 있는 것이다. 그런 사람들이 어디에 있으랴 싶지만, 그렇지 않았다. 상당한 숫자의 사람들이 이것에 관심을 가지고 있었다. 이들은 주로 인터넷에 뜬 전시장 홍보물을 보고 찾아왔다. 홍보물 속에는 작업복을 입고 자개 제작 작업을 하고 있는 황완호의 모습이 전시장의 외양과 함께 들어가 있다.

이들은 하나 둘 모이기 시작하여 이제는 10명 가까이 되었다. 작은 서클이 된 것이다. 미대 공예과를 나온 김 양이 있고, 부산에서 인터넷 광고를 보고 어머니와 함께 올라온 글래머 스타일의 이 양도 있었고, 놀랍게도 자주는 아니지만 가끔 강좌에 참여하는 부산 무역회사 사장 부인인 홍 여사도 있었다. 이들이 가장 눈에 많이 띄는 대표적인 수강생들이었다. 이 양은 몸매부터가 글래머 스타일이지만; 행동도 좀 덜렁거렸다. 잠시도 지긋하게 한 자리에 앉아서 일을 하지 못하고 여기저기를 쑤시고 돌아다녔다. 홍 여사는 비서를 문 밖에 세워두고 잠깐 잠깐 강의를 듣고 실기를 배웠다. 그녀가 자개를 좋아하는 정도는 좀 지나치다할 수 있었다. 어떤 경우는 한 10분 정도 강의나 실기를 배우지만 어떤 경우에는 2, 3시간을 내리 보내는 경우도 있었다.

김 양은 대전에서 왔고, 이 양은 부산에서 왔다. 김 양은 진주 시내에서 자취를 하면서 다녔고, 이 양은 거처가 마땅하지 않아 전시장에 붙은 방에서 자취를 하고 있었다. 이 대표적인 세 사람들의 공통점은 이들이 한결같이 자개에 혼을 빼앗긴 사람들이란 사실이었다. 그러자니 자연 황완호는 이들에게 그야말로 군림하는 스승 같은 존재였다. 그러나 문제는 황완호의 인격과 성격이었다. 그는 무식한 사람이었고, 오직 공방을 돌면서 자개 기술을 익힌 사람이었다. 그에게 천부적인 자개 기술이 있다고들 하지만 그것이 그의 인격과 무슨 관련을 확고히 가지는 것은 아니었다.

그런 세월이 근 1년 가까이 흘렀다. 한 가지 이상한 사실은 혜리 자신을 요구하는 황완호의 강도가 옛날 같지 않다는 사실이었다.

옛날만큼 뜨겁지 않다는 사실의 감지였다. 여자 특유의 감각에 의한 느낌이었다. 그런가 하면 별다른 작품의 제작 진척도 없이 그가 전시장 옆에 설치되어 있는 작업실에서 밤을 새워 작업하는 빈도가 점점 많아진다는 사실이었다. 자다가도 벌떡 일어나 작업실로 가서 붓을 잡는 것이었다. 불현듯 혜리는 그가 자개장이로서의 작업을 하는 것이 아니라, 다른 작업을 하는 것이 아닐까하는 의구심이 들었다. 마흔을 바라보는 자신은 아무리 타고난 미모라 하지만 나이를 속일 수 없는 것이다. 사람이든 자개든 황완호는 아름다움을 창조하고자 심신을 불태우는 사람이다. 그럴 경우 상당한 젊음과 미모와 몸매를 갖춘 여자가 바로 옆에 있을 경우 허물어지는 것이 남자이다. 황완호가 마흔을 바라보는 자기만을 쳐다보리라고 생각하는 것은 지나친 자만인지도 모른다는 생각이 들었다. 김 양이나 이 양을 생각하면 자기도 이제 전성기를 지났다는 느낌이 어느 순간 불현듯 머리를 때렸다. 자기를 폭발적인 몸매를 가진 이 양에게 비교해 보는 것은 어쩐지 알 수 없는 비애 바로 그것이었다.

"진주를 떠나야겠어요."

어느 날 혜리는 자신의 결심을 말했다. 그녀의 결단은 빨랐다. 오히려 그녀는 이런 기회가 온 것을 다행으로 생각했다.

"…."

완호는 말이 없었다.

"카페와 대지를 드릴 테니, 저금되어 있는 5억을 주세요. 서울로 돌아가겠어요."

"못난 놈을 용서하시구려."

"사람은 변하기 마련이에요…. 누구를 탓하겠어요."

"그것 이외에 내가 가지고 있는 3억을 더 드리리다."

며칠 후 혜리는 언제나처럼 다시금 기약 없는 여행을 떠났다.

제8장

떠돌이 삶

"아주머니, 안전벨트를 하세요. 서울 어디 동네죠?"

"어느 동네로 가자는 말을 하지 않았던가요?"

"그럼요, 그냥 서울로 가자고만 하셨어요⋯."

"서울 정릉으로 가 주세요."

"좋은 동네로 가시네요."

"정릉이 좋은 동네에요?" "그럼요, 산이 있고 물이 흐르는 곳이죠. 서울은 강북이 제대로 된 동넵니다. 트럭을 끌고 매일 같이 이삿짐을 나르지만, 강북에 가면 기분이 좋습니다. 산들이 많아 우선에 공기가 좋고, 물이 많아 공기가 조금은 축축합니다. 강남은 갑자기 커진 동네라 아파트만 눈 아프게 들어차 있지만 별로 볼 것이 없어요. 궁궐이 있어요? 대학이 있어요? 병원다운 병원이 있어요? 우리 같은 운전대 하나 잡고 살아가는 놈들은 눈썰미 하나는 왔다죠!"

"다들 강북이 싫다고 강남으로 이사를 가는데…. 그런 이야기 처음 들어보네요!"

"서울은 사실 한 시간 안에 걸어 다닐 수 있는 조그만 동네입니다. 생각 좀 해보세요. 동대문에서 서대문까지, 남산에서 세검정 가는 큰 문, 자하문인가요 거기까지 걸어 다녀도 될 정돕니다. 나 같은 놈은 다리 힘이 워낙 좋으니 걸어 다녀도 한 시간이면 충분합니다. 하지만…."

기사는 하던 말을 끊고 잠시 뜸을 들였다.

"하지만…. 그래서요?"

"아주머니 처음에는 죽을상이시더니 이제 좀 기분이 풀리는 것 같습니다. 어디가 아프시지요? 영 얼굴이 좋지 않습니다. 우리 어차피 적어도 4시간은 서로들 이야기를 하면서 여기 운전석에 앉아 있어야 하니 마음을 트고 이야기나 나누시지요.…."

"도대체 나이가 몇 살쯤 되었어요? 하는 짓을 보니까 젊은 사람 같기도 하고, 얼굴을 보니 조금 나이가 든 것 같기도 하고…."

"서른 하고도 여덟입니더, 용서하이소!"

"왜 용서를 해요?"

"나이가 너무 많아서 미안하네요. 아주머니는 서른하나 아니면 두 셋 되었지요?"

"좋도록 생각하세요. 서른여덟 나이가 뭐 어때서요? 용서를 해요…."

"한물갔다 아닙니꺼! 이제 이팔청춘도 가고 남은 거라고는 늙어 가는 것밖에 없십니더. 나 같은 놈을 누가 남자라고 하겠십니꺼….

그래서 용서하라 카는 거 아닙니꺼."

"용서는 무슨 용서에요! 말도 안 돼! 남자 나이 서른여덟이면 한창 때지! 한창 때가 뭐야, 아직 젖비린내도 안 가실 나이지!"

"하아 참! 그거! 지금 하신 말씀 정말인교? 그래 남자 젖비린내가시려면 몇 살 쯤 되어야 합니꺼?"

"적어도 5자(字)는 되어야지!"

"50살 말입니꺼!"

"그래요, 너무 놀라지 말아요! 핸들 흔들린다고! 차, 차선 밖으로처 박힌다고요!"

"처박히마 죽기밖에 더 하겠습니꺼! 아주무이 같은 여자는, 일생운전대 잡고 조선팔도 떠돌지만 10년에 한 번 아니마 20년에 한번입니다. 그것도 남자하고 같이요! 이렇게 여자 혼자만 달랑 타는 거는 20년이 아이라, 일생 처음입니더! 아주무이 무신 사연이있지예? 이삿짐을 실어 나르는 사람들은 남자들이었는데, 다 싣고나서는 뒤도 안 돌아보고 사라집디더! 싸워도 된통 싸웠던 거 같습디더! 더럽게 싸우고 헤어지는 사람들 같기도 하고!"

"기사 양반, 무슨 눈치가 그리도 빨라요? 정말 귀신같네요!"

"이삿짐 전문 운전대 잡고 묵고 사는 놈들, 귀신 같습디더! 이 짐은 망해서 간다, 이 짐은 벌어서 간다, 이 짐은 신혼부부 짐이다, 이 짐은 첩쟁이 짐이다, 이 짐은 딸년 시집가면서 친정집 살림살이 빼가는 짐이다, 이 짐은 서울 가서 공부하는 아들 놈 자취방 짐이다…. 이 짐은 내연 기집 방 빼는 짐이다…. 등등 척 보마 다 알지예…."

"어째 그리 잘 아세요?"

"야? 그거요? 척 하마 삼천리지요. 밥만 묵고, 하는 지랄이 바로 이삿짐 실어 나르는 짓이니 바보 천치 아이마 그걸 모르겠습니꺼! 천날만날 눈깔에 보이는 것이 바로 그것인데…."

"운전수 양반, 참 무섭네요."

"무서버 하지 마이소! 척 알마 뭐 합니꺼? 묵고 살 돈이 없는데! 사람 일생 사는 거 아무것도 아입니데이! 이사를 몇 번 했노, 같이 살기 위한 이사가? 아이마 헤어지기 위한 이사가? 이기이 사람 일생입니더! 사람이 산다 카는 거, 이사하는 기이 와 하노 하는 것으로 압축됩니더! 그렇게 몇 번 이사하마 늙어 죽습니데이! 아주무이 이사께나 했지 예? 마 내 눈은 못 속입니데이…."

"…."

혜리는 정말 할 말을 잃어버렸다. 무식한 것 같던 기사가 정말 뱃속에 능구렁이를 품고 있었던 것이다. 이삿짐 옮기면서 이런 기사를 만난 것이 천만다행이라는 생각이 들었다. 우울했던 기분이 가시고, 웃음이 조금씩 흘러나오기까지 했다. 지금까지 별별 사내를 다 만나서 살을 섞었지만 누가 누구인지 곰곰이 생각하지 않으면 잘 구별도 되지 않았다. 그러나 분명한 것은 사내라는 녀석들은 한결같이 순진하다는 것이다. 그리고 솔직하다. 여자처럼 좋고 싫고가 모호하지 않다. 좋으면 좋다, 나쁘면 나쁘다고 속 시원하게 말해 버린다. 사내들은 두 다리 사이에 뭐 찼다고 용감하며 싸울 때는 박이 터져라 싸우지만 금방 화해하고 막걸리 마시러 간다. 사내는 본질적으로 싸움꾼이다. 자기의 명예와 재산을 위해서 싸우고, 자기가 싸워서 차지한 계집을 빼앗기지 않기 위해 싸우고, 이 계집과의 사이에서 태어난 새끼들을 키우기 위해 싸운다. 그러나 트집을 잡거나 치사하게 굴지는 않는다. 모든 사내가 다 그런 것은 아니다. 그런 큰 특징이 있다는 말이다.

"아주머니, 논개 카페 사장 놈하고 살다가 헤어졌지예?"

"…."

"내가 너무 남 아픈 데를 찔러서 미안하구마. 내가 들은 이야기가 있어서 하는 소립니더! 조금도 부끄럽거나 창피하다고 생각하지 마이소! 진양호 근처에 사는 사람들 모리는 사람 아무도 없십니더. 남자와 여자가 같이 살다가 헤어지는 일, 길거리 포장마차보다 더 많고 만나기 쉽십니더! 내 마누라 년도 남편이라는 놈이 조선팔도를 운전대 잡고 떠돈다고 다른 놈한테 코가 꿰어 가지고 도망쳤다 아입니꺼! 우리 마 다음 휴게소까지 한 20분 남았는데, 차 세우고 맥주 딱 한 잔씩만 하입시더! 내가 운전대 잡은 놈이 맥주 마시마 안 되지만, 딱 한 잔은 괘안십니더!"

혜리는 이 사내에게서 의구심이 사라지고, 조금은 이 낯선 사내가 좋아지기 시작했다. 흘러간 사내들은 다들 개성이 강한 사람들이었다. 지성적인 사람, 음흉한 사람, 열정적인 사람, 논리적인 사람, 철저하게 종교적인 사람 등등 별별 사람의 유행이었다. 그러나 이 사람처럼 평범하면서도 유니크한 사람도 없었다. 혜리는 사내가 워낙 쾌활하게 구니까 자기의 마음도 가벼웠다. 그는 늘 껄껄거리면서 웃었다. 사내가 이삿짐 차 운전기사치고는 깔끔했고, 허우대도 늘씬했다. 3백cc 맥주 한 캔을 다 마시지 않고 절주하는 것으로 보아 만사에 조심성이 있는 사람처럼 보였다. 그들은 다시금 운전석으로 올라왔다. 아무것도 아닌 것 같지만, 둘이 맥주를 한 모금씩 나누어 마신 것이 두 사람 사이를 한결 가깝게 했다. 기사는 다시금 운전대를 잡고 차를 발차했다.

"정릉 입구로 올라가는 그 아리랑 고개, 문화의 거리로 바뀐 것 아시죠?"

"…."

혜리는 금방 대답을 할 수 없었다. 그 집이 자신의 어머니의 집, 아니 동생의 집이지만 연락을 끊고 산 지가 근 10년은 넘은 것 같았다. 유랑 인생을 사느라 어머니에게 그리고 형제들에게 연락을 끊었던 것이다. 무슨 특별한 이유가 있었던 것이 아니라, 정착된 인생을 살지 않았으니 차분히 한 자리에 앉아 어머니와 친 동기들에게 소식을 전하고 할 마음의 여유가 없었다. 그들이 살 수 있게 자신 몫의 유산을 거의 전부 그들에게 줘버린 기억만이 흐릿하게 남아 있었다.

"그 집이 자기 집이 아니고, 친정집이나 아니면 동생이나 오라버니의 집인 것 같습니다. 이거 술을 마시면 안 되는데…."

기사는 목이 마르다면서 맥주를 계속 꼴깍거리면서 마셔댔다.

"왜 그렇게 생각하세요?"

"하 그거야 뻔하죠? 사람의 일생이란 이사의 일생이라고 말씀드리지 않았습니꺼! 아주머니 혼자서 이렇게 이삿짐 차에 짐을 싣고 서울로 올라가는 것 자체부터가 남다르지 않습니꺼! 이렇게 잘 생기신 여자가! 그 집이 자기 집이라면 내 물음에 대답하지 못할 이유가 없죠!"

"이삿짐 차 운전만 해가지고 눈치가 빠꼼이네요. 사실은 그 집에 어머니와 동생들이 그대로 살고 있는지 확실히 모르고 있어요. 나도 술을 몇 모금 마셨더니 얼굴이 화끈거리네요. 기사 양반이 화통하게 대화를 트니 나도 기분이 풀립니다."

"하하하, 마음을 탁 열어 놓으소. 이 몸 가진 것은 없지만 마음 하나만은 태평양보다 더 넓습니다. 거참, 연락을 안 하신 지가 얼마가 되었다고요?"

"한 10년은 되는 것 같아요."

"꼬치꼬치 캐물어서 미안합니다만 그 집이 그대로 있는 지를 짐작하기 위해서 드리는 질문이니 기분 나쁘게 생각하시지 마이소. 그 집에 누구누구가 살았능교?"

"어머니와 남동생 하나와 여동생 하나가 살았어요. 아버님은 돌아가시고요."

"으음, 그러면, 그런 가정형편이라면 그 집에 그들이 그대로 살고 있지 않을 확률이 훨씬 높습니다. 원하신다면 그 집 앞으로 차를 몰겠습니다만 기대하지 않으시는 것이 좋을 것 같습니다."

"왜 그래요?"

"그거야, 뻔하죠. 집이란 그 집안의 허우대 즉 안식처 겸 겉모양입니다. 그 집은 주인이 안 계셔서 그 집안다운 외형을 잃어버렸고, 역시 아버지가 계시지 않아서 아늑한 안식처가 아니며, 두 자식들이 장성하였기에 그들이 어떻게든 그 집을 허물어뜨리려 했을 것입니다. 자식이란 어차피 장성하면 자신이 태어난 곳을 허물고 뛰쳐나가기 마련이지예. 자식들의 이런 꼴을 어머니는 막을 힘이 없고, 어디든 자식들을 따라가지 않을 수 없었을 것입니다…. 노래 들으면 어떻겠는교?"

"좋아요. 노래 좀 틀어보세요. 거 참 좋은 생각이네요."

"그런데 좀 미안하지만 테이프가 아주 낡은 것들이라서…. 얼마 전까지만 하더라도 그 자리에 내 조수가 앉아 있었습니다. 그 조수란 사람이 여든이 넘은 할아버지였어요. 이 할아버지가 어떻게나 노래를 좋아하는지 먼 데로 이삿짐을 옮길 때는 그가 좋아하는 노래를 들으면서 달렸죠. 그래서 노래 테이프란 것들이 전부 케케묵은 것들이라…. 그런데 나도 그만 그런 흘러간 노랫가락에 인이 박혀서 요사이 젊은 것들 노래를 못 듣겠습디더…."

"곡목이 뭔데요?"

"홍도야 울지 마라, 울고 넘는 박달재, 동숙의 노래, 눈 녹은 삼팔선, 마도로스 박, 돌아가는 삼각지…. 노란 샤스 입은 사나이, 대머리 총각…."

과연 노랫가락이 흘러나왔는데, 이상하게도 깊은 감동으로 다가왔다. 자동차의 엔진음에 얹힌 탓일까 그것은 영혼으로 파고드는 힘이 있었다. 긴장의 끈을 놓지 않고 살았던 지난 유랑의 10여 년이 이 흘러간 유행가 가락에 얹혀 파노라마처럼 반추되었다.

"이렇게 하면 어떨까요?"

"어떻게요?"

"일단 아리랑 고개 나의 집으로 가 봐요. 그래서 내 가족들이 그대로 살면 짐을 부리고, 딴 사람들이 살면 짐을 차에 그대로 둔 채로 근처 호텔이나 모텔에 방 두 개를 얻어서 각각 자고 이튿날 당

일로 입주할 수 있게 비어 있는 아파트를 얻어 짐을 부리기로 하면 될 것 같아요. 그러면 모든 비용은 내가 지불하고, 하루치 품삯을 백만 원으로 쳐 드리기로 하겠어요."

"알겠습니다. 그렇게 하겠습니다. 후하게 쳐주시니 기분이 좋습니더. 이 노래는 어떻습니꺼?"

"유행가 가락이 그렇게 듣기에 좋은지 처음 알았어요."

"바닥을 기는 사람들이나, 늙어서 죽기를 기다리는 사람들에게는 유행가 가락이 감동적이라고 하데요. 내 조수 할아버지도 이 노래를 들으면서 이 차를 타고 나와 함께 목포로 달리다가 심장마비로 돌아가셨다 아닙니꺼. 그 노인 '울고 넘는 박달재'를 유난스레 좋아했어예."

이삿짐 차의 기사와 이삿짐 주인은 의기투합했다. 약간 마신 맥주가 그들의 기분을 한결 풀어주었다. 기사는 자신의 옛 조수가 80 넘은 나이에도 부르기를 좋아했다는 울고 넘는 박달재를 불렀다. 천둥산 박달재를 울고 넘는 우리 님아…. 사내의 목소리는 박력이 있었고, 거침이 없었다. 게다가 애수까지 띄었다.

"여기가 손님이 말씀하신 바로 아리랑 고갭니더. 고개를 넘어가면서 우측이라고 하셨지 예?"

"어마나 벌써 도착하셨어요?"

"그런데 아주무이가 말씀하신 그런 집은 보이지를 않네요. 저기 보이소. 아마도 저기 유리로 된 거대한 건물이 그 집이 있던 자리 같은데…. 한분 잘 살펴보이소! 지금 생각하이까네 아주무이가 말씀하시는 그 2층 적벽돌 집이 생각이 나네요. 얼마 전에 그 집이

헐리고 저기 저 유리 빌딩이 세워졌습니다. 현장에 와서 보이까네 생각이 나네요."

"어떡하죠?"

"일단 차에서 내려서 잘 살펴 보이소."

기사는 차를 길옆으로 빼서 정차를 했다. 그리고 혜리에게 차에서 내려서 집의 위치를 확인하도록 했다. 혜리는 기억을 되살려 옛집을 회상했다. 죽어가던 아버지의 반쯤 까뒤집힌 눈알이 제일 먼저 생각되었다. 자기를 낳아주신 어머니의 모습도 떠올랐다. 동철과 동희의 모습도 반추되었다. 축대를 타고 2층 자기 방으로 올라오던 대학원 동기생의 모습도 어렴풋이 반추되었다. 어떻게 살려고, 무엇을 위해 그 10년이란 세월 동안 정신없이 쏘다녔을까 하는 생각이 순간적으로 자신의 뇌리를 때렸다. 사람들도 집도 완전히 자취를 감추었다. 완전히 새로운 세상이 펼쳐져 있는 것이다. 자신만이 홀로 세상에 남겨진 기분이었다.

"그나저나 이 짐을 어디에 부리고 내가 당장 어디에서 밤을 새울수가 있을까요! 큰일이네요…."

"놀라지 마이소! 흔한 일이니까요! 내가 아주머니 같은 경우에 짐 부릴 데와 잘 데가 없는 하주를 나의 거처로 모셔 가서 짐과 하주를 잘 처리해 드린 경우가 자주 있십니다. 아주머니께서도 원하신다면 아무 불편 없이 짐과 아주머니를 잘 모시겠십니다. 이거 다 이삿짐 기사들이 흔히들 겪는 일입니다…. 하나도 큰일 아닙니다. 그런데 한 시간 반 정도 더 달려야 합니다. 차고와 숙소가 있는 곳이 경기도 광줍니다."

사내는 아무것도 아니라는 듯이 콧노래를 끝없이 부르면서 차를 발차시켰다.

"하하하, 너무 걱정하시지 마이소! 사람 사는 게 다 그렇십니더! 그래서 우리 같은 놈들이 묵고 살지 않십니꺼!"

사내가 부르는 흘러간 유행가의 가락에 정신을 주다가 혜리는 잠으로 떨어지고 말았다. 한참을 잤을까, 주변이 떠들썩하여 눈을 떴다. 주변이 대낮같이 밝았다. 사내의 광주 차고에 온 것이다. 꽤 밤이 깊었을 것 같았는데, 시커먼 사나이들이 우우 몰려들었다. 그리고는 차의 문을 열어젖혔다. 사람들의 꼴이 하나같이 도둑놈들처럼 험상궂고 지저분하게 생겨 먹은 것 같았다.

"그런데 너거 마당에 내 짐차 좀 하룻밤이나 이틀 파킹할 수 있겠제?"

"헹님요, 무신 그런 우스갯소리를 다 합니꺼! 모처럼 서울 오서 갖고서는 무신 그런 소리를! 우리 공장이 바로 헹님 공장인데 섭섭하게 무신 그런 소리를 다 합니꺼!"

"짜석아, 나이를 한 살 한 살 더 쳐묵디이 철이 좀 나는구나, 말이라도 고맙다. 그라고 말이다, 너거 공장에 깨끗한 방하고 이부자리 같은 거 좀 있나?"

"와요? 형님 주무실 방이야 있지만, 저 아주무이 잘 방은…. 보아하니 더럽게 깨끗해 보이는데…. 이번에는 우째 좀 일이 될 거 같습니꺼?"

"요느마 짜석! 입 조심 하거래이! 짐 손님이다. 짐을 옮겨줘야 할 집이 주소지에서 없어졌다 아이가! 그래서 내가 이리로 모셨다. 차가 워낙 커놔서 어디 파킹시킬 데가 있어야지. 뭐 하는 사람인지는 몰라도 더럽게 고상한 것 같더라…. 내하고는 상대가 안 되는 것 같다. 그라마 이 근처에 무신 호텔이나 모텔 같은 거 있나?"

"그런 거 없어 예! 여기가 어딥니꺼! 비닐하우스하고 돼지우리 하고 우리 같은 넝마주이들이 모여 사는 곳이라 예!"

"같은 값이라도 좀 좋은 말을 써라 이노마야! 넝마주이가 뭐꼬! 그냥 재생지 줍는 사람, 아이마 생활미화원, 아이마 재생제지공이 라는 말도 있다 아이카! 요사이는 환경 재생사라고 부르더라마."

"하기사, 우리는 재생지를 직접 수거하는 짜석들은 아입니다. 그 것을 다시 모아 갖고 종이를 만드는 공정을 하는 단계니까요! 일이 일인 만큼 정리되고 깨끗한 것 하고는 한참 멉니더! 와요? 저 잘난 아주무이 주무실 데를 찾습니꺼? 헹님하고 같이 잡니꺼?"

"그런 사람 아니라카이! 한분 말하마 알아들어라 지발, 요느마 야! 저 아주무이를 좀 깨끗한 데서 자게 해야할 낀데…. 다시 광주 시내까지 나간다?"

"우째 자고 싶은지 본인한테 물어 보이소와! 보통 여자 같잖습니 더! 잘 생기기도 했지만 좀 못돼 처먹은 것 같기도 하고, 무신 점쟁 이 같기도 하고요 초등학교 교감 선상님 같기도 하고요…. 하여간 에 보통 여자 같잖습니더! 헹님한테 벅찰 것 같습니더!"

"말이 나왔으니까 하는 말인데…. 마 괘않은 여자다! 주인 없는 여자는 확실한데 니 말마따나 좀 버겁은 여자다!"

"와, 헹님요 지발 성공 한분 해보이소! 헹수님 도망간 지 불써 몇 해가 됩니꺼! 3년도 넘었지 예? 아무리 핸들로 밥 묵고 산다카지만 너무 떠돌아다니마 붙어 있는 여자가 없십니데! 시상이 바 다는 거 지발 아소 마! 요새 여자라카는 인간들 잠시마 혼자 두마 바람을 피웁니데! 바람을 피우는 기이 아이라, 바람을 피우도록 놈씨들이 지분거린다 카이요! 남자 없는 사이 정조 지키고 사는 여자 없십니데! 지발 정신 차리소!"

"이노마야, 이삿짐이라카는 기이 어디 서울 안에서만 도나! 속초도 가고 부산도 가고 목포도 간다카이. 제주도에 갈 때도 있다. 그때는 차체를 그대로 배에다가 싣는다카이. 세월호가 와 바다에 가라앉은 줄 아나. 이삿짐 차 때문이데이⋯. 그러나 여편네를 우짜겠노 말이다! 코를 꿰어서 옆구리에 차고 갈 수도 없고, 옛날 전장터에 나가는 놈 맹키로 정조대를 채울 수도 없다 아이가! 그 지랄해도 죄도 아이다 아이가! 여편네가 옆 동네 놈하고 붙어먹었다고 한 대 후려갈기마 마누라는 멀쩡하고 지만 쇠고랑찬다카이! 시상이 이러니 시상 돌아가는 대로 사는 수밖에! 이삿짐 트럭 운전대 잡고 묵고 사는 놈들 중에서 여펜네 잃어버린 놈들 한두 놈 아이데이!"

"요새 도로 사정이 좋은데 얼른 달려서 도착해 갖고 이삿짐 부리고 돌아오마 안 되는교!"

"이노마야, 시상에 쉬운 게 어딨노! 니는 니 장사가 그리 쉽더나! 이삿짐이라카는 기이 차에 싣고 내달리는 거는 아무것도 아이다! 그거는 기본인 기라. 우선에 짐을 포장해야 하고 차에다가 차곡차곡 실어야 한데이! 그 다음에 도착하마 하나하나 짐을 내려서 20층 아파트에 올려야 하고 그 다음에는 짐을 풀어야 한다 아이가!"

어둑어둑한 공터 같은 공장 마당에서 형제는 대화를 나누었다.

혜리에게 그들의 말소리가 들릴 턱이 없었다. 그러나 그들이 자신의 숙소에 대해서 의견을 나누고 있음을 감지할 수 있었다. 밤은 깊어가고 있었다. 벌써 12시를 넘어섰다. 공장 마당에 세워져 있는 수많은 트럭들이 무슨 괴물들처럼 무서운 형상을 하고 있었다. 아마도 재생될 폐기물들을 실어 나르는 트럭들인 것 같았다.

"헹님요, 뭐 하는 여자인지는 모르지만, 지가 잘나 봐야 대한민국 여자지 별수 있겠습니꺼! 그러이까네, 크게 싫지 않으면 우리 마누라 하고 내가 쓰는 방을 비워드릴 테니 저 분이 쓰마 안 될까예?"

"그래 좋다. 그 수밖에 없겠다. 아주무이 되게 피곤할 거야. 온종일 짐차를 탔으니까! 나야 차타는 거, 인이 박힌 놈이지만 여자들한테는 큰 무리데이! 잠시 기다려라."

기사가 어둠 속에 파묻힌 짐차를 향해 걸어왔다.

높은 차체의 운전석 반대편 문의 발판을 밟고 올라왔다.

"아주무이요. 여기가 내 동상 놈 집인데요, 따뜻하고 깨끗한 방이 있답니더. 자기들이 쓰는 방인데 이부자리도 깨끗하고요. 여기서 하룻밤 자이소. 동상 놈 내외와 나는 딴 방에서 자겠심더. 지금 호텔이나 모텔로 가려면 광주로 나가야 하는데 모텔은 지저분하고 호텔은 더럽게 비쌉니더. 요사이 좋은 시절이라 이 시간대에는 모텔이나 호텔에 방이 없을 가능성이 아주 높고요, 아침 밥 먹기도 거북스럽심더."

"좋은 제안이지만 너무 폐를 끼치는 것 같아서요!"

혜리의 대답은 즉각이었고, 쾌히 승낙하는 것이었다.

"무신 말씀입니꺼! 이것도 인연입니더. 아주머니 친정집이 이사가고 없고 서로 연락이 닿지 않아서 아주머니가 이리로 오게 된 게 다 하늘이 정해준 인연이라예! 조금도 폐라고 생각하지 마이소! 세상 살다보마 이런 일도 있고 저런 일도 있는 법이라예! 지금 광주에 나가서 모텔에 드는 것보다는 훨씬 나을 것 같습니더. 내가 전용으로 쓰는 방이 있기는 하지만 하도 오래 쓰지를 않아서 지금 당장은…. 내일이라도 그 방을, 아니, 그 집을 손보마 됩니더. 요새 유행하는 그 조립식 집이라카는 거 있잖습니꺼!"

혜리는 운전기사의 말대로 하기로 했다. 그는 분명 뜨내기는 아닌 것 같았다. 지금 자기에게 보여주고 있는 모든 것은 실제의 것들이다. 자기가 상상하지 못했던 낯선 세계지만 그는 적어도 사기꾼은 아닌 것이다. 낯설지만 분명 인간의 냄새가 진하게 묻어왔다. 적은 일이지만 지금 그녀가 듣고 있는 형제간의 대화는 우악스러운 사투리 표현과는 달리 혜리가 일찍 잊어버리고 있던 피의 대화, 형제간의 진한 대화였다. 그녀가 지금껏 잊어버리고 있었던 향기였다. 그 향기가 가슴에 사무치게 전해져 왔다.

"그렇게 하는 도리밖에 없겠네요. 너무나 미안해서 어떡하죠."

"세상 살려면 이런 일도 겪고 저런 일도 겪어야 합니더. 걱정하시지 마이소. 내가 아주머니 이삿짐을 맡은 죄밖에 더 있겠습니꺼…."

파지 재생 공장의 사장 살림집은 적어도 한 5백 평은 됨직한 공장 부지의 깊숙한 구석에 위치하고 있었다.

"내 손님인데 짐 부릴 데가 없어서 여기로 온 거 빼놓고는 아무 인연도 없다 이노마야! 알아들었나?"

"그래도 이렇게 헹님이 쩔쩔매는 사람은 처음 보았습니더…."

"조동이 함부로 쳐 놀리지 말거래이, 두 번 이야기 안한다!"

"알았습니더, 아가리 자물통 꽉 채우겠습니더!"

어둠에 잠긴 공터의 구석구석에는 무엇을 쌓아놓았는지 알 수 없는 거대한 더미들이 어둠을 머금은 채 버티고 있었다. 그것이 무엇인지 어둠 때문에 알 길이 없었다.

"동상 놈이 하는 사업은, 경기가 나빠서 여기저기서 장사 못하겠다고, 물건 못 만들겠다고 나가자빠지는 회사들이 마이 생겨나면 생겨날수록 장사가 더 잘 되는 업종입니더. 참 사람 묵고 사는 방법도 가지가집니더."

기사는 묻지도 않는 말을 혜리에게 던졌다. 아마도 어둠 속에 쌓여있는 거대한 더미들이 무엇인가를 설명하고자 하는 의도였는지도 모른다는 생각이 들었다. 회사가 파산하고 공장이 문을 닫으면 결국 회사의 의자나 걸상 그리고 각종 집기들이 길거리로 쏟아져 나오게 되고, 공장이 문을 닫으면 자재들과 팔려나가지 않는 제품들이 쓰레기가 되어 거리로 쏟아져 나오게 된다.

"아이고, 어서 오이소! 진주에서 온 종일 오시느라고 저녁을 지대로 묵지 않았다고 해서 시 아주버님하고 같이 드시라고 누룽지를 푹 삶아 놨습니더. 어서 방으로 들어가이소. 뜨거운 국물을 주욱 들이키마 잠이 잘 올낍니더."

아담한 몸집의 여인이 그런 대로 잘 지은 양옥의 거실 문을 열고 나왔다. 어두운 밤이었지만 전깃불이 밝아서 여인의 얼굴을 잘 볼 수 있었다. 선의, 착함 등의 성격이 가득 묻어나는 얼굴이었다. 도무지 심통이나 깐깐함, 신경질 혹은 따지고 드는 듯한 인상 같은 것은 얼굴의 어느 구석에도 없었다.

"이런 늦은 밤이면 누룽지 국물을 주욱 들이키는 내 습성을 제수가 잘 알고 있습니다. 그래서 아마도 아주무이 식성도 모르고 누룽지를 삶은 것 같습니다. 아 참 시원합니다! 잘 주무시이소! 잠이 잘 올 낍니더. 나도 피곤해서 자야겠습니다!"

사내는 꾸벅 절을 하고 방을 나갔다. 과연 누룽지는 시원하고 걸쭉했다. 마실 만했다. 혜리는 손발을 씻고 잠자리에 들었다. 혹시나 싶어서 방문을 걸어 잠갔다. 아침에 눈을 뜨니 고요와 햇살이 가득히 방 안에 채워져 있었다. 집안과 마당 공장 전체가 조용했다. 어젯밤까지만 해도 사람들이 북적거렸는데 이상할 정도였다.

"다들 어디로 가셨어요? 아무도 없네요?"

"다들 일 나갔어요. 오늘이 월요일이라 다들 아파트에 폐기물들 수거하러 나갔어요. 아주버님도 아주무이가 깨어날 때까지는 시간이 있다고 동생하고 가까운 아파트에 수거 현장으로 나갔어요. 사업을 직접 목격하자는 것이지요. 아주버님은 식전이라 금방 돌아오실 낍니더…."

호랑이도 제 말 하면 온다고, 기사가 금방 나타났다. 혜리, 제수, 기사가 늦은 아침을 먹었다.

"뜻하지 않게 폐를 끼치게 되었습니다. 미안하네요."

혜리가 인사말을 건넸다.

"절대 그런 말 하지 마이소. 이런 이삿짐 장사하다 보마 별별 일 다 생깁니더. 어떤 때는 옮기려고 차 위에 실은 이삿짐에다가 휘발

유를 뿌리고 불을 지르는 사람도 있습니더!"

"그래서 어떻게 했어요?"

"이삿짐하고 자동차를 홀라당 태워 먹었죠."

"누가 물어주었나요?"

"물어주기는 누가 물어주어요. 물어줄 요량이면 그런 짓을 하나요! 다행히 보험이 있어서 덕분에 나는 헌 차를 새 차로 싸악 바꾸기는 했지만서도!"

"하하."

여기서는 모든 것이 즐거웠다. 그리고 모든 것이 우스웠다. 어디하나 막힌 데가 없었다.

혜리는 그제야 기사의 동생이 취급하는 상품이 무엇인지 대략 짐작을 할 수 있었다. 이들은 각종 고물과 아파트에서 쏟아져 나오는 파지들의 재생 사업을 하고 있었다. 넝마주이가 이들의 선조 격이다. 그러나 요사이는 점잖은 말로 생활용품 재생사업이라고 한다. 할아버지 할머니들의 용돈벌이로 큰 몫을 하는 게 이 재생 사업이다. 이들이 흔히 자기들의 사업에는 불경기가 없다고들 호언장담하는 이유가 여기에 있다. 불경기가 닥쳐 사업들이 쓰러지면 거기서 책걸상, 각종 비품 등 막대한 재생품들이 쏟아져 나오기 때문이다. 혜리는 정말 자신이 몰랐고, 상상도 해보지 못한 이 재생품 세계가 낯설었지만 시간이 흐를수록 경이롭게 다가왔다. 그들 스스로 넝마주이 후손들이라고 하지만, 그들은 자신들의 사업이 시대적인 상황 속에서 절대적인 수요와 공급을 가지고 있다는 사실의 인식과 더불어, 자신들이 성업하는 일에 대해 긍지와 자신감을 가지고 있었다.

"모든 것이 놀랍네요!"

"내 말에는 단 한마디도 풍이 없습니더! 언제 신문 쪼가리에 보이까네 미국에서 제일 월급 많이 받는 사람이 하버드대학 경영대학 출신이 아이고, 무신 아파트 배관공이라고 하는 것이 쓰여 있더라구요. 연봉 1억은 '김앤장' 변호사들만 있는 게 아입니더! 우리 넝마주이 후손들에게도 있습니더!"

"몰랐던 걸 많이 알게 되었습니다."

이들과 같이 마신 막걸리가 그렇게 시원할 수가 없었다. 그들이 식사를 하고, 자신들의 공장으로 돌아와 보니 직원들이 알아본 아파트의 시세가 죽 나열되어 있었다.

"전세하고 매매가가 거의 비슷하니 정말 감당이 불감당입니더. 그래도 쓸 만한 것은 이런 시골구석에서도 적어도 3억은 주어야 합니더. 참…. 너무 하네요. 손님에게 여기에 들어가시라는 말을 못하겠십니더."

"하는 수 없지요! 그것밖에 없다면 거기에 그 돈으로 계약하고 들어가는 수밖에는요."

"하지만. 하루나 이틀만 걸리면 우리 공장 뒤편 공터에 지어진 조립주택 집수리가 아주 말끔히 됩니더. 하룻밤만 더 우리 집에서 주무시면 이 집이 완성되니 간단합니더."

"…."

혜리는 아무런 응답을 주지 않았다. 그러나 다들 부산히 움직이는 폼이 벌써 조립주택의 수리를 시작한 것 같았다.

"사실 조립주택은 아침부터 수리를 시작했습니다. 아마도 수리가 거의 끝나 갈 것입니다. 한번 보시겠어요? 한번 보시기만 하면 마음이 확 바뀌실 것입니더."

집의 대지는 양지바르고 약간 고지대라 바람도 잘 통했다. 거대한 미루나무가 집의 지붕 위로 가지를 늘어뜨리고 있었다. 회사의 실질적인 소유주의 거처라 돈을 제대로 들이고 지은 것 같은 인상을 풍겼다. 5천만 원 돈의 가치가 이렇게 큰 줄은 몰랐다. 남들이 들으면 비난하기에 딱 맞는 행동을 하고 있는데, 그것은 자신이 그 정체를 확연히 알 수 없는 기사의 남자로서의 매력에 이끌리고 있기 때문이다. 혜리 자신의 현재의 감정과 입장을 예리한 감각으로 파고드는 그의 관찰력과 그것에 대처하는 그의 신속하고 치밀한 행위는 압도적으로 혜리의 무너진 영혼을 구원하고 있었다. 혜리는 자신도 모르게 기사 앞에서 무너지고 있었다. 자신의 내면의 흐름을 알지 못하는 사람들은 자기의 이야기를 듣고 미친년이라고 손가락질 할 것이 틀림이 없었다. 그러나 어쩌랴 자신이 그런 여자인 것을.

"좋아요, 그럼 이 집에 입주를 하기로 하지요."

"아이고, 감사합니다. 혹시나 거절하실까봐 큰 걱정을 했습니다."

"거절 못하도록 일을 꾸민 사람이 누군데요!"

"감사합니다. 영광으로 알겠습니다. 이놈의 이삿짐 기사 놈에게도 볕들 날이 있네요!"

회사의 능수능란한 사원들은 순식간에 창고에 부려져 있던 자신의 이삿짐들을 이 조립주택으로 옮겨 가지런히 정리하였다. 이삿짐 회사의 사원들이라 그들은 민첩했고, 아주 능란했다. 이삿짐을 옮기고 나서 혜리는 정상적인 자신의 삶을 이끌어가기 위해 애썼다. 이제는 남성들과의 모든 관계를 끊고 오직 자신의 삶 속으로 빠져들기를 원했다. 그래서 자신이 직접 시장을 보고, 찬거리를 마련하고, 이부자리를 장만하였다. 이때까지는 자신이 상대한 남성에 의해 수동적인 삶을 살았다 해도 과언이 아니었다. 자신은 자신도 모르게 남성이라는 거대한 바다를 방향도 없이 항해한 것 같은 생각이 들었다. 그러나 이제는 자신만의 기슭에 올라 조용한 삶을 이끌고 싶었다.

그러나 가끔 찾아오는 기사의 매력을 쉽게 뿌리칠 수 없었다. 그는 분명히 이제까지의 남성들이 자신에게 보여준 적이 없는 남성 특유의 매력을 지니고 있었다. 그는 무엇보다도 물욕이 없었다. 그 점이 무엇보다도 먼저 그리고 확연히 자신의 눈에 뜨였다. 그들은 혈족끼리 혹은 구성원 상호 간에 서로 돕고 서로 격려하면서 살고 있었다.

조립 건물로 이사하고 나서도 벌써 한 달가량이 흘렀다. 기사는 자산의 원 활동무대인 부산과 진주로 돌아갔지만, 그는 가끔가다가 서울 동생 집으로 나타났다. 서울로 이사 오는 사람들의 짐을 실어 나르기 위해 서울에 오면 짐을 부리고 동생 집에 자러 왔다. 늦게 와서 새벽에 떠나는 날에는 혜리를 찾지 않았지만, 그는 빈손으로 오는 법이 없었다. 주로 부산 마산 진주의 수산물을 냉장하여 가지고 왔다. 그리고서는 사람은 나타나지 않고 해물이 담긴 통만 전하기도 했다. 싱싱한 해물들, 특히 광어회나 도다리 회는 일품이었다. 최상 등급의 해삼과 멍게, 조개는 혜리의 입맛을 돋우었다.

혜리는 보이지 않는 기사의 선의에 서서히 허물어지고 있는 자신을 느꼈다. 그러나 또 다시 어떤 남성과 열정에 떨어지고 싶지는 않았다. 자신도 모르게 얼마나 많은 남성과 연애의 여정에 나섰던가. 한 사람 한 사람, 자신의 뼈가 부서지도록 사랑했다. 그러나 그 결과는 전부 실패였다. 무슨 불협화음이 있어서 실패가 아니다. 혜리 자신이 먼저 소리 없이 떠나버렸던 것이다. 지금은 허무밖에 남은 것이 없다. 그녀는 늘 자신의 젊은 시절의 꿈이었던 대학 강단을 생각했다. 자신은 왠지 시인이 될 수는 없을 것 같았다. 자신의 시적 감정을 시로 읊을 만한 자신감이 없었다. 그런 표현보다는 남의 시의 아름다움을 탐닉하는 것에 빠지다보니 자신의 것을 잃어버렸다고 표현하는 것이 옳다고 느껴졌다.

자신의 이삿짐이라 하지만, 별것이 없었다. 몇 벌의 옷가지들을 제외하면 대부분이 책이었다. 그녀는 책을 정리하다가 국내 시인들의 시편들 중에서 자신이 애송하던 시들을 만났다. 자신이 시론을 전공하게 된 동기가 되었던 시들이다. 특히 동탁 조지훈의 시 '낙화'를 읽는 순간 그녀는 자신의 잃어버린 시간들이 가슴 저리도록 반추되었다.

낙화

꽃이 지기로소니
바람을 탓하랴

주렴 밖에 성긴 별이
하나 둘 스러지고

귀촉도 울음 뒤에
머언 산이 다가서다

촛불을 꺼야하리
꽃이 지는데

꽃 지는 그림자
뜰에 어리어

하이얀 미닫이가
우련 붉어라...

　10년 넘은 세월 동안 잊어버리고 있던 이 시를 먼지 속에 처박혀
있는 책의 묶음 속에서 꺼내어 읽어 보았을 때, 그녀는 아름다운
시심을 지향했던 자신의 죽은 영혼을 깨달았다. 그러나 이제는 너
무 늦은 것 같다. 그녀는 자신이 뭇남성들과의 사랑의 여정에 오르
기 전에 잠시 대학 강단에 섰던 시절을 회고해 보았다. 그때가 자
신의 짧은 삶 중에서 가장 빛났던 때가 아닌가 회고되었다. 그러나
그 시절로 결코 돌아갈 수 없을 것 같았다.
　그러던 어느 날, 서울에 이삿짐을 싣고 왔던 기사가, 광주 동생

집에 들렀다. 전라도 목포로 내려가는 이삿짐을 가득 싣고 출발하기 전에 잠시 혜리를 만나 물어볼 것이 있다고 했다.

"목포로 내려가는 이삿짐을 한 차 실었습니다. 혜리씨, 목포에 닿으면 언제나 홍도와 흑산도로 떠나는 배가 3시간마다 한 척씩 있십니더. 차제에 나와 함께 내 차에 올라서 목포까지 갔다가 차를 맡겨놓고 홍도, 흑산도 여행을 한번 하시는 것이 어떻겠십니꺼? 기막히게 좋은 여행코스라고 합니더."

"…."

"휘황찬란한 것을 보고 즐긴다기보다도, 절해고도의 괴괴한 정적과 외로움을 한번 체험해 볼 수 있다는 것이지요. 혜리씨에게 어울릴 것 같아서 일부러 목포 짐을 찾았십니더…."

"좋아요. 그렇게 하시지요, 뭐!"

이럴 때 머뭇거리지 않는 것이 혜리의 참 모습이다. 절해고도라는 어휘가 혜리의 정신에 와서 박혔다. 홍도와 흑산도에서의 수 주간은 혜리와 이삿짐 기사와의 사랑의 여정에 결정적인 역할을 하였다. 외딴섬이라고 하지만 요사이는 외딴 유인도란 없는 법이다. 어느 섬이나 정기적으로 다니는 배가 있어서 섬 주민들은 육지와 완전히 유리된 삶을 살지는 않는다. 그러나 배가 들어오고 나가는 여객 터미널을 벗어나면 대부분의 섬 생활은 대단히 외로운 공간에서의 시간이다.

홍도도 그렇지만, 흑산도에도 호텔이라는 간판을 내건 숙박시설이 있어서, 조금 값이 나가지만 조용한 시설을 원하는 방문객들을 여유를 가지고 맞아주고 있다. 홍도와 흑산도, 발달한 문명의 이기로 말미암아 어떤 불편도 없이 일상생활을 할 수 있는 지역임에 틀림이 없지만, 어쩐지 느껴지는 일상의 감각이 호젓하고 남다르다.

혹산도가 혜리의 심혼을 끌어당기는 핵심적인 사항은 이 섬에 15년간 귀양살이를 하다가 쉰 살 후반에 쓸쓸히 생을 마감한 자산 정약전의 삶이다. 정약전은 천주교를 믿는다는 죄목에 걸려 이곳 혹산도로 귀양을 와서 15년간을 살다가 끝내 풀려나지 못하고 생을 다한 사람이다. 그는 이 섬 생활을 하면서 혹산도 인근 조류의 종류를 관찰하여 '자산어보'라는 책을 남겼다. 그가 비극적인 삶을 살았에서가 아니라, 그가 유배 온 섬 생활의 고독이 전신으로, 그리고 온 영혼으로 전해져 왔다. 혹산도에는 집집마다, 마당에 커다란 플라스틱으로 만든 푸른 통을 하나씩 두고 있다. 멸치 액젓을 담가 자연 발효를 시키는 중이다. 일반적으로 여타 섬이나 해변 어촌 마을에서는 이것을 길어도 2년, 대부분이 1년 정도 발효시키지만 여기 혹산도에서는 짧게는 3년 길게는 7년 정도 발효시킨다. 그 맛이 10년 앓던 환자도 벌떡 일어날 정도로 뛰어나다.

"아이고메, 이 집 액젓 냄시가 목포까지 내 코에 전해 오더라고 잉! 맛 좀 보입시다요!"

"그라요! 어떤 사람은 서울에서까지 냄시가 전해지더라고 하더랑께!"

"액젓만 주시마 쓰것소! 보리밥도 내 놓으소!"

기사는 느닷없이 길가 집으로 혜리를 데리고 들어가 넉살 부려 밥을 얻어먹었다. 맛있는 혹산도 멸치 액젓 맛은 그런 말을 들어서 그런지 정말 '밥도둑'이었다. 혜리 커플은 어느 목포 부자가 지은 한옥에서 사랑의 꿈을 한껏 펼쳤다. 사랑이 시작된 지 며칠 되지 않아서인가, 두 사람은 찰떡처럼 붙어 다녔다. 그러나 이삿짐 차 기사와의 동거는 6개월을 넘기자마자 혜리에게 견딜 수 없는 단조로움에서 오는 권태감을 주었다. 그가 가지고 있는 스피드감은 더 이상 그녀에게 새로운 감각으로 다가오지 않았다. 이제 그녀는 기사를 따라다니는 것을 포기하였다.

제9장

회귀

홍제동의 북한산 줄기 언덕배기에 세워진 반 지하방의 전세 만기 날짜가 거의 다가오고 있었다. 재계약을 하든지, 아니면 전세금을 빼주고 방을 비워달라고 해야 한다. 그 사이 집의 전세 계약 건으로 복덕방과 몇 차례 통화가 있었다. 사람들은 자기가 옛날에 살았던 집을 엔간해서는 다시 찾아가지 않는다. 누구나 하루하루 살아가기에 힘이 벅차기 때문이다. 양희석이가 혜리 자기를 다시 찾지 않으리라는 보장은 없다. 자기의 옛집으로 다시 돌아가면 그와의 해후의 가능성도 없지 않을 것이다. 하지만 혜리는 그런 일을 미리 상상하고 싶지 않았다. 그와의 인연은 끝난 것으로 치부되어 있었다. 되살리기에 어려운 불씨라는 생각이다. 그런 일이 있으면 그것은 그때 가서 해결하면 된다는 생각이 들었다.

양희석에게는 둘 사이에 난 아들도 있다. 그 아이가 자라났으면 아마도 대여섯 살은 넘었을 것이다. 그러면 어떤가. 좋은 일이다.

그러나 혜리는 헤어진 사내들과의 사이에 태어난 아이들에 대해서 깊은 생각을 하지 않았다. 성장한 아이가 어린 자기를 버린 어미를 원망하고 받아주지 않는다면 어쩔 수 없는 일이고, 과거 허물을 덮고 자기를 어미로서 받아준다면 감사할 뿐이라는 생각이다. 그러나 어떤 아이에게도 붙잡힐 수 없다는 막연한 생각을 하는 혜리였다. 이런 문제가 언젠가는 노정될 것을 각오하고 있었다. 범죄인으로서 스스로 철저히 숨어 살지 않는 한 자신의 존재는 언젠가는 이 세상에 드러날 것임을 예견하고 있었다.

전세를 살던 신혼부부는 더 살기를 바랐으나 혜리는 방을 뺐다. 그리고 기사가 지방으로 이삿짐을 실어 나르기 위해 새벽에 집을 떠난 날, 소리 없이 간단한 옷가지들과 책 보따리를 챙겨 조립 주택을 벗어났다. 아무도 눈치 채지 못했다. 그냥 잠시 바깥일을 보는 줄 알았지 그녀가 영영 경기도 광주 집을 떠나리라고는 짐작도 할 수 없었다. 혜리는 워낙 가진 짐이 적었다. 옷 보따리 하나와 책 보따리 하나가 전부였다. 그 보따리들도 결코 크지 않았다. 그 사이 책과 가재도구를 많이도 줄였다. 여행용 가방 두 개로 충분했다. 잠시 친정에 다녀오겠다는 말을 누구든 의심하지 않았다.

그러나 그녀는 돌아오지 않았다. 하루 이틀 사흘이 흘렀으나 그녀는 돌아오지 않았다. 그녀에의 아쉬움으로 기사는 풀이 죽고 그 좋아하는 노래도 부르지 않았다. 그리고 이삿짐 일도 나가지 않았다. 혹시나 하고 그녀가 돌아오기만은 기다렸다. 1주일이 흐른 후 그는 그녀를 포기하는 듯했다. 그는 하염없이 눈물을 흘렸다.

그녀는 아버지의 유산으로 장만했던 홍제동의 반 지하 15평 아파트로 돌아온 것이다. 이제 돌아와 보니 자신의 현주소가 바로 여기로 되어 있었다. 그래서 그녀는 자신의 주소 이전을 할 필요가 없었다. 이제 마흔을 바라보는 나이가 되어 있는 자신을 돌아보니 왠지 모르게 살날이 며칠 남지 않은 것 같은 생각이 들었다. 그럴 턱이 없었다. 마흔은 인생에 있어서 출발의 시간은 아니지만 종언의 시간도 결코 아니다. 혜리는 이제 더는 자신이 남자에게 현혹되지는 않으리라는 생각을 했다. 매혹적인 남자에게 여한이 없을 정도로 그들의 매력에 자신을 던져 보았다. 그 결과 모든 것은 무로 돌아갔다. 자신이 건강한 여자이기에 서너 번 회임한 것 같은데, 아이들이 어디로 갔는지 알지 못한다.

아기를 탄생시킨 어미로서 정말 못할 짓을 했다. 어찌 자신이 그것을 모르겠는가. 흔히들 사람들은 모성애는 타고난 것이며, 그러기에 무조건적이라고 한다. 그렇다면 자신은 인간도 아니란 말인가. 그럴지도 모른다. 혜리는 자신의 들끓는 영혼을 잠재우기 위해서 모든 것을 버리고 절반이 땅속으로 파묻힌 자신의 옛집으로 돌아왔지만 오히려 영혼은 침잠을 몰랐다. 생각의 기능이 오히려 활성화하는 것 같았다. 인간 고유의 생각의 기능은 자동 터빈처럼 자율 신경 스스로의 조작으로 제멋대로 돌아가는 것이다. 그래서 그녀는 자신 스스로 집을 수리하기로 결정했다. 몸을 움직이지 않으면 생각이 더욱 강하게 자신을 좀먹어 들어올 것 같았다. 을지로 방산 시장으로 가서, 도배지를 고르고 장판지를 고르고, 을지로 2가로 내려와서 페인트를 골랐다. 그리고 지저분해진 욕조에 바를 특수 페인트를 구입하였다. 마침 빈집이라 수리하기 좋았다. 가재도구가 없었기에 그대로 뜯고 바르고 설치하고 하면 되었다. 그녀는 혼자서 천천히 일을 시작했다.

꼭 집수리하기 위해서가 아니라, 고삐 빠진 망나니처럼 마구 뛰는 자신의 영혼을 가라앉히기 위한 도배이기 때문에 천천히 일을 진행했다. 제일 곤란한 것이 천장에 도배지를 바르는 문제였다. 그녀는 머리를 썼다. 어떻게 하여야 차질 없이 도배지를 천장에 바를 수 있을까. 그녀는 우선에 천장에 도배지를 바르기 위해서는 자신의 손이 천장에 닿게 할 정도로 자신의 몸을 끌어올릴 수 있는 받침대를 만들어야 한다고 생각했다. 식탁 위에 의자를 얹어 그 의자 위에서 천장의 도배지를 바르도록 했다. 그것이 예상 외로 힘이 들어 조금 일을 진척시켜보니 전신이 땀에 절었다. 식탁 표면에 홈집이 나지 않도록 의자의 네 개 다리 끝을 헝겊으로 싸 발랐다.

벽면의 도배도 쉽지 않았다. 혼자서 해야 하기 때문이었다. 먼저 낡은 원래의 도배지를 깨끗이 제거하고 거기에다 새 도배지를 발랐다. 하나하나 정성껏 머리를 써서 했다. 도배를 하다 보니 아득히 오랜 세월 전에 윗집에 살던 도배장이 박사가 내려와서 해주던 도배가 생각났다. 그녀는 웃음이 나서 자신도 모르게 피식 웃었다. 욕실의 욕조도 새것으로 갈면 적어도 3백만 원은 들었다. 그래서원 뼈대가 정상이었기 때문에 혜리는 원래의 것에다가 욕조 전용 도료를 바르기로 했다. 국산은 그런 페인트가 없었고, 20만 원을 주면 독일제 욕조 전용 도료가 있었다. 재미 삼아 을지로 2가 페인트 전문 상가를 돌았다. 몰랐던 것을 많이 알게 되었다. 내친 김에 보일러까지 새 것으로 갈았다. 이것만큼은 자기가 할 수 없어서 전문보일러공에게 맡겼다. 백만 원 정도의 돈이 들어갔다. 온 집안을 수리하는데 약 5백만 원 정도의 수리비가 들어갔다. 다른 사람들의 말로는 이 정도로 수리하려면 2천만 원 내지 3천만 원이 소요된다고 했다. 많은 돈을 줄일 수 있었다. 꼭 돈을 줄였데서가 아니라, 자신의 손으로 수리를 끝낸 것이 그렇게 가슴에 뿌듯이 전해져올 수가 없었다.

혜리는 자기가 자신에게 적합한 육신의 집을 찾아가는 것과 동시에 자신의 영혼도 자신의 집을 찾아가야 한다는 생각을 거듭하였다. 결국 그녀는 송인상 교수를 찾아 가기로 했다. 이제 그는 남자 송인상이 아니었다. 이제 남자로의 길은 눈앞에 떠오르지 않았다. 오직 자아 성장으로서의 길이 있을 뿐이다. 남자로의 길 저 너머에 자유의 길이 떠올라 보였다. 그녀의 발걸음은 빨랐고 힘이 들어가 있었다. 어느 날 그녀는 학교로 그를 찾아갔다. 이제 남자에의 여한은 없을 것 같았다. 그녀는 자신도 모르게 자신은 다시금 공부하고 다시 대학 강단에 서서 강의하고 어떤 시적 주제에 대해 연구하는 것이 자신의 영혼이 최후의 삶의 둥지를 틀 곳이라고 생각하고 있었다. 석사학위라는 작은 결실을 맺고 그 과실로 강좌를 얻었다. 그것이 전부였다. 그리고 그녀는 이 무대를 떠났다. 아니 이 영혼의 집을 떠났다. 남성이라는 낯선 땅이 자기를 전적으로 받아 주리라고 생각했던 듯했다. 생각했다기 보다도 자신도 모르게 빨려 들어갔다고 표현하는 것이 나을지도 모르겠다.

10년 넘는 세월이 꿈결처럼 흘렀다. 10년이면 강산도 변한다는

데, 이 초고속으로 변하는 요즘 세상에서는 그 변화가 더욱 뚜렷했다. 학교 주변에는 있던 건물이 없어지고, 없던 건물이 빽빽이 들어찼다. 모교도 엄청나게 변했다. 우선에 강의 동들이 훨씬 불어나 있었다. 그렇게 넓어 보였던 교정이 손바닥만하게 좁아졌다. 못 보던 강의 동들이 늘어난 탓이었다. 학교의 건물 위치가 바뀌어 국문학과를 찾는데 한참 헤맸다. 과사무실의 간판이 보였다. 혜리는 옛 스승의 이름을 대기가 주저되어 잠시 주춤거렸다. 조교는 교수님을 찾는다면서 댁으로 전화를 했다. 가느다란 몸매를 한 남자 조교는 친절하였다. 요사이 젊은이들이 이렇게 친절하기가 쉽지 않다. 그는 전화통의 다이얼을 돌렸다. 신호 가는 소리가 혜리의 귀에도 들렸다. 그러나 전화기는 답신을 받지 못하는 것 같았다. 전화기의 송신음을 까마득히 들으면서 혜리는 잊혀졌던 한 가지 사실을 기억해 냈다.

송인상 교수는 혜리 자기에게로 무너지는 자신을 감시하기 위해 자신의 연구실 천장에 무슨 CCTV를 설치했었다고 말했던 것 같은 기억이 되살아났다. 떨리는 손으로 혜리의 손을 잡아끌어 가슴에 안으면서 정말 자신은 준비해둔 도끼로 자신의 손을 찍어 버리고자 했다고 말하지 않았던가. 새카맣게 잊어버리고 있었던 추억의 실타래가 송인상 교수에게로 가고 있는 전화음을 타고 그녀의 기억 속에서 기적적으로 되살아난 것이었다.

"하, 전화를 받으시지 않으시네요. 가끔 이래요. 조금 있다가 다시 걸어보죠 뭐. 커피라도 한잔 끓일까요?"

"그래요. 커피요…."

혜리는 어쩐지 자신의 목소리가 떨린다고 생각했다. 송 교수와의 통화가 이루어지지 않음으로써 그녀는 극도의 궁금증에 빠진 것이다. 그가 휴직 중이라는 사실을 알게 된 것만 해도 사실은 충격적이었다. 그녀는 송 교수의 정확한 나이를 알지 못했다. 그러나 대략 어림짐작으로 올해 회갑이 아닌가 생각하고 있었다. 남자 나이 만 60세라면 옛날 같으면 대단히 노쇠한 편이었지만, 요사이는 꽤 젊은 편에까지 속한다. 그런데도 그가 휴직을 했다면 무슨 사연이 있을 것만 같았다. 그러나 혜리는 옛날의 그녀가 아니었다. 10년 세월에 닳고 닳아 완전히 변질된 자신이었다. 이제 더는 남자와의 문제로 시간을 허송하지는 않겠다. 갈 길이 바쁘다. 정말 인생을 헤어날 길 없는 수채구덩이 속으로 처박을 수도 있는 나이의 칼날 위에 서 있는 것이다. 여기서 잘못 몸을 움직거리면 자신의 육신은 두 동강이가 나고 그것들은 수채구덩이 속으로 처박히게 된다. 그녀는 이런 상념에 몰리고 있었다. 가까스로 자신의 동요하는 마음을 가라앉힐 수 있었다.

"선생님 신상에 무슨 변화가 있나요?"

혜리는 조교가 날라다 준 커피를 마시면서 지나가는 말투로 물어보았다.

"글쎄요. 뭐라고 말씀 드리기가 곤란합니다. 선생님의 개인적인 문제라서…. 조교로서 물어보는 말입니다만 선생님을 만나 보시려는 용건이 무엇입니까?"

"대학원 진학에 관한 것이에요."

"그렇다면 만나 보셔야겠네요. 선생님이 논문지도를 맡으실지 모르겠어요. 석·박사 논문지도를 안하신 지가 3년은 되었거든요."

"논문지도라고 말했는데도 선생님의 현황을 말하지 못하나요?"

"논문지도 건이라고 말씀하시니까 일단 한번 만나시라고 말할 수 있어요. 그렇지 않으면 면회 자체를 거부할 수밖에 없다는 말씀을 드리게 되는 거죠. 너무 부담을 갖고 듣지 마세요. 선배님은 몇 학번이세요?"

"아마 98학번일 거예요."

"하하 대선배님이시네요. 저는 10학번이에요. 이필상이라고 합니다. 석사과정의 1학기에 있습니다. 선배님 존함이 혹시 이혜리?"

"어머, 어떻게 내 이름을?"

"학부에서 강의까지 하셨잖아요! 이 선배님 논문을 많이들 보고 인용까지 하고 있어요. 석사논문이라 크게 클로즈업 되지는 않지만, 논문 질이 박사논문 못지않다는 이야기를 하는 학생들이 많아요. 석사논문 지도교수가 아마 송인상 교수였지요?"

"그래요. 박사 과정에 등록하신 분이 있어요?"

"한 분 있어요. 지방대학에 계시는 분인데 2주일에 한 번씩 올라와서 강의를 듣습니다."

이 나이에 다시금 공부하겠다고 대학을 찾아온 자신이 부끄럽게 생각되기도 했다. 그러나 이제 그런 부끄러움 같은 것은 문제가 아니었다.

"한 번 더 전화를 드려보는 게 어떨까요?"

"네, 그렇게 하죠 뭐. 그런데 사실 선생님께서 학교에 사직계를 낸 상태에요. 이런 말까지 외부인에게 할 필요는 없지만 선배님은 외부인이라고 할 수도 없기에 말씀드리는 거예요."

"사직계를!"

"그만큼 건강이 좋지 않으세요. 그래도 학교에서는 선생님의 사
직계를 받지 않으시고 휴직 처리하신 상태에요. 총장 선이 아니고
이사장님 선에서 이루어진 일이라고 하데요. 교수님은 미안해서
휴직 중이시지만 가끔 강의를 특강으로 하시고 있으세요. 직접 한
번 찾아가 뵙는 것이 도리일 것 같아요."

혜리는 조교에게 더 이상 무슨 질문을 할 수 없다는 결론을 내렸
다. 아마도 말로 표현할 수 없는 어떤 위기가 송 교수에게 닥쳐왔음
에 틀림이 없는 듯했다. 그러나 지금 혜리는 송 교수에게 아무런 관
심도 없다고 말할 수 있다. 지금은 다만 자신의 문제, 즉 다시금 공
부를 시작해 보고 싶은 은근하면서도 절박한 자신의 마음을 상의해
보고 싶고, 그 대상자가 송 교수일 수밖에 없기 때문에 그를 만나려
하는 것이다. 한 30여분을 걸었더니 아파트의 전경이 보였다. 언덕
위에 세워진 아파트의 모습이 옛날 그대로 드러났다. 그러나 왠지
모르게 지대가 낮아진 것 같았고, 아파트가 자신의 뇌리에 박힌 영
상보다 훨씬 작아 보였다. 주변에 거대한 아파트들이 마구 들어선
탓이려니 생각했다. 10여 년 전에 혜리가 그때도 역시 그와 통화되
지 않아, 학우 희숙이와 같이 여기를 찾아온 기억이 났다.

자신과 헤어진 남자가 어디 한 둘인가. 그 헤어지고 잊힌 많은
기억을 밟고 그래도 자신은 자신의 모교로 돌아온 것이다. 그것이
그녀의 내면의 요구에 의한 것임은 두 말할 필요가 없다. 하늘로
치솟아 있는 아파트의 이미지가 많이도 땅바닥으로 내려와 있는

것에 혜리는 적이 놀라지 않을 수 없었다. 그녀는 조교가 건네준 아파트의 동 호수를 찾아 단지를 돌아다녔다. 아파트의 여러 개의 동이 들어선 높다란 대지 아래에 조성되어 있던 주차장은 자취를 감추었고, 아파트의 뒷면에서가 아니라 옆으로 자동차가 진입하게 길이 나 있었다. 그리로 뻔질나게 차들이 진입하고 빠져나오곤 했다. 길은 그래도 널찍했고 잘 정비되어 있었고, 인도가 그런 대로 갖추어져 있었다.

혜리는 저쯤 아파트로 이어지는 길목에서 웬 사람이 뒤뚱거리면서 걸어오고 있는 것을 보았다. 초겨울이라 그는 방한용 벙거지 같은 것을 쓰고 있었다. 중풍을 앓고 있는 것 같은 사람의 모습이었다. 두 사람은 서로를 지나쳤다. 한참을 걷다가 혜리는 불현듯 방금 지나친 그 사람이 어쩌면 송 교수일지도 모른다는 생각이 들어 몸을 돌렸다. 그 사람도 걸음을 멈추고 가만히 그 자리에 서 있었다. 그도 무엇인가를 느낀 모양이었다.

"저기 혹시 송인상 교수님 아니세요?"

"…."

혜리의 물음에도 벙거지 쓴 사내는 눈만 끔뻑거릴 뿐 말이 없었다. 첫눈에 혜리는 그가 송인상 교수인 것을 알아보았으나 그녀는 자신할 수는 없었다. 그가 분명했으나 그가 아닐 수도 있다는 생각이 들었기 때문이었다. 왜냐하면 그는 분명 송인상이었으나 너무나도 달라져서 그가 아닐 수도 있다는 생각이 들었다.

"송인상 교수님…."

다시 그의 이름을 불렀으나 그는 아무런 대꾸도 하지 않고 멈추었던 그 뒤뚱거리는 걸음을 계속했다. 혜리는 그가 가도록 버려두려다가 무슨 생각인지 다시금 그를 쫓아가 붙잡았다.

"송 교수님, 저에요. 이혜리예요!"

혜리는 그 사내의 몸을 마구 쥐어흔들었다. 이상한 감각이 왔다. 사내의 몸은 돌덩이처럼 굳어져 있었다. 그리고 송인상이라고 보기에는 몸이 너무 비대했다. 혹시 딴 사람이 아닐까 하는 생각마저 다시 들었다. 그래서 그녀는 사내를 가만히 두었다. 그러자 사내는 다시금 특유의 뒤뚱거리는 걸음을 시작하는 것이었다. 두 사람 사이의 거리가 상당히 멀어졌다. 그러나 다음 순간 혜리의 몸은 빨라졌다. 그는 분명히 송인상이었다. 그녀는 그것을 확신했다. 어디가 어때서 그렇다는 것이 아니고, 전체적인 인상이 바로 송인상이었다.

"왜, 왜, 모르는 체하세요?"

"반, 반, 반갑구먼⋯."

사내는 천천히 어눌한 목소리로 말했다. 그러니 그는 송인상이었던 것이다. 사람은 10년 정도 안 보았다고 해서 이렇게 몰라볼 정도로 변하지는 않는다. 그러나 그가 지독한 신병에 시달렸을 경우 이렇게 달라질 수도 있다. 마침 길옆으로는 야산의 소나무 숲이 있어서 혜리는 그를 그리로 인도했다. 엉성한 숲에는 벤치가 여기 저기 흩어져 있었다. 둘은 거기에 몸을 내렸다. 혜리는 자신도 모르는 사이에 송인상의 손을 잡고 있었다. 사랑의 감정 회복과는 무관하게 사람은 습관의 동물이다. 그들은 자신들이 흘러간 세월 속에서 지독한 사랑을 나눈 사이라는 사실은 실감했다. 사람이 타인의 손을 악수가 아닌 상태에서 이렇게 잡는다는 게 쉬운 일이 아니다. 그러나 이상했다. 손이 물에 불어 터진 것처럼 퉁퉁해져 있었다. 그리고 그는 가끔 가다가 손을 가볍게 떨어댔다. 이제야 혜리는 어떤 느낌이 왔다. 그가 어쩌면 그 흔한 파킨슨병을 앓고 있는 것이 아닐까 하는 생각이 들었다. 비대해진 몸, 뒤뚱거리는 걸음, 퉁퉁해진 손 등은 그가 파킨슨병 환자라는 사실을 가르쳐주고 있었다.

"어째 이렇게 나한테 다 오구…."

"용건이 있어서요. 뵙고 싶기도 했구요…."

"용건이 무엇이요? 내한테 무슨 용건이. 다 죽어가는 사람에게…."

"대학원에 들어가서 공부를 계속하고 싶어요."

"석사를 했으니…. 이제 박사를 해야겠구먼…."

"이 나이에 그것이 가능할까요? 무덤에 묻히기 전에 연구실의 주인공이 한 번 되어볼 수 있을까요?"

"공부에 나이가 무슨 상관이야? 학위나 연구실을 겨냥하고 공부하지 말고, 수양으로 공부하라구. 그럼 초조감도 패배감도 없을 게야. 이 선생이 올해 몇 살이던가?"

"마흔이 코앞이에요."

"40이 불혹이고, 50이 지천명이고, 60이 이순이고, 70이 종심이라고 했어요. 그러니 40부터가 진짜 자기 인생이야."

숲에는 오래 있을 수가 없었다. 초겨울의 한기가 숲 속에 서려 있었다.

두 사람은 벤치를 떠났다. 송인상의 몸이 부자유스러우니 자연 혜리가 그의 손과 몸을 부축하지 않을 수 없었다. 지나간 한 세월 속에서 그와 그녀는 몸을 던져 사랑을 불태웠던 사이이다. 그러나 지금은 송인상은 파킨슨병으로, 그리고 혜리는 마흔 불혹의 나이 탓으로 그들 속에 어떤 감정의 열정이 도사리고 있지는 않은 듯했다. 그들은 겉으로 보기에는 그저 무심 덤덤한 듯했다. 한 30분 정도 걸어서 아파트로 돌아왔다. 지은 지 오래된 아파트라 지저분했다. 그러나 내부는 수리를 한 탓일까, 그런 대로 깨끗했다. 엘리베이터도 새것으로 교체한 듯했다. 15층 아파트에 송인상은 14층에 살고 있었다. 현관문의 다이얼을 누르는데 송인상은 고생을 했다. 손의 감각이 정상이 아니었다. 그러나 그는 도움 받기를 거부했다. 다음번에 역시 자기 혼자 해야 하는 일이기 때문에 지금 혼자서 연습 겸해야 한다는 것이었다. 초인종을 눌러 문을 따게 하지 않고 자신이 직접 현관문의 다이얼을 누르는 것으로 보아 집안에는 아무도 없는 것 같았다.

"누가 이렇게 집 단장을 해 줬나요?"

"집이 하도 더러워서…. 집 사람이 가고 나서 집이 꼴이 아니었어…. 그래서 학교의 대학원 학생들이…. 내가 몸이 약을 먹어도 풀리지 않은 날이 있어. 그런 날은 집에서 강의를 해요. 학생들이 집으로 와서 보고 너무 놀라서 도배를 하기 시작한 거야…."

"착하기도 하네요. 요즘 학생들이…."

"사람은 원래가 착하고, 악하고가 반반이야. 이 아이들은 착한 편에 속하는 아이들이겠지."

"학생들의 손만으로는 안 되는 것이 다 갖추어져 있네요. 누가 돌봐주시나요?"

"다 학생들이 했어요. 가끔 노모도 올라오시고."

"그럼 나는 착한 편에 속해요, 악한 편에 속해요? 노모라니요?
강원도 어머님 말씀이세요?"

"그야 물론 착한 편에 속하지. 착해도 너무 착한 편에 속하지. 나
는 언제부터인가 내 인생이 절망으로 빠져들기 시작하면서 혜리가
찾아오리라는 암시를 받고 있었어. 그런데 나는 자네가 나를 찾아
오려면 내 몸이 더 굳어지기 전에 이루어지기를 빌었어. 그래서 나
는 학교에 사직서를 내면서도 수리되지 않기를 바랐고, 그리고 가
끔 강의를 계속하고 있는 거야. 혜리 양, 저기 포트에 스위치를 넣
어 물을 끓이고 커피를 한 잔 타 주게나. 자네도 타 마시고. 노모가
아흔을 넘으셨는데 아직도 고향 전지를 지키시면서 그런 대로 견
디시고 있어요."

"네, 그런데 저보고 양이라니요! 양하고는 한참 멀어요!"

침묵과 황혼이 가득한 이 방에서 옛 스승과 제자는 해후의 감격
을 나누었다. 그들은 한 때 연인 관계이기도 했었다. 그러나 그 사
실을 뚜렷하게 기억하고 말로 표현하는 사람은 없었다. 다만 한 번
살았던 집으로 되돌아온 것 같은 푸근함이 있었다. 사랑이 인간의
감정 중에 가장 짙은 골을 가지고 있다고 하지만, 그러기 위해서는
어쩐지 우정으로 승화되지 않으면 안 될 것 같은 생각이 들었다.
일테면 그것은 되돌아온 불 꺼진 옛집이었다. 지금 그들은 연인다
운 감정을 전혀 가지고 있지 않았다. 그들은 서로를 부둥켜안지도
않았고, 연인들의 전매특허인 키스도 하지 않았다. 연인의 손을 연

정에 이끌려 끌어잡은 것이 아니라, 온전치 못한 병자를 부축하기 위해 잡았을 뿐이었다. 혜리는 송인상의 요청대로 커피를 끓여왔다. 가슴 설렘이 일었으나 역시 뜨거워지지 않았다. 그것으로 끝이었다.

"마흔이라…. 한창 좋은 나이 때지. 공부하기 딱 좋은 나이야."

"어머, 이 나이에도 공부할 수 있다고요! 정말 감사해요. 그럼 대학원 박사과정에 응시해도 될까요?"

"물론이지, 어느 정도의 논문을 써내느냐 하는 것은 자네의 실력이 말하겠지만, 쉰 살이 넘어서 박사과정에 들어오는 사람도 있어. 나이 때문에 공부하지 못하는 법은 없어."

"혹시 저가 박사과정 시험에 붙으면 저의 논문을 지도해 주시겠어요?"

"이 사람, 성질도 급하네. 그거야 다음의 일이지. 자네 아이는 몇인가?"

"저는 결혼을 하지 못했어요. 그래서 아이가 없어요."

"아니, 내가 실수를 했어. 더 이상 묻지 않겠네. 대답하지 않아도 돼…."

"감사해요. 지나간 것을 생각하기에는 저가 지금 너무 이 순간의 절실한 느낌에 빠져 있어요. 이것을 말로 표현하면 지금 이 순간이 너무나 빨리 흘러가고 있다는 절실한 느낌이에요. 그래서 정말 과거나 미래를 생각할 겨를이 없어요."

사랑은 불꽃과도 같은 성격을 가진 것 같다. 한 번 불이 붙으면 활활 타오르지만, 한 번 꺼져 버리면 좀처럼 다시 점화하기가 어렵다. 재점화에 성공하더라도 좀처럼 처음처럼 세차게 불꽃이 오르지 않는다. 그러나 인간의 감정은 자연 발생적이다. 어떤 감정이 자신의 내면에 생긴다고 해도 무슨 이론적인 이유가 있어서가 아니다. 그것은 우연히 자연 발생적으로 생기는 것이다. 송인상은 절망적인 신체적인 조건에도 불구하고, 무슨 뚜렷한 지향점도 없이, 그의 영혼 속에는 혜리의 출현이 가져다주는 알 수 없는 희망과 용기의 희미한 연기가 피어오르는 것이었다. 그는 자신도 모르게 자신의 내면에서 '나는 살고 싶다'라는 절규의 함성이 피어오르고 있음을 느낄 수 있었다.

"내가 논문지도를 할 수 있을지 모르겠어. 이 몸을 하구서."

"……."

송인상 교수의 이 말에 혜리는 무슨 대꾸를 할 수 없었다. 조교의 밀에 의하면 그는 지금 사직서를 낸 상태라고 하지 않나. 대학 당국이 이것의 수리를 미루고 있을 뿐이라고 하지 않았나. 대학 당국이라지만 결국 총장을 가리킨다. 대학에 따라서는 드물게 재단 이사장이 교수의 인사에 관여하는 경우도 있다. 대학 사회에는 아직까지 이런 미풍양속이 조금은 남아 있다. 국립이나 공립 등 법규에 의해서 학교가 운영되는 대학에서는 어려운 일이다. 그래도 개인의 사정, 학교 발전에의 기여도, 사회적 평판, 학자로서의 평가 등을 두루 감안하는 사립대학의 경우에서는 대학 총장의 인사 결재를 넘어서 재단 측의 나름대로의 판단에 의해 이러한 경우가 있을 수 있다. 재단 측이라 하지만 결국 대학을 경영하는 재단 이사장만이 할 수 있는 선택이다. 하지만 사립대학도 학교 나름이다.

철저하게 경영 위주로 대학을 운영하는 사립대학에서는 어려운 일이다.

"식사는 어떻게 해 드세요?"

"파출부 할머니가 다 잘 해주고 있어요. 동사무소에서 1주일에 하루씩 독거노인 보호 요원이 나와서 이것저것을 돌봐주기도 해요."

송인상 교수가 그 몸을 하고서도 논문지도를 해주겠다고 응낙한 것은 기적이었다. 과연 그것이 가능한 일일까. 일반적으로 널리 알려진 파킨슨병의 지속 기간은 대략 10년으로 보는 것 같다. 경우에 따라서는 5년을 못 넘기는 수도 있다. 벌써 송인상 교수가 이 병을 앓기 시작한 것이 5년 정도 되었다고 하니, 그의 여생을 5년으로 보는 것이 타당할 것 같았다. 학위를 받기 위한 연구자의 연구 생활이란 논문 지도교수와 불가분의 관계를 가지게 된다. 논문 작성은 그의 절대적인 영향 하에 진행되는 것이다. 그의 지도가 없으면 논문다운 논문을 작성하기가 사실상 어렵다. 지도교수는 학생 연구자의 설익은 이론을 기존의 학문분야에 융합할 수 있도록 다듬고 익힌다. 아무리 독창적인 논문이라고 하더라도 기존의 논문과 완전히 무관한 논문이란 있을 수 없다. 해가 바뀌어 그녀는 모교 대학원 박사과정에 응시했다. 시험을 치러 갔을 때 그녀는 상당히 놀랐다. 면접 위원으로 송 교수가 자리에 앉아 있었기 때문이었다. 몸통이 둔탁해 보이고, 몸이 앞으로 구부정해지고 팔과 다리에 약간의 떨림이 있는 듯이 느껴졌으나 그 분은 얼핏 보기에는 정상인이었다. 시험장에 들어가기 전에 조교가 전해주는 바에 의하면 송 교수는 수리되지 않고 있는 사직서도 스스로 철회했다는 것이었다. 시험이 끝나고 혜리는 송 교수를 식당으로 모시려고 했다.
그러나 사양했다.

송 교수는 자기와의 친분을 남에게 드러내기를 꺼려하는지도 모
른다. 사람 사는 사회에서 가장 조심해야 하는 것은 역시 남의 시선
이다. 시선에 의해 인간의 감정은 교환되기에, 시선에 의해 증오도
시작되는 것이다. 혜리는 송인상 교수와의 수차례 토론을 통해 논
문의 주제를 '한국 시의 시적 비극성과 음성학의 관계'라는 제목으
로 압축하기로 하였다. 한국 시의 특징의 하나가 역대 한국 시인들
이 발표한 시편들의 주제가 상당한 부분 개인적이든 민족적이든 어
떤 비극성을 노래하고 있다는 생각이다. 이런 비극성이 시어의 음
성학적인 선택에 의해서 시적 의미를 강화하고 있다는 주장이다.

"시의 비극성을 주제로 논문을 쓸 경우에 우리는 셰익스피어의
4대 비극을 다루지 않을 수 없어요. 한국 시의 세계성과 특성을 세
계문학에 비추어 정리하는 것이 한국 시의 특성을 좀 더 분명히 알
수 있는 조건이 됩니다. 그러므로 셰익스피어의 4대 비극을 먼저
공부하여야 합니다. 문제는 이런 비극성을 문학적으로 표출하기
위해서 한국어의 모음과 자음의 특성이 시적으로 조직되고 있다는
사실을 구명할 필요가 있어요."

"교수님, 그러면 세계 문학의 선도적인 입장에 있는 불문학은 어
떻게 생각하십니까?"

"좋은 질문이에요. 특히 보들레르 시의 비극성은 불문학의 가장
큰 흐름으로 생각되며 그것이 어떻게 변전 발전하고 있는 가를 우
리 문학과 비교 분석하는 작업도 해야 합니다. 예를 들어 보들레르

의 '샹송 도톤(가을의 노래)'의 경우 인간 존재의 허무와 우울을 표현하기 위해 아·오·우 등 밝은 모음의 시어는 거의 나타나지 않고 있어요."

"우리나라 시인들 중에서 어느 시인이 가장 특징적으로 우리 시의 음성학적 특성을 나타내고 있다고 생각하세요?"

"사실 우리나라 현대시의 구성을 생각해보면, 문학적으로 위대한 족적을 남겼다고 할 수 있는 시인들 중에서 미당이나 목월, 지훈 정도가 연구의 대상이 될 수 있는데, 비극성이라는 관점에서 보면, 오히려 윗세대인 윤동주나 소월까지 소급됩니다. 우리가 논문으로 구성하려는 것이 이런 분들을 모두 포함하는 한국시의 특징인 비극성을 밝혀보자는 것이니 전부 아울러 공부해야 합니다. 그리고 영국 낭만주의의 대가인 워즈워스도 비극성이 강해요. 요절한 키츠도 마찬가지고. 여기에 괴테를 비롯하여 횔더린, 이어서 20세기의 릴케 등 독일 시인들의 시들도 포함해서 연구해야 합니다. 연구의 아웃라인과 스케줄을 짜서 제출해 주세요. 그것을 분명히 정립하지 않으면, 범위가 너무 넓어서 큰 고생만 하고 소기의 목적을 달성하지 못할 가능성이 있어요. 우리나라 시인만을 연구해서는 그 특징을 분명히 파악할 수 없다는 것이 나의 생각입니다."

"외국 시인들의 시는 번역으로 읽어도 될까요?"

"그것은 절대 안돼요! 시의 생명이 무엇입니까? 운율입니다. 번역본은 그 시의 생명이라고 할 수 있는 운율을 알 수 없어요. 외국 시는 절대적으로 원문으로 읽어야 합니다. 이 선생은 영어와 불어는 어느 정도 하고, 독일어도 번역본을 대조하는 경우 원문 시를 읽을 수 있을 정도가 되지 않아요? 석사논문 쓸 때는 가능했던 기억이 있는데…."

"하도 오래 하지 않아서 자신이 없어요."

"누가 외국어에 자신을 가질 수 있어요? 모국어가 아닌 이상 외국어에 자신이라는 것은 없습니다. 하지만 시의 운율 정도를 살필 수 있는 지식은 가능합니다. 번역문을 가지고서는 절대 이 논문을 쓸 수 없어요. 명심하세요."

송인상 교수의 학자로서의 드높은 성과가 어디서 오는지를 알만했다. 그는 성실한 시론교수이자 뛰어난 시인이었다. 오히려 그의 시인으로서의 성과는 학자로서의 성과에 의해 할애되는 듯한 묘한 구석이 있었다.

송인상 교수는 시의 비극성을 한국시의 기본적인 서정이라고 보고 있었다. 이것은 보들레르가 형이상학적인 인간의 존재론적인 절망에서 피를 토하듯이 읊은 시적 비극성과 대비가 된다. 보들레르가 문밖 정원에서 빗방울 듣는 소리를 듣고, 자신의 시신이 담긴 관에 못질하는 소리로 듣는 비극성은, 목월의 시 '나그네'가 가지는 고독한 영혼의 방황에서 기인하는 비극적인 서정과는 괘를 달리하는 것이다. 이것이 송인상 교수가 혜리에게 요구하는 핵심적인 이론의 기저였다. 강나루 건너/밀밭 길을/구름에 달 가듯이/가는 나그네…. 이 시구 속에는 고독한 영혼의 방황의 발길은 있으되, 가슴을 흔드는 인간 존재의 우울은 없다.

혜리는 강좌에 열심히 참석하여 공부하는 한편, 자신의 논문 준비에 착수하였다. 매주 한 번씩 만나서 논문 진행을 점검 받기 위해 그와 대면을 해야만 했다. 송인상 교수는 학문에 깊이가 있다는 소문이 학내에 쫙 퍼져 있지만, 과연, 하는 소리가 저절로 나올 정도로 그는 정확하고도 깊이 있는 조언을 하여 연구자들을 놀라게 했다. 국내 시인들은 물론이고, 서구의 시인들, 그리고 중국 시인들의 시들까지도 정확하게 기억하고 있기가 보통이었으며, 각각 시들의 운율과 그것이 이룩하는 리듬에 대해서 기탄없는 자신의 의견을 제시하였다. 그의 조언과 강의를 듣고 있으면 아, 하는 탄성이 저절로 튀어 나왔다. 그것은 정확하였고 그의 나름대로의 해석이 저절로 탄성을 발하게 했다. 혜리는 그의 강의를 좀 더 정확히 듣고 이해하기 위해, 영어와 불어 그리고 독일어와 중국어를 공부하기 시작했다. 영문학과와 불문학과 그리고 독문학과 중문학과의 강의를 교수들의 양해 하에 청강하기 시작했다. 사실 상당히 어려웠지만 실제에 들어가서는 재미있기도 했다. 어렵다고 지레짐작으로 덤벼들지 못하는 것이 오히려 어리석다는 생각이 들었다.

"자네 학내 교수들 사이에 소문이 자자하네."

"나이 든 여자가 별별 공부를 다 한다고 흉을 보았겠지요."

"아니야, 중문학과 중 교수는 자네의 중국어 실력 향상을 위해 자기 대학인 무한대학에 전면 장학생으로 초청할 의사가 있음을 밝혔어요."

"과분한 말씀입니다. 아직은….."

"중국 사람들 허언을 하지 않아요. 쉽게 인간관계를 맺기는 어렵지만, 한 번 맺으면 변하지 않는 것이 중국 사람들이요. 생각을 한

번 해보세요. 박사학위 쉽게 쓰면 아무런 가치가 없습니다. 제대로
써야합니다. 박사학위, 한 사람 학자의 얼굴입니다."

"네, 감사합니다."

혜리는 새로이 전개되는 자신의 일생에 긴장되는 마음으로 임하
고 있었다. 이제는 늙어가는 일만 남았다고 알았는데, 자기에게는
아직도 인생의 여명이 사라지지 않았다는 사실을 확인하고 있었
다. 인간에게 있어서 여명은 죽는 순간까지 존재하는지도 모른다
는 생각마저 들었다.

"나의 생각인데, 우리나라 각 대학에서 시 연구 논문들이 대부분
서양 시 연구로 일관하고 있어요. 하지만 사실상 우리나라 시인들
의 심혼에는 중국시의 영향이 가장 크다고 봅니다. 무엇보다도 시
심이 비슷해요. 그러나 우리나라 사람들은 중국시의 운율이라든
가 시어의 공명과 그것을 통한 연상 등 시어의 이론적이고 감상적
인 문자적 해석에 치중하고 있어요. 이런 경향은 중국시의 음성적
이고도 음향적인 차원으로 끌어올리자는 게 나의 생각입니다. 이
것을 단번에 한 사람의 연구자로서 효과를 볼 수는 없겠지만, 시도
는 해 보아야 합니다. 혜리가 한 번 해 보세요."

"네…."

한 학기가 지나고 나서 혜리는 여름방학에 고향 무한으로 귀국
하는 중 교수를 따라서 무한대학 중국어 기초반에 등록하기로 하
고 출국하였다. 혜리는 중 교수의 노력으로 얻기 어려운 1인 1실
의 기숙사를 얻었다. 인구가 넘치는 중국이라 대학기숙사 1인 1실
은 아주 어렵다. 1인 1실이라 하지만 부엌과 화장실은 공동사용이

라 그리 정결한 분위기는 아니다. 하지만 침실과 목욕실은 독립되어 있다. 무한대학은 중국에서 가장 유명하고 교육시설이 좋은 10개 대학에 들어간다. 워낙 넓어서 대학 구내를 다 돌아보는 데만 1주일이 족히 걸린다. 개교 120년을 맞는 무한대학교는 오랜 역사 탓으로 강의 동도 고전적인 전통 중국식 건물과 초현대식 건물이 공존했다.

무한시는 양자강의 중류에 위치하고 있어서 드넓은 중국 대륙의 한복판쯤에 자리 잡고 있다. 그래서 쓰촨성의 청뚜나 산시성의 시안을 비행기로 충분히 하루 만에 다녀올 수 있다. 중 교수는 대학 생활의 편의만을 챙겨주는 것이 아니었다. 그는 무한 인근에서 가장 유명한 관광지인 동정호 호반에 위치한 적벽전 옛터로 자신의 차를 운전하여 혜리를 데리고 가 주기도 했다. 동정호의 끝없는 수면은 바다와 조금도 다르지 않았다.

무한에서 남쪽으로 그리 멀지 않은 장사도 자신의 차로 관광을 시켜 주었다. 여기에는 모택동 주석의 생가가 있었다. 무한에서 장사까지는 승용차로 왕복 10시간 정도 걸리는 먼 거리였으나 중 교수는 흐트러짐 없이 정중하게 혜리를 인도했다. 중 교수는 공산당 정권이 표음문자인 중국어를 간자체(簡體字)로 표기하도록 한 것에 불만을 자기고 있었다. 간체는 중국어 고유의 한자가 아니라고 말했다. 그러나 오히려 한국이나 일본·홍콩·대만에 정통 한자인 번체자(繁體字)가 쓰이고 있는 것에 그는 호감을 가지고 있었다. 그가 한국의 수도인 서울에 교환교수로 온 것도 그의 이런 생각이 주효한 것이었다. 8월 말에 서울로 돌아갔던 중 교수가 9월 중순 경에 무한대학으로 돌아왔다. 서울에서의 자기 강좌가 학과 사정으로 취소되었다고만 했다. 증 교수는 언제나 신중한 자세에 은은한 미소를 머금고 있어서 한 마디로 말해 기분 좋은 사람이었다. 그를 만나면 왠지 기분이 좋아졌다. 중국인의 전형이었다. 그리고 그는 가끔가다 꽤 값나가는 선물을 그녀에게 주었다. 언젠가 한 번은 당나라 시절 황녀가 끼던 것이라고 하면서 황금목걸이를 선물하였다. 이것은 개인이 소장하고 있어서 그렇지 국보급에 속하는 귀중한 물건이었다.

"이렇게 귀중한 물건을 선물하시다니 받을 수가 없네요."

"국가적인 귀중품인 것은 확실하지만, 우리 가족이 개인적으로 소유하는 것이 인정된 것입니다. 이것을 내가 누구에게 선물하는 것이 국가에서 허락되었습니다. 그러나 다음의 소유자의 인적 사항이 보고되어야 합니다. 끝내 거절되면 제가 심적인 타격을 받을 것 같습니다."

"……"

헤리는 정말 받고 싶지가 않았다. 그가 자기의 중국어 실력 향상을 위해 노력하는 것은 잘 알고 있고, 감사하지만, 더 이상은 바라지도 않는다. 자기는 오직 좋은 논문을 쓰고 싶을 뿐이다. 이 선물을 받고 나서부터 증 교수는 중국어를 모국어로 하는 그냥 중국 사람으로부터, 무슨 의미를 가진 중국인으로 변모했던 것이다. 이렇게 선물이란 사람 사이에서 무슨 폭탄과도 같은 구실을 하는 것 같았다. 그 관계 자체를 변질시키는 것이다. 어느 날 증 교수는 중국어 발음 지도가 끝난 후 같이 저녁을 들면서 이런 말을 했다.

"혜리, 내가 아주 좋은 음식점에 친구들을 많이 초대해 놓았는데, 같이 가줘야겠어요. 혜리씨를 많이 피알해 놨습니다."

"저를 피알할 게 뭐가 있어요. 저는 그냥 중국어 배우러 온 한국의 학생에 불과해요. 피알할 것이 전혀 없는 가장 평범한 만학도일 뿐이에요."

"즐거운 자리이니 같이 가서 얼굴을 대하시고 서로들 축하하고 즐기시죠. 중국 사람들의 오랜 전통입니다. 중국 중부의 양자강 연안 특유의 음식이 푸짐하게 나올 것입니다."

"거절할 이유가 없네요. 교수님 지인들이 많이 오신다니 저도 지인이니 같이 어울려도 괜찮겠죠. 그런데 저의 중국어가 짧아서 어떡 허죠?"

"그러니 어울려 보시라는 겁니다. 외국어 습득의 지름길은 공포심을 없애는 것입니다."

식당에 지인들이 많이 모인다는 그날 저녁에 증 교수는 자신의 차를 몰고 혜리를 데리러그녀의 기숙사로 왔다. 무한 시내 한복판 번화가에 그 거대한 청천반점(晴川飯店)은 자리 잡고 있었다. 무한은 인구 천만이 넘는 거대 도시이다. 북경이나 상하이만큼 한국인들에게 잘 알려져 있지 않을 뿐이다. 중국의 중부 지방에서는 상해를 빼면 가장 인구가 많은 거대도시이다. 무한 시내 한복판으로 양자강이 흐르고 있어서 도시의 분위기가 한결 유장하고 청결하다. 게다가 월호(月湖) · 흑수호(黑手湖) · 사호(沙湖) · 동호(東湖) 등 거대한 호수들이 패어져 있어서 무한은 그야말로 물의 도시다. 동서를 연결하는 대표적 큰 다리가 두 개 있는데, 북쪽의 것이 무한장강공공

대교라고 불리는 거대교이고, 강의 남쪽의 것이 장강대교인데, 이 다리의 서쪽 끝쯤 강변에 세워진 식당이 무한 최고급으로 치는 바로 청천반점이다. 지나다니면서 보기만 했지 들어가 보기는 처음이었다.

붉은 색깔로 화려하게 치장되어진 2층으로 올라갔다. 갑자기 눈앞에 다가선 바다의 수면처럼 거대한 공간이 나타나고 사람들이 가득히 앉아 있었다. 그 규모의 광대함에 기가 질리지 않을 수 없었다. 그들은 무슨 음식을 벌써부터 먹고 있었는데 떠들썩했다. 세계 어디를 가더라도 중국사람 모인 곳은 떠들썩한 것은 매한가지였다. 중국인들만이 가지는 대국 기질 탓이다. 자기들이 세계 제일이라는 대국 기질을 중국 사람들은 가지고 있다. 중 교수는 앞장서서 빈자리를 찾아 갔다. 중 교수를 따라서 가다보니 혜리는 자신들의 자리가 이미 마련되어 있음을 알 수 있었다. 좌중의 한복판인 것 같았다. 사람들의 시선이 왠지 자신들을 향하여 집중되는 듯한 느낌을 받았다. 중국인 고유의 전통 원탁 식탁에 자리를 잡았다. 푸짐하게 음식이 차려져 있었고, 중 교수 일행을 기다리고 있던 사람들이 음식을 덜어서 먹기 시작했다. 정말로 푸짐한 식단이었다. 중국인들은 원탁 식탁을 돌려가면서 자기가 먹고 싶은 음식을 많이도 덜어서 먹어댔다. 중국인들은 우선 먹고 나서 무엇이든 시작한다더니 과연 그랬다. 한 30분의 시간이 흘러서 허기를 해결한 장내에 사회자인 듯한 사람이 마이크를 잡고 일어섰다.

"여러분 오늘같이 즐거운 날, 우리 먹기만 해서 되겠습니까! 음식은 음악과 궤를 같이 하는 법, 우리 무한 최고의 가수를 초청해서 축하의 노래를 듣기로 하겠습니다. 박수로 환영해 주세요!"

어느 구석에서 여자의 높은 목소리, 소프라노의 목소리가 울려 퍼졌다. 서울의 어떤 축하 자리와 다른 것은 무대가 없다는 사실이었다. 혜리로서는 답답한 노릇이었다. 이 자리가 무슨 연유로 마련되었으며, 그것이 자기와 어떤 관계가 있는지를 알 수 없었기 때문이었다. 다만 전통적인 중국인들의 음식 놀이라는 것이 이런 것이로구나 하고 감탄할 뿐이었다. 먹자판이고 놀자판이지 한국적인 그런 의식이 없었다. 중국인들은 무슨 모임이든지 우선에 먹자판부터 벌린다는 소리가 이런 것이구나 하는 생각이 들었다. 소프라노의 노래가 끝나고, 다른 몇몇 사람의 노래가 이어졌다. 이윽고 정면의 커튼이 걷히고 무대가 나타났다. 조금 시간이 흐른 후에 무희들이 나와서 춤을 추기 시작했다. 중국 전통춤이었다. 서구식 현대적인 춤이 아니라서 혜리에게는 큰 흥밋거리였다.

춤사위가 몇 차례 끝나고 나서, 사회자가 이동식 마이크를 가지고 중 교수에게 왔다. 그에게 무슨 부탁을 하는 것이었다. 노래를 한 곡조 부르라는 뜻이었다. 중 교수는 무대로 나가지도 않고 서서 중국어로 노래를 하나 불렀다. 그의 노래가 끝났을 때, 정말 우레와도 같은 박수가 쏟아졌다. 그 박수 소리가 너무나 우렁차서 혜리는 기절한 뻔했다. 이윽고 마이크가 혜리에게도 전해졌다. 노래 준비를 전혀 하지 않은 그녀였기에 무슨 노래를 해야 할지 금방 생각이 떠오르지 않았다. 그녀가 주저하는 사이에 빨리 노래를 불러달라는 박수 소리가 폭포처럼 쏟아졌다. 한 장소에 그렇게 많은 사람들이 모인 것도 처음 보았고, 그렇게 우렁찬 박수 소리도 처음 들었다.

중국 노래를 모르니 한국어 노래를 불러도 되느냐고 말했고, 중 교수가 통역하였다. 박수소리가 다시 쏟아졌다. 환호하는 소리가 장내를 떠나가게 했다. 그녀는 비교적 짧은 곡인 '그네'를 부르겠다고 했다. 중 교수가 노래의 가사를 먼저 통역하였다. 노래가 끝났을 때, 환호하는 소리는 가히 천둥소리 같았다. 그들은 진심으로 혜리의 노래를 좋아했던 것 같았다.

밤 10시가 넘어서야 축제 같은 모임이 끝이 났다. 사람들은 식장을 떠나면서 중 교수와 혜리가 앉은 식탁에 붉은 색깔의 작은 봉투를 하나씩 주고 갔다. 그것이 무엇인지 알 수 없었으나 엄청난 숫자의 봉투가 식탁에 쌓였다. 중 교수의 옆자리에 앉은 사람이 그것을 차곡차곡 큰 가방에 주워 담았다. 모임이 파한 후에 중 교수는 혜리를 학교의 기숙사로 데려다 주었다.

"오늘 중국 사람들 고유의 놀이 모임에 초대해 주어서 감사해요."

"즐거우셨으면 다행입니다."

"무슨 모임이었지요? 그냥 먹고 마시는 모임은 아니었을 텐데….."

"결혼식이었습니다.….."

"결혼식요? 신랑 신부도 없었고, 주례도 없었고, 주례사도 없었잖아요?"

"중국식 결혼식은 원래가 그렇습니다. 그냥 먹고 마시는 것이 전부죠. 즐거운 날이니까요…. 중국 사람들은 즐거운 날에는 우선에 먹어댑니다."

그날 밤 그들은 그렇게 헤어졌다. 그러나 혜리는 중 교수에게 그

날의 주인공인 신랑과 신부가 누구였는지에 대해 한 번 더 물어보는 것을 잊어버렸다. 며칠 후, 장강이 내려다보이는 청천반점의 식당에서 중 교수와 혜리는 저녁을 같이 먹었다. 조용히 식사를 하던 중 교수가 엄숙하게 말문을 열었다.

"며칠 전 모임의 주인공은 나와 혜리씨였습니다. 확실히 모르시는 것 같았습니다."

"무슨 소리에요? 주인공이 우리 둘이라니?"

"그 모임은 결혼식이었습니다. 주인공은 나와 혜리씨였습니다."

"무슨 말씀이세요? 그럼 우리 둘이 결혼을 했다는 말씀이신가요?"

"그런 셈이지요."

"주례도 없었고, 주례사도 없었고, 청혼도 없었고…. 나의 동의도 없었고…. 말이 안 되네요!"

"너무 놀라지 마십시오. 저가 우리들의 결혼을 강요하는 것은 절대 아닙니다. 저의 청혼은 납채로 허락을 받은 것입니다. 당나라 황녀의 목걸이가 바로 납채였고, 혜리씨가 그것을 받아주었습니다. 중국에서는 그것을 결혼의 허락으로 봅니다. 북경이나 상해와 달리, 여기 양자강 연안은 중국 고래의 풍습이 많이 남아 있습니다. 납채를 돌려주지 않은 것을 청혼의 허락으로 봅니다…. 그리고 식장에서 혜리씨가 사회자의 마이크를 받아서 노래를 부른 것을 결혼식의 동의로 보는 것입니다…. 혜리씨를 너무나 아름답게 보았기 때문에 별 자신이 없는 저가 혜리씨의 눈치만을 보면서 일을 진행시킨 결과였습니다."

"…."

뭔가 수상스런 낌새를 느끼기는 했으나 일이 이렇게 되리라고는 꿈에도 생각한 적이 없는 혜리였다.

"나에게 결정적인 용기를 준 것은 나의 윗대로 46대 조상인 당제국의 황녀 할머니가 남긴 가보를 혜리씨에게 주었을 때, 끝까지 거절하시지 않았을 뿐 아니라, 자주 그걸 목에 걸고 다니셨고, 결정적으로 음식점 축하 모임에 오셨을 때에도 그것을 목에 걸고 있었다는 사실입니다. 이것보다 더 확실한 의사의 표시가 어디에 있겠습니까! 중국에서는 막상 축하 의식은 화려하게 식당에서 먹고 마시고 노래 부르면서 하루를 즐기지만, 중국 고래의 전통 혼례 의식인 육례(六禮)에 의해 침묵 속에서 진행되는 습관이 조금은 남아 있습니다. 모든 결혼이 연애에 의해서 이루어질 수는 없는 법입니다. 납채가 되돌아오지 않으면 혼담의 성공을 의미합니다."

"육례라니요?"

"중국 최고대 국가인 서주(西周) 시대부터 있어 왔던 중국의 확고부동한 결혼제도입니다. 나도 그 절차를 확실하게는 모릅니다만, 아는 대로 말씀드리면, 납채(納采)·문명(問名)·납길(納吉)·납징(納徵)·청기(請期)·친영(親迎)의 여섯 단계를 말합니다. 주나라에서 엄격히 실시되다가 한나라에 와서 결혼 예법으로 고착화되었습니다. 여섯 단계가 무엇을 말하는지는 나도 잘 모릅니다. 다만 확실한 것은 납채란 구혼의 선물을 중신아비를 통해 신부 댁에 보내는 것을 말합니다. 다시 말하면 구애하니 동의하시면 선물을 받으시고, 거절하신다면 선물을 돌려보내 주십시오 하는 것입니다."

"……"

혜리는 기가 차서 할 말을 잃어버렸다. 심하게 사기를 당한 것 같기도 했고, 아니면 어떤 정중한 인간 포위 작전에 자기도 모르게 함몰된 것 같기도 했다. 중국이라는 거대한 나라의 비의 속으로 자신도 모르게 빠져든 것 같았다. 점잖아 보이고 정중하기 짝이 없으며 언제나 얼굴 가득히 선의의 웃음을 머금고 있는 중 교수가 새롭게 보이는 것이었다. 도대체 어떤 사내일까.

"당나라 이씨 왕실에 황녀로 시집가신 나의 윗대로 46대조 할머니가 남기신 목걸이를 나의 납채로 올렸습니다. 뭐를 더 말하겠습니까. 절차는 가장 정중하게 중국식으로 취해진 결혼식입니다. 한국식이 아니라서 싫으시다면 어쩔 수 없는 것이지요. 하지만 한 인간의 이런 간절한 소망을 저버리지 마시기를 부탁합니다."

중 교수의 애원 속에는 결코 거부할 수 없는 호소력이 있었다. 그것은 듣는 이의 심혼을 흔드는 한 인간의 간절한 소망이었다. 그러나 혜리의 속마음은 고개를 젓고 있었다. 그 수많은 사내들과 뼈에 사무치는 만남과 헤어짐을 수도 없이 거듭하였다. 이제 뭐를 더 사내들로부터 바라겠는가. 사랑은 이제 그만하고 싶다. 사내들과 사랑에 빠진들 뭐가 새로운 것이 기다리고 있겠나, 황홀한 하룻밤의 향연이 이어질 뿐이다. 식지 않는 절대의 사랑은 인간에게는 없는 법이다. 절대의 사랑이 있다고 생각하는 그 자체가 인간의 본질을 호도하는 것이다. 그러나 중 교수의 호소가 워낙 성실하고 절절하니 혜리는 당장에 매정한 말을 하기도 퍽 힘들었다. 인간은 이성만으로도 살 수 없고, 감정만으로도 살 수 없다. 그래서 인간의 삶은 재미있고, 살아볼 가치가 있는 것이 아니겠나.

"저로서는 전혀 예상하지 못한 일이라서 지금 당장 무어라 말씀 드릴 수가 없습니다. 저에게 한 1주일 정도 시간을 주세요. 이것은 나 개인에게 너무나 위중한 일이라 하루 이틀 생각해서는 결정할 수가 없을 것 같습니다…."

"그렇게 하시지요. 서두를 것은 하나도 없습니다. 지금 이 순간 처럼 우리 장강의 수면이 찬란한 황금빛으로 빛나는 것을 본 적이 없습니다. 가슴 벅찬 길조라고 믿습니다."

혜리는 자리를 떴다. 혼자서 좀 걷겠다고 증 교수의 승용차 동승 요구를 사양했다. 그녀는 혼자서 강의 흐름을 따라 강변길을 한참 걷다가 3층 카페에 올라갔다. 자신을 돌아보기 위해서였다. 날아 온 중국차를 마시면서 생각을 정리해 보았다. 지금 자신의 감정은 증 교수의 돌출적인 행동을 충분히 이해할 수 있을 정도로 무르익 어 있었다. 중국 무한 지역의 전통 혼례법을 따랐을 뿐 그에게 사 기성이 있다고 느껴지지 않았다. 한국적인 사고로 한다면 그것은 분명히 사기였다. 이 개명한 세상에 왜 하필 암묵적으로 진행되는 중국 전통 방식의 혼례 절차를 밟았느냐고 물을 수도 있었다. 한국 에서도 대부분 서양식의 결혼식을 올리지만 가끔 사모관대에 족두 리 쓰고 전통식 혼례를 올리는 사람이 있다. 중국도 마찬가지일 것 이다. 북경이나 천진·남경·상해·광주 등 소위 중국 대륙 동해안의 대도시들을 제외한다면 아직까지 중국 전통식 혼례를 올리는 지방 이 적지 않다. 당나라 황녀의 국보급 보석을 선물로 받았을 때, 너 무 과하다는 생각은 했지만, 그것이 납채인지는 몰랐다. 중국인들 의 습속을 모르기 때문이었다. 일단은 자기의 잘못이었다. 무슨 죽을죄를 지었다고, 자신을 이렇게까지 원하는 사람을 외면해야 하는가. 혜리는 역시 선천적으로 독종은 아닌 것 같았다.

그러나 그녀는 그가 누구든 남자와의 사랑의 관계에 더는 빠질 수 없다는 아주 확고한 결심을 다짐했다. 거기에는 자신의 영혼이 영원한 둥우리를 만들 터전이 없었다. 이런 깨달음을 위해서 그 오랜 동안 방황하지 않았던가. 이제 더 이상 자신의 영혼이 방황하도록 버려둘 수 없다는 결론을 내렸다. 며칠을 쉬면서 그녀는 이런 생각을 다짐했다. 그러나 역시 혜리는 위대한 휴머니스트였다. 그녀가 중 교수를 만난 것은 약속한 1주일 만이었다. 두 사람은 1주일 전에 만났던 바로 그 강변 카페에서 만났다. 45대 위 조상 할머니의 목걸이를 쾌척한 사내의 얼굴은 수척해져 있었다. 두 사람은 두 눈을 똑바로 뜨고 서로들 바라보았다. 숨 막히는 긴장이 흘렀다. 혜리는 헛기침을 하고 천천히 입을 뗐다.

"결론적으로 말해 나는 이 결혼에 동의할 수 없습니다."

"…."

"그래서 남채로 받은 목걸이를 돌려드리겠습니다."

그녀는 준비하고 있던 목걸이를 탁자 위에 내밀었다.

"…."

중 교수는 계속 말이 없었다.

"그러나 45대 위 조상 할머니의 목걸이를 내어놓은 중 교수님의 간절한 소망을 외면할 수 없다는 생각을 했습니다."

"제발…."

중 교수는 침을 꼴깍 넘기면서 혜리를 쳐다보았다. 실낱같은 회망의 불씨가 살아난 것이다.

"이제 중국어 연수 날짜가 한 달 남았습니다."

"한 달, 벌써…."

"원하신다면 그 한 달 동안의 동거를 허락해요. 철저한 동거로 끝나는 조건으로! 중국인들의 풍속에도 정식 결혼이 아니라 일정 기간 동안의 결혼, 즉 시혼(時婚)이란 풍습도 있는 것으로 알고 있습니다…."

"아아아…. 하느님. 한 달이 아니라 하루만이라도 좋습니다. 감사합니다…. 감사합니다…."

중 교수는 자리를 박차고 일어나 혜리를 끌어안았다. 혜리는 저항하지 않았다. 실내의 다른 손님들은 못 본 체했다. 한 달간의 중 교수와의 동거가 끝나고 두 사람은 같은 비행기를 타고 서울로 돌아왔다. 한 달 동거 약속이 끝났을 때, 남자로부터 돌아서는 혜리의 모습은 바로 조금 전까지 맨몸을 비비며 같은 침대에서 사랑을 나누었던 여자라고는 도저히 생각할 수 없는 차가운 얼음덩이로 변해 있었다. 그녀는 결코 차갑게 식어서가 아니었다. 그녀만큼 풍부한 인간미를 가진 여자는 드물 것이다. 경우에 따라서는 자기가 가진 것을 조금도 아까워하지 않고 쾌척해 버리는 것이 혜리의 기질이다.

자기 이름으로 등기되어 있는 호가 20억짜리 정릉 집을 동생 동철에게 두말 않고 줘버린 행위도 같은 맥락인지도 모른다. 자기의 사랑을 갈구하는 뭇 사내들에게 자신의 몸을 던져버린 지난 10년 세월도 같은 맥락이 아니었을까. 그러나 지금 그녀는 자신의 눈앞을 너무나 빠르게 지나가는 시간의 버스를 놓쳐서는 안 된다는 생각에 꽉 잡혀 있었다. 한 번 지나가면 다시는 돌아오지 않는 버스이다. 이 버스를 타지 않으면 자신은 이제 영영 자신의 영혼이 살수 있는 집을 놓치게 된다는 무서운 강박 관념에 사로잡혀 있었다. 인천행 비행기 기내에서 혜리는 중 교수의 옆자리를 사양하고 비어 있는 다른 자리를 잡아 앉았다. 그와의 결별을 공식으로 실천한 것이다.

다음 해 봄, 혜리가 복학했을 때 그녀는 자신의 논문에 대해서 상당히 진척한 상태였다. 학기마다 따야 하는 학점은 그녀에게 거의 부담이 되지 않았다. 그녀는 강좌에 열심히 출석하는 일방, 집중적으로 자신의 논문의 심화를 위해 책을 읽고 자료를 수집하였다. 자신의 중국어가 완벽할 수는 없지만 무한에서의 공부가 상당한 도움을 주었다. 그녀는 중 교수와의 일체 만남을 거부했다. 그리고 송 교수와도 강좌에서 만나고, 논문의 진척에 대해 상의하는 것 이외에는 그를 사적으로 만나지 않았다. 그러나 송인상의 병세가 나날이 나빠지는 것이 눈에 띌 정도였다. 그가 무슨 이유로 기왕에 제출했던 사직서를 회수하고 다시금 강의를 재개했는지는 확실히 모른다. 다만 그의 건강이 호전되었기 때문이 아닌 것만은 확실하다. 파킨슨병에서 병세의 호전이란 기대하기 어렵다. 다만 병세의 악화가 잠시 멈추는 경우는 있을 수 있을 뿐이다.

혜리가 흔히 떠도는 소문을 듣고 파킨슨병에 신묘한 효력을 보인다는 홍삼을 다량 사가지고 그의 집으로 찾아갔다. 그는 묘한 목소리로 그녀의 방문을 크게 반겼다. 그러나 그의 얼굴이 경직되어 그 표정은 읽을 수 없었다. 그렇게 들어서 그런지 그는 조금은 동물스런 고함을 치면서 그녀를 반겼다. 그는 용감하게 그녀를 반겼으나 혜리가 보기로는 그것은 깊은 신병을 앓는 중증환자의 과장된 동작 이상은 아니었다. 어쩐지 그의 얼굴에는 섬세하고 인간다운 표정은 사라지고, 대패로 밀어버린 듯한 나무판 같은 밋밋한 표정만이 가득히 쳐 발려져 있었다.

"홍삼이 이 병에 좋다는 말은 나도 들었어…."

"저가 늦었어요. 지금 당장 끓여 드릴게요. 온밤, 내일 온종일 식혀서 드세요. 당장에 효과가 있을지도 모르죠."

"아니야, 적어도 석 달은 마셔야 한데…. 그래야 조금 효과가 있다고 하더군. 먹어보지뭐."

"대한민국 홍삼을 전부 사다드릴 테니 쉬지 마시고 드세요."

송인상은 혜리가 사다주는 홍삼을 먹고 약간은 도움을 받는 것 같았으나 역시 근본적인 치료는 되지 못했다. 그해 여름방학을 앞두고 송인상 교수는 스웨덴으로 의료여행을 하는 것이 어떠냐는 권고를 주치의로부터 받았다. 스웨덴 스톡홀름 의과대학 신경과의 어느 교수가 파킨슨병에 획기적인 수술요법을 개발하여 상당한 효과를 보인다는 논문이 계속 학술지에 보고되고 있다는 것이었다. 사실 그때까지 병원의 파킨슨병 치료란 천편일률적이었다. 즉 시상하부의 도파민 소실이 병의 원인이라는 사실에는 학계의 의견이 일치하고 있었다. 그러나 이 도파민의 소실을 막을 방법을 모르고 있는 수준이었다. 그래서 의학계에서는, 체내에서 대사되어 도파민으로 바뀌는 레보도파라는 물질을 환자에게 투여하여 소실되는 도파민의 양을 보충하는 수법을 사용하고 있었다. 이 의료 방법이 거의 유일한 치료법이었다.

"파킨슨병에 수술 요법이라니! 처음 듣는 소립니다."

"이때까지는 그런 요법이 없었지요. 하지만 스웨덴의 뇌신경과 의사가 개발해서 시술하고 있는데 아주 좋은 효과를 보이고 있나 봐요. 학술지에 계속 보고되고 있어요. 미국의 억만장자가 몸이 굳어 거의 보행이 어려웠는데, 2차에 걸친 이 의사의 시술을 받고 거의 완치되었다는 논문이 실렸어요. 학술지이니 황당한 이야기는 절대 게재되지 않습니다."

"수술비가 대단하지 않을까요?"

"전혀 보험 혜택을 볼 수 없기 때문에 대단한 금액입니다."

"대략 얼마 정도 하는데요?"

"바로 그 미국 억만장자의 경우, 대략 2, 3십만 달라가 들어갔나 봐요."

"2, 3십만 달러라면 우리나라 돈으로…. 2, 3억 원이 아닙니까…. 수술 한 번으로 그 돈이라면 과연 세기는 세군요."

새해 학점 마지막 학기가 되었다. 송인상 교수의 병세는 눈에 띄게 나빠졌다. 그는 쿵쾅거리는 식으로 걸음을 걸었고, 흔들리는 몸의 안정을 위해 한껏 앞으로 구부리고 걸었다. 가만히 있을 때는 손과 발을 떨었고, 가끔가다가 손가락 발가락도 떨었다. 하물며 혓바닥도 떨어댔다. 가끔 침을 흘리기도 하고, 다한증 환자처럼 땀을 그렇게 많이 흘리기도 했다.

그러나 송 교수는 결코 병마에 굴복하지 않는 초인적인 모습을 보여주었다. 특히 그는 증세가 나타나면 즉시 스웨덴 제 레보도파를 복용하여 증세를 가라앉혔다.

"이번 학기에 저가 학점이 끝이 나니, 그럼 스웨덴으로 시상하부 수술을 받으시러 가시죠?"

혜리는 지나가는 말투로 간단히 한 마디 던졌으나 그녀로서는 심사숙고한 말이었다. 농장 옻칠쟁이인지, 커피 바리스타인지, 이 삿짐 사장인지 불확실하지만, 그녀는 그들 중 한 사람으로부터 받은 약 8억 원의 돈이 있었다. 받았다기보다 그냥 통장으로 송금된 채로 잊혀져있는 돈이었다.

"꿈같은 얘기야. 아파트를 팔지 않고서는 그런 치료비를 장만할 방법이 없어. 아파트 팔아버리면 당장 어디 가서 먹고 잘 수 있나…."

"교수님, 제가 수술비를 마련할 수 있을 것 같아요. 허락해 주시면 아파트를 팔지 않으시고, 되갚을 필요도 없이 수술비를 마련할 수 있어요. 선생님의 결심만 남았어요."

"무슨 방법인가? 믿어지지 않네…. 내가 더 살아야하고 더 학교에 남아야 하는 이유가 자네 논문을 위해서야. 자네를 연구실의 주인공으로 만드는 것이 내 여생의 유일한 목적일세."

"선생님…."

"돌아온 자네는 오직 공부에만 집중하느라 정신이 없었고, 나는 몸이 이러니 강의 준비하고 몸 돌보느라 서로가 서로를 돌볼 여유가 없었어. 우리는 우리의 감정을 회복하지 못했지만, 아련한 추억은 안개처럼 간직하고 있네. 연구실, 그것이 왜 빛나는 공간인가.

많은 봉급을 주는 것도 아니고, 절대적으로 사회적인 존경이 있는 것도 아니야. 다만 거기에는 절대 자유와 학문 창조의 가능성이 있기 때문이야."

"…."

혜리는 송 교수가 약간은 어눌해진 입으로 열변을 토하는 것에 놀라지 않을 수 없었다. 어렴풋이 느끼고 있던 사실을 그는 자신의 열변으로 확인시켜 준 것이다.

"내 몸이 더 굳어지기 전에, 나의 몸통이 더 앞으로 쏠리기 전에 내 꿈이 이루어질 수 있을까…."

"그러니 스웨덴으로 수술 여행을 가자는 것이잖아요. 제가 모시겠습니다. 제가 모든 경비를 마련하겠습니다."

"자네가! 무슨 그런 말을…. 말도 안 되는 소리를…."

"선생님, 저를 그렇게 나약하고 힘없는 사람으로만 보지 마세요. 물론 그런 사람이기는 합니다. 그러나 저는 인간으로서 그리고 여자로서 쩨쩨한 것을 정말 싫어합니다. 제가 가진 것을 남에게 주어야 할 때는 사정없이 과감하게 줘버리는 것이 저의 타고난 성격입니다. 돈도 마찬가지고 사랑도 마찬가집니다…."

"으음…. 흐릿하던 시야가 밝아지는 듯하구만."

"나도 나 자신 그런 여자인지 잘 몰랐어요. 하지만 내가 선생님과 헤어지고 나서 거칠고 역동적인 인생 역정을 걸었습니다. 구체적인 이야기는 할 필요가 없지만요. 그 과정에서 저는 저의 성격을 스스로 파악하기 시작했습니다. 저는 정말 죽었으면 죽었지 치사하게 사는 것을 가장 싫어합니다. 저는 정말 이 순간 선생님께서 굳어져가는 몸을 하시구서 이 못난 저를 위해 다시 연구실로 나오시는 것을 보구서 저의 모든 것을 바치기로 결심했습니다….”

“으음….”

송인상 교수는 긴 신음을 토했다.

“자네는 이 세상의 어떤 사나이도 사로잡을 수 있는 특징적인 미모와 착하고 특이한 자기희생적인 성품을 가지고 있어. 내가 내 연구실에 나 자신을 감시하기 위한 CCTV를 설치하고 실수하는 나를 징벌하기 위해 도끼를 갖추어 놓고도 나 자산을 제어하지 못하고 자네의 손을 잡고 말았어. 자네가 다시 나타났을 때 나는 벌써 결심하였어. 자네를 연구실의 진정한 주인공으로 만들어 보겠다고….”

“선생님, 내일 제가 당장 수속을 하겠습니다. 허락해 주신 것으로 알겠습니다.”

“으음…. 자네가 무슨 돈이 있어서….”

“확실히 기억나지는 않지만 살다가 그냥 생긴 것입니다. 도둑질한 것 아니에요. 돈은 돌고 도는 것이에요. 가만히 가지고 있으면 돈이 아니에요. 쓸 데가 온 돈이에요. 인생은 돈을 써야만 나름대로의 아름다운 조각을 할 수 있다고 생각해요. 돈을 쓴다는 행위자체가 새로운 인생을 조각한다는 뜻이 아닐까요….”

“으음, 자네가, 못 만나는 사이에 많이도 인간적으로 성장했구먼. 사람이 다 되었어.”

혜리는 학회지에 난 그 뇌신경 전문 의사의 주소를 알아내 그와 이메일을 주고받았고, 서울 모 대학 의과대학 신경과의 진단서를 속달로 부쳤다. 그래서 결국 그 전문 의사의 수술 허락을 받아내는데 성공하였다. 어차피 상태는 심각해져 있었다. 지푸라기라도 잡는 심정으로 그의 집도에 희망을 거는 수밖에 없었다. 겨울방학이 시작하자 말자, 혜리는 송 교수를 데리고, 빠리행 비행기에 올랐다. 빠리까지는 대한항공을 타고 가서, 빠리에서는 에어 프랑스를 타고 스톡홀름으로 갈 작정이었다. 10시간 정도 날아서 빠리의 샤를 드골 공항에 닿았고 비행기를 갈아타기 위해 기체에서 내렸다. 대합실에서 5시간을 기다려야만 했다. 혜리는 송인상 교수를 편안한 모텔에라도 모시고 싶었으나, 그는 그냥 비행장의 의자에 앉아서 5시간을 버티겠다고 했다. 혜리는 그의 청을 받아주었다. 그러나 오랜 비행기 여행으로 그의 몸은 엄청 굳어져 있었다. 남의 눈을 의식하지 않고, 부끄러움을 무릅쓰고 그녀는 송 교수의 몸을 마구 문질렀다. 오랜 비행과 추위로 몸이 엄청 굳어져 있었던 것이다.

송인상과 해후하고서도 2년이 넘었으나 그의 몸에 손을 댄 것은 처음이었다. 두 사람은 자신들의 사랑을 불태울 때는 물론 수시로 몸을 접촉했다. 그러나 그들의 해후는 그들의 마음을 녹이지 못했다. 지금은 전혀 연인으로서 몸에 손을 대는 것이 아니었다. 죽고 살기의 숨 막히는 병마의 위협으로부터 몸을 살려내기 위해서 상대의 몸에 손을 댄 것이다. 샤를 드골 공항의 탑승 층인 공항 건물 2층의 드넓은 대합실의 한쪽 구석 의자로 송인상을 떠메고 간 혜리는 그의 두터운 방한용 옷 속으로 손을 넣어 가죽처럼 굳어져 있는 몸을 마구 문질렀다. 자세히 들으니 송인상의 호흡이 정상이 아니었다. 어떤 위기감을 느낀 혜리는 정신없이 그의 겉옷 속으로 손을 집어넣고 돌덩이처럼 굳은 몸을 문지르기 시작했다. 한 30여분을 문지르니 약간 온기가 돌고 경직도 약간 풀리는 것 같았다. 혜리의 얼굴과 목에서는 땀방울이 흘렀다. 그러나 아직은 안심할 정도가 아닌 것 같았다. 더욱 열심히 마사지를 해야만 했다. 그러나 혜리 자신이 오랜 비행으로 정신이 어찔거렸다.

마침 순찰을 돌던 경찰이 두 사람이 하는 행위를 보고 수상히 여겨 다가왔다.

"뭣을 하는 분들이신가요?"

"비행기를 갈아타기 위해서 시간을 보내고 있어요. 오후 2시 스톡홀름행이에요"

"비행기 탑승권 좀 보여주세요."

그는 혜리가 내미는 탑승권을 살피더니 사실을 확인했다는 듯이 고개를 끄덕거렸다.

"그런데 왜 그렇게 손을 옷 속으로 집어넣어 왕복 운동을 하는 겁니까? 여기서는 그런 행위를 할 수 없습니다."

"우리가 스톡홀름으로 가는 이유가 스톡홀름 병원에서 수술을 받기 위해서인데, 수술 받는 이유가 몸이 굳어져 들어오는 파킨슨병입니다. 그래서 지금이라도 몸의 경직을 막기 위해 마사지를 하고 있어요."

"아 그래요! 그러시면 나를 따라 오시오. 위급 환자를 위한 의료시설이 갖추어져 있고 전속 안마사도 있어요. 기내에서 마비를 일으키는 승객들이 적지 않습니다. 그런 사람들을 위한 의료 시설이 완벽하게 갖추어져 있으니 따라오세요."

빠리 공항경찰의 영어발음은 신기할 정도로 정확했다. 혀를 굴리는 미국식 발음이 아니라 똑똑 떨어지는 영국식 발음인데 프랑스어적인 발음이었다. 영어였지만 어쩐지 프랑스어 같았다.·경찰이 허리에 찬 무전기를 조작하니 순식간에 휠체어를 끄는 두 사람의 남자가 나타났다. 그들은 송인상을 휠체어에 태우고 응급실로 데리고 갔다. 거기에는 거대한 몸집을 한 흑인 여자가 있었는데, 능숙한 솜씨로 송인상을 마사지했다. 사실 혜리가 부끄러움을 무릅쓰고 송인상을 구석으로 끌고 가, 손을 그의 옷 속으로 집어넣고 마구 마사지를 한 것은 그만한 위기감을 느꼈기 때문이었다. 기체 속에서 10시간 이상 좁디좁은 이코노미석에서 버틴 결과였다. 이코노미석이란 멀쩡한 사람도 피가 통하지 않아 절명하는 경우가 적지 않다고 하는데, 중증 파킨슨병 환자인 그에게는 치명적인 일이었다.

오후 5시 경에 스톡홀름 공항에 내리니 눈이 내리고 있었다. 비행기 현창으로 내려다본 스톡홀름은 거대한 호수의 땅이었다. 사면이 바다인데다가 도시 자체에도 엄청난 호수들이 패여 있었다. 베니스가 호수의 도시인 것은 널리 알려져 있지만 오늘 보니 스톡홀름도 대단한 호수의 도시였다. 어쩐지 도시가 동화 속의 나라처럼, 건물들이 알록달록하고 규모도 장난감처럼 조그만 했다. 그리고 창문도 자그만 했다. 미국식 거대한 마천루에 눈이 익어 있는 혜리는 자신이 정말 북구의 눈 나라에 여행 온 느낌을 받았다. 그리 큰 도시가 아닌 듯이 느껴졌다. 백만 명이 채 안 되는 인구라고 했다.

공항에 내리자마자 혜리는 스톡홀름 병원의 담당 의사에게로 전화를 했다. 그는 지금 당장 공항에서 대기 중인 구급차를 타고 병원으로 와줄 것을 요구했다. 그는 혜리 일행을 기다리고 있다는 것이었다. 모든 것이 수익과 계산으로 이루어지는 세상이다. 20만 달러짜리 환자에 대한 배려는 역시 대단했다. 과연 마스크를 한 병원복 차림의 요원 두 사람이 혜리와 송인상에게로 다가왔다. 그들은 알아듣기 어려운 영어를 했으나 무슨 말인지는 이해했다. 병원에 도착하니 바로 이메일을 주고받은 의사가 나왔다. 그와 사진을 주고받았기 때문에 초면에 그를 알아볼 수 있었다. 과연 이 사람이 그 지난한 파킨슨병을 수술로 치료할 수 있단 말인가. 혜리는 믿을 수 없었으나 지금은 그런 것을 따질 계제가 아니었다. 인구가 그리 많은 나라가 아니라서 그런지, 아니면 환자가 많지 않아서 그런지 병원에는 사람들이 그리 복작거리지 않았다. 당장에 정밀 진단으로 들어갔다.

뇌 MRI, SPECT(단일혈류광자방출다층촬영)를 찍었다. 서울에서도 수없이 찍은 것이었다. 주치의의 주장으로 PET(양전자방출단층촬영)도 찍었다. 또 병의 다른 원인을 배제하기 위하여, 혈액 화학 검사, 갑상선 기능 검사, 자율신경계 검사도 했다. 이런 검사를 전부 하는데 만 사흘이 걸렸다. 이런 진단 자료를 가지고 병원 뇌신경과 의사들의 집중 토론이 있었고, 나흘째 되는 날 오후에 수술로 들어갔다. 뇌의 가장 깊은 곳에 위치한 시상하부의 핵을 고주파 전기로 지져 파킨슨병의 진행을 완화시키는 수술이다. 뭐니 뭐니 해도 지난의 수술이다. 왜냐하면 환부가 뇌의 가장 깊은 곳에 위치하고 있기 때문이다. 다른 뇌에 손상을 전혀 주지 말아야 한다. 뇌는 너무나 민감하여 약간의 실수가 있어도 전신이 회복 불능의 마비에 빠질 수 있다.

고난도의 수술 치고는 시간이 오래 걸리지는 않았다. 2시에 시작하여 5시 경에 수술이 끝이 났다. 수면제 주사를 맞고 송인상은 깊은 잠으로 떨어진 채로 입원하였다. 그가 잠에서 깨어나는 순간 수술의 성공 여부가 판명될 것이다. 수술이 잘 되었다 하더라도 옆의 다른 뇌나 신경을 건드렸다면 잘 된 수술도 수포로 돌아가고 더 큰 재앙을 부를 수도 있다. 혜리는 피곤에 밀려 쓰러질 지경이었다. 그녀는 미리 예약해둔 호텔에 투숙했다. 호텔은 영미 식으로 규모를 자랑하는 대형은 아니었으나 아담하고 아름답고 고풍스러운 모양을 하고 있었고, 발틱해를 내려다보는 약간 높은 언덕에 자리 잡고 있었다.

깊은 잠에서 깨어보니 시간이 겨우 밤 10시였다. 스웨덴에 도착하자마자 시계의 침을 스웨덴 시간에 맞춰 놓았다. 밤 10시가 되었는데도 창문 너머 발틱해의 수면에는 태양 광선이 반사되고 있었고, 주변이 아직도 짙은 황혼 속에 불타고 있었다. 북구의 겨울이 보여주는 진면목이 이런 것이로구나 하는 탄성이 일었다. 만산홍엽으로 불타는 산사의 맑은 공간처럼 낯선 북구의 하늘을 가득 채우고 있는 짙은 황혼 속에 수변 도시 스톡홀름이 잠들어 있었다. 얼른 옷을 주워 입고 병원으로 달려갔다. 송인상은 의식을 회복하여 눈을 껌벅거리고 있었다.

"좀 어떠세요? 수술은 잘 끝났다고 하던데…."

"금방 효과가 드러나는 수술은 아니잖아요. 좀 더 경과를 봐야지."

"멀리 멀리 날아와서 어렵게 이루어진 수술인데요…."

"도파민의 소실이 이루어지는 시상하핵을 전기 충격을 가해 기능을 회복하게 되었다고 하는데 어디 두고 봐야. 정말 그들의 논문대로 된다면 노벨의학상 깜이요. 그나저나 혜리에게 너무 신세를 져서 마음이 무척이나 무겁구먼."

"여느 수술처럼 수술 후에 금방 효과가 나타나지 않는다는 데서 이 병의 본질이 있는 것 같아요. 의사 이야기로는 사실 지금까지 병의 원인도 확실히 모르고 있다고 하던데요. 시상하핵의 도파민 소실이 원인일 것이라고 추측하는데 그치고 있데요. 며칠 더 기다려보아야 미미한 효과가 나타날 것이라고 했어요. 레보도파를 투입하면 소실되는 도파민의 양이 감소한다고 하지만, 레보도파가 뇌의 심부에 도착하기 전에 그것을 파괴시켜 버리는 효소가 있다고 하데요. 그것을 억제하는 효소가 개발되어 효과를 보고 있다고 하는데, 수술의 효과와 시너지 효과를 기대하고 있다고 했어요."

"하나님이 도우셔서 내가 정년 때까지 강의를 할 수 있도록 해주시기를 빕니다…."

송인상은 천장을 쳐다보면서 천천히 한 마디씩 뱉었다. 1주일가량 더 정양을 하면서 주치의의 체크를 받은 뒤 송인상은 퇴원 허락을 받았다. 그는 퇴원 후 더 지체하지 않고 귀국을 서둘렀다. 일생 처음으로 북구의 부유하고 아름다운 나라 스웨텐에 왔으나 더 돌아볼 마음의 여유가 없었다. 아직까지 몸의 상태가 더 나아진 것 같은 느낌은 없었다. 어쩐지 몸이 조금 덜 땅기고 허리가 좀 더 부드럽게 퍼지는 것 같은 느낌은 왔다. 혜리와 송인상은 서울을 떠난 지 한 달 만에 귀국하였다. 두 사람 다 겨울 방학이지만 다음 학기의 강의 준비와 논문의 진척을 위해 부지런히 등교하였다. 혜리는 송 교수의 자기 연구실 사용을 허락받았으나 행동으로 옮기지는 않았다. 자기들 두 사람이 송 교수의 몸 수술을 위해 스웨덴까지 갔다 온 사실을 학내 사람들이 알 턱이 없지만 세상에는 절대의 비밀이란 없는 법이다. 인간과 인간 간의 비밀은 인간의 조건이다. 인간만이 그들만의 비밀을 가질 수 있다. 그래서 인간의 일생은 아름답고 신비스러울 수 있다.

학점 학기를 끝낸 혜리는 이제 본격적으로 논문 작성으로 들어갔다. 색인 카드를 일정한 논리의 흐름에 따라 종합 분류하고 그것을 통일된 하나의 논리에 의해 논문을 작성해 나가는 것이다. 학기가 거의 끝나갈 무렵 혜리는 학과 조교의 다급한 전화를 받았다.

"선생님께서 심하게 다치셨나 봐요. 지금 빨리 아파트로 와 달라는 전화가 학과로 왔습니다."

"어디서 무슨 일로? 어느 정도로?"

"집 아파트 단지에서 내려오시다가 넘어지셨나 봐요. 걸음을 전혀 걷지를 못하시고 머리통도 다치셨나 봐요. 핸드폰을 하셨더라구요. 저도 지금 달려가겠습니다. 선생님께서 말을 하실 수 있기 때문에 이 선생님에게 먼저 연락하라는 말씀을 하셨습니다."

"알았어요. 내가 지금 곧바로 내 차로 달려갈 테니 조교도 오세요. 병원으로 모셔야지요!"

그녀가 아파트 단지로 올라가는 계단 아래에 도착했을 때 그녀는 사람들에게 둘러싸인 송인상을 볼 수 있었다. 피투성이가 된 송인상이 계단의 중간쯤 한 쪽 담벼락에 등을 기대고 쓰러져 있었다. 스웨덴을 다녀오고 난 후 조금 상태가 호전되었다고 방심한 탓이었을까. 그는 계단을 내려오다가 몸의 균형을 잡지 못하고 굴러 떨어진 것이다. 다른 통행인들을 방해하지 않기 위해서 그는 자신의 몸을 계단의 한쪽 귀퉁이로 끌고 간 듯했다.

"좀 호전되신 것 같았는데…. 찻길로 다니시지 왜 위험한 계단으로…."

곧바로 달려온 조교가 송인상을 들쳐 업어서 혜리의 차로 옮겼다. 전혀 몸을 못 움직이는 것으로 보아, 어쩌면 고관절이 부러졌는지도 모른다는 생각이 들었다. 혜리는 이런 위급한 경우에 혈족들에게 급보를 전하지 않고 자기에게 전한 것이 신기하고 그리고 고마웠다. 하기야 혈족이라는 말을 붙일 사람이 있는지도 불확실하다. 한 사람의 유능한 신진학자를 탄생시키는 것은 늙어가는 학자가 자신의 학문을 연장하는 최우선의 작업이다. 노쇠해가는 학자에게 그것은 사람의 힘으로는 감당할 수 없는 죽음에 저항할 수 있는 유일한 길이다. 정형외과에서는 고관절의 골절로 진단이 내려졌다.

지금 송인상의 상태에서 고관절 골절은 사형선고나 다름이 없다. 파킨슨병의 가장 무서운 증상은 운동 부족에서 비롯된다고 한다. 그런 상태에서 고관절까지 골절되었다면 운동은 거의 하지 못한다고 보아야 한다. 60살 넘어 고관절이 탈골되면 치료율이 반밖에 되지 않는다고 한다. 송인상은 근 한 달가량 입원을 하였다. 철심을 박아 연결한 고관절이 아물어 붙으려면 그 정도의 시간이 필요하다는 것이었다. 혜리는 간병인 아주머니와 함께 선생의 병실을 지켰다.

송인상 교수가 파킨슨병으로 고생한다는 소문은 학내에 널리 퍼져 있었다. 그런 그가 무슨 계기인지는 알 수 없으나 강좌에의 강한 열정으로 자신이 기왕에 제출했던 사직원을 스스로 회수하고 다시금 강단에 선 것도 잘 알려져 있었다. 거기다가 골절상을 당해 병원에 입원해 있으면서도 학생들에게 강좌를 베풀고 있다는 소문도 퍼졌다. 학교라는 사회는 아직까지는 아름다운 인간다움의 미담이 통하는 곳이다. 이런 소문이 학내에 퍼지고 학생들 사이에서도 크게 회자되었다. 이제는 강의를 들으러 오는 대학원 학생들뿐만 아니라, 스승을 위로하고 문안드리러 오는 학부 학생들이 적지 않았다. 송인상은 휠체어를 타고 학생들을 맞았다. 침대에 누워서 중환자 특유의 늘어진 모습으로 학생들을 맞을 수 없다는 것이었다. 그래도 자신은 국내 시든 외국 시든 소리 내어 읊을 수 있다는 것을 그는 자랑으로 여겼다.그래서 찾아오는 학생들을 위해 좋아하는 시들을 큰 소리로 낭송해 주곤 했다. 학생들의 분위기가 이렇게 돌아가니 학교 당국에서도 무관심할 수 없었다. 교무처장이 다녀가고 총장이 다녀갔다. 이윽고 재단 이사장까지 다녀갔다. 재단이란 학교의 일상적인 학사 업무와는 무관한 부처이다. 재단이란 학교의 경영을 책임지는 부처로, 학생 가르치는 교육 업무와는 무관하다. 이런 부서의 장, 즉 학교 재산의 경영주가 대학의 교육 업무의 구성 멤버인 교수의 입원실에 온다는 것은 아주 희귀한 일이다.

"퇴원을 하시게 되면 한 두 학기 쉬시는 것이 어떠실는지…."

"이사장님께 면목이 없습니다. 몸이 좀 불편할 뿐 정신은 멀쩡하니 어렵지만 강의를 계속하고자 합니다."

"학교와 학생들을 위해 너무나 고생을 하신다는 사실 학내외인들이 다 잘 알고 있습니다. 엔간하시면 좀 쉬셨으면 합니다."

"강의를 하지 않으면 몸이 더 악화될 것 같습니다. 그래서 주로 대학원 강의를 하고 있습니다만…. 결강하지는 않을 테니 강좌를 허락해주시기 바랍니다."

"그거야 총장이 할 일이지만….내가 보기에는 쉬시는 것이 건강에 좋을 것 같습니다….학생들의 시선이 집중되어 있다는 말을 총장님으로부터 들었습니다…. 학교를 믿어 주십시오."

"감사합니다. 퇴원 후에 결정하겠습니다."

한 달여의 입원을 마치고 송인상은 휠체어를 타고 퇴원하였다. 부러진 고관절은 철심 덕택에 그런 대로 들러붙은 모양이었다. 골절은 뼈의 문제이지, 뇌신경병인 파킨슨병과는 직접적인 관련은 없다는 것이다. 이사장이 한 말, 학교를 믿어달라는 말의 뜻이 무엇일까. 이사장이 평교수의 입원실을 찾아오는 것 자체가 아주 드문 일이고, 더욱 그런 말을 한다는 것은 사실상 퍽 어려운 일이다. 송 교수에 대한 이사장의 깊은 신임을 말한다고 보아도 될 것 같다. 자동화되어 있는 휠체어는 그의 불편을 다소 줄여주었다. 혜리는 학위 과정 3년째로 접어들었다. 연구를 거듭할수록 송인상 교수가 준 논문의 주제가 흥미로웠다. 한편의 시를 의미로서 다루지 않고, 그 시의 주제를 음성적인 접근으로 파악하려고 하는 논문의 주제는 송인상 교수의 독창적인 발상이었다. 그런 시도가 아직은 거의 없는 상태였다.

송인상 교수에 대한 소문은 학내에 널리 퍼졌다. 특히 교수 사회에서 더욱 그러했다. 이사장이 병실을 다녀간 이후로 학교의 관심은 크게 증대되는 듯했다. 학교가 워낙 크다보니까 학생들 사이에서는 문과대학, 특히 국문학과 학생들 사이에서 널리 퍼졌을 뿐이다. 교수 사회에서도 같은 처지와 신분이니까 송인상 교수의 현재의 여러 가지 여건이 널리 퍼질 수밖에 없었다. 특히 그가 휠체어를 타고 등교를 하고나서부터는 더욱 그러했다. 신종 휠체어의 엔진음이 많이도 부드러워졌다고는 하지만 역시 약간의 기계음이 나기 마련이었다. 그럴 경우, 고요 속에 잠겨 있는 캠퍼스 인들의 시선을 끌었다. 학위 과정 4년차인 8학기와 9학기에, 혜리는 송인상 교수의 강력한 요청으로, 영어 음성학을 연구하기 위해 미국 뉴욕에, 그리고 프랑스어 음성학을 연구하기 위해 빠리에 각각 반 년간씩 유학을 했다. 끝도 없이 이어지는 학문의 길에 지칠 만도 했지만, 지도교수나 지도를 받는 학생이나 열심히 노력했다. 그들은 정말로 논문의 성공을 위해 최선을 다했다. 타의 추종을 불허하는 발군의 논문을 써야만, 학위 후 대학으로의 진로에 초빙이 올 수 있는 것이다.

영어는 유펜(펜실베니아 대학)을, 프랑스어는 소르본(빠리 4대학)을 택했다. 각각 자기 나라 음성학의 중심적인 대학이었다. 혜리와 송인상은 멀리 멀리 떨어져 있었으나 수시로 전화를 했다. 요사이는 전화가 전부 인터넷전화라 통화료가 아주 싸졌다. 그들은 멀리 떨어져 있음으로 해서 타인과 자신을 향한 감시의 눈초리에서 다소나마 해방되는 듯한 감각을 느꼈다. 이렇게 멀리 떨어져 있는데, 타인이 무슨 수로 자기들을 의심할 수 있으랴 하는 생각이 들었다. 몇 시간씩 통화할 때도 있었다.

죽자 살자 혜리 자기를 향해 자신을 내던졌던 모든 남자들을 다 버리고, 그들과의 사이에서 낳았던 아기들을 다 버리고 이제 자신만의 광야로 나선 지금 무슨 한이 더 있으랴. 혜리는 돌덩어리가 아니다. 무쇠뭉치도 아니다. 너무나 여리디 여린 감성의 소유자이다. 그런 그녀가 그 모진 사랑의 여정 속에서 겪었을 영혼의 상처란 그야말로 필설로 다할 수 없을 것이다. 사람은 잃음으로써 얻는 것이다. 그러나 지금은 오직 저 멀리 보이는 어떤 영혼의 집을 향하여 모진 비바람을 헤치며 전진할 뿐이었다. 프랑스어의 경우, 소르본 대학의 언어학과 3학년에 개설된 음성학을 한 학기 들었다. 프랑스어가 세계 언어 중에서 음성학적으로 가장 조화롭고 아름답다는 말을 실감할 수 있었다. 자음과 모음, 장음과 단음, 청음과 탁음, 강음과 약음, 동음과 경직음 등 적어도 20가지 이상의 프랑스인들의 음성이 가지는 특질에 따라 시적 서정의 표현이 달라질 수 있다는 사실을 실감할 수 있었다. 의미를 내포하는 시적 이미지가 아니라, 음성학적으로 시적 주제를 다양하게 표현할 수 있음이 프랑스어에서 가장 극명하게 나타난다는 송인상 교수의 의견을 실제에서 통감할 수 있었다.

송 교수의 견해로는 같은 프랑스어를 사용하는 프랑스의 국토 내에서도 남쪽으로 갈수록 모음과 가벼운 자음을 사용하는 빈도

수가 늘어난다는 것이었다. 일상어에서 이럴진대 시어로서의 기능에서는 한결 뚜렷하다는 것이 그의 생각이었다. 혜리는 강의 틈틈이 주말을 이용하여 프랑스의 각 지방을 여행하면서 이런 사실을 확인하였다. 프랑스는 2세 교육을 국가의 가장 중요한 책무로 인식하고 있는 나라이다. 그래서 모든 교육 기관의 등록금이 없다. 학교 당국에 내는 금전이라면 학생들 스스로 조직한 보험 제도에 따라 내는 약간의 보험료가 전부다. 어언 1년이 흘러 유럽에서의 어학연수가 끝나갈 무렵, 혜리는 1년을 더 연장하고 싶었다. 연구를 할수록 재미있고 신기해서 체류 기간을 더 연장하고자 했다.

그러나 가끔 걸려오는 송 교수의 발음이 영 말이 아니었다. 인간의 건강 상태는 무엇에서보다도 먼저 목소리에서 나타난다. 자신이 음성을 공부하는 탓인지는 모르지만, 이것은 확실한 듯했다. 음성학자로까지는 가지 않았지만, 그녀는 시를 음성학적으로 해석하고자 하는 사람이다. 그러니 자연 음성에 민감할 수밖에 없었다. 그녀는 체류 연장의 욕심을 버리고 서둘러 귀국길에 올랐다. 자신은 송인상과 연애 관계에 있는가를 자문해 보았다. 그녀는 고개를 좌우로 저었다. 그의 사랑을 갈망하는 어떤 감정도 자신에게는 없었다. 그도 그런지는 확인할 수 없었다. 지금은 다만 그에게서 논문을 위한 좋은 지도를 받고 싶은 마음으로 가득 차 있을 뿐이다. 정 욕심을 부린다면 논문이 통과되고 나서 그의 주선으로 대학으로 진출하거나, 아니면 강의라도 얻는데 도움을 받고 싶은 마음이었다.

대한민국은 그 어렵다는 대학교수 뽑는데 일정한 법칙이나 규칙이 없다. 오직 '박사학위를 가진 자'가 유일한 자격 요건이다. 박사학위를 가진 자가 드물 때 이야기이지, 요사이는 박사학위 가진 자들이 발길에 차일 정도로 많다. 이들 중에서 누가 교수가 되느냐 하는 문제는 지도교수의 역량에 달려있다고 보아야 한다. 프랑스 같은 나라는 우리나라의 판검사 시험처럼, 국가가 운영하는 교수 자격시험이라는 제도가 있어서, 이 시험에 합격하여야 한다. 이 시험에 합격하고 나서도 한참을 기다려야 한다. 그래서 어떤 전문 서적 같은 데를 보면 '교수자격시험 합격자'라는 타이틀로 저술한 저자가 혼히 있다. 그러나 한국에서는 박사학위를 가진 자가 교수가 되는 데는 일정한 법칙이나 규칙 같은 것이 없다. 물론 학회지 같은 데 좋은 논문을 발표해서 관련자들의 눈길을 끄는 것도 중요하다. 그러나 그것만으로는 전임교수가 되기는 어렵다. 시간강사로 한 두 시간의 강좌를 얻을 수는 있다. 전임교수로 임용되려면 지도교수의 인맥이 가장 중요한 역할을 하여야 한다고 보는 것이 타당하다.

그가 일생 박사논문을 지도하여 배출한 박사학위 소지자 중에서 대학의 교수가 된 전국의 제자들이 일단은 그의 학맥이다. 새로 배출되는 제자들은 이 학맥에 의해서 소비되는 것이다. 이것이 한국의 학계에 뿌리박혀 있는 소위 말하는 학맥이다. 이 학맥의 줄을 타지 않으면 맨 땅에 헤딩하는 식이 되어 어느 대학의 전임 교수로 가기가 어렵다. 물론 사립대학의 경우, 오너인 교주가 있어서 자기 대학에 자기 혈족을 우선 채용하는 것은 이런 학맥적인 여건이 불필요하다.

인천 공항에 내린 혜리는 송인상 교수에게 전화를 했다. 예상한 대로 그는 전화를 받지 않았다. 그것은 마치 그녀가 중국의 무한에서 돌아올 때와 상황이 비슷했다. 그러나 그때 그가 전화를 끝내 받지 않았는지는 기억에 확실하지 않았다. 통화에 어려움이 있었던 것은 어렴풋이 기억되었다. 몇 차례 통화를 시도했으나 스마트폰은 역시 먹통이었다. 이제 무엇을 어떻게 해야 할지 생각해 보아야 했다. 홍제동 자신의 비워둔 집으로 가는 도리밖에 없었다. 커피 한 잔을 마시면서 정신을 가다듬은 그녀는 자신의 스마트폰이 울리는 것을 들었다.

"조금 전에 선생님에게 전화하셨지요?"

이북 말투의 여성의 목소리였다.

"네, 제가 전화를 했습니다. 바로 그 사람입니다. 선생님하고 통화가 안 되나요?"

"그렇습네다. 지금 주무십네다. 아주 어렵게 잠이 드셨습네다. 깨울 수가 없어야요."

"실례지만 거기가 어딥니까?"

"여기요? 여기 요양 병원이야요. 노원에 있습네다. 한 시간 정도 더 주무시고 깨실 것입네다. 다시 전화해 보시라요. 직접 오셔도 됩네다. 누구라고 전할까요?"

"…."

전화를 끊고 혜리는 생각에 잠겼다. 사태가 아주 다르게 변전된 것이었다. 송인상 교수는 결국 자립의 삶을 포기하고 타인의 손에 의지하여 일상을 영위하고 있는 것이다. 요양병원이란 요양원과 병원 사이의 중간쯤에 해당하는 의료 주거 시설이다. 나이가 든 사람이나 만성 병환에 시달리는 사람들이 주거와 치료를 아울러 해결하는 제도이다. 요양원에서는 입원자를 돌보는 그야말로 아주머니 요양사들이 케어하지만, 요양병원에서는 요양사와 더불어 의사가 상주하면서 입원자를 돌본다. 그것은 일테면 고려장의 현장인 셈이다. 두 기관 공통적으로 병세와 노쇠의 정도가 깊어 자립적인 생활이 불가능한 사람들이 들어와 있다. 입원비가 2백만 원에서 3백만 원까지 천차만별이다. 그 가격대에 따라서 대우가 다르다고 볼 수 있다.

사람은 먹어야 산다. 이 말은 사람은 싸야만 산다는 말과 다르지 않다. 여기에 입원하는 사람들은 먹는 것과 아울러 싸는 것이 엉망이다. 그러자니 자연 요양사의 도움을 받게 된다. 두 기관 다 입원자의 건강 상태가 양호하면, 담당 요양원이나 의사의 허락 하에 외출할 수 있다. 케어가 되지 않는다는 말은 구체적으로 대소변의 처리가 어렵다는 말이다. 사람들은 적당하게 죽어야 한다. 그렇지 않으면 이 지상은 병든 자, 돌아버린 자로 가득 차서 살기 어려운 오염의 공간이 되는 것이다. 그렇다면 송인상도 적당한 시기에 죽어주어야 하는 사람일까. 혜리는 고개를 저었다. 그는 결코 그런 변을 당해서는 안 된다는 생각이 들었다. 그녀는 다만 자신과 송인상과의 관계를 생각했다. 지금 그는 자기에게 무슨 의미가 있는 것일까. 반대로 자기는 그에게 무슨 의미를 가지는 것일까 생각해 보았다.

그를 향해 불꽃처럼 타올랐던 사랑의 열정은 그 후 수많은 남자를 겪으면서 한줌의 재가 되어 사그라졌다. 그런 류의 어떤 감정도 남아 있지 않다. 인간의 감정에는 영속성이 없다. 사랑의 감정만이 그런 것이 아니고, 혐오의 감정, 존경의 감정, 멸시의 감정도 세월이 흐름에 따라서 여건이 바뀌면 그 질도 바뀌게 마련이다. 세월이 한참 흐르고 보면 여건이 바뀌고 그 바뀐 여건에 익숙해지고 나서 보면 내가 언제 그런감정을 가졌던가, 회의에 빠지게 된다. 오히려 사랑이 무관심으로, 혐오가 선호로, 존경이 멸시로, 멸시가 존경의 감정으로 바뀌는 경우도 있다.

그런데도 송인상으로부터는 확실히 집히지는 않지만 뭔가 아득한 것이 전해져 오는 것만 같았다. 그것은 깊고 깊은 골짜기를 흘러서 아득히 들려오는 메아리 같기도 하고, 한없이 드넓은 광야 저 너머에서 들려오는 홍수 진 강물 소리 같기도 하다. 그는 이렇게 식어버린 혜리 자신의 감정을 모를 리 없을 것이다. 그녀는 논문을 위해 그에게로 돌아온 것이지 절대로 옛사랑을 위해 돌아온 것이 아니다. 인간의 심혼을 노래하는 시인이 이것을 왜 모르겠는가. '안내' 간판이 있어서, 송인상의 이름을 대었더니, 안내하는 아주머니가 손으로 옆 계단을 가리키면서 한 칸 더 올라가라고 했다. 1215호였다. 요양병원은 입출이 간단한 셈 치고는 내부 시설이 훌륭했다.

1215호 병실을 찾아가니, 바로 입구에 송인상의 병상이 있었다. 송 교수는 병상에 누워 있지를 않고 병상 아래로 내려와 자신의 휠체어에 앉아 있었다. 금방 세수를 했는지 얼굴이 깨끗했다. 그러나 왠지 모르게 그의 얼굴은 부어 있었다. 얼굴만 부은 것이 아니라 몸 전체가 띵띵하게 부어 있었다. 병세가 악화되었음을 한눈으로 짐작할 수 있었다. 스웨덴 병원에서의 수술이 완치가 아니라, 병세의 진전을 조금 더디게 한다는 조언이 실감되었다. 송인상은 얼굴에 웃음을 떠올리려고 애를 쓰는 듯했으나 소가죽처럼 굳어진 얼굴이 말을 듣지 않은 듯했다. 얼굴은 그 병 특유의 무표정으로 굳어져 있었다.

"교수님, 잘 다녀왔습니다….."

"조, 조, 좋은 공부 많이 했지요?"

"네, 시간이 퍽 아쉬웠습니다. 체류 연장을 하고 싶었는데 그게 마음대로 안 되었어요."

"그 그만하면 됐어요. 이제 어서 논문을 써야지. 구슬이 서 말이라도 꿰어야 보배라고 하지 않나…. 우리 조금 나갈까, 응접실도 있고…. 아니면 정원으로 나가면 산보도 할 수 있어요. 물론 휠체어 타고 하는 산보지만…."

"그래요, 오늘은 병원 음식은 그만 두시고 제가 저녁을 살게요. 거리 식당으로 나가요."

"좋아요."

송인상은 아직 손에 감각이 있었다. 손이 완전히 마비된 것은 아니었다. 손에 감각이 없으면 휠체어의 버튼 조작이 어렵게 된다. 그럴 경우 그는 혼자서는 돌아다니지 못하게 된다. 휠체어 운전하지 못하기 때문이다.

"식사만은 제대로 하셨는데 이제 식사마저도…."

"먹고 싶은 것은 마음뿐이고 입이 말을 들어주지 않아. 입이 맛을 잃어버린 지가 몇 달 되었어요…."

혜리는 정말 걱정이 되었다. 자신의 논문지도를 끝까지 잘 할 수

있을지도 의문스러웠다. 그러나 그것을 입 밖으로 내어서 발설할
수는 없었다.

"교수님, 휠체어를 센서 버튼 식으로 바꿔드리지요."

"벌이가 없는 이 선생이 무슨 돈이 있다고 자꾸만 낭비하려 하나!"

"여자 인생 마흔인데 그만한 돈이 없겠어요! 제가 보기로 그게
가장 급선무인 것 같아요. 이제 학교에 그만 나가시죠 뭐…."

"학위를 했으면 대학에 자리를 잡아야지…. 그래야만 안정된 상
태에서 연구생활을 할 수 있어. 그게 문제야…."

"그거야 제가 노력한다고 되는 것도 아니잖아요. 학위를 하고 무
한정 기다려야죠."

"아니야, 그것도 사람이 하는 짓이야. 무한정 기다린다고 되는
것도 아니야. 으음…. 혜리가 공부로 돌아왔으니 학자가 되어야
지…. 떠돌지만 말고…."

"저가 돌아왔나요?"

"언젠가는 돌아올 줄 알았어. 자네는 누구하고도 잘 살 수 없는 사
람이야. 언제나 초조하고 불안정한 영혼을 가진 사람이야. 연구실의
주인공이 되어서 시를 쓰고 시론을 써야만 위무될 수 있는 영혼이야."

"돌아왔지만 돌아오지 않았어요."

"알고 있네. 하지만 자네는 내가 죽은 후에 진정으로 나에게 돌
아올 거야."

그가 90살까지 살아서 자신이 이루고 싶다는 일이 무엇인지 어
렴풋이 윤곽이 떠올랐기 때문이었다. 설마 그렇게까지 그가 생각
하고 있으리라고는 믿어지지 않았다. 그러나 지금 이 순간 혜리

가 느끼는 심정은 거의 틀림이 없는 것 같았다. 그것은 곧바로 혜리 자신의 논문을 최고 수준으로 작성하여 통과시키고, 혜리 자신이 이 나이가 되어서야 스스로 깨달은 그 영혼의 집, 즉 대학 연구실의 주인공이 되도록 이끌어 준다는 것이 아닐까. 연애 감정이 회복되지 않은 지금 그의 손을 잡거나 그를 포옹하고 싶은 마음은 추호도 없다. 그러나 그의 지극한 마음이 자신의 영혼 속으로 은근히 파고들었다. 자신도 모르게 정신없이 걸었던 남자를 향한 길은 이제 자유로의 길로 대체되고 있었다.

그가 하도 안쓰러워 그녀는 그의 손을 가만히 잡아 주었다. 오래간만에 잡아보는 그의 손이었다. 그러나 그것은 중병을 앓는 환자의 손, 그 이상의 것은 아니었다. 그러나 손을 잡았을 때의 느낌은 어떤 사랑의 감정과는 연결되지 않았지만, 무언가 자기의 영혼 속으로 파고드는 황홀한 느낌을 주었다. 그것은 과연 무엇일까. 무엇이라고 말로 표현할 수는 없었다. 그러나 그것은 분명 황홀하고 영원한 어떤 막연한 느낌을 주었다. 드디어 혜리의 논문이 통과되었다. 5년을 끌었다. 요사이는 인문계의 경우, 대학원 박사과정 입학후 평균적으로 10년을 끄는 것이 보통이다. 미국학계가 요구하는 논문 작성의 소요 기간을 따르는 경향이 있다. 학위논문의 통과를 학문을 할 수 있는 기반을 다지는 것으로 보지 않고, 완숙한 학자로서 학계의 중추적인 역할을 할 수 있을 정도의 수준을 요구하는 것이 미국학계의 통념이다.

'시어의 음성학적 특성과 시의 주제 전개의 관련성 연구'라는 제목의 5백 페이지짜리 연구였다. 혜리의 노력도 놀라웠지만 주제를 제공

한 지도교수의 헌신적인 노력이 큰 역할을 했다는 심사평이었다.

심사가 통과되고 난 후 다음 학기에 혜리는 다시금 강좌를 받았다. 석사학위 후 받아서 강의했던 강좌가 폐쇄된 지 10여 년 만에 회복된 것이다. 혜리의 강좌가 복원된 후 자연적으로 비슷한 주제의 강좌였던 송인상 교수의 강좌가 폐쇄되었다. 그리고 송인상 교수는 학교의 적극적인 만류에도 불구하고 사직서를 냈다. 하지만 이제 두 학기 남은 정년을 휴직으로 지내시다가 정년하시라는 재단 측의 만류로 출강은 하지 않게 되었다. 실제적으로 송인상 교수의 강의를 물려받은 결과가 된 혜리는 사실상 학교를 떠난 셈인 그를 찾아뵐 수가 없었다. 그에게 버튼식 휠체어 대신에 쎈서식 휠체어를 한 대 사드린 후 여러 달이 흘렀다. 그와 그녀와의 사이에 존재했던 논문지도라는 과제가 없어진 지금 자주 만나야할 이유가 없었다. 두서너 달에 한 번 정도 모시고 나와서 저녁 식사라도 같이 하는 것이 고작이었다.

송인상 교수는 날이 갈수록 몸은 조금씩 굳어져 들어오고, 몸통이 자꾸만 앞으로 굽어져 갔으며, 균형을 잡지 못해 자주 넘어졌다. 넘어지면서 상처를 입어 외과 처치를 받아 머리통에 붕대를 감고 있는 날도 있었다. 혜리로서는 안타까운 마음을 가눌 수가 없었으나 어찌 해볼 도리가 없었다. 혜리가 나서는 데는 한계가 있었다. 병마에 서서히 먹혀가는 그를 생각하면 눈물이 나왔다. 그러나 어쩌겠는가. 그를 자주 찾아뵙는 것 이외에는 달리 해드릴 것이 없었다. 그러던 어느 날 겨울이었다. 학과의 조교가 다급한 목소리로 전화를 해왔다.

"교수님, 급보입니다."

"급보라니? 시간강사에게도 급보가 있나요?"

"송인상 교수님이 자, 자, 아니 돌아가셨습니다!"

"네! 언제? 어디서?"

"아침에 시신이 발견되었는데, 집 거실에서 손목의 핏줄을 끊어 돌아가신 것으로 알려지고 있습니다."

"지금은 어디에?"

"벌써, 대학 병원 영안실로 모셔졌습니다."

차를 몰아 급히 대학병원으로 달려갔으나, 그녀가 볼 수 있는 것은 숨결이 사라진 송인상의 싸늘한 시신이었다. 푸르죽죽한 색깔의 시신에 여기 저기 핏줄이 터져서 보기에 너무나 끔직스러웠다. 혜리는 뜨겁게 흐르는 눈물을 걷잡을 수 없었다. 사람은 정말 죽어서 말한다는 말을 실감할 수 있었다. 혜리는 영안실에서 사흘 밤을 지새우면서 낯선 혈족들과 함께 조문객들을 맞았다. 제자로서 그의 최후를 마무리하는 수순이었다. 그녀가 알아볼 수 있는 혈족은 아무도 없었다. 노모가 강원도 어디에 살아 계시다는 말이 있었으나 너무나 연만하여 기신하시지 못한다고 했다. 총장과 학과의 교수들도 조문을 다녀갔다. 이례적으로 이사장도 다녀갔다.

일상적으로 이사장이 교직원들의 경조사에 직접 참여하는 예는 아주 드물다. 비서실장이 촌지를 전달함으로써 간접적으로 참여할 뿐이다. 이사장은 대학의 같은 가족이지만, 어쩐지 한 통속으로 돌아가는 존재가 아니다. 그에게는 초월성이 있다. 그에게 이런 초월성이 없다면 2천 명이 넘는 교직원들의 경조사를 감당하지 못할 것이다. 이번 송인상의 장례식에 그가 나타난 것은 극히 예외이다. 장례를 치르고 난 후, 학교에 강의하러 나간 혜리에게 조교가 이상한 말을 전해 주었다. 고인이 유서를 남겼다는 것이었다. 그가 비록 자살했지만, 휴직 상태에 있었기 때문에 학교장으로 치러졌다. 유서는 학과장의 손을 통해 총장과 재단 이사장에게 전해졌다. 유서의 내용이 그런 절차를 밟는 것을 요구하고 있기 때문이었다는 것이었다.

"제가 그것을 프린터로 복사해 놨습니다. 보시겠어요? 선생님과 조금은 관련이 있는 것 같아서 복사를 해놨습니다. 보여드리려고….""

"내가 봐도 될까요…. 봐도 괜찮으면 보여 주세요….""

"여기 검은 부분은 핏자죽입니다. 원본은 핏자죽으로 붉은 색깔인데 복사를 했기 때문에 검게 나왔네요. 아마도 이 유서를 쓰시다가 손목 핏줄을 자르셨나 봐요. 여기 있습니다.""

더 살 수 없어서 먼저 갑니다.

마음이 한없이 편안합니다.

먼저 가는 사람이 무슨 할 말이 있겠습니까. 그 동안 병고에 시달리는 소생을 끝까지 보살펴 주신데 대한 감사의 마음을 전합니다.

죽는 자도 할 말이 있다면 믿어주지 않으시겠지요. 소생은 한국시의 시론 연구와 시작 을 일생의 업으로 하고 살아왔습니다. 이것을 나름대로 마무리하지 못하고 가는 이 몸이 한스럽습니다. 뛰어난 시인 못지않게 시를 해석하는 학자들의 노력도 중요하다고 생각합니다. 우리 모교에서 이런 작업이 계속 이어질 수 있도록 후배 학자들을 양성하시고 임용하시는데 각별히 신경 써 주시기를 간절히 부탁드립니다. 먼저 가는 이 몸을 용서해 주시기 바랍니다.

명천에서도 모교의 발전을 기원하겠습니다.

불초 송인상 올림

한없이 푸르고 길게 뻗은 길

정소성 장편소설 『건널 수 없는 강』에 관하여

방민호(서울대 국문과 교수, 문학평론가)

1

소설을 전문적으로 읽는 직업을 가진 사람이라도 소설이라는 세계의 넓이와 깊이는 범접하기 어렵다. 정소성 선생. 작가. 1985년도 제17회 동인문학상 수상 작가. 그때 작품은 「아테네 가는 배」. 요즘 젊은 사람들은 얼마나 이 작가를 알고 있을까.

옛날에 필자가 막스 베버의 「직업으로서의 학문」이라는 글에 관해 생각한 것이 하나 있다. 베버는 썼다. 예술에 비해 학문은 허무하다고, 그 것은 뒤에 오는 것에 의해 반드시 극복될 수밖에 없다고. 하지만 필자는 뒤집어 생각했다. 학문도 예술과 같아서, 그렇게 쉽게 극복되지 않는다고. 뒤에 오는 공부하는 사람들은 자신의 관심사가 달라지고, 앞선 사람들이 한 일을 모르는 까닭에, 자신이 앞의 사람들을 극복했다고 착각하곤 한다.

지금의 한국문학, 특히 소설에서는, 뒤에 오는 것들이, 오로지, 앞에
있던 것들을 모르고, 자신들의 관심사가 달라진 것을 모르면서, 현재의
자신들의 예술이 가장 새롭고 아름답고 문제적이라는 단견에 사로잡히
곤 한다. 사실은 그렇지 않은데도. 학문에서도 그렇지 않을진대 어떻게
하물며 예술에서, 그것도 소설에서. 아마도 필자는 그 이유에서 당대의,
동시대의 작가들, 거품처럼 피어나 언제 어떻게 사라질지 모르는 작가
들을 읽는 일에 게을러지는지도 모른다.

또는 필자도 이제는 더 이상 시간과 싸우고 싶지 않다. 과거에 강단에
처음 설 때 그랬던 것처럼, '나'는 뒤에 오는 사람들, 강의를 듣는 사람들
에게 아무 것도 전해 주고 싶지 않았다, '나'만의 세계를 보따리를 짊어
지듯 짊어지고 그냥 뚜벅뚜벅 '나' 자신의 삶만을 가지고 어디론가 홀연
히 걸어가, 사라지고, 싶다.

그런 나날 속에서 정소성 선생의 새로운 장편소설 『건널 수 없는 강』
을 읽는다. 원고를 보내 주신 지 벌써 오랜 시간이 지나서야 이백 자 원
고지 천이백오십 매 분량의 소설을 읽는다. '혜리'라는 이름을 가진 여주
인공의 이야기, 그것은 아주 쉽게 읽히면서도 많은 것을 생각하게 한다.
특히 어디선가부터 이 소설의 이야기는 필자의 마음을 사로잡는데, 어
디냐 하면, 혜리와 일광사 주지 내외가 티베트로 여행을 떠난 대목, 그
중에서도 대처승 주지 스님인 일광의 아내 현보스님이 뜻하지 않게 삶
을 마치는 부분이다. 이 장면을 잠시 돌아보자.

문제는 자동차도로가 나 있으나 여의치 못해 도보로 갈 경우 이 도로를 따

라 걷기보다는 지름길이 있다는 것이다. 수천 년 동안 티베트 사람들이 중국과의 왕래 시 사용하던 길이다. 이 길을 잔도(棧道)라고 한다. 여기서 잔(棧) 자는 나무사다리 잔 자이다.

그 험준한 산길, 특히 거대한 돌산의 옆구리를 건너야할 경우 이 잔도를 설치한다. 그리고 거대한 돌산과 돌산이 나란히 서 있을 경우, 그 두 개 돌산의 중간을 뚫어 돌사다리로 연결한다. 구름층이 이 돌사다리 밑으로 맴돈다.

(중략)

잔도를 따라 걷기 1주일, 주변을 볼수록 기가 막힐 지경이었다. 어떻게 이런 험지에 길을 냈을까 도저히 납득이 가지 않았다. 눈을 잔도 아래로 주면 천길만길 낭떠러지다. 차라리 하늘만 보고 걸어야지 낭떠러지 아래로 시선을 주면 자신도 모르게 오줌을 싸게 된다. 그만큼 아슬아슬하다.

(중략)

잔도에는 끊임없이 폭풍우가 몰아쳤다. 어디 모퉁이를 돌아갈 경우에는 세찬 바람에 몸이 들썩 흔들릴 때도 있었다. 몸을 웅크리고 조심하여야 한다. 어느 모퉁이를 돌 때였다. 어디선가 아악! 하는 날카로운 비명소리가 들렸다. 그러나 다들 몸을 한껏 움츠리고 걷던 중이라 어디서 그런 비명소리가 들렸는지 알아차릴 경황이 없었다. 모퉁이를 다 돌아서 맞바람의 풍역에서 벗어나서 주변을 돌아보았을 때, 아니 이럴 수가, 현보스님이 보이지 않았다.

"현보스님…."

"어어어어…. 스님…."

혜화스님과 일광스님이 음성을 발했으나 그것은 사람의 목소리가 아니었다. 현보스님이 바람에 날아가 버린 것이다. 힘없는 그 분의 다리 사이로 파고든 바람에 얹혀 그녀는 벼랑 밑으로 날아가 버렸다. 주변에 아무런 흔적도 없었다. 날아간 그 어떤 흔적도 보이지 않았다.

일광스님과 혜화스님이 몸을 숙이고 낭떠러지를 내려다보았으나 너무나 아득하여 오금이 저려왔다. 거기에도 아무런 흔적이 없기는 마찬가지였다. 잘못하다가는 자신들도 날아가 버릴지도 몰라 얼른 몸을 산벽 쪽으로 추슬러야만 했다.

이 대목에 이르렀을 때 비로소 필자는 이 소설이 도대체 무슨 얘기를 쓰려 했는지 뒤돌아볼 수 있다. 아마도 이 작품을 읽는 도중에 필자 역시 주위 사람들이 뜻하지 않게 세상을 떠나는 것을 경험해서였는지 모른다.

예를 들면, 한 대학 동기동창 친구는 연구년을 맞아 가족들과 함께 하와이에 갔다 거기서 그만 돌연사로 세상을 떠나고 말았다. 이렇다 할 예후도 없이 산책을 나간다며 외출했다 생을 마친 것이다. 한 학번 아래 후배는 췌장암 선고를 받은 지 다섯 달 되었다는데 늦게 병문안을 가고 보니 벌써 호스피스 병동이었다. 다녀온 지 사나흘 만에 부음을 접해야 했다.

필자가 이 소설에 관해서 첫 번째 받은 인상은 작가 정소성 선생이 어떤 사람인가 하는 것이다. 아마도 보통의 젊은 사람들은 죽음을 진지하게 생각하지 않을 것이다. 그들에게 우연한 죽음은 받아들일 수 없는 사건이다. 그래서 절규도 하고 저항도 한다. 연륜이 쌓이면 비로소 삶이 우연으로 점철되어 있음을, 또한 온 사람은 반드시 떠나야 함을 수용한다.

삶은 허방 위에 떠 있다. 앞에 인용한 풍경에 따르면 사람들의 삶은 "잔도" 위에 떠 있다. 돌연한 바람이 "잔도" 위에 매달려 위태롭게 삶을 지탱해 가는 사람을 갑자기 저 아래 허방으로 쓸어버릴 수도 있다. 삶과, 출생과 죽음, 그리고 자연 속에서의 인간의 삶 같은 것을 총괄적으로, 하나의 총체로 바라볼 수 있는 작가만이, 그런 작가는 젊다 해도 인생 현실의 세세한 세목을 쓰는 '소설' 작가와는 다른 소설을 쓸 수 있다. 그런 의미에서 연륜을 갖춘 작가로서 정소성 작가의 이 소설은 인생의 세목을 쓰는 스타일의 소설을 쓰지는 않았다. 무슨 말이냐 하면?

예를 들어, 질리언 비어(Gillian Beer)라는 사람은 모든 픽션에 두 가지 기본적인 충동이 있다고 한다. 일상생활을 모방하려는 충동이 그 하나라면 이를 초월하려는 충동이 다른 하나다.(『로망스』, 문탁상 역, 서울대 출판부, 1980, 14쪽) '소설'은 현실을 모방하고 해석하려는 충동을 떠맡는 장르다. 그러나 모든 소설이 다 그와 같은 자신의 본질에 충실한 것만은 아니어서, 다른 하나의 충동을 내재하거나, 또는 그것과 결합하는 소설이 있다.

정소성은, 지금 필자가 말하고 있는 이 소설과 동인문학상 수상작 「아테네 가는 배」로 미루어 보건대, 인생이 직면한 현실을 총괄적으로 보고 이 총괄된 것을 그것을 초월한 것에 연결시키려는 유형의 작가다. 그는, 어떤 글에서, 「아테네 가는 배」를 쓸 때 본인이 선택한 소재를 "신화나 전설의 틀"에 맞추어 보려고 했다고 썼다. 사실, 그것은 맞춘 게 아니라 그러한 차원에서 재해석한 것에 가깝다. 그리고 이러한 정소성의 창작 스타일이 필자가 지금 말하고 있는 바로 이 장편소설에 이르러 더욱 전면화 된 것으로 보인다.

'혜리'라는 이 소설의 여주인공의 삶은 그 디테일에 있어 인생 과정의 자세한 묘사로 나타나는 듯하다. 그러나 작가는 이 삶을 그림으로써 인생의 본질이랄까 본의랄까 하는 것을 독자들로 하여금 다시 생각해 보고자 했다.

여기 한 여성의 삶이 있다고 작가는 말한다. 작가가 그리는 이 여성 '혜리'는 여느 여성 같지 않게 대담하고 당돌하고 두려움 없는 여자다. 어떤 점에서, 특히? 남자들과 관계를 맺어나가는 그 담대함과 자연스러움에서.

소설 속에서 그녀는 말한다. "남자에게 지지 않으려는 여자만의 성깔이라고 할까…. 남자를 정복하고자 하는 여자만의 성적 욕구…. 뭐 그런 것이 있는 것 같아…. 특히 내 본능 속에는…." 이러한 혜리 자신의 말처럼 그녀는 굳센 성정을 타고난 인물로 제시된다. 이 "본능"은, 이야기에 따르면, 여러 여자를 거느리고 살았던 남다른 부친의 성정을 그대로 물려받은 것이다. 따라서 이 본성은 소설의 전개과정을 통하여 외화 되고 심화될 수 있을 뿐 변할 수 없다. 작가가 이미 그녀를 그렇게 못 박아 두었다.

그리고 이로써 작가가 말하고자 하는 것은, 이 여성의 기구한 사연이라든가, 그로부터 독자들이 얻을 수 있는 한탄이나 슬픔 같은 것이 아니다. 작가는 '오로지' 이 독특한 여성의 삶을 인생의 하나의 사례로 제시함으로써, 이렇게 묻는다. 이 여자의 삶의 유전에 관한 이야기에 비추어 삶은 무엇이냐? 사람을 삶을 어떻게 살아야 하느냐? 작가에게 물론 답은 예비 되어 있다. 그러나 독자들로 하여금 생각하게 한다.

이 소설의 이야기는 어떻게 전개되었던가? 첫 장이 시작되면 이 새로운 여성 '혜리'는 경호라는 대학원 동기생 남자를 만난다. 사랑을 하고 아이를 몇 번씩 갖기도 한다. 이야기 초입에 남성 인물이 나타났으므로 독자들은 이 이야기가 경호와 혜리의 사랑 이야기일 것 같다고 생각한다. 아니다. 이 소설의 이야기 전개는 예상과 달리 템포가 너무 빠르다. 소설의 첫 번째 챕터가 끝날 즈음에 벌써 이 남자의 스토리는 엔딩을 맞이한다.

자, 다음에는 송인상이라는 이상한 교수와의 사랑이다. 이 사람은 시인이고 아내는 루게릭 병에 걸렸다. 혜리는 혜리답게 이 남자와 또 사랑을 한다. 그러나 두 번째 장이 끝날 때 임신 3개월의 상태에 이른 혜리는 송인상의 상처 소식을 듣고도 그의 곁을 떠나며 끝내 아이를 유산하고 만다.

세 번째 장에서 혜리는 이제 스님 '혜화'가 되는데, 여기서 이 소설을 읽는 독법을 바야흐로 눈치 챌 수 있다. 아하, 그러니까 이것은, 혜리라는 한 여성이 다양한 인격으로 변신해 가면서 자신의 삶의 원형에 다다르게 되는 과정을 보여주는 유전(流轉) 이야기이자 탐색의 알레고리인 것이다. 앞으로 전개될 이야기 속에서 혜리가 만나게 되는 남성들은, 『구운몽』의 남성 주인공 성진이 바야흐로 만나 나가는 팔선녀들처럼, 각각의 통과제이며, 인생의 본의를 깨닫고 자기 자신으로 돌아오기 위한 매개물들 역할을 해야 한다.

3장에서는, 송인상에게 자신의 행방을 알리지 않고 떠난 혜리가 충청도 서산 일광사라는 곳에 있다. 여기서 그녀는 앞에서 잠깐 언급했듯이 일본계 대처승 일광과 아내 현보스님 곁에 머문다. 3년이 흘러 구족계를 받은 혜리는 혜화스님이 되어 일광 부처와 함께 티베트로 구도 여행을 떠난다. 중국 청두에서 티베트로 향하던 중 현보는 잔도 밑으로 바람에 날려 세상을 떠나고 혜화는 일광의 아이를 낳고 라싸에서 둔황으로 나아가는 계속된 여행 중에 일광의 죽음마저 겪는다.

4장에서 혜화는 환속한 몸이 되어 옛날 자신이 살던 정릉 옛집으로 돌아온다. 구족계를 받기까지 3년, 티베트에서 둔황으로 가는 구도 여행 3년이 흐른 뒤다. 거기서 혜리는 폐암 4기째 죽어가는 아버지가 원하는 대로 제초제를 사다준다. 또 자신에게 남겨진 집을 동생에게 선사하고 홍제동 북쪽 골짜기 반 지하 아파트에 찾아들어 홀로 살다 프랑스에서 박사학위를 땄다는 윗집 사내를 만나 또다시 사랑을 한다.

소설 속에서 이 양희석이라는 이름의 남자만큼 흥미롭고도 세태 반영적인 인물은 또 없다. 그가 프랑스로 유학해서 장장 17년이나 매달린 연구 주제는 "훈족의 조상은 한민족"이라는 것이다. 그는 훈족이 배달민족의 후예라는 것을 입증하기 위해 청동 솥이며 활쏘기며 편두 풍속을 조사하고, 트라키아 절벽에 새겨진 한문자를 해독하려 하면서 이를 로제타스톤을 해독한 샹플리옹의 작업에 비유하기도 한다. 국내에 돌아와 프랑스문화 관계학과의 교수로 잠시 재직하기도 한 그는 외국어문학과 폐과 열풍에 밀려 직업을 잃어버리고도 야간 경비를 서고 도배 일을 하면서까지 학문적 목표를 버리지 않는다. 시간강사 일에, 영어학원을 차리기도 하고, 혜리를 따라 칠갑산 장곡사 밑 사하촌의 불품(佛品) 가게에 붙어살기도 한 그는 우연찮게 국가지원 프로젝트의 연구책임자가 된다. 이런 숱한 우여곡절을 겪으며 혜리는 그에게서 또 아이를 가져 세상에 내놓는다. 두 사람의 사하촌 밑에서의 생활을 가리켜 작중 화자는 "그들은 자신도 모르는 사이에 자신의 영혼 속에 좌선하는 석존의 모습이 각인되어 있었다"고 쓴다. 세속에서 산 밑으로 떠밀려 오면서도 물질과 이욕에 사로잡히지 않은 두 사람의 모습은 이 소설을 통해서 가장 아름답게 읽힐 부분이다.

하지만 이 소설 속의 이야기는 아름다운 사랑의 완성에 있지 않다. "그녀는 자신이 갈 길이 한없이 푸르고 길게 뻗어 있다"는 생각을 한다. 그녀는 양희석이 잠시 국외로 간 사이에 바리스타, 제임스 권이라는 사내를 만나 수변 도시 진주로 숨어버린다. 소설 6장이다. 여기서 또 다른 작가의 '전략'적 의도가 드러난다.

제임스 권의 본명은 소서철, 그런데 성이 소씨가 아니라 소서씨, 즉 그는 임진왜란 때 조선 정벌에 나섰던 고니시 유키나가(小西行長)이 후예다. 한국에 이러한 일본 사람의 후예들이 존재한다는 설정도 흥미롭고 또 이것이 역사적 사실에 해당하는 것인지도 살펴보고 싶지만 필자의 마음의 여유가 없다. 다만, 필자는 여기서 혜리라는 여인으로 하여금 앞에서는 일광스님, 그리고 여기서는 다시 고니시의 후예인 소서철과 사랑하도록 한 이유에 대해 생각하게 된다.

그리고 보면 이 소설을 씀에 있어 작가의 설정 무대는 아주 넓다. 혜리는 티베트를 거쳐 중국으로 나아갔고, 한국으로 돌아오고 다시 일본으로, 특히 시모노세키에서 규슈로, 오사카와 교토로, 도쿄를 지나서는 다시 홋카이도까지 넘나들도록 한다. 그리고 거기서 고니시, 소서철은 화산의 유황불 열기에 질식되어 뜻하지 않게 세상을 떠나고 혜리는 다시 홀몸으로 돌아온다. 말하자면 혜리는 남성 인물들과의 만남이라는 '기제'를 통하여 세상을 '주유'하는데, 이것은 마치 그의 「아테네 가는 배」의 주인공 '종식'이 프랑스에서 그리스 아테네로 가는 여행을 통하여 국적과 민족이 다른 온갖 사람들을 만나는 것과 일맥상통한다. 그의 소설들은 그런 점에서 본질적으로 여행적, 탐색적이며, 이 여로형 이야기

속에 메시지를 축적하는 형태로 이루어진다.

소서철의 죽음 이후 혜리의 이야기는 결말을 향해 나아가기 시작한다. 진주로 돌아와 고니시의 '삿포로 카페'를 '논개 카페'로 이름을 바꾸고 살아가는 혜리는 또 다시 남자를 만나게 되는데, 이번에는 통영의 자개업자 황완호다. 그는 예사 자개업자는 아니고 장인적인 기질도 가지고 있는 반면 돈을 가진 사람들을 움직일 줄 알고 여성에게도 돈으로 환심을 사는 한편으로 자기 성미에 맞지 않으면 언제라도 난폭성을 드러낼 수 있는 사람이다.

자아 집착증과 과대망상증이 중첩된, 혜리를 향해서조차 장도리를 들고 다가설 수 있는 남자와 혜리는 또 다른 사랑을 하지만 이것은 그녀의 "절대의 자유"에의 의지를 꺾지 못한다. 그녀는 이 자개업자의 곁을 떠나 이번에는 이삿짐 옮기는 기사 남자와 함께 살아가지만 이 사랑은 6개월을 채 못가 종막을 맞는다. "오직 자신의 삶속으로" 새롭게 나아가고자 하는 혜리의 의지는 그녀로 하여금 홍제동의 옛집으로 돌아가게 하고, 다시 학문으로, 송인상 교수의 곁으로 돌아가 「한국 시의 시적 비극성과 음성학의 관계」라는 제목이 시사하는 학문적 탐구, 한국 시의 정체성을 세계 시문학의 넓은 견지에서 탐구하는 쪽으로 나아가게 한다. 이때 송인상 교수는 파킨슨병에 걸려 생애의 말년을 보내고 있었으며, 끝내 자신의 위치를 혜리에게 물려주고자 스스로 죽음을 선택한다.

이렇게 보면 이 이야기는 혜리라는 한 의지 굳은, 그러면서도 사랑 많은 여성의 남성 편력기처럼 읽힐 수도 있다. 그러나 이것은 단순히 여성 카사노바의 남성 경험담은 아니다. 한 여성이 자신 속에 내재한 여성으로서의 본성을 사랑의 형태, 형식으로 '발휘하고', 이를 넘어 다시 자기 자신의 삶 속으로 돌아오는 순례요, 자기 회귀의 이야기인 때문이다. 필자에게 아주 흥미로웠던 것은 이러한 이야기를 통하여 작가가 자신의 독특한 인간 이해 방식을 전달하고 있다는 점이다. 예를 들어 다음과 같은 문장에서 말이다.

여자는 남자를 향해 걷고, 남자는 여자를 향해 걷는다. 이것이 이들이 벗어날 수 없는 죽음의 계곡에 이르기 전까지 인간으로서의 행로이다.

너무 싱거운 말이라고 독자들은 생각하는지? 만약 그렇다면 그것은 이미 인간사에 통달해 있거나 또는 이 문장이 말하고자 하는 바의 한국 소설문학 속에서의 '위치'를 아직 충분히 헤아리지 못한 것이다.

옛날에 이효석은 「프렐류드」(『동광』, 1931.12~1932.1)라는 소설에서 "인류의 모든 움직임과 혁명을 조종하는 근본은 식과 색"이라는, 마르크시즘적 이성주의가 군림하던 당시로서는 돌연한 주장을 펼친 바 있다. 여기서 프렐류드(prelude)란 음악이나 어떤 일에서의 '서곡'이라는 뜻을 가진다. 그러니까 이효석은 이 소설에서 인간사란 계급투쟁이라든가, 노동이라든가 하는 마르크시즘적 인간적 본질에 의해 작동되지 않고 "식과 색"이라는 더 근본적인 욕망이랄지 욕동이랄지, 삶의 근저에 놓인 생명적 힘에 의해 추동됨을 이야기한 것이다.

정소성 작가의 위의 문장, "여자는 남자를 향해 걷고, 남자는 여자를 향해 걷는다" 한 것, 그것이 죽음에 이르기까지의 인간의 행로의 숙명임을 이야기한 것은, 바로 이효석의 견지에 통하는 주장이며, 이 점에서 한국문학의 현실, 역사 중심적 계보와 거리를 둔 이채로운 주장이라 하지 않을 수 없다. 소설 속에는 이와 같은 맥락에서 다음과 같은 문장도 찾아볼 수 있다.

여자의 아름다움, 그것은 이 지구상에 인간이 지속적으로 존재하게 하는 가장 큰 원인이 되고 있는 것 같다. 남자는 여자의 아름다움을 보면, 견디지 못하게 만들어져 있다. 그것은 저항을 허용하지 않는 거대한 공동이다. 그것 속으로 무한히 빨려드는 자신을 도저히 제어할 수 없게 남자는 만들어져 있다.

혜리는 바로 이와 같은 아름다움을 지닌 여성으로서 소설 속에 나타난다. 그러나 그녀는 비단 아름답지만은 않고 현실의 논리, 메커니즘을 떠나 남자를 향한 사랑을 열어 보일 수 있는 여성이고, 강원도 산속으로, 충청도 절속으로, 티베트이며, 중국이며, 일본으로 떠났다 돌아올 수 있는 여성, 자신의 삶을 어느 한 남자, 어느 한 장소에 고이게 하지 않고 몸과 영혼 가볍게 떠돌 수 있는 존재다. 그리고 정신의 고향인 학문으로 돌아왔을 때 비로소 그녀는 새로운 존재로 선다.

이 '변신'과 '변태'의 과정, 그 거듭남의 이야기를 통하여 작가는 여성만이 아니라, 인간은 어떻게 자유로워져야 하는지, 또 어떻게 하면 자유로운 존재가 될 수 있는지 이야기한다. 이 소설은 한국의 한 점 같은 공간에 시선이 매인 존재들은 볼 수 없는 세계의 곳곳을 '먼지처럼', 이때 필자는 서양 노래 「Dust In the Wind」를 생각하고 있다, 떠돌아다니는 한 여성의 형상을 제시한다. 우리는 먼지와 같이, 그러나 자유롭게, 필연에 얽매이지 말고, 세상을 떠도는 것이 자기 자신을 향해 돌아오는 것이 되는 삶을 살아가야 한다.

이것이 정소성 작가의 새로운 소설의 대략이다. 소설을 읽고 보니 아주 드넓은 광야에 필자 역시 한 점 먼지가 되어 선 듯한 기분이다. 그리고 많은 가까운 이들의 죽음과 병고를 보며, 삶은 어떻게 살아가야 하는지, 어떻게 삶의 자유를 얻어야 하는지, 다시 한 번 되돌아 묻지 않을 수 없다. 잘 읽은, 잘 읽히는, 생각이 깊은 작품이다.